Estranhos no Paraíso

Da Autora:

O Segundo Silêncio

A Última Dança

Você Acredita em Destino?

Honra Acima de Tudo

Trilogia
Amores Possíveis

Estranhos no Paraíso
O Sabor do Mel
Sonho de uma Vida

Eileen Goudge

Estranhos no Paraíso

Trilogia
Amores Possíveis

Volume 1

Tradução
Ana Beatriz Manier

Copyright © 2001, Eileen Goudge

Título original: *Stranger in Paradise*

Capa: Silvana Mattievich
Foto da autora: Sandy Kenyon
Foto de capa: Rafael Rojas Photography/GETTY Images

Editoração: DFL

Texto revisado segundo o novo
Acordo Ortográfico da Língua Portuguesa

2010
Impresso no Brasil
Printed in Brazil

CIP-Brasil. Catalogação na fonte
Sindicato Nacional dos Editores de Livros – RJ

G725e   Goudge, Eileen
           Estranhos no paraíso/Eileen Goudge; tradução Ana Beatriz Manier. – Rio de Janeiro: Bertrand Brasil, 2010.
           392p. – (Trilogia Amores possíveis; v. 1)

           Tradução de: Stranger in paradise
           Continua com: O sabor do mel
           ISBN 978-85-286-1426-8

           1. Mães e filhas – Ficção. 2. Romance americano. I. Manier, Ana Beatriz. II. Título. III. Série.

10-1372   CDD – 813
                                                 CDU – 821.111(73)-3

Todos os direitos reservados pela:
EDITORA BERTRAND BRASIL LTDA.
Rua Argentina, 171 — 2º andar — São Cristóvão
20921-380 — Rio de Janeiro — RJ
Tel.: (0xx21) 2585-2070 — Fax: (0xx21) 2585-2087

Não é permitida a reprodução total ou parcial desta obra,
por quaisquer meios, sem a prévia autorização por escrito da Editora.

Atendimento e venda direta ao leitor:
mdireto@ record.com.br ou (21) 2585-2002

Bem-vindos a Carson Springs,
onde o sol brilha o ano inteiro!

Amores Possíveis

Pela primeira vez no Brasil,
a inspiradora trilogia da consagrada

EILEEN
GOUDGE

"Finalmente uma autora perfeita para os saudosos fãs de Rosamunde Pilcher."
LIBRARY JOURNAL

"Delicioso como uma suculenta trufa de chocolate."
BUFFALO NEWS

"Quando o leitor procura ritmo, suspense e romance, ele encontra os livros de Eileen Goudge."
NEWSDAY

"Uma talentosíssima autora com estilo e apreço pelos detalhes."
CHICAGO TRIBUNE

"Eileen Goudge consegue, com maestria, botar no papel sentimentos que nós mesmos não temos palavras para descrever."
THE ASSOCIATED PRESS

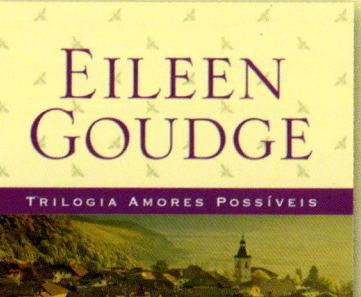

VOLUME 1 - Junho

Descubra por que o paraíso tem o seu preço.

Escândalos. Pecados. Segredos. Assim é o paraíso.

VOLUME 2 - Agosto

Chegou a hora de o amor ser posto à prova.

Doce. Puro. Saboroso. Assim é o mel.

VOLUME 3 - Outubro

Nossos sonhos podem, e devem, tornar-se realidade.

Complicada. Desafiadora. Bela. Assim é a vida.

Queridos leitores

Cresci numa cidadezinha da Califórnia. Minha infância foi maravilhosa. Eu adorava ir para a biblioteca de bicicleta e, na volta, passar na sorveteria e pedir duas bolas na casquinha: creme e flocos. Minhas lembranças dessa época são inesquecíveis, e foram essas lembranças que me fizeram criar Carson Springs e seus habitantes. Hoje vivo em Nova York, sou escritora profissional, e meu hobby é fazer bolos, biscoitos, brownies e outras delícias. Ah, não deixem de visitar meu site, está lindo:

www.eileengoudge.com

Espero que vocês vivam as intensas emoções dessa trilogia — felicidade, amores e descobertas, mas também os momentos de dor e sofrimento que fazem parte da jornada de qualquer um de nós — tanto quanto meus personagens, homens e mulheres que enfrentam a vida de peito aberto.

Venha ser feliz aqui conosco, de coração. A casa é sua!
Te aguardo, um beijo,

Eileen Goudge

PAIXÃO POR ROMANCES

Para Jon,
o outro homem por quem acordo todas as manhãs.

Nenhum romance está completo sem uma jornada. E nenhuma jornada como esta pode ser percorrida sem a ajuda de outras pessoas. Para todos aqueles que me ampararam ao longo do caminho, eu gostaria de dizer o quanto sou grata pelo apoio e orientação recebidos. Tenho até mesmo um pote de mel como prova do que estou dizendo, que fica numa prateleira acima de minha mesa de trabalho.

Sempre estarei em dívida com as seguintes pessoas:

Meu velho amigo Tom Mogensen, hoje e sempre mestre em murais. Tom, você manda.

Ed e Boots Thrower, de Nantucket, por terem gentilmente aberto sua casa e seu apiário para uma perfeita estranha.

Earl Bates, por dividir seus arquivos extraordinários em Ojai sem esperar pelo meu pedido.

Minha editora, Molly Stern, pela sua disposição em se lançar num território desconhecido com apenas um mapa feito à mão.

Louise Burke, que é tudo o que uma editora deve ser e muito mais.

Minha querida amiga e agente (nessa ordem), Susan Ginsburg, que é uma luz em cada porto.

Meu marido, Sandy, que está sempre a meu lado. É a metade do trabalho com ele e não seria nem metade da diversão sem ele.

Eric Koperwas, por sua paciência ilimitada e seu constante bom humor diante de um problema particularmente espinhoso.

Por fim, mas não menos importantes, meus médicos, George Lombardi e James Clarke, assim como as enfermeiras dedicadas do Ten

South, Greenberg Pavilion, do New York Presbyterian Hospital. Sem o cuidado habilidoso e a solidariedade dessas pessoas eu não teria concluído a mais crucial de todas as jornadas: a de minha cama para minha mesa de trabalho.

Tanto assim que ficou com o ventre arredondado, com um filho que arranjou para seu berço, antes de conseguir um marido para seu leito. Percebeis alguma falta nisso?

— REI LEAR

Prólogo

la escolheu um lugar bem no fundo do ônibus, de forma a não atrair atenção para si, uma menina ainda por completar dezesseis anos, que poderia ter se encaixado na descrição de qualquer outra num dos cem pôsteres de pessoas desaparecidas: 1,70M, CABELOS E OLHOS CASTANHOS, VISTA PELA ÚLTIMA VEZ USANDO JEANS E CAMISETA AZUL-MARINHO. Uma menina com as unhas roídas até o sabugo, piercing prateado no nariz e uma mochila verde-exército encaixada entre os tênis imundos. Dentro da mochila, havia uma muda de roupa, quarenta dólares em notas amassadas de cinco e um, um maço de

Winston Lights e um molho de chaves de um apartamento na Flatbush Avenue, onde, naquele momento, um homem jazia morto em uma poça de sangue.

Ela estava sentada com as costas eretas até que as luzes ofuscantes da cidade se dissolveram na escuridão submarina e bruxuleante da Interestadual. Sentia-se para lá de exausta, mas dormir estava fora de questão. Pequenos músculos saltavam sob sua pele. Seus olhos pareciam duas pedras secas e quentes marteladas em seu crânio. Começava a pegar no sono e logo acordava sobressaltada, como se tivesse sido violentamente sacudida, a cabeça repleta de imagens assustadoras: o buraco escuro no peito de Lyle, o círculo vermelho se estendendo pela sua camiseta branca de malha canelada. Essa imagem não ficara totalmente registrada na hora, mas agora, com aquela onda vagarosa de calor que se elevava do respiradouro a seus pés, ela parecia não conseguir parar de tremer. Estava preparada para se proteger do balanço moderado do ônibus, os músculos tensos a ponto de darem câimbra. Como se a vida dela dependesse do fato de ficar acordada. O que, de certa forma, era verdade.

Não obstante, estava adormecida quando o ônibus chegou a Harrisburg. Dormiu direto até Columbus, encolhida de lado, com o casaco de náilon dobrado sob a cabeça, alheia ao zíper que, pela manhã, deixaria uma sequência de marcas vermelhas como pontos costurados em sua face. No escuro, com as luzes fracionadas da estrada passando rapidamente pelo seu rosto pálido, ela parecia bem mais jovem; uma criança que dormia em paz, tendo alguém à sua espera na próxima estação.

Na parada para descanso em St. Louis, ela desceu do ônibus para esticar as pernas; o sol, um borrão reluzente no horizonte. Acendeu um cigarro e recostou-se em uma laje de concreto. Tinha os olhos perdidos, olhando para o nada. A fumaça subia num rabisco acinzentado do Winston Light preso em sua mão inerte. Quando ele se queimou por inteiro, chegando até a ponta de seus dedos, ela piscou e endireitou a postura. A guimba de cigarro fez um chiado quando ela a jogou no chão. Tremendo de frio e apertando a jaqueta fina contra o corpo, como o xale de uma velha camponesa, foi abrindo caminho entre as pessoas para entrar.

Após uma ida ao banheiro feminino, engrossou a fila diante da máquina automática, que cuspiu de má vontade um pacotinho de amendoins e uma latinha de bebida energética. Não estava com muita fome, embora não tivesse comido nada desde o café da manhã. Comeria apenas para que seu estômago não roncasse e para que os outros não lhe lançassem olhares furtivos e curiosos. Uma longa experiência lhe ensinara uma lição que a maioria dos adolescentes de sua idade nunca precisara aprender: como ser invisível. As regras eram simples:

Não levante a voz quando estiver falando perto de adultos.

Não beba água demais (ou suas idas frequentes ao banheiro provocarão olhares suspeitos).

Não se demore em frente a mercadorias caras nas lojas.

Não se exceda em perguntas.

Não dê qualquer informação além do necessário.

Em Topeka, uma senhora de meia-idade com os cabelos da cor de um cano enferrujado sentou-se ao seu lado. Após alguns minutos, ela se virou e perguntou:

— Está indo para longe?

A menina ficou tensa. Parecia-se com alguém que fugia? Murmurou alguma coisa ininteligível e virou para o lado, o rosto voltado para a janela, enterrando a cabeça na dobra do cotovelo. Quando finalmente teve coragem de levantar o rosto, a senhora de cabelos cor de ferrugem havia trocado para um lugar vazio, duas fileiras à frente, onde exaltava em voz alta as virtudes do Metamucil para uma negra robusta, com uma capa de chuva azul desbotada caprichosamente dobrada sobre o colo.

A menina virou-se para a janela. A estrada era um rio infinito ladeado por campos de milho. Uma estrada que parecia levá-la para trás. Ela se lembrou de quando era pequena e costumava brincar de analisar as mães que ficavam na calçada, esperando os filhos saírem da escola, e de escolher a que lhe parecia melhor. Então imaginava a mulher pegando-a pela mão, até mesmo dando-lhe uma bronca de forma maternal por conta de alguma besteira que fizera, como deixar os sapatos desamarrados ou esquecer a lancheira na escola. Ao longo dos anos, foi aos poucos se desinteressando pela brincadeira. Ela a entristecia demais. Mas agora imaginava como seria ter alguém à sua espera na próxima estação. Uma mulher com um sorriso terno e histórias para contar sobre o que acontecera durante a sua ausência.

No entanto, não havia ninguém à sua espera em Oklahoma City ou em Amarillo ou em Albuquerque. Já estava na estrada há quase três dias quando reuniu coragem para comprar um jornal. Embora o assassinato de um traficante desconhecido no Brooklyn não fosse assunto de âmbito nacional, ela ficou extremamente aliviada quando não encontrou qualquer menção ao nome de Lyle. Alívio misturado com uma decepção perversa. Seu nome, impresso em letras garrafais, ao menos faria as pessoas prestarem atenção nela. Pessoas como as crianças com quem tinha ido à escola, para quem jamais fora nada além de A Novata; pessoas como as assistentes sociais que haviam transferido sua pasta abarrotada, com uma lista de endereços riscados, de um arquivo de metal para outro. Mesmo que isso significasse ir para a prisão, não seria melhor do que ser invisível?

Quando chegou a Bakersfield, as extensões infinitas de deserto e as colinas marcadas por queimadas deram lugar a pomares verdes e plantações de citros. Até mesmo os restaurantes fast-food, de alguma forma, pareciam mais convidativos. Sua boca ficou cheia d'água ao pensar em um Big Mac. Mas quando deu uma olhada na mochila viu que lhe restavam apenas umas poucas notas amassadas. Teria de esperar por enquanto. Como saber quanto tempo aquele dinheiro teria de durar?

Em um posto de gasolina a leste de Santa Barbara, ela gastou mais do que podia comprando outro jornal. Estava recostada em seu assento quando um panfleto brilhante de uma propriedade rural escorregou de dentro do jornal e caiu no chão. O senhor ao seu lado abaixou-se para pegá-lo.

— O lugar mais belo do mundo — disse ele, dando uma olhada cuidadosa no panfleto.

Ela olhou por cima do ombro do senhor para a foto de uma casa de fazenda sombreada por árvores. Atrás da casa, havia um gramado cercado com cavalos pastando. Montanhas com picos nevados erguiam-se ao longe.

— Parece perfeito demais para ser verdade — disse ela.

O senhor levantou o olhar como se tivesse acabado de perceber sua presença.

— Carson Springs? É logo ali atrás daquelas colinas. — Ele apontou o dedo torto para a janela, um homem idoso, a cabeça calva escamando em algumas áreas, o corpo parecendo um casaco velho escorregando do cabide. Em seu rosto arruinado pelo tempo, os olhos azuis arderam em chamas.

— Acredito que você nunca tenha visto o filme.

— Que filme?

— *Estranhos no Paraíso*. Ele foi filmado lá. — Sorriu. — É claro que isso foi muito antes de você ter nascido.

— Acho que vi na TV.

O velho se iluminou e ela percebeu que, uma vez, ele fora bonito.

— Bem, eu o dirigi. — Ele estendeu a mão, que parecia uma velha luva de beisebol deixada na chuva. — Hank Montgomery.

— É para lá que estou indo. Para Carson Springs. — As palavras saíram antes que ela pudesse se dar conta.

O velho fixou seu olhar sagaz nela.

— Sério?

— Minha tia mora lá. — *Isso é loucura*, pensou. Até onde sabia, não tinha tia alguma e, até aquele minuto, jamais ouvira falar em Carson Springs.

— Você já veio para esses lados?

— Não. — Pelo menos isso não era mentira.

— Bem, então você tem muita diversão pela frente.

A menina não sabia o que tinha dado nela, mas a ideia pegara de alguma forma. Além do mais, ela não tinha mesmo nenhum outro lugar para ir.

Quando chegaram a Santa Barbara, ela usou o que lhe restava de dinheiro para comprar uma passagem do ônibus urbano para Carson Springs; duas horas depois, estava novamente na estrada, rumo ao norte, por uma rodovia íngreme e sinuosa. Acabara de pegar no sono quando o ônibus subiu a serra e uma vista magnífica se abriu à sua frente: um vale rodeado de montanhas, como uma enorme tigela verde onde tombavam colinas e pastos. Plantações de laranja riscavam o solo com suas fileiras caprichosamente bordadas e, a leste, um lago que parecia uma pintura refletia o céu claro. A cidade em si, um agrupamento de casas em tons pastéis e telhados vermelhos, poderia muito bem ser a página de um livro de histórias infantis.

Minutos depois, o ônibus estava passando pela rua principal. Árvores antigas e grandiosas sombreavam calçadas repletas de lojas em estilo espanhol decoradas com azulejos coloridos. Miniaturas de árvores em vasos de barro enfeitavam o meio-fio. Um passeio coberto por telhas vermelhas estendia-se de um lado da rua, terminando num arco de pedra decorado com flores, através do qual ela teve o vislumbre de um pátio ensolarado.

Vários quarteirões adiante, o ônibus chiou até parar. O sol a saudou como um braço acolhedor assim que ela pôs os pés na calçada. Então, percebeu que estava em frente à biblioteca, um prédio baixo e amplo de adobe, circundado por árvores que se assemelhavam a grandes velas verdes. Pessoas de camisa de manga curta e sandálias passeavam bronzeadas e com a aparência de bem alimentadas. Com sua pele pálida e roupas amarfanhadas, será que chamaria atenção?

Ela tomou o caminho de volta ao passeio coberto, onde parou diante de uma sorveteria. Um garotinho tomava sorvete sentado em um banco de madeira em frente à loja enquanto a mãe olhava a vitrine da livraria ao lado. Será que ele fazia ideia de como tinha sorte? O que ela tivera de mais parecido com uma mãe fora Edna, mulher gorducha e de cabelos tingidos com hena. Sua lembrança mais remota era a de se encolher no sofá ao lado dela, observando-a folhear um livro grosso cheio de figuras de pássaros. Edna já os conhecia todos de cor e, com o tempo, eles se tornaram bem familiares para a menina.

Ela continuou a andar, a fome crescendo a cada passo. Aromas torturantes chegavam até ela: café recém-moído, pães assando e um cheiro adocicado que mais tarde viria a saber que era dos limões. Diferentemente dos limões que eram vendidos no supermercado de onde viera, que quase não tinham cheiro, aqueles pendiam como bolas de Natal das árvores que ficavam em vasos ao longo da calçada.

Ela parou em frente a uma loja que exibia um queijo inteiro enorme na vitrine. Ali dentro ficava um balcão frigorífico no qual estavam expostos pratos com sanduíches gordos e crocantes. Sua última refeição fora um saquinho de batatas fritas empurradas para dentro com uma latinha de Coca-Cola, e ela precisou de toda a sua força de vontade para não se atirar dentro da loja e pegar um daqueles pratos. A muito custo, continuou a andar, passando por um restaurante mexicano com uma guirlanda de pimentas secas pendurada na porta. Somente quando chegou a uma loja de artigos para montaria, com um carrossel de madeira na frente, foi que fez uma pausa até sua cabeça parar de rodar.

Na primeira esquina, atravessou a rua na direção do parque. Ainda não fazia ideia de seu destino, mas tinha a estranha sensação de estar sendo atraída para alguma coisa. No parque, andando a esmo em meio ao abraço fresco das árvores antigas, fez uma pausa para tirar os tênis. A grama pareceu macia em contato com a sola de seus pés. Não havia canteiros de flores arrumados ou estátuas de bronze lançando olhares imperiosos a distância. Lá, as flores brotavam de moitas de samambaias e de trepadeiras enroscadas, e fontes de pedras murmuravam suavemente.

Para onde quer que olhasse, havia pássaros. Sanhaços-cinzentos, gaios, azulões, pintassilgos. Ela espiou um passarinho marrom com marcas vermelhas descoradas no peito. Um tentilhão roxo. Ele agitava as asas em volta de um bebedouro, espalhando gotas de água que refletiam a luz do sol como se fossem faíscas. A menina estava tão enlevada que não percebeu as crianças brincando ali por perto, até que uma delas lhe deu um esbarrão. Ela a segurou antes que pudesse cair, pernas e braços gorduchos se contorcendo em seus braços antes de se afastar.

Um garotinho de cabelos louros olhou atento para ela.

— Oi, sou o Danny. Qual o seu nome?

A menina hesitou. Decerto, não se parecia com alguém que constasse da lista dos dez mais procurados pelo FBI. Ainda assim, era melhor ter cuidado. Seu olhar se voltou mais uma vez para o passarinho vistoso.

Viu-o levantar voo, espalhando gotas brilhantes de água até desaparecer nos galhos da árvore.

— Finch* — respondeu sem pensar e revirou o nome em sua mente como um novo sabor em sua língua. É, daria para passar.

O menino não pareceu achar o nome nem um pouco esquisito. Ele estendeu a mão imunda e a abriu, revelando uma moeda mais imunda ainda.

— Se quiser, pode ficar com ela.

Com um sorriso, ela pôs a moeda no bolso.

— Obrigada. — Talvez essa moeda lhe desse sorte.

O menino saiu correndo para voltar a se unir aos amigos.

Ela seguiu a trilha sinuosa até chegar ao outro extremo do parque. Do outro lado da rua, no alto de uma elevação sombreada, ficava uma antiga missão de adobe. Num tom de rosa desbotado, com partes sem emboço aqui e ali, ela era encimada por um campanário em arco, enfeitado como um bolo. A menina ficou olhando imóvel para ele quando os sinos começaram a repicar e uma porta dupla de madeira maciça se abriu para os lados. Uma noiva toda de branco e o marido de smoking surgiram nos degraus ensolarados, seguidos por um séquito de convidados que saíam aos borbotões para se unirem a eles.

Amigos e familiares que ela, por um momento, imaginou como seus. Ela sorriu até mesmo quando lágrimas brotaram em seus olhos — uma menina de cabelos castanhos, estatura mediana, com jeans puídos, camiseta marrom desbotada; uma menina sem ter para onde ir, sem ninguém para lhe dar as boas-vindas, mas que tinha a estranha sensação de que, de alguma forma, havia chegado ao seu destino.

---

* *Finch*, em inglês, significa tentilhão. (N.T.)

Capítulo Um

*omo vim parar aqui?*, perguntou-se Samantha Kiley. Uma mulher de quarenta e oito anos, com um vestido de seda pêssego assistindo ao casamento de sua filha caçula. Não fora há apenas poucos anos que ela mesma atravessara aquele corredor, de braços dados com o pai? Que estivera diante da pia batismal com seus bebês? O tempo não apenas voa, pensou ela, ele te deixa presa a lugares em que você jamais imaginou se encontrar. Quase dois anos após a morte de Martin, ela ainda tinha problemas em se imaginar viúva, uma condição que evocava imagens das antigas *abuelitas*, as vovozinhas vestidas de preto que lideravam a procissão à luz de velas até a Calle de Navidad, toda véspera de Natal.

Entristecia-a o fato de Martin não estar ali, mas decidira que não deixaria a ausência dele estragar seu dia. Em vez disso, concentrou-se na jovem parada diante do altar, uma imagem em tafetá marfim e nuvens de tule branco, os cabelos cor de mel presos atrás da cabeça num coque ao estilo Grace Kelly. *Minha filha...*

A luz entrava pelo clerestório que ladeava a nave, iluminando o retábulo dourado e esculpido do altar. O reverendo Reardon, flamejante em sua batina preta e sobrepeliz branco-neve, havia virado a página do Cântico dos Cânticos e partia agora para as águas revoltas dos votos matrimoniais. Sam pegou o lenço. Dera um jeito de tê-lo por perto durante as leituras — Byron, T.S. Eliot e uma passagem do livro predileto de Alice, quando criança: *O pequeno príncipe.* Agora, vinha o teste de fogo...

— Wesley Leyland Carpenter, aceita esta mulher como sua legítima esposa, na alegria e na tristeza, na saúde e na doença, na riqueza e na pobreza, até que a morte os separe?

O olhar de Sam pousou em Wes. Ele era um homem tão requintado quanto fora seu pai: alto e musculoso, com a vasta cabeleira da cor de aço cementado e uma mecha branca vistosa no centro da barba negra caprichosamente aparada. Diretor de uma rede multibilionária de TV a cabo, ele daria tudo para sua filha... pouco importava que Alice se indignasse com a ideia. O mais importante é que ele seria bom para ela. O que era evidente, bastava olhar para eles.

Ele tinha cinquenta e quatro anos — seis a mais do que Sam, e vinte e oito a mais do que sua noiva.

Por Wes ser tão perfeito em todos os outros aspectos, Sam engolira as próprias reservas. Não obstante, uma voz gritava em protesto: *Ele tem idade para ser pai dela!* Quando Alice era bebê, Wes estava no seu segundo combate no Vietnã. Quando ficasse velho, ela seria jovem ainda. Se tivessem filhos — e Sam com certeza esperava que sim —, Alice poderia muito bem acabar criando-os sozinha ou com a sobrecarga de um marido enfermo.

Idade não é tudo, lembrou-se. E Alice não era exatamente uma pobre coitada. Era uma mulher talentosa, dona do próprio nariz, uma produtora de TV com um programa de entrevistas de sucesso. Ela olhava para Wes não como se ele fosse tudo, mas como se os dois, juntos, o fossem.

Ainda assim, Sam sabia que Martin não teria aprovado a união. No mínimo, ele teria feito o possível para adiar o casamento. E, quem sabe? Talvez tivesse conseguido. Alice, as duas meninas na verdade, idolatravam o pai. E ele, em troca, dera tudo a elas...

... tudo o que não dera para você.

Tal pensamento a pegou de surpresa como um barulho brusco quebrando o silêncio. De onde viera? Martin não fora tão devotado como marido quanto fora como pai?

Sam expulsou o pensamento da mente. No momento, a felicidade da filha era tudo o que importava. E olhe só para ela! Alice parecia brilhar como a sequência de velas votivas que iluminavam a madona de madeira à sua direita, o único vestígio de nervosismo era o tremor quase imperceptível de suas mãos. Por baixo do véu, seu sorriso era como o brilho do sol encontrando caminho na bruma da manhã. Tinha os olhos azuis fixos em Wes no momento em que ele respondeu com sua voz clara de barítono: "Sim."

Sam piscou com força, o banco de carvalho maciço, acariciado por gerações de Delarosa, parecia uma mão firme que a mantinha ereta. Até ali tudo bem. Ela havia conseguido conter as lágrimas. Seu olhar se voltava agora para a filha mais velha, que não vinha tendo tanto sucesso assim. Laura, em pé ao lado da irmã, segurava o buquê ligeiramente retorcido em uma das mãos enquanto esfregava os olhos com a outra.

Querida Laura. Qualquer coisa a emocionava: canções e filmes sentimentais, fotos antigas de álbuns de família. Não era de admirar que sua casa fosse a Meca para todas as criaturas pobres e famintas num raio de quilômetros. Decerto, não lhe ocorrera — ela era a pessoa menos vaidosa que Sam conhecia — que não se encaixava, exatamente, no papel do cisne agonizante. As lágrimas deixaram sua pele azeitonada com manchas vermelhas; bolinhas de lenços de papel salpicavam a frente de seu vestido tubinho rosa-claro, vestido escolhido por Alice, tão moderno quanto extremamente inadequado para seu porte não muito gracioso.

Sam sentiu-se comovida. Não com um sentimento de pena. Como sentir pena de uma pessoa tão inteligente e talentosa quanto Laura? Com certeza ela não seria capaz de administrar a Delarosa sem a filha. Se ao menos o marido de Laura a tivesse visto como a pessoa que era e não se fixado no que ela não tinha condições de lhe dar... Ter sido abandonada por Peter fora um golpe esmagador; um ano e meio se passara desde o divórcio e ela ainda não o havia superado. A Sam, só restava esperar que um dia ela se apaixonasse de novo e fosse tão feliz quanto... bem, quanto Alice e Wes.

O padre voltou o olhar para Alice.

— Alice Imogene Kiley, aceita este homem...

Momentos depois, Wes deslizava a aliança pelo dedo da noiva, seu diamante de quatro quilates captando a luz em um momento de tanto esplendor que Sam não precisou levar a mão aos olhos para saber que eles estavam úmidos. Alice, por sua vez, deslizou pelo dedo de Wes a aliança de ouro que pertencera ao seu pai.

O reverendo Reardon fechou o livro.

— Eu vos declaro marido e mulher. O que Deus uniu o homem não separa. — A luz que vinha do alto parecia irradiar das mangas esvoaçantes de sua sobrepeliz quando ele ergueu os braços em ação de graças. Com um brilho sedutor nos olhos que, em conjunto com sua rara e bela morenice caucasiana, inspirara alguns pensamentos definitivamente não católicos em um número considerável de paroquianas, o reverendo se virou para Wes.

— Pode beijar a noiva.

Um nó se formou na garganta de Sam quando ela viu seu novo genro levantar o véu de Alice. O beijo deles, embora casto, sugeria uma paixão que ela apenas podia imaginar. No dia de seu próprio casamento, anos atrás, se sentira com relação a Martin da mesma forma que sua filha claramente se sentia com relação ao marido? A lembrança mais nítida que tinha daquela época era de como eles eram jovens, ainda na faculdade; tão jovens a ponto de seus amigos brincarem que devia haver um bebê a caminho. Três meses depois, quando ela *de fato* engravidou, tudo o que podia se lembrar era de que passara a maior parte do tempo enjoada. E depois da chegada de Laura, encantada.

É difícil manter-se apaixonada, pensou, com um bebê chorando, o relógio da companhia de gás e eletricidade marcando o consumo da casa e o livro *A alegria de cozinhar* espremido entre *Lógica I* e *Poetas do romantismo*. Uma chama diferente passa a arder baixa e continuamente como uma lâmpada piloto quando você dorme anos e anos com o mesmo homem.

Mas tudo isso ficara para trás. A vida sem Martin seguia um padrão. Sam tinha sua casa, seu trabalho e o comitê do festival de música. Não havia espaço para o tipo de paixão que ansiara na juventude.

Tal percepção trouxe um rastro de melancolia que logo se dispersou com a cantata de Bach, que agora ecoava pela igreja, acompanhada pelo repicar jubiloso dos sinos do campanário. Ao se pôr de pé, ela se sentiu como se estivesse, literalmente, sendo erguida. Trocou um olhar com o padrinho do noivo, filho de Wes, com seus cabelos louros na altura dos ombros e um brinquinho de prata na orelha, e julgou ter visto um vestígio de ironia no olhar que ele lhe lançou. Ian era apenas poucos anos mais velho do que Alice. O que deveria estar achando de tudo aquilo?

Ela se pôs a caminhar atrás dele. Laura e as três damas de honra, velhas amigas de Alice, foram na frente formando uma fila cor-de-rosa com a noiva e o noivo conduzindo o caminho. Sam sorriu para a massa indistinta de rostos iluminados de um lado e outro da nave central. A igreja, sempre fresca, com seu madeiramento lavrado e ao longo dos anos impregnado do perfume de incensórios, parecia envolvê-la como um par de asas cansadas.

As portas se abriram, inundando a nave de sol. Houve um momento, um único momento antes que qualquer convidado se aproximasse, em que Alice e Wes ficaram parados nos degraus do lado de fora, como príncipe e princesa de um conto de fadas emoldurados pela arcada da igreja, como se pelas cantoneiras douradas de um livro. Sam sentiu outro nó na garganta e pensou: *Existe mesmo algo como "felizes para sempre"?*

Em seguida, estava do lado de fora, ocupando seu lugar para receber os cumprimentos e esticando a mão e o rosto para os convidados que jorravam da igreja como crianças saindo animadas da escola. Sua irmã e seu cunhado, Audrey e Grant, com os dois filhos já em idade universitária, Joey e Craig. Seu irmão, Ray, e sua esposa Dolores, vindos diretamente de Dallas. As duas filhas casadas deles, seguidas pelos velhos tio Pernell e tia Florine, que seguravam tão forte um no outro quanto em suas respectivas bengalas.

Os pais de Wes, ambos saudáveis e ativos, com o bronzeado típico dos golfistas aficionados, estavam à sua direita — um lembrete desconfortável de que seus próprios pais não tinham vivido para ver esse dia. Sam imaginava como eles apareciam na foto que haviam tirado em seu último aniversário de casamento: um homem alto e corpulento com a careca inclinada para a câmera, a face encostada na de sua esposa delicada e de cabelos brancos. O que eles teriam pensado daquela união inusitada?

A melhor amiga de Sam aproximou-se para lhe dar um abraço regado a Chanel. Com seu chapéu de palha de abas largas e terninho justo verde-esmeralda, Gerry Fitzgerald parecia ter saído diretamente de um filme dos anos 40. Ninguém que não a tivesse conhecido antes jamais imaginaria que ela já havia sido freira.

— Você está aguentando bem — disse.

— Estou? — Sam recuou, dando uma risadinha preocupada.

— Quando a minha vez chegar, terão que publicar um aviso de enchente. — As duas sabiam que isso não aconteceria tão cedo. A filha de Gerry, a mais velha de seus dois filhos, tinha apenas quinze anos.

O olhar de Sam se voltou para Alice, que abraçava afetuosamente o irmão mais velho e muito mais robusto de seu marido, e que podia passar por pai dele.

— Ela está linda, não está?

— Eu podia jurar que estava olhando para você no dia do seu casamento.

Uma imagem muito antiga passou pela cabeça de Sam: uma estudante bonita, de cabelos escuros, jovem demais para estar se casando, usando o vestido de cetim do casamento da mãe ajustado na cintura. Ela sorriu.

— Fico feliz por uma de nós se lembrar do que aconteceu há tanto tempo.

— Não somos *tão* velhas assim. — Gerry balançou a cabeça, os olhos verdes reluzindo sorridentes. Com um ex-marido e uma fila de amantes, ela gostava de brincar que estava envelhecendo *des*graciosamente.

— Velha — repetiu Sam, com um olhar irônico voltado para baixo — é ter um corpete e não ter um homem para abotoá-lo.

Gerry deu uma olhada rápida e significativa para Tom Kemp, na fila atrás dela.

— Sei de alguém que ficaria mais do que feliz em pegar este serviço — murmurou.

Sam sentiu o rosto ruborizar. Logo em seguida, o antigo sócio de seu marido estava se aproximando para lhe beijar a face. Ele era pelo menos uma cabeça mais alto do que ela, que já era alta, e tinha os ombros ligeiramente curvos por tentar se ajustar a um mundo que não lhe fora feito sob medida. Um homem de boa aparência, com um leve perfume de loção pós-barba e duas meias-luas recém-cortadas no couro cabeludo, onde seus óculos escuros quadrados engatavam nas orelhas. A luz do sol patinou em suas lentes quando ele recuou para lhe sorrir.

— Parabéns, Sam. Conhece o ditado: você não está perdendo uma filha...

— Estou ganhando um filho. — Ela estremeceu por dentro diante da falsidade do ditado. Mas sabia que Tom tinha boas intenções. — Fico feliz por você ter podido vir — disse ela, com sinceridade. — Não teria sido o mesmo sem você.

— Eu gostaria que tivesse sido o Martin a acompanhá-la pelo corredor. — Ray assumira o papel, mas não fora a mesma coisa.

— Eu também.

Como se pressentindo seu desconforto, Tom acrescentou em seguida:

— Você está muito bonita, Sam. — Ele ficou ligeiramente ruborizado, como se não estivesse acostumado a fazer tais elogios. — Belo vestido. Ficou bem em você.

— Obrigada, que bom que você gostou.

No íntimo, ela não dera a mínima para o vestido. Estava pensando em Alice quando o escolhera, querendo que todas as atenções se voltassem para a filha. Agora, desejava ter escolhido algo um pouco mais... bem, mais jovial.

Tom parecia ter vontade de se demorar mais, mas ficou com medo de reter a fila. Tocou-lhe o cotovelo, seu corpo esguio se curvando como um ponto de interrogação.

— Te vejo mais tarde, está bem?

Ela sentiu uma pequena pontada de culpa. O que teria feito sem Tom naqueles últimos anos? Segurando sua mão durante a pior fase da doença de Martin. Guiando-a pela enxurrada de documentos gerada após sua morte. Se o vinha evitando recentemente, era apenas por medo de magoá-lo. Ele deixara claro que queria algo além de amizade. Infelizmente, ela não sentia o mesmo.

Sam virou-se e viu os recém-casados descerem correndo os degraus sob uma chuva de alpiste — arroz, lembrara Laura, fazia mal aos pássaros; Alice com a bainha do vestido cuidadosamente levantada na altura dos tornozelos para não tropeçar e o véu branco arrastando no chão como vapor na brisa. Uma limusine preta os aguardava junto ao meio-fio.

Os convidados começaram a se dispersar rumo ao estacionamento. Se não saísse logo, pensou Sam, eles chegariam em casa antes dela. Ela começou a ficar preocupada. Será que Guillermo havia pendurado as *piñatas* de casamento? Será que Lupe se lembrara de pôr rodelas de limão no ponche?

Relaxe, uma voz a consolou. Sua empregada doméstica e seu jardineiro estavam em Isla Verde há quase tanto tempo quanto São Pedro estava nos portões do paraíso. Eles cuidariam de tudo. E, se alguns poucos detalhes passassem despercebidos, que diferença faria? Nada, a não ser um terremoto, poderia estragar aquele dia.

— Te vejo em casa! — Laura gritou para a mãe.

Ela estava ajudando sua amiga idosa, que morava com ela, a descer os degraus. Maude usava um vestido justo de cetim quase da mesma idade que ela e que a deixava com os movimentos um tanto limitados.

Ela fez uma pausa para levantar a bainha e revelou um par de sapatilhas azuis.

— Coloquei minhas sapatilhas de dança — disse ela, dando uma piscada marota e ajeitando a cabeleira branca que corria o risco iminente de se soltar de suas presilhas.

Antes que Sam pudesse ir embora, várias outras pessoas pararam para felicitá-la, o reverendo Reardon entre elas. Ele lhe apertou afetuosamente a mão.

— Veremos a senhora aqui no domingo?

Até o ensaio da noite anterior, desde a morte do marido, ela não havia posto os pés na igreja de São Francisco Xavier. Andava ocupada demais, dizia a si mesma. Mas não havia outros motivos além desse? Talvez, pensou apreensiva, tivesse medo do que muita busca espiritual pudesse acarretar.

— Se eu não estiver muito cansada... — Tentou se esquivar com uma risada.

— Prometo não lhe dar sono com o meu sermão. — Seus olhos azul-acinzentados faiscaram, mas ela percebeu um leve vestígio de censura.

— O senhor nunca me dá sono. — Quem poderia cair no sono olhando para o reverendo Reardon? — É que, de alguma forma, não é mais a mesma coisa.

Os dedos dele se fecharam com força sobre os dela.

— Mais um motivo para vir. Citando Robert Browning: "A Terra muda, mas sua alma e Deus permanecem imutáveis." — O reverendo soltou-lhe a mão, dando aquele sorrisinho de um homem bem versado em outros assuntos além da religião. Ela percebeu por que Gerry e ele eram tão bons amigos. — Fim do sermão. Agora a senhora pode ir.

Sam deu a volta até os fundos da igreja, onde seu pequeno Honda vermelho era um dos poucos carros ainda no estacionamento. Ela entrou e virou a chave na ignição, mas o motor soltou apenas um ronco curto. Esperou um minuto e então tentou de novo. Nada.

Com um grito de frustração, saiu do carro dando uma cabeçada no vão da porta. Sentiu uma dor súbita seguida por um latejo fraco. Com uma careta, levantou a mão para massagear a cabeça.

— Você está bem?

Sam virou-se e viu Ian Carpenter correndo em sua direção. Ela lhe lançou aquele sorriso meio envergonhado de uma mulher que não havia tomado o devido cuidado de levar o carro para a revisão.

— Eu já ouvi falar de noivas que são deixadas para trás — disse, com uma risada, sentindo-se mais do que tola ao ver-se ali de pé, massageando a cabeça —, mas nunca da *mãe* da noiva.

— Posso dar uma olhada?

— Ah, eu não...

Mas ele já estava tirando o paletó. Levantou o capô e, após vários minutos mexendo aqui e ali, endireitou a postura e anunciou:

— Parece que você vai precisar de uma bomba nova de gasolina.

— Ah, meu Deus! — Sam tentou não pensar no quanto isso iria lhe custar. — É melhor eu ligar para a oficina.

— Você pode ligar de casa. — Ian abaixou o capô, pegando um lenço do bolso para limpar a graxa das mãos. — Vamos, eu te dou uma carona. — Apontou para uma caminhonete Chevy branca, do outro lado do estacionamento.

— Acho que não seria muito apropriado eu chegar atrasada à minha própria festa — disse ela, pondo-se a andar ao seu lado.

Ian riu.

— Sem querer ofender, não acredito que alguém vá notar. — Com os cabelos louros enfiados atrás da orelha, onde reluzia um brinquinho em formato de meia-lua, ele a fez se lembrar dos meninos que ficavam às voltas de Laura e Alice quando elas eram adolescentes.

Tão logo subiu na caminhonete, uma onda de *déjà-vu* tomou conta dela. Não fora ontem mesmo que ela própria fora uma adolescente subindo com os amigos em caminhonetes como aquelas a caminho de bailes com luz negra ou passeatas de protesto? Naquela época, a vida parecia uma porta aberta esperando apenas para ser ultrapassada. E, embora o caminho que escolhera lhe tivesse sido conveniente na maior parte das vezes, foi com uma pontinha de tristeza que olhou para trás e percebeu que, para aquele jovem com uma bela juba leonina, olhos da cor do crepúsculo do verão e um sorriso que deveria ser proibido por lei

— do tipo que já devia ter provocado noites de insônia e inspirados rabiscos sem sentido em margens de cadernos —, ela não passava de uma bela senhora precisando de carona.

— Obrigada — respondeu, assim que Ian entrou no carro. — Não sei o que eu faria. Você pode me imaginar pedindo carona com este vestido?

Ele lhe lançou um sorriso. *Filho do pai*, pensou ela. Aquele mesmo sorriso que parecia prometer a lua e algo mais deveria ter sido o que Alice vira em Wes.

— Você seria a única pessoa a pedir carona com vestido e flor cor-de-rosa.

— Na verdade, é pêssego.

— O quê?

— Meu vestido. É pêssego-mãe-da-noiva. Você sabia que eles têm roupas especiais para mães em lojas de artigos para noivas? Tudo rigidamente abaixo dos joelhos, em tons que não se choquem com os arranjos florais. — Ela se permitiu dar um sorrisinho arrependido por sua própria conta.

Ele lhe lançou um olhar frio de avaliação ao sair do estacionamento.

— Se eu estivesse pintando o seu retrato, escolheria uma roupa com um pouco mais de vida. Vermelho veneziano.

Sam lembrou-se de que ele era artista.

— É tudo o que eu precisaria para ser pendurada num museu. — Ela começou a sentir calor e ficou mais do que ligeiramente chocada ao perceber que estava flertando com aquele homem que tinha idade para ser seu filho. — Vire à esquerda naquela interseção. — Apontou para o prédio do correio. Seu belo campanário ornado por azulejos decorativos, que normalmente aparecia em folhetos de viagens, lançava uma sombra no antigo parque situado no lado oposto.

— Conheço o caminho. — Ian freou para deixar um grupo de adolescentes sorridentes de short e camiseta atravessar a rua. — Eu estava na festa de noivado, lembra?

— Estava? Desculpe. Tinha tanta gente...

Ela sabia que era uma desculpa esfarrapada. A verdade era que não se dera ao trabalho de conhecer o filho de Wes. Dissera a si mesma que agira assim porque estava muito envolvida com os preparativos para o casamento. Mas não havia algo além disso? Não era Ian apenas mais um lembrete de como Wes era muito mais velho do que sua filha?

— Não fiquei muito tempo — disse ele. — Não sou grande fã de festas.

— Nem eu. Na maioria das vezes, prefiro ficar em casa, encolhida com um bom livro.

Sam sorriu diante da ironia da situação. Filha de Jack e Cora Delarosa, ela se relacionava com as pessoas desde que tinha idade suficiente para enxergar por cima do balcão. Seus clientes gostavam que ela soubesse o nome de seus filhos e se lembrasse de suas inúmeras dores e mal-estares. Em retribuição, faziam-lhe confidências. Como a bibliotecária-chefe, Vivienne Hicks, que deixara escapar no dia anterior que estava pensando em procurar um terapeuta. E Edie Gringsby, a esposa do pastor presbiteriano, que temia que o filho estivesse envolvido com drogas. Quantas daquelas pessoas, a quem havia emprestado o ouvido ou o ombro, poderiam imaginar que criatura solitária ela era de fato?

Sam ficou olhando para as calçadas arborizadas cheias de pessoas fazendo compras. Um quadro-negro na frente do restaurante Cesta de Vime informava os pratos do dia. Havia uma banca com livros em promoção do lado de fora da Livraria entre Capas, onde seu proprietário, Peter McBride, atacava a vitrine com um rolo de toalhas de papel e um frasco de limpa-vidros. Do outro lado da rua, na livraria concorrente que pertencia à ex-esposa de Peter, apropriadamente chamada de A Última Palavra, Miranda McBride podia ser vista molhando seus vasos de fortunela.

Ian colocou um CD para tocar — Charlie Parker — e jogou a caixinha no chão já cheio de moedas, embalagens amassadas de canudinhos e um retalho sujo de tinta.

— Gosta de jazz?

— Gosto de todos os tipos de música — respondeu ela. — Principalmente música clássica.

Ele concordou.

— Ontem à noite você falou alguma coisa sobre um festival de música.

— Estou presidindo o comitê do festival de música deste ano. — Ficou surpresa por ele ter se lembrado. No jantar do ensaio, eles haviam se sentado em lados opostos da mesa. — Se você estiver por aqui na época, poderá vir. Temos uma programação excelente.

— Quando será?

— Na terceira semana de outubro.

— Eu talvez esteja em Londres.

— Guardarei um convite para você, por via das dúvidas.

— Obrigado, eu adoraria.

— Você viaja muito? — perguntou ela, após alguns instantes.

— Mais do que eu gostaria. Se pudesse, passaria o tempo todo no meu ateliê.

— E por que não pode?

Ian encolheu os ombros.

— Os murais pagam o aluguel. Por sorte, a maior parte deles é feita em tela. Eu só viajo para as montagens.

— Eu te invejo.

— Por quê?

— Porque eu sempre quis viajar.

— O que te impediu?

Eles passaram pela prefeitura e pelo Palácio da Justiça, duas construções vitorianas que se sobressaíam como cartões de rendinha cor-de-rosa em um mar de adobes caiados e pálidos. Ele virou para a Grove Avenue, onde a rua começava a ficar íngreme.

— Acho que sempre fiquei ocupada demais cuidando da família e administrando a loja — disse.

— Nunca é tarde demais. — Ele lhe lançou um olhar que pareceu desafiá-la de alguma forma.

— Você fala como se eu pudesse pegar a estrada e sair quando bem entendesse.

— Não pode?

— Não é tão fácil quanto você pensa.

— Você tem pessoas que te ajudam, não tem?

— Minha filha Laura. Mas ela já tem muito o que fazer do jeito que está.

Ele encolheu os ombros.

— Foi só uma ideia.

— Quando você tiver a minha idade, vai ver. Nada é fácil.

— Você fala como se fosse velha.

— Tenho quarenta e oito anos.

— Isso não é velha. Além do mais, você parece pelo menos dez anos mais jovem. — Ele lhe lançou outro sorriso, disparando uma carga de eletricidade pelo corpo dela, que, com certeza, nada tinha a ver com as ondas de calor da menopausa. — Se eu não soubesse, diria que você é irmã da Alice. — Ele entortou os lábios numa careta. — Sei que essa é uma das cantadas mais velhas do mundo, mas juro que é verdade.

— Obrigada. Fico feliz com o elogio — Sam agradeceu com naturalidade, mesmo enquanto sentia o calor lhe subindo pelas faces.

Ele está me paquerando. Ela ficou olhando para os babados de seda cor de pêssego, decentemente dobrados sobre seus joelhos. Sim, ainda conseguia se sentir bem no tamanho trinta e oito e, não fosse por alguns fios grisalhos, seus cabelos ainda tinham o mesmo tom castanho-avermelhado de sempre. Mas, ultimamente, quando se olhava no espelho, o que via era uma mulher com linhas finas em torno dos olhos que já haviam presenciado tanto atribulações quanto sucessos. Uma mulher que ficara dependente de óculos de leitura e cuja mesa de cabeceira vivia cheia de vários tipos de cremes hidratantes. O que ele podia estar vendo nela?

Ian, por sua vez, gostaria que houvesse uma forma de pôr os medos dela de lado sem assustá-la. Já estava de olho em Sam há algum tempo — na festa de noivado e no jantar do ensaio da noite anterior. O que lhe chamara a atenção ainda mais do que sua beleza esguia fora a forma graciosa como ela se movimentava, como se fosse uma dançarina: alta, determinada, perene, a saia mal roçando nos joelhos. Seu olhar cristalino era igualmente direto, aquele de uma mulher que não gostava de ficar de joguinhos. Se quisesse alguma coisa, lutaria por ela. Se quisesse um homem, ele saberia.

Garotas? Ele estava cansado de suas intermináveis tentativas de moldá-lo, de suas artimanhas óbvias e evidentes tiradas de livros e artigos de revistas. Quando sua última namorada, Emily, começou a reduzir o tempo das conversas telefônicas, ele não percebera de início... até o dia em que, por acaso, viu uma escritora na TV enfatizando a importância de terminar uma ligação após quinze minutos. A ideia, supôs ele, era deixar o homem querendo mais. Depois disso, ele começou a cronometrar Emily ao telefone, marcando cada ligação sua no relógio após catorze minutos e meio de conversa. Quando a confrontou, ela nem sequer teve a decência de ficar constrangida.

— Por que é sempre você que tem que decidir a hora de desligar? — reclamara ela. — Talvez eu tenha outras coisas melhores para fazer do que ficar sempre à sua disposição.

Ele terminara com ela na mesma hora. O que queria era uma mulher que risse da ideia de cronometrar uma conversa como se fosse o tempo de um ovo cozinhando, uma mulher mais interessada em arte, música e livros do que em encontrar um homem para casar. Uma mulher muito parecida com aquela agora sentada ao seu lado...

— Meu ateliê fica logo ali, depois da costa — disse ele, como quem não quer nada, sabendo que essa, também, poderia soar como a cantada mais velha do mundo. — Se você quiser ver alguns trabalhos meus qualquer dia desses...

Sam estava morrendo de vergonha. Será que ele a via como uma mulher patética de meia-idade que iria para a cama com o primeiro homem que mostrasse um pouquinho de interesse por ela? Não, disse a si mesma, ele não era assim. *Ele está apenas sendo gentil.*

— Com certeza — respondeu, esforçando-se para manter a voz num tom natural. — Eu gostaria muito.

Eles caíram em um silêncio embaraçoso. As cercas impecavelmente aparadas de espirradeira que ladeavam as estradas próximas à cidade passaram a dar lugar a carvalhos vistosos e aroeiras. Flores silvestres saltavam das valas e se enfiavam pelas ripas das cercas: arbustos de bagas brancas, figueiras-bravas, margaridinhas silvestres e a sua favorita, a papoula branca da Califórnia. Placas com os símbolos universais de cavalos e cavaleiros indicavam as trilhas que se embrenhavam pela mata.

Eles seguiram caminho morro acima, passando pelo antigo celeiro de Avery Lewellyn. Todos os Natais, Avery se vestia de vermelho e mantinha um bando de alces de rabo branco preso no curral dos fundos. Logo depois da curva, ficava La Serenisa, um pequeno grupamento de cabanas rústicas enfurnado no meio de uma plantação de eucaliptos, onde, em qualquer época do ano, uma ou outra celebridade de Hollywood normalmente se escondia.

Sam sabia que toda aquela beleza rústica não era por acaso. As leis severas de zoneamento, que tanto aborreciam os empreendedores, garantiam que grandes extensões de área rural permanecessem intactas. A pior ameaça não vinha do homem, mas das forças da natureza: terremotos, enchentes e geadas que podiam dizimar uma plantação inteira de laranjas, e dos temidos incêndios que, junto com os ventos de Santa Ana, atingiam a região no final do verão e início do outono.

— Você já foi casado? — perguntou ela.

Ele ficou visivelmente tenso.

— Não.

— Desculpe, eu não quis ser intrometida.

— Tudo bem. — Ele lhe lançou um olhar arrependido. — É que muitas pessoas me fazem essa pergunta. Normalmente as que querem me arrumar uma esposa.

— Isso foi a última coisa que passou pela minha cabeça, pode acreditar.

Ele riu.

— Ótimo. Melhor assim. — Ela não ousou perguntar se ele tinha namorada. Ele poderia entender mal. — E você? Você devia ser muito jovem quando se casou.

— Dezenove anos. Na época, me pareceu uma boa ideia. — Ela deixou escapar um sorrisinho. — A verdade é que nós dois éramos jovens demais para saber.

— Vocês devem ter feito alguma coisa certa. Ficaram juntos durante tantos anos.

Ela teve uma forte sensação de perda acompanhada por um sentimento culposo de alívio.

— Acho que mais do que muitos casais.

— Quanto tempo faz que seu marido morreu?

— Dois anos.

— A Alice fala muito dele.

— Ela ainda não superou a morte do pai.

— Deve ter sido difícil para você também.

— Foi.

Sam sentiu uma súbita impaciência. O que ele sabia sobre a morte? A morte não era apenas o baixar da cortina; era o somatório de pequenas crueldades. Contas de hospital referentes a quartos particulares que mais pareciam enfermarias públicas. Médicos e enfermeiras entrando e saindo a todas as horas do dia e da noite. Exames e mais exames para lhe dizer o que você já sabia.

— Minha mãe morreu quando eu tinha catorze anos — disse ele.

— Sinto muito, eu não sabia. — Sam sabia apenas que Wes ficara um bom tempo viúvo. — Deve ser estranho o seu pai se casar de novo depois de todo este tempo. — *Com uma mulher que tem idade para ser sua irmã*, absteve-se de acrescentar.

Ele encolheu os ombros.

— Gosto da Alice.

— Não é disso que estou falando.

— Eu sei. — Ian reduziu para não atropelar um esquilo que atravessara correndo a estrada. — Mas não é a minha opinião que conta.

— Mas você ainda tem o direito a ter uma, não tem?

Ian riu.

— Honestamente? Acho que eles formam um belo casal. Em muitos aspectos, melhor do que ele e a minha mãe.

Sam não teceu comentários. O assunto daria margem a uma discussão que ela não estava preparada para ter. Ao mesmo tempo, não conseguia parar de pensar em Martin e naquela mania detestável de só se falar dos mortos de forma elogiosa. De enterrar os próprios sentimentos junto com o ente querido e privar-se da única oportunidade que deveria ter de resolver todos os pequenos problemas que a aborreciam.

O som de um arranhão fez Sam se virar no banco. Ela julgou ter visto um movimento rápido no meio da bagunça de cortes de lona e caixas na traseira da caminhonete. Talvez fosse alguma coisa que tivesse se soltado.

— Você não tem cachorro, tem?

— Não. Por quê?

— Acho que ouvi alguma coisa.

— O motor faz barulho.

Ela pensou no próprio carro.

— Você devia mandar alguém dar uma olhada.

— Vou mandar. Qualquer dia desses.

Naquele momento, ela pareceu Martin falando. Por que se preocupar hoje quando há sempre o amanhã? Mas Ian era jovem, sem família para sustentar. Ele podia e devia fazer o que bem entendesse.

Sam ficou mais uma vez em silêncio. Andara por aquela estrada durante toda a sua vida, mas nunca se cansara dela. O pomar de nogueiras onde ela, o irmão e a irmã costumavam catar nozes caídas. O riacho onde gerações de crianças Delarosa pescaram vairões e sapos com potes de vidro. Logo atrás do riacho, ficava uma nespereira bem alta, o chão logo abaixo tomado de frutas caídas. Sam lembrava-se de colocá-las em sacos e levá-las para casa, para Lupe transformá-las em geleia.

Eles passaram pelo pequeno relicário na beira da estrada, com sua imagem de São Francisco decorada com terços baratos de plástico, que marcava o ponto de desvio para Isla Verde. Minutos mais tarde, Ian estava estacionando atrás da longa fila de carros que ultrapassava os limites da propriedade.

Sam virou-se para ele.

— Obrigada. Não apenas pela carona, mas pela chance de te conhecer.

— Digo o mesmo da minha parte. — Ele abriu um sorriso, um sorriso tão iluminado que a deixou com vergonha da fraqueza que se espalhou pelo seu corpo.

O que era aquilo? A forma como falara com ela, não como filho de seu genro, mas como um colega seu. Ou seria aquele dia em especial, dia de começos felizes e lembranças tristes? Seja o que for, ela ficou se sentindo como se tivesse sido virada pelo avesso, cada terminação nervosa em exposição. Sam ficou atenta às camadas de seda deslizando frias por suas coxas quando desceu da caminhonete.

Juntos, subiram a entrada íngreme. Ao se aproximarem do alto, Isla Verde fez-se visível com seus dois silos idênticos ladeando o portão do pátio logo na entrada, telhado de terracota inclinado e as janelas altas e arqueadas mais atrás. Após todos aqueles anos — uma vida inteira — sua beleza imaculada ainda causava certo encantamento. A casa que seu avô havia construído, grande parte com as próprias mãos. A casa na qual ela e seus irmãos haviam crescido.

A pérgula que cobria a varanda frontal flamejava de margaridas-amarelas, e as begônias ao longo do caminho brilhavam com a recente regadura. Ela ficou feliz ao ver que Guillermo havia aparado o alecrim e varrido a grama sob as toranjeiras.

No gramado aos fundos, grupos de pessoas conversavam, suas taças de champanhe refletindo o sol em raios reluzentes e heliográficos. Um grupo de *mariachis* tocava sob a tenda listrada. Até mesmo as *piñatas* estavam penduradas. Elas balançavam nos arcos da colunata da varanda, uma bela exibição de cores vibrantes em contraste com o tom creme da pedra calcárea.

Sua irmã foi ao seu encontro quando ela estava prestes a entrar em casa.

— Até que enfim! Já te procurei por toda parte. — Audrey parecia mais relaxada do que de costume, talvez por causa do champanhe.

Ela pegou a mão de Sam e a levou para o banco embaixo da velha figueira que subiam quando crianças. Sam sentou-se relutante, na esperança de ser poupada das indiretas costumeiras da irmã.

— Todos parecem estar se divertindo — comentou ela, satisfeita.

A irmã sorriu.

— A festa está muito agradável.

Sam voltou o olhar para o círculo que se formara em torno dos recém-casados, em sua maioria composto por amigos de Alice e Wes. Alice, em seu vestido de noiva, parecia flutuar como uma nuvem em contraste com a cascata de buganvílias às suas costas. Wes, com o braço apoiado em seus ombros, tinha a cabeça jogada para trás numa risada em resposta a alguma coisa engraçada que um de seus amigos dissera.

Sam se esforçou para tornar a olhar para a irmã. Se ela havia puxado à mãe na aparência, Audrey, com sua testa larga, queixo pontudo, pele amarelada e cabelos ondulados dos Delarosa, puxara ao pai. Infelizmente, não herdara seu temperamento gentil. Para sua irmã, o copo da vida estava sempre pela metade.

— Cá entre nós, a Alice estaria igualmente feliz se tivesse fugido com ele como amante — confidenciou Sam, com uma risada.

Audrey ficou chocada.

— Fico feliz que ela tenha caído em si. Pense só no que teria perdido! — Sam deveria ter pensado melhor antes de falar; tanto ela quanto Audrey haviam se casado naquele gramado.

Com uma habilidade conquistada por anos de prática, ela foi rápida em evitar uma briga.

— Eu gostaria que a mamãe e o papai estivessem aqui.

— Eles não reconheceriam este lugar. Sinceramente, Sam, não sei por que você o mantém. Até mesmo o pomar. Por outro lado — lá vinha a espetada —, acho que foi por isso que a mamãe o deixou para você.

— Não foi exatamente um presente — lembrou-a Sam.

— Ah, sim, eu sei. — Audrey deixou a simpatia de lado, fazendo um gesto afetado com a mão. Como se a decisão dos pais de se mudarem para um lugar menor tivesse sido imposta de alguma forma. Como se o dinheiro suado para o pagamento da primeira parcela não tivesse sido nada além de uma quantia simbólica. A verdade é que Sam ficara tão surpresa quanto ela ao descobrir que, quando da leitura do testamento da mãe, o débito remanescente havia sido perdoado. — Por favor, não me entenda mal. Não sinto nem um pouquinho de inveja de você. Isso é mais do que eu e o Grant conseguiríamos dar conta.

— Eu tenho empregados — disse ela.

Sua irmã deu uma risadinha irônica.

— Você quer dizer a Lupe e o Guillermo? Meu Deus, eles devem ter uns cem anos. Já eram velhos quando *nós* éramos crianças.

Sam prestou atenção ao movimento dos lábios de Audrey enquanto tentava conter as próprias palavras. Não podia culpá-la por completo, pensou. Em alguns aspectos, seus pais haviam favorecido a ela e ao irmão. No entanto, verdade fosse dita, Audrey não fora nenhum anjinho. Sam sentia-se uma mulher de sorte por suas duas filhas serem uma joia e ela não precisar fazer distinções entre elas.

Ficou ouvindo a irmã reclamar por mais alguns minutos, até que conseguiu escapar sem correr o risco de ser indelicada. Quando se encontrou com Gerry a caminho de casa, foi uma pausa abençoada. Sua melhor amiga pôs-se a acompanhá-la, entrelaçando o braço no dela.

— Parece que você ficou com a orelha vermelha — observou, sarcástica. — A sua irmã ainda fica te lembrando de tudo o que você recebeu e que foi roubado dela? — Gerry tirou o chapéu tão extravagante quanto ela própria e o ficou balançando com folga ao lado do corpo enquanto caminhava. A luz do sol cintilava nos fios grisalhos de seus cachos escuros.

— Isso e algo mais. — Sam revirou os olhos.

— A inveja é como uma erva daninha — observou Gerry. — É preciso arrancá-la pela raiz ou ela sempre volta a nascer.

— Acho que essa raiz está enterrada fundo demais.

— Não dá para saber até tentar. — Elas atravessaram a porta dos fundos e entraram no frescor da cozinha, com suas panelas de cobre pendendo dos ganchos acima do fogão de tijolos escurecidos. Um pequeno exército trabalhava depressa arrumando as travessas sob a direção severa de Lupe, o menor general do mundo. Ignorando as *flautas* de siri e os aspargos enrolados em fatias de presunto italiano, Gerry apanhou um damasco da tigela de madeira em cima do balcão e o mordeu com avidez.

Quando crianças, Sam era a mais bonita das duas. Por ironia, tão logo Gerry foi aceita no convento, desabrochou em beleza, e os meninos que até então a ignoravam começaram a olhá-la de uma forma completamente diferente. Mais de um, suspeitava Sam, alimentava a fantasia de resgatá-la do celibato.

Hoje, trinta anos depois, Gerry de fato encontrara seu caminho. Seu andar masculinizado dera lugar a um andar confiante e seus olhos verdes, uma vez bravios, estavam agora suavizados por linhas fininhas. Até mesmo sua atual vocação lhe caía bem. Como gerente laica do apiário Nossa Senhora de Wayside, era atribuição sua checar se as prateleiras das lojas, inclusive as da Delarosa, estavam bem abastecidas do mel do convento, sabiamente comercializado com o nome Bendita Abelha.

Satisfeita por tudo estar correndo bem, Sam saiu para dar uma volta com a amiga. Estava quase na hora do almoço. Travessas eram levadas às pressas para a mesa do bufê, arrumada sob a tenda. As mesas dos convidados estavam sendo abastecidas de pãezinhos e potinhos de manteiga, os copos de vidro, abastecidos com água.

Por um momento, ela se permitiu olhar para tudo com olhos de convidada. Isla Verde, ilha verde, onde o sol brilhava forte e as flores vicejavam o ano inteiro. De onde estava, tinha uma vista panorâmica do chaparral fustigado pelo vento e das colinas repletas de carvalhos que se ondulavam como uma grande onda rumo às montanhas que há milhões de anos foram engolidas pelo oceano.

Ainda assim, conforme aprendera no catecismo, o paraíso tinha seu preço. Sua irmã tinha razão com relação à manutenção do local. O telhado vazava em uma dúzia de lugares e os consertos no velho encanamento e na rede elétrica não tinham fim. Uma variedade de fungos e insetos atacava o pomar com frequência, e a piscina significava uma batalha constante contra as algas negras. Mesmo com Lupe e Guillermo, às vezes era difícil dirigir aquele lugar.

Seu olhar se voltou para Ian, conversando com Laura no gramado. Sua filha parecia feliz, quase uma menina. Ian parecia atento a cada palavra sua. Sam sentiu uma fisgada inesperada, mas logo a afastou pensando com firmeza: *Por que não? Eles formariam um belo par.*

Gerry se aproximou para cochichar:

— Ele é uma graça.

— Sem falar que tem idade suficiente para ser meu filho — rebateu Sam, sabendo onde aquela conversa iria dar.

Gerry não se sentiu intimidada.

— Aqueles cabelos. Eles me fazem lembrar dos meninos que costumávamos namorar na escola. A maioria está careca hoje. — Ela deu a risada típica de uma mulher que já tivera sua parcela de homens. — Sei que ele é pintor.

— E bem-sucedido.

— Parece que vocês já se conhecem bem.

— Viemos juntos no carro dele. O meu enguiçou.

— Ah, um cavaleiro numa armadura brilhante pronto para se fazer útil. — Gerry deu um sorriso malicioso, muito conhecido de Sam.

Sam virou-se para encará-la.

— Sei o que você está pensando — disse numa voz baixa de advertência —, e pode ir logo tirando essa ideia da cabeça. Tenho idade para ser mãe dele.

— Você já disse isso.

— Bem, isso é um fato.

— Não sei por que idade tem que ser um problema. — Gerry levantou uma sobrancelha, seu olhar se fixando nos recém-casados. — Isso não impediu o Wes de namorar a Alice.

— Você é terrível, sabia? — Sam, que poderia ter estrangulado a amiga naquele momento, riu sem saber por quê. — Sinceramente, era de esperar mais de uma ex-freira.

— Você está brincando? Nós somos as piores.

Gerry não mantinha segredo do fato de gostar de ter uma vida sexual ativa. A única vez que Sam se lembrava de tê-la visto se isolar do mundo fora durante aquele ano terrível que se seguiu à sua saída do convento. Uma época em que nada podia consolá-la...

Os pensamentos de Sam foram interrompidos por um movimento rápido sob a tenda: uma sombra que se materializou em uma garota magra, de cabelos escuros, jeans surrados e uma camiseta azul-marinho. Dando uma olhada rápida para os lados, ela catou alguma coisa da mesa do bufê e a enfiou no bolso.

— Ei! Você aí! — Sam começou a correr pelo gramado.

A garota lhe lançou um olhar assustado, como uma corça diante do estalido lubrificado de uma arma de fogo, e saiu em disparada. Conseguiria ter fugido se, naquele momento, um vulto não tivesse passado correndo por Sam e corrido atrás dela: um homem alto, sem paletó, com as mangas da camisa arregaçadas acima dos cotovelos, os longos cabelos louros esvoaçando.

A garota era veloz demais até mesmo para Ian. Ao pé do morro, ela virou de repente para o pomar e se meteu de cabeça nas espirradeiras que o cercavam. Após se contorcer pelos arbustos, estava praticamente livre quando seu casaco de náilon ficou agarrado em um galho. A cerca agitou-se violentamente conforme ela tentava se soltar. Um número considerável de convidados já havia corrido até lá para ver o porquê de toda aquela confusão.

A menina parou de se remexer e enfiou a mão no bolso, fazendo com que o irmão de Sam gritasse:

— Cuidado! Ela está armada!

Várias pessoas correram e houve uma grande comoção quando saíram à procura de abrigo. Naquele exato momento, Ian saltou como um *linebacker* bloqueando a passagem, agarrando a garota pela cintura e a jogando no chão. Eles se debateram por alguns segundos, terra e folhas voando. Um grito agudo ecoou no céu azul.

— Tira as mãos de mim!

Ele puxou a menina para colocá-la de pé. Ela estava ofegante, pedaços de folhas e galhos presos em seus cabelos castanhos desgrenhados. Seus olhos eram duas contas escuras e reluzentes na vermelhidão de seu rosto. Ela deu uma virada brusca, mas Ian reagiu rapidamente, sem soltar sua cintura. Ela se virou de novo, com menos força desta vez.

— Calma — ele a tranquilizou. — Ninguém vai te machucar.

— *Me solta!*

— Solto se você prometer que não vai sair correndo.

— *Vá se foder!*

Sam se aproximou correndo, conseguindo ter apenas uma breve visão das olheiras profundas da menina antes de ela baixar a cabeça.

— Eu não estava roubando — disse ela, numa voz baixa e faltosa. — Eu só estava... com fome.

Com um único movimento, ela se livrou de Ian e levou a mão ao bolso, jogando alguma coisa no chão. Não a arma que todos haviam imaginado, mas um pãozinho. Sam não sabia se ria ou chorava.

— Qual o seu nome? — perguntou-lhe, sem ser brusca.

A menina empinou a cabeça.

— Por que a senhora quer saber?

Sam respondeu calmamente:

— Por uma única razão. Esta é uma propriedade particular e você a invadiu.

— Eu não roubei nada — insistiu.

— Eu não estou te acusando.

A menina ficou olhando calada para ela. Tinha a aparência e o cheiro de quem não tomava banho há dias. Talvez também há dias não tivesse uma refeição decente. Uma fugitiva, sem dúvida. O quanto antes fosse enviada de volta para casa, melhor.

— Talvez esse seja um assunto que você prefira discutir com a polícia — acrescentou Sam.

A cor sumiu do rosto da menina. Ela começou a tremer.

— Não! Por favor! Farei qualquer coisa que a senhora pedir. Só que... sem polícia, está bem?

Os olhos de Ian se encontraram com os de Sam e, com um aceno quase imperceptível de cabeça, como se dissesse *deixe que eu resolvo o assunto*, ele falou:

— Fique tranquila, ninguém vai chamar a polícia. — Esticou a mão para ela, dessa vez em sinal de cortesia. — Ian Carpenter.

A menina hesitou antes de aceitá-la e disse num murmúrio:

— Finch.

— Este é o seu nome ou sobrenome? — perguntou ele.

— Os dois. — Ela semicerrou os olhos como se quisesse provocá-lo.

— Tudo bem. — Ian deu um passo para trás. — Há quanto tempo você não come?

Ela encolheu os ombros, baixando novamente a cabeça.

— Está bem — disse pacientemente —, vamos tentar outra pergunta: como você chegou aqui? É muito longe para vir andando.

Sam lembrou-se do barulho de alguma coisa se arrastando dentro da caminhonete.

— Era *você*, não era? Na caminhonete?

A menina deu um passo para trás, olhando para ambos os lados como se estivesse se preparando para fugir.

— Ela não estava trancada.

Ian encolheu os ombros.

— Está tudo bem. Não aconteceu nada.

Ela lhe lançou um olhar agradecido, porém cauteloso.

— Posso ir agora?

— Não até você comer alguma coisa. — As palavras saíram da boca de Sam antes que ela se desse conta. Era a única coisa que lhe cabia fazer. A menina mais parecia um gatinho faminto do que um gatuno.

Sam virou as costas e começou a subir calmamente o morro. Momentos depois, uma sombra surgiu no gramado, ao seu lado. Ela não precisou olhar para ver que era Finch.

Vendo Alice se aproximar, Sam sentiu uma súbita ansiedade. Ela teria algo contra? Aquele era o seu dia, afinal de contas. E ela sempre fora tão exigente, querendo tudo certinho, até mesmo quando pequena. Não era à toa que Martin a chamava de sua princesinha.

Em seguida, lá estava Alice pegando Finch pela mão e falando como se nada tivesse acontecido:

— Venha, vou pegar um prato para você.

Observando as duas, tão diferentes, se afastarem em direção à tenda, a noiva dos livros infantis com seu vestido branco como neve e a maltrapilha com folhas nos cabelos, Sam sentiu um nó na garganta. Nunca se sentira tão orgulhosa da filha.

— Gesto bonito o seu.

Sam se virou e viu Ian sorrindo.

— O que mais eu poderia fazer? Ela parece faminta, coitadinha. — Ela lhe lançou um olhar de censura. — Você, por outro lado, poderia ter morrido. Como sabia que aquilo não era uma arma?

— Eu não sabia. — Ele abriu um sorriso, passando a mão no topo da cabeça. Seu cabelo brilhava como carvalho encerado sob o sol forte.

Martin não teria se arriscado dessa forma, pensou.

Se alguém da família tivesse sido sequestrado, ele teria implorado, pegado dinheiro emprestado ou roubado o resgate. Mas arriscar a pele partindo para a briga? Não, esse não era o estilo dele.

— Você é sempre tão impulsivo assim? — perguntou.

Ian deu uma meia risada, espanando despreocupadamente os vestígios de grama de sua camisa. Sam percebeu que ele estava com um brinco só.

— Meu pai tem outra palavra para isso. Pergunte a ele quantas vezes teve de me puxar pelo colarinho quando eu era adolescente.

— Parece que isso não te fez mal algum.

— Sorte de nós dois que eu descobri bem cedo em que era bom. — Ele pôs a mão em concha acima dos olhos para protegê-los do sol. — Falando nisso, eu falei sério aquela hora. Eu adoraria te mostrar o meu trabalho.

— Com certeza — respondeu ela, descontraída. — Qualquer dia desses.

Sob a pouca sombra que descia em ângulo pelo seu rosto, o olhar de Ian foi irritantemente sincero. De repente, Sam sentiu o sol batendo em cheio e lhe aquecendo o corpo através do vestido fino. Parecia estar nua pela forma como sua pele ardeu, pela forma como suas entranhas tremeram só de pensar em ser tocada por ele. O que estava acontecendo com ela? Nunca se sentira assim antes, nem mesmo com Martin.

— Que tal amanhã? — perguntou ele. — Vou ficar na cidade. Eu poderia te pegar de manhã.

Com uma expressão que esperava que fosse gentil e indiferente, Sam observou sua sombra refletida na grama caprichosamente aparada.

— Não sei. Está muito em cima da hora.

— Você tem outros compromissos?

— Bem... não. Não exatamente.

— Então está combinado. Por volta das onze?

Ela sacudiu negativamente a cabeça.

— Talvez numa outra ocasião.

— Do que você tem medo? — A voz de Ian soou baixa e íntima. E, ah, meu Deus, a forma como estava sorrindo para ela... como se seus papéis estivessem invertidos, como se de alguma forma *ele* fosse o mais velho e mais experiente.

— De nada — mentiu ela, o coração acelerado.

— Vou ser honesto — disse ele. — Quero te ver de novo.

Ela se sentiu exposta de repente. Como se tivesse sido virada do avesso como um bolso, cada pensamento vergonhoso sendo cuspido para fora como moedinhas soltas. Meu bom Deus. O que ele estava pensando? Que ela era uma mulher mais velha e solitária extremamente grata pela atenção de um homem mais jovem?

— Acho que não deveríamos estar tendo esta conversa — disse ela, bruscamente.

Sam estava de saída quando sentiu a mão dele se fechar em seu braço. Ela não retirou o braço, simplesmente parou, enraizada onde estava, o sol lhe queimando através do vestido. Gerry saberia como lidar com aquela situação, pensou. Saberia o que dizer.

— Eu não tinha a intenção de te aborrecer — justificou-se ele.

Um sentimento de raiva se fez presente, uma raiva que não era dirigida a ninguém em especial. Sam olhou para ele com frieza.

— Acho que você faz uma ideia errada de mim.

Ian inclinou a cabeça para o lado.

— Que ideia?

— Acho que não preciso traduzi-la em palavras.

Ian assentiu lentamente com a cabeça, em sinal de compreensão, dando aquele seu sorriso torto.

— Ah, já entendi. O lance da idade, não é? Você não vai acreditar, mas foi a última coisa que me passou pela cabeça.

— Você tem razão, não vou acreditar mesmo. — Uma sombra de dúvida pairou, apesar do que acabara de dizer. Seria possível que ele não via o que *ela* via no espelho?

Ele soltou seu braço, mas ela permaneceu imóvel.

— Gosto da sua companhia. É isso, juro.

— Isso não muda o fato — respondeu ela — de que tenho idade suficiente para ser sua mãe.

— Mas você *não* é minha mãe.

— Está bem, sua madrasta então. — A palavra madrasta pareceu-lhe tão absurda que ela se pegou rindo.

— *Isso* é que é estranho. — Ian observou-a, achando graça e franzido os olhos azuis. Em seguida, acenou com a cabeça na direção da tenda.

— Vamos lá, vamos comer alguma coisa. Podemos falar sobre isso amanhã.

— Amanhã?

— No trajeto para a minha casa.

Ele fez isso soar natural, até mesmo inteiramente pueril. Ela encarou seus olhos sorridentes. O sol refletiu em seu brinquinho de prata, e ela precisou se controlar para não tirar uma folhinha de seu cabelo.

— Está bem — disse ela. — Contanto que não seja um encontro.

— Que tal o cumprimento de uma promessa?

— Acho que assim está bem.

Ao voltarem para a tenda, Sam pegou-se pensando, inquieta, se essa promessa fora feita mesmo para Ian ou para uma versão mais jovem sua, para a garota em seu íntimo que olhava saudosa para o passado, para um caminho não escolhido.

Capítulo Dois

Laura observava a menina desgrenhada sentada na grama, de pernas cruzadas, curvada sobre um prato de comida. Finch, se esse era mesmo o seu nome, o que Laura duvidava, comia como uma faminta, mas, ainda assim, apresentava o mínimo de boas maneiras. Era de dar pena vê-la tentando manejar o garfo e a faca e equilibrar o prato no colo. De quando em quando, levantava o olhar para ver se alguém a estava observando, então, tão rápido quanto um beija-flor, dava outra garfada e a enfiava na boca.

Laura imaginou que ela teria uns dezesseis anos. Uma fugitiva, mas com vasta experiência em cuidar de si mesma. Assustada também. Como se estivesse fugindo de alguma coisa... ou de alguém. Laura não tinha dúvidas de que, se o destino não tivesse intervindo, ela teria seguido em frente.

Laura aproximou-se dela com o prato na mão.

— Posso ficar com você?

A menina levantou a cabeça, sobressaltada como um pássaro assustado. Claramente não estava acostumada a gentilezas sem segundas intenções. Ao mesmo tempo, era óbvio que não queria parecer grosseira. Nesse sentido, também havia aprendido o mínimo de boas maneiras. Seu semblante jovem, porém castigado, entrou em conflito antes de retribuir Laura com um aceno de cabeça.

Laura sentou-se na grama sob o carvalho frondoso no qual sua avó costumava fazer piqueniques com sanduíches e biscoitos em pratinhos floridos para ela e Alice. A poucos metros dali, no canteiro de rosas ao lado da varanda, havia um pequeno esqueleto enterrado, um canário de estimação chamado Winkie. Ela se lembrava do funeral de mentirinha que haviam encenado, com a avó carregando a caixinha de papelão com a mesma seriedade que teria carregado um caixão, enquanto Alice a seguia, sua mãozinha fechada em torno de uma vela gotejante.

— Você devia experimentar o *guacamole* — disse Laura, apontando para o prato da menina, onde o purê estava intocado.

Finch o amassou hesitante com o garfo.

— Não se parece com o que a gente come no Taco Bell.

— É porque este aqui é o verdadeiro. Feito com os abacates daqui.

Finch levou uma garfada modesta à boca.

— Está com muita pimenta.

— Neste canto do mundo tudo é apimentado. Você vai se acostumar. — Laura deu uma mordida em uma empanada. Com muita naturalidade, perguntou: — De onde você disse mesmo que era?

— Eu não disse. — A expressão da menina se fechou tão bruscamente quanto uma porta empurrada com força.

Cuidado, avisou uma voz interna na cabeça de Laura. Ela tentou uma abordagem diferente:

— Eu estava pensando que, se você precisar de um lugar para ficar, posso te dar hospedagem por um ou dois dias. Meu sítio fica a poucos quilômetros da estrada. — Ela sabia que precisava fazer um exame mental; já não tinha problemas demais para lidar no momento? Mas a menina parecia tão... tão marcada. Como um cavalo que tem sido maltratado e está lhe dizendo para nem pensar em se aproximar dele com uma sela. Como *não* oferecer ajuda?

Finch ficou um pouco mais animada.

— Você tem um sítio?

— Acho que dá para chamar assim. Crio alguns cavalos. Você monta?

— Eu... eu sempre quis montar — confessou, com timidez.

— Bem, eis a sua chance. — Laura manteve a voz suave, lembrando-se de como seu Appaloosa ficara assustado na primeira vez em que ela o levara para casa, todo cheio de feridas, com pus nas costelas à mostra. Ela deu um rápido sorriso para a menina na esperança de acalmá-la. — Acho que você e o Punch iriam se dar bem.

— Nome engraçado.

Não mais do que Finch.

— O nome da minha égua é Judy. Entendeu? Punch e Judy. — Não, pensou. Finch não entenderia. Aquele show de marionetes já estava fora de moda para alguém da idade dela.

Mas a menina a surpreendeu ao dizer:

— Ah, sei. Como no show de marionetes. Vi esse teatrinho na rua, uma vez. — Achou que falara demais, temendo ter revelado coisas que não devia.

O olhar de Laura vagueou até a tenda onde praticamente quase todos os lugares estavam tomados. Em sua maioria, por amigos e parentes de Wes — ele parecia tê-los em número considerável —, presenças de destaque em comparação à sua própria família. Tio Ray, gordo e careca como sempre, e tia Dolores, magra como nas fotos do casamento, apenas um pouco mais loura. De cada lado, estavam as primas casadas de Laura, Jen e Kristy, ambas, por coincidência, grávidas. Jen começando a mostrar barriga, enquanto Kristy parecia prestes a dar à luz.

Laura sentiu uma pontada de culpa. Evitara as primas durante toda a manhã. Era simplesmente muito difícil ter de fingir-se radiante por elas quando, por dentro, estava consumida pela inveja. Se tivesse conseguido ter filhos, Peter talvez não a tivesse abandonado.

— Posso dormir no celeiro, se você tiver um. — Sua voz soou macia e hesitante, não a voz da garota rude que xingara sem parar minutos antes.

Laura virou-se para Finch, o coração apertado diante da insegurança estampada naqueles olhos marcados por olheiras: olhos de alguém acostumado a coisas de segunda categoria.

— Não seja boba — disse ela. — Tem uma cama sobrando no quarto da Maude.

— Sua filha?

Laura riu.

— Meu Deus, não. Ela é... bem, é ela quem está ali. — Apontou para a amiga acomodada em torno de uma das mesas. Maude falava sem parar com tio Pernell e tia Florine, ambos com o olhar ligeiramente confuso, como se não soubessem ao certo o que os atingira.

— Ah. — Finch assentiu com a cabeça, como se não precisasse de mais explicações. Claramente, estava acostumada a casas nada tradicionais.

— Acredite em mim, ela não vai se importar — disse Laura. — Além do mais, é só por uns dias, não é?

Finch ficou em silêncio.

Laura a observou levar uma garfada acanhada à boca e percebeu que suas unhas estavam roídas até o sabugo. Ela sentiu um aperto por dentro, como um músculo se contraindo. O mais gentil que pôde, acrescentou:

— Se você está com medo que eu vá fazer alguma coisa sem te falar, pode ficar tranquila.

A menina lhe lançou um olhar aflito.

— Você não vai chamar a polícia?

— Você tem a minha palavra.

Por um bom tempo, Finch nada respondeu. Ficou apenas curvada sobre o prato, o olhar parado. Quando por fim virou-se para Laura, foi com a cautela redobrada de alguém acostumado a ser enganado... ou pior.

— Acho que seria legal. — E, como se tivesse se esquecido, murmurou: — Ah, obrigada.

— Escute, o lugar não é nada demais, ouviu? — Laura levantou-se, esfregando as mãos na parte de trás do vestido, agora já todo manchado. Mas e daí? Não tinha mesmo a intenção de usá-lo de novo. Um vestido que ela sabia que a fazia parecer um pau de arrasto cor-de-rosa. — A propósito, meu nome é Laura. Laura Kiley. — Esticou a mão.

Após um momento de hesitação, a menina retribuiu o cumprimento.

— Olá. — Dedos finos deslizaram pelos de Laura, como água fria.

— Escute, isso aqui ainda vai demorar algumas horas — disse ela. — Se não estiver com vontade de ficar, tem espaço no meu carro para você se recolher. O Explorer verde.

A menina aceitou distraída, como se estivesse analisando suas opções. Se fosse um gatinho ou um cachorrinho perdido, Laura a teria colocado debaixo do braço para que não fugisse.

O resto da tarde pareceu se arrastar. Laura estava satisfeita em ver a irmã tão feliz, mas o dia trouxera inúmeras lembranças desagradáveis de Peter. O que ela mais queria era estar em casa, com suas velhas calças jeans, descansando junto com Maude e Hector. Quando o bolo foi finalmente partido, e o buquê descaradamente atirado na sua direção (o qual ela descaradamente ignorou), ela não perdeu tempo em procurar por Maude. A menina, por outro lado, não estava em lugar nenhum onde pudesse ser vista.

Laura a encontrou adormecida dentro do Explorer, encolhida na traseira da caminhonete sobre uma manta hípica de patchwork, fazendo sua mochila de lona imunda como travesseiro.

Maude a examinou pela janela.

— Ah, a pobrezinha. Ela me faz lembrar do Napoléon, assim que nós o pegamos. Você acha que ela vai deixar a gente cuidar dela?

Laura lembrou-se do carinho com que havia cuidado do gatinho delas até que ficasse bom, quando ele apareceu quase morto na porta de sua casa e sem metade de uma orelha. *Se ao menos as pessoas fossem descomplicadas assim*, pensou.

— Ela só vai ficar por um ou dois dias — disse com a voz firme, mais para convencer a si mesma do que a Maude. — Tenho certeza de que tem família. Devem estar atrás dela enquanto conversamos.

— Eu só estava pensando. — Os olhos azuis de Maude estavam atormentados. Estaria pensando na própria família? No filho e na nora que a haviam obrigado a sair de casa no meio da noite com as malas em punho? — Suponhamos que ela tenha motivos fortes para não voltar.

— Um passo de cada vez, está bem? — Laura enfiou a mão na bolsa, em busca da chave. — Para início de conversa, ela poderia trocar de roupa. Vou dar uma olhada no meu armário quando chegarmos em casa. — Guardara algumas peças desde a época em que usava um tamanho menor, antes de perder o controle nas noites solitárias em que um pote de sorvete era seu único consolo.

A menina não acordou quando Laura ligou o carro e ainda estava ferrada no sono quando chegaram em casa, quinze minutos depois. Triturando os cascalhos do caminho de carros, ela estacionou e viu a casa como Finch a veria: precisando de pintura, a varanda — para onde haviam arrastado um sofá todo arranhado pelo gato — ligeiramente adernada para estibordo. Não era exatamente um alojamento de luxo, mas Laura gostava da casa do jeito que era.

Com a ajuda da amiga, ela conseguiu acordar a menina e conduzi-la pelo pátio até entrarem em casa, onde ela cambaleou zonza pelo corredor até o quarto de Maude. Em questão de segundos, caíra no sono novamente. Laura a cobriu com a colcha de crochê feita por Maude e saiu na ponta dos pés, fechando a porta com cuidado.

— Pode deixar que eu fico de olho nela — sussurrou a amiga. — Sei que você está louca para tirar esse vestido.

Laura desejou ardentemente dar um passeio a cavalo. Ainda havia luz suficiente.

— Acho melhor eu sair com os cavalos. — Não os tinha visto no curral; Hector não devia ter feito isso ainda.

— Fique à vontade — disse Maude. — Pelo que parece, ela vai dormir direto até amanhã de manhã.

A velha senhora tirou as sapatilhas de cetim com um suspiro de alívio — fora toda aquela dança, sem dúvida; Laura jamais vira o tio Pernell tão corado na sua frente, segurando-as pelo cangote como se fossem dois filhotinhos travessos. Laura lhe deu um abraço de leve.

— Obrigada, você lê os meus pensamentos.

Em seu quarto ensolarado do outro lado da casa, havia uma mancha retangular mais escura do que o papel de parede desbotado na parede acima da escrivaninha, de onde a foto de Peter e ela, tirada seis anos antes no dia de seu casamento, fora removida. Ela ficou olhando para a mancha como se olhasse por uma janela, para uma paisagem fria e invernal.

Ah, Peter, foi só por causa do bebê que eu não pude te dar... ou a gente teria se separado de qualquer jeito?

O que machucava ainda mais era que sua atual esposa estava grávida. Grávida de seis meses e grande como uma porca. A única notícia boa era que eles haviam se mudado para Santa Barbara; assim, pelo menos, ela não precisava se preocupar em esbarrar com eles na rua. Se ela ao menos pudesse encontrar uma forma de mudar também. Não daquela casa, mas mudar todas as suas lembranças. Uma lágrima escorreu pelo seu rosto. Laura a enxugou com raiva. Não ia mais mergulhar em autopiedade. Já havia sofrido o suficiente para uma vida toda.

Tirou o vestido e o atirou na cama. Não fazia sentido pendurá-lo no cabide; ele iria direto para a caixa de roupas velhas com destino aos parentes de Lupe, no Equador. Vestindo uma calça Levis surrada e uma camisa de cambraia nas mesmas condições, entrou descalça e silenciosa na sala de estar para pegar as botas que estavam perto da lareira. As tábuas arranhadas do piso, as paredes rachadas, as poltronas cheias de pelos pareceram saltar-lhe à vista quando ela se jogou no divã. Uma velha colcha de chenile fora jogada por cima do sofá — em alguns lugares, presa na madeira aparente —, e as taboas que estavam dentro das latas de leite decoradas ao lado da lareira já deviam ter sido substituídas há tempos. Com certeza aquele não era um lugar onde sua irmã se permitiria viver, mas ele servia para Laura assim como as botas gastas que ela estava enfiando nos pés.

Na cozinha, os cachorros saíram bocejando e se espreguiçando de suas camas ao lado do fogão: Pearl, o labrador dourado com artrite e cego de um olho, que era seu desde a adolescência, e o pequeno vira-lata negro e desgrenhado chamado Rocky, que viera do abrigo de cães. Ele se aproximou para lamber a mão de Laura, seu rabinho cotó balançando energicamente, enquanto Pearl pulava feito um canguru, batendo no armário atrás dela. Laura pegou dois biscoitos para cães do pote e os atirou para eles.

— Comportem-se, meninos. Temos visita.

Na varanda fechada dos fundos da casa, um caminho havia sido aberto por entre o amontoado de botas enlameadas, bicicletas velhas, cadeiras dobráveis e discos de praia mastigados. Quando desceu para o pátio, Laura percebeu que a roupa do dia anterior ainda estava pendurada no varal. Ela sorriu e balançou a cabeça num misto de irritação e carinho. A secadora funcionava bem, mas Maude insistia em fazer as coisas à moda antiga... mesmo quando isso acarretava dormir em lençóis ásperos como lixa.

Laura seguiu devagar para a cocheira, os polegares enganchados nas presilhas do cós das calças jeans. O sol estava baixo no céu e brilhava por entre os galhos estendidos dos carvalhos-brancos logo adiante, lançando sombras que escorriam feito chuva pelo pátio. A uma longa distância, as montanhas se erguiam roxas e desbotadas com faixas ainda mais pálidas em seus cumes mais altos. Durante o pôr do sol haveria um breve espetáculo, conhecido como o entardecer rosado, quando as montanhas a leste brilhariam com o reflexo da luz. Se corresse, conseguiria chegar a tempo ao topo da colina.

Dentro da cocheira, ela encontrou os cavalos esticando o pescoço por cima de suas baias e relinchando à medida que ela se aproximava: Punch, o Appaloosa de sete anos, e Judy, a velha égua que era sua desde criança.

— Olá, pessoal. Sentiram minha falta? — Ela levou a mão ao bolso da camisa para pegar os torrões de açúcar que quase sempre carregava consigo. Punch fuçou-lhe a mão, enquanto Judy aguardava pacientemente sua vez.

Laura ouviu uma roçadela no estoque de feno e ergueu o olhar. Uma bota de caubói com o bico levantado surgiu na escada seguida por pernas musculosas cobertas por uma calça jeans. Em seguida, um corpo musculoso pulou para o chão, ágil como um gato.

— Eu não esperava que você voltasse tão cedo. — Hector abriu um sorriso, espanando o feno da camiseta.

Ela lhe lançou um sorriso enviesado.

— Sapatos de salto alto machucam os meus pés.

— Foi tudo bem?

— O casamento perfeito. Tenho certeza de que eles também terão uma lua de mel perfeita. — Havia um toque de sarcasmo em sua voz, e ela logo se sentiu constrangida. Quando havia se tornado uma pessoa tão amarga? Só porque seu casamento com Peter não tinha dado certo, não havia razão para descontar na irmã. Ela recostou o rosto no pescoço mosqueado do cavalo, inclinou a cabeça e lançou um olhar constrangido para Hector.

— Estou feliz por eles. Estou mesmo.

— Verdade?

Hector se aproximou devagar, como teria feito com uma égua assustada: um homem de cabelos escuros, calças Levis empoeiradas e uma camiseta branca que, de tão gasta, estava transparente em alguns pontos. Tinha os ombros largos e o tronco comprido que se estreitava até as pernas curtas e musculosas ligeiramente arqueadas por causa dos anos em cima de uma sela. A fivela prateada em forma de concha de seu cinto cintilava sob a luz do sol que se lançava como lâminas empoeiradas no chão salpicado de feno. Por um momento de devaneio, Laura pensou em correr o polegar por sua pele lustrosa de tão fresca e macia que ela lhe pareceu.

Aborrecida consigo mesma, endireitou a postura e abriu o trinco da baia de Punch.

— Tudo bem, estou com pena de mim mesma. Mas eu já devia ter parado com isso. Um ano e meio é tempo mais do que suficiente. — Ela jogou um cabresto por cima da cabeça do cavalo e o levou para a sala de arreamento. — Além disso, o casamento não foi de todo ruim. Conheci uma pessoa interessante.

Laura julgou ter visto algo cintilar no fundo dos olhos de Hector, enquanto esperava que ela lhe desse mais informações. Ele nunca tinha pressa para coisas assim, o que, em parte, fazia com que ela gostasse de ficar perto dele, mas às vezes também a deixava louca. Observando-o sair tranquilamente para pegar uma manta e uma sela, ela sentiu vontade de sacudi-lo como se ele fosse um cofrinho para que ele lhe desse seus dois vinténs.

— Uma menina entrou de penetra no casamento. Uma fugitiva. — Laura pegou um limpa-cascos do gancho na parede e se abaixou para levantar uma das patas traseiras de Punch. — Eu a trouxe para casa comigo.

— Por que isso não me deixa surpreso? — Hector parou na soleira da porta que dava para a sala de arreamento, uma sela apoiada num dos braços.

— Por que você não põe uma sela na Judy? Eu te conto tudo no caminho.

Hector a analisou com curiosidade, então concordou e disse:

— Boa ideia. Eu ainda não consegui cavalgar hoje. A correia da ventoinha soltou de novo na caminhonete.

Pela porta aberta da cocheira, ela avistou a velha caminhonete Chevy azul no pátio. Já havia passado da hora de Hector ter uma caminhonete nova, e Deus sabia que ele conseguiria comprar uma se trabalhasse em outro lugar. Ela sabia que o único motivo que o prendia ali era um sentimento de dever — duas mulheres completamente sozinhas, quem cuidaria delas? *Eu deveria liberá-lo*, disse a si mesma. Mas Hector estava com ela há anos, e com sua família antes dela. Como *iria* se virar sem ele?

Laura lembrou-se do dia em que ele apareceu na casa da mãe, sem dinheiro e com fome, falando apenas poucas palavras em inglês. Não fora o primeiro estrangeiro ilegal a aparecer à porta da casa delas... mas havia algo de diferente com relação a ele. Quando sua mãe lhe levou um prato de ensopado, ele olhou faminto para o prato e balançou negativamente a cabeça, indicando, quase inteiramente por meio de gestos, que estava à procura de trabalho, não de esmola. Uma hora mais tarde, ele apareceu de novo à porta, a grama aplainada com o ancinho e o caminho de carros varrido. Laura, então com dezesseis anos, jamais se esquecera de tê-lo visto devorando a comida, há muito já fria. A lição aprendida em casa a fez perceber algo no fundo de seu coração: nem todos tinham a mesma sorte que ela. A partir daquele momento, decidira jamais virar as costas para aqueles que passavam necessidade.

Hector ficara com sua família desde então, trabalhando de dia e indo a escola à noite, onde aprendeu a falar inglês antes de sair em busca de seu diploma de ensino médio. Atualmente, ele fazia malabarismos ao conciliar a faculdade com seu trabalho de meio expediente na casa de Laura, vez por outra dando uma mão a Guillermo em um ou outro serviço mais pesado em Isla Verde.

Enquanto subiam o morro a cavalo, Laura se virou para ele.

— Você sabe que não tinha problema nenhum você ter ido ao casamento. Acho que a Alice ficou meio magoada com a sua ausência — disse ela.

— Correias da ventoinha não se restauram sozinhas.

— Isso não é desculpa e você sabe disso.

Ele encolheu os ombros.

— Não sou contra casamentos. Só não gosto de ir.

Ela não sabia se ele estava falando sério ou não. Talvez o fato de ter trinta e dois anos e ainda não ter se casado falasse por si só. Não que não tivesse tido oportunidades, lembrou-se ela.

— Me dê uma única razão para não gostar de casamentos — pediu ela, mais para implicar com ele do que por qualquer outro motivo.

— Talvez porque a maioria deles não dure.

Uma referência a Peter, sem dúvida.

— Nem todo mundo se divorcia — respondeu ela, um tanto mal-humorada. — Veja os meus pais. — Essas palavras lhe trouxeram um sentimento de tristeza. Seu pai tinha de ter estado lá para levar Alice ao altar.

— Ficar junto nem sempre é sinônimo de estar feliz. — Ele passou à frente dela assim que a trilha estreitou.

Observando o balanço de suas costas, ela se perguntou se ele saberia de alguma coisa e ela não.

— O que, exatamente, você está querendo dizer?

Hector virou-se na sela, a borda de seu chapéu de palha lançando sombra em seu rosto.

— Nada — respondeu. — Olha, isso não é da minha conta.

— Meus pais se *adoravam*. Para falar a verdade, duvido que a mamãe algum dia torne a se casar. — Laura ficou surpresa com a convicção com que falou. Hector nada dissera que sugerisse o contrário, não mesmo. Por que estava tão na defensiva? — A propósito, e quanto aos seus pais?

Ele lhe lançou um sorriso por cima do ombro.

— Com dez filhos, não consigo me lembrar da última vez em que aqueles dois se sentaram para conversar, que dirá então para brigar.

Laura sentiu um acesso de inveja ao pensar em todas aquelas crianças. As mulheres, pensou, eram divididas em dois grupos: aquelas que podiam ter filhos e as que não podiam. Ela passava semanas sem pensar nisso... então havia dias, como aquele, em que se lembrava constantemente do assunto.

A vegetação ao longo da trilha foi ficando mais cerrada conforme eles subiam. O capim seco e amarelado ficou para trás, sendo substituído por um mar de sálvia e chaparral pontuado por talos altos de iúca e sisal. Salpicos de cores vibrantes pontilhavam o chão — flores silvestres que brotavam, apesar de todas as dificuldades. Amores-perfeitos e giroselas, castillejas e alcaçuz; o ar estava perfumado com seus odores. Laura também percebeu indícios de fogueiras apagadas: estrangeiros ilegais em busca da terra prometida, como Hector fora uma vez. Eles costumavam encontrar trabalho nas plantações de laranja por metade do salário pago àqueles que tinham o green card.

O único barulho que se ouvia era a batida surda dos cascos dos cavalos contra o solo gasto, duro e liso como pedra. Pequenas ondas de poeira espiralavam na luz dourada do sol que se filtrava por entre as árvores. As sombras brotavam da base das grandes pedras e moitas de chaparral. Hector, que estava montado em forte contraste com o céu do anoitecer, parecia uma estátua de Frederick Remington. Ela podia ver os músculos de suas costas forçando o tecido gasto de sua camiseta.

No alto da colina, eles fizeram uma pausa para os cavalos descansarem. O sol havia se posto atrás das montanhas distantes, coroando-as com ouro e tingindo aquelas a leste com um rosa luminoso — o ilusório momento rosado. Cabeça de Leão, Pico Sulfurino, Ninho da Lua e o Monte do Cacique Deitado com seu cume coberto de neve. Na colina vizinha, um fosso de sombras havia se formado em torno das paredes fortificadas do convento. Laura mal podia avistar a estrada de chão que dava para o apiário logo abaixo, onde as freiras da ordem de Nossa Senhora de Wayside cultivavam mel há quase um século.

Ela suspirou.

— É tão tranquilo aqui. — Coiotes e pumas ainda habitavam aquelas colinas. De vez em quando, ela avistava cascavéis, até mesmo o eventual urso-negro. Se você os deixasse em paz, descobrira ela, eles não o incomodariam. — Às vezes acho que tudo ficaria bem se eu pudesse passar o resto da vida no lombo de um cavalo.

Hector riu.

— Você ia ficar com uma tremenda de uma assadura.

Ela pensou em Peter.

— Posso imaginar coisas piores.

Ele franziu a testa, e ela viu um músculo tremer em seu maxilar. Laura pensou na expressão favorita de sua mãe: *Se não puder dizer nada de bom sobre alguém, não diga nada*. Desde o início, Hector não gostara do seu marido, embora ela não conseguisse se lembrar de ouvi-lo dizer uma única palavra depreciativa a seu respeito. Peter, por outro lado, logo falara de Hector pelas costas, achando que ele se comportava mais como um membro da família do que como um empregado.

Um longo momento se passou, então ele se virou para ela e disse:

— Você está melhor sem ele. Apenas não sabe disso ainda.

Ela olhou surpresa para Hector. Raras vezes ele era impulsivo assim... por ironia, por achar que não tinha o direito de ser.

— Acho que é difícil abandonar velhos hábitos.

— É, como fumar, por exemplo. — Ele parara de fumar no ano anterior.

Laura achava que, em alguns aspectos, recuperar-se de um divórcio era a mesma coisa — ficava mais fácil a cada dia.

— Ouvi dizer que o Peter e a esposa vão ter um bebê. — Ela tomou cuidado para soar indiferente, esforçando-se para esconder seu sofrimento, dando voltas como um chacal faminto e cercado.

Hector concordou com um gesto de cabeça.

— Encontrei o Farber na semana passada. Ele falou alguma coisa a respeito. — Rich Farber, o dentista da família, era um velho amigo de Peter.

— Acho que a ex-esposa é sempre a última a saber. — Agora o sofrimento tinha batido de vez, cravando os dentes no osso. Laura piscou para se livrar das lágrimas que brotavam. Aquele cretino. Teria sido muito difícil para ele pegar o telefone? Em vez disso, ela fora obrigada a ouvir a novidade daquele enxerido do Gayle Warrington. — Eu não devia ficar surpresa — disse ela. — Ele não se casaria com alguém que não quisesse filhos.

— *Você* queria.

— A diferença é que eu não pude tê-los.

— Havia outras opções — disse Hector, os lábios esticados, sem esboçar um sorriso.

— Você quer dizer adoção? — Ela deu uma risada curta e seca. — Eu teria partido para isso num piscar de olhos, mas o Peter não queria nem pensar no assunto. Só um filho do seu sangue serviria.

Hector lançou-lhe um olhar penetrante.

— Eu não sabia. Você nunca disse nada.

— Eu não podia conversar com ninguém. Nem com a Alice. — Como explicar o quanto se sentia inadequada? Como as mercadorias de uma fábrica marcadas como defeituosas. Até hoje ainda era doloroso demais tocar no assunto.

Ele não disse nada, mas a compaixão estampada em seu rosto, de alguma forma, aliviou seu sofrimento. Laura então lhe contou sobre a menina. Como ela havia surgido do nada. A fúria com que lutara quando

Ian a imobilizou e, ao mesmo tempo, como lhe parecera estranhamente indefesa. Hector a ouviu com atenção, vez por outra assentindo com a cabeça, como se estivesse entendendo.

Quando ela terminou, ele perguntou:

— E quanto aos pais dela?

— Nem sequer sei de onde ela é. — Laura lembrou-se das palavras de Maude. — Mas, pelo que pude perceber até então, aposto que os pais são o problema, não a solução.

— Ela deve estar com algum problema.

— Ou isso ou está fugindo dele. Não posso dizer com certeza, mas alguma coisa me diz que ela foi vítima de abuso.

— Por que você acha isso?

— Por causa do jeito dela — disse Laura. — Feito um animal que não aceita comida da sua mão, apesar da fome.

Distraída, ela correu a mão pela cicatriz saliente no pescoço de Punch. Quatro anos atrás ele fora encontrado preso em uma baia nos fundos de uma casa abandonada, quase morto de inanição, com o jarrete afundado no esterco e uma ferida infeccionada por causa do cabresto excessivamente apertado. O veterinário não sabia dizer se ele iria se recuperar. Foram necessários meses de boa alimentação e cuidados antes de ele ficar bom o bastante para voltar a ser montado.

— Acho que nós teremos que esperar para ver — disse Hector. — Fale comigo se houver alguma coisa que eu possa fazer.

Ela percebeu que Hector dissera *nós*, e sentiu-se grata por ele ver aquilo como um trabalho conjunto.

— Obrigada, falarei.

Laura deu uma leve cutucada com os calcanhares em Punch, e eles começaram a descer a trilha. O céu tinha um tom rosa-acinzentado, e uma lua fantasmagórica navegava num correr de nuvens rasgadas. Um condor voava em círculos à procura de sua refeição vespertina. Sem novidade no fronte, pensou. Pelo menos por enquanto...

Já estava quase escuro quando eles voltaram. Laura apeou e levou o cavalo para a cocheira. Assim que ela acendeu a luz, o chão de concreto ganhou vida.

— Eu não tinha percebido que já era tão tarde — disse ela, pensando em Maude sozinha com a menina.

— Pode ir — disse Hector. — Eu cuido dos cavalos.

Ela hesitou.

— Você não tem aula hoje?

— Tem tempo ainda.

Ele arrancou o chapéu da cabeça e o jogou em um gancho. Sob a luz ofuscante, seu rosto surgiu bem definido: o maxilar anguloso, as linhas que marcavam as laterais de seu nariz largo, os olhos cor de café apertados no que já se tornara um hábito quase permanente. Uma faixa de suor cintilava em sua testa, e seus cabelos negros e espessos estavam arrepiados, formando espetos pequenos e úmidos. Ela desviou o olhar, não querendo que ele a visse olhando da mesma forma como fazia quando ela estava com dezesseis anos e o seguia por todos os cantos como um filhotinho carente. Ele devia ter percebido, mas, como era típico seu, fingiu que não.

— Por que eu sempre tenho a impressão de que estou me aproveitando de você? — perguntou ela.

Ele abriu um sorriso, mostrando o dente da frente lascado.

— Tire isso da cabeça. — Uma referência, sem dúvida, às mulheres que tinham tentado entendê-lo, sem sucesso.

— Está bem então. Como você quiser. — Ela estava a meio caminho da porta quando se virou e disse baixinho: — Obrigada, Hec. Eu realmente não te pago o que você merece, e você sabe disso.

— Por que você não deixa que eu me preocupe com isso? — Enquanto Judy aguardava sua vez, ele substituiu a cabeçada de Punch por um cabresto e o engatou nas correntes em x, penduradas em ambos os lados das paredes. Os dois sabiam que ela não podia bancar mais do que um salário de fome, com casa e comida. Não adiantava ficar discutindo o assunto.

— Acho que já tenho muito com que me preocupar do jeito que está — admitiu ela.

Hector pegou uma toalha e começou a esfregar Punch.

— Só uma coisa: não se envolva demais. — Parecia que ele tinha lido sua mente. — Mais cedo ou mais tarde, você vai ter que deixá-la partir.

As palavras dele fizeram eco em sua mente enquanto ela cruzava o pátio. Hector tinha razão: Finch não era um cavalo ou um cachorro que ela podia pôr debaixo do braço. *Quaisquer que sejam os problemas dela, não cabe a mim resolvê-los.* Ela devia estar até tentando fazer mais do que devia. Ainda assim, havia algo de muito vulnerável com relação àquela menina por baixo de sua casca dura e calejada. O pequenino brilho de esperança que vira naqueles olhos cansados lhe chamara a atenção. *Eu talvez não seja capaz de dar jeito no que está errado*, pensou, *mas quem sabe eu possa evitar que aquela esperança se perca.*

Ela encontrou Maude à mesa da cozinha tomando uma caneca de chá. Ela estava de robe de chenile e chinelos. Seus cabelos balançavam sobre as costas, numa trança frouxa da cor das teclas de um piano envelhecido. Ela olhou de relance para Laura.

— Nem um pio até agora. Ainda está apagada.

Laura arrancou as botas e as jogou na varanda.

— Não me surpreende — disse. — Ela parecia estar dias sem dormir.

— Sem falar naquela comida toda batendo no estômago vazio. — Maude tinha o olhar distraído quando levou a caneca fumegante aos lábios. Sua mão estava trêmula e espirrava chá quente pelas bordas.

Laura pegou um guardanapo para secar a mesa e se deixou cair na cadeira de frente para a amiga.

— Maude, está tudo bem?

Ela se lembrou do estado em que encontrara a amiga, mais ou menos nessa mesma época no ano anterior, parada no acostamento da estrada com seu Chevrolet Impala avariado. No porta-malas do carro, estavam apenas sua mala de viagem e um pote cheio de velhos botões colecionados ao longo dos anos — o somatório de seus bens materiais. Laura lhe dera uma carona até em casa, de modo que ela pudesse telefonar para um reboque. Mas acabou que o conserto ficaria mais caro do que o valor daquele ferro-velho, e, além do mais, Maude estava quase sem um centavo. Laura a convidou para ficar por alguns dias, dias que se transformaram em meses. Enquanto isso, Maude, que não era de ficar à toa, assumira a cozinha, as roupas e tudo o mais, exceto as tarefas mais pesadas. Hoje, ela era parte tão integrante da casa quanto Hector.

— O Elroy telefonou enquanto você estava fora — contou-lhe.

— O seu filho? — Laura tentou disfarçar o desdém em sua voz. A última vez em que Elroy telefonara para a mãe fora no aniversário dela, há mais de um mês e meio.

Com as duas mãos, Maude baixou cuidadosamente a caneca até a mesa.

— Ele quer que eu volte a morar com ele e a Verna.

— *O quê?* — Laura recostou-se na cadeira, chocada.

— Eu sei, eu sei. — Maude balançou a cabeça como se ela também não estivesse acreditando. — Era a última coisa que eu esperava. Fiquei extremamente surpresa e sem saber o que fazer.

— Depois da forma como eles te trataram? Isso é loucura! — E ela só sabia da missa a metade. A amiga era leal demais para pintar o filho e a nora como os monstros que Laura tinha certeza que eram.

Maude suspirou.

— Isso não está fazendo muito sentido, está?

— O Elroy deve estar se sentindo culpado. Acredito que seja essa a forma de ele se livrar da culpa.

— Eu não tinha pensado nisso, mas você pode estar certa. — Maude ficou em silêncio, perdida em seus pensamentos.

Laura começou a ficar preocupada.

— Isso não quer dizer que você tem de fazer o que ele quer.

— Bem, talvez não tenha sido tão ruim assim. Eu *era* mesmo um peso em muitos aspectos. Já é muito difícil esticar o dinheiro para pagar as despesas sozinho, que dirá quando se tem uma velha para atrapalhar. E o Elroy tem o temperamento zangado do pai.

Lá estava ela, mais uma vez, arranjando desculpas para o filho.

— Você não *me* atrapalha — disse Laura. — Faz exatamente o contrário.

— Deus te abençoe. — Maude deu palmadinhas na mão dela, parecendo à beira das lágrimas. — Nossa, se eu fosse um peso para você eu... eu ia me achar um cachorro velho.

— O que você disse para ele?

— Que ia pensar no assunto. — Como se sentisse sua angústia, a gatinha malhada delas pulou em seu colo. Maude a acariciou afetuosamente, enquanto Napoléon, com ciúme da atenção que Josie recebia, miou de forma patética a seus pés, um gato robusto, com cara de mau, uma orelha pela metade e a disposição de um gatinho de dois anos de idade. — Eu não queria magoá-lo. Ele disse que sentia muito pela forma como tinha me tratado. Ele... ele parecia sincero.

— E quanto ao que *você* quer?

Maude sorriu, como se a resposta fosse óbvia.

— Esse último ano foi o mais feliz da minha vida.

— Por que você não disse isso ao Elroy?

— Ele é o meu único filho. — Maude sacudiu a cabeça devagar, os olhos brilhando com as lágrimas não vertidas. Ela era gentil demais para dizer: *Você não sabe o que é ser mãe.*

Mesmo assim, Laura tremeu por dentro.

Naquele exato momento, um grito lancinante varreu a casa, causando-lhe arrepios que lhe subiram pela nuca. Ele vinha do quarto no final do corredor.

Era o mesmo sonho de sempre. Um homem a seguindo por uma rua escura. Ela não conseguia ver o seu rosto, somente a arma em sua mão. Se ele a pegasse, acabaria matando-a. Havia apenas uma saída: ela teria de voar. Então abria os braços, batendo-os com toda a força, e sentia o corpo se elevando, os dedos dos pés pairando acima do asfalto... mas aquilo era o mais alto que conseguia chegar. Então o homem estava quase a alcançando...

— *Finch*.

Com um golpe surdo, ela voltou à consciência, abrindo os olhos para um vulto indistinto e ainda mais assustador do que aquele em seu sonho. Pois era real.

— *O que foi?* — Ela se pôs logo de pé, esfregando os olhos encobertos por uma camada cinzenta. Sua garganta estava rouca e seca.

Mãos firmes a seguraram pelos ombros, acalmando-a.

— Está tudo bem, querida. Sou só eu... Laura.

A garota começou a tremer. Estava frio, tão frio quanto o inverno em Nova York. Então ela se lembrou... do casamento... de ter caído no sono na traseira da caminhonete. Não se lembrava de ter chegado ali e agora olhava para o quarto estranho na tentativa de se localizar. Com a luz que vinha do corredor, viu uma penteadeira, uma poltrona estofada e o que parecia uma colcha pendurada na parede. Na penteadeira, havia um pote que reluzia como se contivesse um tesouro; estava cheio de botões, percebeu ela. Olhou de novo para a mulher.

— Eu devia estar sonhando — disse a menina, confusa.

— Pareceu mais um pesadelo. — Laura sorriu. Estava agora de calças jeans e camisa de cambraia e, de alguma forma, parecia mais bonita do que no casamento. Seus cabelos castanhos estavam puxados para trás num rabo de cavalo, e suas faces estavam rosadas como se ela estivesse ao ar livre. — Quer falar sobre ele?

— Não me lembro direito. — Alguém tivera a ideia de cobri-la com uma manta e agora ela a puxava para cima dos ombros, segurando-a como se fosse uma capa. Ela parecia não conseguir parar de tremer.

— Eu às vezes falo quando estou dormindo — confessou Laura, falando de forma tão afetuosa como se a conhecesse desde sempre. — É o que o meu marido costumava dizer. Eu, é claro, não fazia ideia até ele me contar.

— Você é casada? — arriscou Finch.

— Divorciada.

— Ah. — Para a menina, isso era normal. Ela praticamente não conhecia ninguém que não tivesse os pais separados.

— Há quase dois anos — acrescentou Laura.

Finch falou a primeira coisa que lhe veio à mente.

— Você não parece ter idade para ser divorciada.

Laura riu.

— Ele foi meu namorado na escola. Nós nos casamos assim que acabamos a faculdade. — Ela levantou uma ponta da manta que estava arrastando no chão, alisando-a sobre a cama. — Engraçado. Eu não podia imaginar a vida sem ele, mas não me encolhi nem morri, como achei que aconteceria.

A menina não sabia o que dizer. Desconfiava de toda aquela gentileza. Ao mesmo tempo, sentia uma vontade estranha de confiar naquela mulher. Encolheu os ombros de forma não comprometedora.

— Você não tinha escolha — disse.

— Tem um ditado antigo que diz: Deus nunca nos dá mais do que podemos suportar. — Laura se deixou levar pelo pensamento, a luz do corredor iluminava seu rosto quadrado, que tinha tudo para ser sem graça, mas, de alguma forma, era bonito. Após um momento, animou-se e disse alegremente:

— Não estou sendo uma anfitriã muito boa, não é? O que posso trazer para você... um copo d'água, alguma coisa para comer?

— Eu gostaria de água. — Nunca sentira tanta sede. Ao mesmo tempo, sentia-se estranhamente cheia... embora não se lembrasse de ter comido. Os eventos dos últimos dias estavam misturados como as cores de uma pintura a dedo.

Laura levantou-se e saiu, voltando momentos depois com um copo gelado onde cubinhos de gelo tilintavam produzindo um leve som musical. A menina o tomou com tanta rapidez que ficou com dor de cabeça de tão gelada que estava a água.

Laura pôs a mão em seu ombro.

— Você está tremendo. Vá para baixo das cobertas. — Ela se abaixou para pegar a mochila no chão ao seu lado.

— Não mexe nisso! — gritou Finch.

Laura parou, claramente assustada.

— Eu não queria tropeçar nela — disse com gentileza.

O rosto da menina foi inundado de calor.

— Desculpe — murmurou. — Só não gosto das pessoas mexendo nas minhas coisas.

Laura endireitou a postura, apoiando as mãos sobre os quadris.

— Escute, você precisa confiar em *alguém*, e esse alguém pode muito bem ser eu. Fui sincera no que eu disse para você. Não vou bisbilhotar nada, e isso vale para seus objetos pessoais também. Palavra de escoteiro. — Sua voz foi firme, mas não indelicada.

Finch baixou os olhos sem saber o que dizer. Não sabia como se sentir. Quase todo mundo em quem havia confiado a desapontara de alguma forma. Por que seria diferente com aquela mulher?

— Onde é o banheiro? — perguntou, de repente com vontade de fazer xixi.

— No final do corredor. — Laura apontou o caminho. — Deixei uma toalha para você, se sentir vontade de tomar banho. Se precisar de mais alguma coisa, fique à vontade.

E assim foi sua primeira noite naquele lugar estranho. Ela saiu caminhando como se estivesse num sonho pelo corredor cercado de retratos de família, as tábuas corridas estalando de leve sob seus pés descalços. Laura a observou da porta do quarto, tão ansiosa como se observasse um bebê dando seus primeiros passos. A menina teve uma sensação estranha na barriga, um sentimento do qual não conseguia se lembrar de ter tido antes... o de se sentir protegida. Lembrou-se então de seu sonho e, de repente, pareceu ficar sem peso, como se voasse.

Capítulo Três

Sam franziu a testa para o relógio na mesinha de cabeceira. Seis e meia da manhã e ela estava tão acordada como se o despertador tivesse tocado. Será que o casamento e a presença demorada de seus irmãos e respectivos cônjuges até a noite não haviam sido suficientes para deixá-la cansada por uma semana? Deveria ter dormido até o meio-dia. Mas hoje não era um domingo qualquer. Havia Ian. Ele a pegaria para um encontro daqui a quatro horas e meia.

Encontro, não, corrigiu-se.

Então, por que não havia contado a ninguém? Para Laura, a pessoa menos provável de tirar conclusões precipitadas, ou até mesmo seu irmão, Ray, que analisava a cotação das ações no mercado à vista e futuras, e não a vida das outras pessoas. Se fosse tudo tão inocente, um comentário de passagem a teria livrado de...

... *de se sentir como uma adolescente saindo escondida dos pais.*

Sam virou-se de bruços com um gemido, enterrando o rosto no travesseiro. Alice e Wes estavam em Maui agora, longe demais para darem sua permissão, se era isso o que ela estava procurando.

Um vestígio de revolta adolescente brotou naquele momento. Permissão? *Meu Deus, tenho quarenta e oito anos!* Não precisava da bênção de ninguém para passar uma tarde agradável com uma pessoa que era praticamente membro da família. E daí que ele fosse homem? E atraente? Alice pedira a *ela* permissão antes de se envolver com Wes?

Sam gemeu de novo diante da comparação. Estava na cara que Ian a achava atraente; ela era um ser humano, afinal de contas. E, exceto por Tom Kemp, em quem nunca chegara a dar um beijo, não houvera ninguém desde a morte de Martin. A ideia de se envolver com alguém jovem o bastante para ser seu... bem, da idade de Ian... era ridícula.

Ao mesmo tempo, isso a deixava com o corpo quente, como se tivesse acabado de sair da banheira. Sentia-se tanto inquieta quanto estranhamente indolente, em sã consciência da camisola enroscada nos quadris e do sol fraco banhando suas pernas nuas. Fechou os olhos e imaginou Ian correndo a mão por suas pernas. Quase podia sentir o toque leve de seus dedos arrepiando os pelos finos da parte interna de suas coxas, ressuscitando o que ela julgara morto.

Ela pulou da cama como se tivesse levado um tapa. De alguma forma, aquilo parecia desleal com a memória de Martin... não que o estivesse traindo, mas porque jamais se sentira assim com ele; jamais se incendiara com o seu toque. Tinha se apaixonado por sua mente ágil e sua risada fácil, pela forma como ele iluminava um ambiente simplesmente ao entrar nele. Martin tinha um jeito de fazê-la se sentir não a única mulher do mundo, mas a única outra *pessoa*. Até mesmo seu pedido de casamento fora único, tão singular quanto ele próprio. Estavam ambos sentados de pernas cruzadas na cama de seu quarto, cercados por embalagens de comida chinesa, quando ela abriu um biscoitinho da sorte que dizia: *Quer se casar comigo?*

Ela não sabia se o levava a sério, até que ele se levantou com os joelhos bambos, fez uma aliança com a embalagem do *hashi* e a deslizou pelo seu dedo, dizendo com ar solene:

— Eu comprarei uma de verdade assim que tiver dinheiro.

O que ela não percebera naquela época, ao olhar para seu rosto irlandês largo e tomado por um encantamento de menino, era que tudo o que havia para conhecer em Martin estava resumido ali naquele gesto simples: rompantes de romantismo sem nada que os suportasse, gestos grandiosos como aquele da aliança que ele acabou nunca comprando. Foi a aliança da avó, dada a ela pela mãe, que ela usara durante toda a vida de casada.

Seu olhar se voltou para uma foto de Martin em um porta-retrato de estanho em cima da escrivaninha, tirada pouco antes de ele ficar doente. Ele estava parado no leme de seu barco, franzindo os olhos por causa do sol: um belo homem de meia-idade, com uma barriguinha proeminente, os cabelos grisalhos e encaracolados agitados ao vento. Ele sempre fora feliz no mar. O casamento deles, pensou ela, era só uma variante — sendo ela a terra firme para seus voos imaginários, aquela que acionava os freios quando as coisas ameaçavam sair de controle. Quando ele morreu, ela não ficou tão perdida quanto muitas viúvas porque, durante todos aqueles anos, tinha sido *ela*, e não o marido, a administrar a casa e pagar as contas.

Sam pegou o penhoar com um gesto semelhante ao de um desafio. Seu quarto era a resposta para todos aqueles anos de excesso. Poucos meses após a morte de Martin, ela mandara tirar o carpete e o papel de parede; vendera a cama e a penteadeira de nogueira lavrada e trouxera do sótão a escrivaninha e a cama que usara na infância, lixando-as até ficarem com o acabamento original de carvalho. Agora, as paredes brancas de estuque e o chão de pinho encerado — acentuados por um tapete Kazakh, algumas aquarelas emolduradas e uma luminária antiga de mica — pareciam reluzir com uma beleza austera.

Ao descer as escadas, ela ouviu o barulho sutil da empregada na cozinha. Lupe, sem dúvida, arrumando as coisas a seu gosto. Sam sacudiu a cabeça, irritada. Quantas vezes tinha pedido à mulher para reduzir o ritmo? Afinal de contas, ela estava com setenta anos, e ficando cada dia mais velha.

Sam entrou e viu Lupe se equilibrando na ponta dos pés, tentando empurrar um prato para a prateleira de cima do velho guarda-louça de carvalho onde ficava a porcelana. Ela correu para ajudar.

— Aqui, deixe que eu faço. — Mais alta do que Lupe pelo menos uns vinte centímetros, ela não teve dificuldade em pôr o prato no lugar.

— *Gracias, mi hija.* — Com um suspiro, Lupe sentou nos calcanhares e lançou um olhar de leve reprovação. — *Dios mío*, o que a senhora está fazendo de pé a essa hora? Esqueceu que é domingo?

— Eu poderia lhe fazer a mesma pergunta. — Sam olhou à volta franzindo a testa. — O que é tudo isso? — Apontou para as baixelas e para os pratos espalhados em cima da bancada. — Achei que tinham guardado tudo ontem à noite.

— Guardaram. — As rugas sérias de desaprovação no rosto de Lupe confirmavam o que Sam já havia adivinhado: o serviço de limpeza do pessoal do bufê não estava de acordo com o gosto de sua empregada. — Homens — escarneceu ela. — O que eles entendem de cozinha? É um milagre que não tenham quebrado nada.

— Mais milagre ainda é você não estar na cama — ralhou Sam. — Faça-me o favor. Pelo amor de Deus, tire o resto do dia de folga.

Lupe dispensou suas preocupações com um muxoxo.

— Prefiro morrer de pé do que numa cama. — Ela pegou uma braçada de travessas, uma mulher pequena de jeans e camisa quadriculada de vermelho, o rosto tão escuro e enrugado quanto uma noz, os cabelos negros torcidos numa trança apertada que lhe coroava a cabeça.

Os cabelos de Lupe, levemente grisalhos, eram o seu orgulho e alegria. Ela os lavava com óleos especiais e os secava ao sol. Uma vez, poucos anos atrás, Sam a encontrou pegando sol com a cabeça no colo do marido. Guillermo estava apenas penteando seus cabelos molhados, mas ela se sentiu como se tivesse se deparado com algo extremamente íntimo. Cinquenta anos de casamento não haviam apagado o sorriso brando dos lábios de Lupe, enquanto se deitava com os olhos fechados e a cabeça jogada para trás, os cabelos caídos como um presente nas mãos morenas e ossudas do marido.

Sam sentiu o cheiro de alguma coisa no forno.

— Estou sentindo cheiro de pão de milho?

Lupe se abaixou para guardar as travessas e endireitou a postura.

— Já que a senhora levantou, não vai lhe fazer mal comer alguma coisa.

Sam gemeu.

— Ainda estou empanturrada por conta de ontem.

— Os homens gostam de mulheres que têm carne nos ossos.

Sam foi pegar a cafeteira em cima do fogão e encheu sua caneca favorita de café — uma que Laura lhe dera anos atrás, onde estava escrito: MELHOR MÃE DO MUNDO.

— Não estou à procura de homem. — No último ano, esse havia se tornado o refrão usual de Lupe, que não desistiria até que a patroa se casasse de novo.

— Uma mulher sozinha não é bom para ninguém. Agora a senhora se sente para tomar café.

Lupe tirou uma forma pesada do forno — pão de milho ligeiramente dourado na superfície e com as beiradas crocantes. Sam surpreendeu a si mesma devorando dois pedaços grossos com manteiga e mel Bendita Abelha. Depois, ao tomar o café, sentiu um contentamento que raramente sentia. Talvez fosse aquela cozinha, com lembranças tão enraizadas: refeições em família em torno da mesa rústica de carvalho, as crianças chegando da escola e encontrando uma jarra com limonada fresquinha dentro da geladeira, Lupe ensinando Audrey e a ela a preparar a massa para fazer tortillas e tamales. Pipoca estourando em uma panela de metal de cabo comprido sobre a chama do fogão, bolos de aniversário decorados com marshmallows e jujuba e um pão de gengibre no feitio de uma casinha todos os anos no Natal.

Sam olhou demoradamente à volta, para o fogão escurecido e para a prateleira acima dele, repleta de panelas de cobre penduradas, o guarda-louça embutido com uma miscelânea de porcelanas que ela colecionara ou herdara ao longo dos anos. A luz do sol lançava desenhos em forma de folhas nos pisos mexicanos aos seus pés. No pátio dos fundos, ela viu o limoeiro carregado de frutos no ponto de serem colhidos. Uma taça de champanhe esquecida na festa do dia anterior reluziu no banco de ferro batido ao lado da piscina.

A imagem de Ian lhe veio à mente, fazendo seu coração disparar.

— Ah, a propósito, não se preocupe com o almoço. Vou até a costa com um amigo.

Lupe, lavando os pratos já limpos, virou-se da pia.

— Alguém que eu conheça?

Sam sentiu o rosto enrubescer.

— O filho do Wes.

— Aquele altão, com um cabelo louro até aqui? — Lupe levou uma mão ensaboada ao ombro.

— O nome dele é Ian. Ele é pintor. Muito talentoso, pelo que ouvi dizer. — Sam falou despretensiosamente, quase tropeçando nas palavras. — Ele se ofereceu para me mostrar os quadros dele.

— *Dios mío.* — Lupe fechou a torneira, que deu um rangido de canos velhos.

Sam ficou tensa. Esse era o preço que pagava por aquela mulher ter ajudado a criá-la: uma empregada que agia mais como mãe.

— Não é o que você está pensando — disse-lhe.

— Se a senhora soubesse o que estou pensando, saberia que isso não está certo.

— Por quê? Porque ele é jovem, e eu... — Sam hesitou. Como esperar que Lupe, dentre todas as pessoas, entendesse? Mais moderada, concluiu: — Não sou tão velha assim.

Lupe secou as mãos no avental, mãos tão ásperas quanto um sapato velho de couro.

— Ainda não — disse. — Mas um dia vai ser. Precisa de um homem que cuide da senhora. — Uma referência sutil, percebeu Sam, aos defeitos de Martin.

— Sou perfeitamente capaz de cuidar de mim mesma. — Ela se pôs de pé e levou o prato e a caneca à pia.

Lupe a olhou desconfiada.

— A senhora volta para o jantar?

— Não conte com isso.

Suas palavras tiveram o efeito desejado. Os lábios de Lupe se contraíram tanto quanto um cordel apertado. E aquilo era apenas a ponta do iceberg. As filhas também ficariam escandalizadas. Para Alice, que venerara o pai, outro homem — independentemente de ser Ian — seria um sacrilégio, enquanto Laura veria isso como mais um motivo para se amofinar.

Ao subir as escadas, ela pensou na garota que invadira a festa. Imaginou se Laura havia feito algum acordo com ela. *Eu deveria telefonar...*

Não tinha concluído o pensamento quando o telefone tocou. Era Audrey ligando para dizer o quanto tinha se divertido... "e, ah, a propósito, alguém disse se passou mal? O Grant passou metade da noite em pé, vomitando, e achou que poderia ter sido alguma coisa que ele comeu".

Decorridos alguns minutos, seu irmão ligou a caminho do aeroporto.

— Bela festa, mana. — A voz de Ray soou mais alta do que os estalos de seu celular. — Da próxima vez que você vier para as nossas bandas, vamos retribuir a gentileza, no estilo texano.

Ela não pôde deixar de sorrir. Ray, recentemente transferido para Dallas, tinha se tornado mais texano do que a família Ewing de South Fork.* Quando Sam foi visitá-lo no último outono, ele foi recebê-la no aeroporto com chapéu de caubói e botas Tony Lama no valor de trezentos dólares. O churrasco em sua homenagem contara com cinquenta dos seus amigos "mais próximos" e costeletas suficientes para alimentar um país pequeno do Terceiro Mundo.

Depois de Ray, mais outras pessoas telefonaram para dizer que o casamento fora lindo e que elas haviam se divertido muito. Quando

---

* Família protagonista do seriado americano *Dallas*, apresentado na TV brasileira ao longo da década de 1980. (N.T.)

terminou a última ligação, já eram quase dez e meia. Ela saiu correndo para o chuveiro e estava botando a camisa dentro das calças jeans quando a campainha tocou. Sam desceu as escadas correndo, mas Lupe chegara antes e lançara um olhar frio e avaliador para Ian antes que ela pudesse arrancá-lo dali.

— Chegou cedo — disse ela.

Ele deu uma olhada no relógio.

— Na verdade, cheguei na hora.

— Acho que estou acostumada a ficar esperando. — Martin estava sempre atrasado.

— Tive treinamento militar — brincou ele, conforme saíram pelo pátio.

Ao subir em sua caminhonete, ela ficou encantada ao perceber que estava tudo arrumado, não fosse por um binóculo em cima do banco do carona. Ian guardou-o no porta-luvas, explicando:

— Tem um bando de águias-pescadoras a mais ou menos um quilômetro do meu ateliê. Achei que poderíamos dar uma olhada.

Ah, meu Deus, pensou. Como antigo membro do TLC, um grupo de proteção ao meio ambiente, seu projeto preferido fora a preservação da águia-dourada, que agora fazia um retorno triunfante. Se Ian compartilhasse da mesma paixão, ela estaria *mesmo* em apuros.

— Qual a distância até o seu ateliê? — perguntou.

— Mais ou menos meia hora. — Ele ligou o carro e desceu a ladeira em ponto morto, virando à esquerda para Chumash. — Podemos parar para almoçar no caminho. Conheço um restaurante excelente, pequeno e aconchegante.

— Me parece ótimo.

Sam olhou para ele pelo canto dos olhos. Ian parecia muito mais à vontade de calças de algodão e camiseta azul-marinho do que de smoking. Ela percebeu os caminhos que o pente traçara em seus cabelos molhados. Seus pés sem meias calçavam sapatos bem abertos, do tipo próprio para velejadores. O brinquinho de prata cintilava em sua orelha e seu pulso trazia uma pulseira de couro trançado.

Começou a sentir calor. Será que ele fazia ideia do efeito que estava exercendo nela? Era como se o tempo tivesse feito uma curva em U e, de repente, ela estivesse revivendo a agitação dos seus anos de adolescência: paixões violentas pelos garotos, o desejo intenso despertado por um olhar mais demorado, o roçar da manga de uma camisa contra o seu braço nu, o perfume de uma loção pós-barba.

Puxou conversa num esforço de não parecer mais interessada do que estaria por qualquer membro da família de Wes. Falaram da infância de Ian em Malibu e dos anos que passou cursando mestrado em artes na Universidade da Califórnia, em Los Angeles. Sam, em contrapartida, tentou lhe explicar como era viver no mesmo lugar a vida inteira.

Ao avistar a praia de Pratt Bluff, saindo da Autoestrada 33, Sam pediu a Ian para estacionar o carro.

— Está vendo lá? — Apontou para a antiga estrada que serpenteava pelo sopé dos morros acima de Sorrento Creek. — Meu bisavô era dono de uma das primeiras plantações de laranja do vale. Ele construiu aquela estrada com o auxílio de mão de obra chinesa. Era a única forma de entrar e sair com os caminhões.

— Pensei que ele fosse comerciante — disse Ian.

— Isso aconteceu mais tarde; depois que a geada matou quase toda a safra de um ano inteiro. Ele percebeu que seria mais lucrativo importar produtos têxteis.

— Parece que ele era um cara sensato. Você deve ser parecida com ele. — A voz de Ian era grave e musical, uma voz que ela jamais se cansaria de ouvir. Ele esticou o braço para afastar uma mecha de cabelo do rosto de Sam; seus dedos deixaram um rastro de fogo em sua face. Ao permanecer imóvel, o coração acelerado, Sam pensou se estaria sendo sensata naquele momento.

As pessoas sensatas não são as que ficam se divertindo por aí, sussurrou uma voz.

Quinze minutos depois, eles estavam virando para a estrada costeira. O nevoeiro deixara o mar com um prateado pálido que reluzia nas partes iluminadas pelo sol. Conforme seguiam para o norte, os estaleiros e restaurantes grudados como cracas à orla começavam a dar lugar a rochedos de arenito e dunas alisadas pelo vento. A alguns quilômetros a leste de Purisima Point, Ian parou numa rua sem calçamento, onde eles desceram do carro e pegaram os binóculos para examinar os ninhos gigantescos das águias-pescadoras empoleirados como cestas de vime no alto dos postes de telefone. Enquanto Sam observava, uma fêmea voava em círculos, gritando seu agudo *teep-teep-teeeeep* antes de se acomodar em seu ninho.

Quando chegaram a Pinon, uma pequena aldeia pesqueira portuguesa logo ao sul de Santa Maria, ela estava faminta. Ian parou em frente a uma taverna suja e malcheirosa, cujas paredes eram feitas de tábuas de encaixe gastas pelo tempo. Ali dentro, uma rede de pescador cheia de boias de isopor pendia do teto. Os comensais, na maioria famílias, pareciam ser residentes locais. Sam não se sentiu muito inspirada.

Ian apertou sua mão.

— Confie em mim. Não vou te levar para uma furada.

Palavras de Martin. No entanto, ele a *tinha* levado para uma furada. No final, tudo o que lhe deixara fora uma pilha de contas para pagar e um seguro de vida que mal cobria as despesas do funeral. Ela esperou que não estivesse seguindo por um caminho parecido.

Para sua surpresa, a comida provou ser tão gostosa quanto ele havia dito: moluscos macios cozidos em manteiga e vinho branco; pilhas de camarões cinza; linguados que se desfaziam ao toque do garfo com pedaços quentinhos de pão caseiro para molhar no prato. Quando foi a vez da sobremesa — pedaços grossos de torta de amora cobertos por sorvete de baunilha —, Sam suspirou por não conseguir comer mais nada. Mas acabou devorando sua fatia inteira.

O ateliê de Ian ficava no final da estrada de chão — uma pequenina cabana revestida de lambri da cor cinza de madeira molhada. Ele ficava numa península comprida, com vista para um porto. Uma pequena frota de barcos de pesca balançava presa às cordas ao longo do cais. Um depósito de iscas se inclinava ao vento, e um bando de gaivotas o sobrevoava grasnando.

— Como você pode ver, não é exatamente Malibu. — O portão que dava para o quintal abriu-se com um rangido. — A vantagem é que aqui ninguém tranca a porta. É como se o lugar tivesse parado no tempo.

— Prefiro mil vezes manter minha privacidade a seguir a moda.

Sam entrou numa sala grande com janelas por todos os lados e claraboias por onde vertia a luz do sol. As paredes eram revestidas por ripas de madeira clara, de onde pendia uma grande variedade de telas sem moldura. À direita, ficava uma cozinha não maior do que a cozinha de um veleiro. Do outro lado, uma escada que dava para a cama do beliche integrado com uma escrivaninha. Ela fez uma breve pausa para dar uma olhada em tudo.

— Ah, Ian, sua casa é uma graça.

— Que bom que você gostou. — Ele pareceu satisfeito.

— Não sei como você aguenta sair daqui.

Ele encolheu os ombros, jogando as chaves em cima da mesinha lavrada ao lado da porta.

— Preciso ganhar a vida de algum jeito. — Mesmo com toda a riqueza de Wes, ele, com certeza, não era filhinho de papai.

Ela foi até uma parte da parede revestida por um painel de cortiça. Três telas praticamente prontas estavam pregadas ali: o mural em que ele estava trabalhando. O banco de trabalho logo abaixo estava cheio de bisnagas de tintas já usadas e com as extremidades enroladas para cima, paletas com restos secos de tinta, pincéis imersos em vidros com solvente. Um cavalete e uma prancheta estavam igualmente cheios dos mesmos materiais. Telas sem molduras, de sete a dez centímetros de profundidade, estavam enfileiradas ao longo do rodapé.

Seu olhar foi atraído para uma em particular: um retrato quase surrealista de um marinheiro negro e sem camisa amarrado a uma adriça, como se fosse Jesus crucificado — um trabalho tanto bem representado quanto evocativo.

— Eu não fazia ideia de como era o seu trabalho — disse ela.

— Não é o que você estava esperando?

— Imaginei paisagens marinhas, estaleiros... esse tipo de coisa.

— Coisas que vendem por aí em lojas para turistas, você quer dizer.

— Ele levantou uma sobrancelha, olhando sorridente para ela.

Sam se lembrou da bela marinha que ela e Martin haviam comprado numa galeria, alguns anos atrás.

— Nem todas são ruins.

— Eu faria mais dinheiro com elas, com certeza. — Seu olhar se voltou para um esboço feito a lápis, preso na prancheta. — Por outro lado, nunca fui de colorir sem passar da linha.

Ela analisou várias outras telas: um gato de rua remexendo os restos de uma lata de lixo, um retrato quase fotográfico de um velho pescador português, dançarinos de flamenco que pareciam quase reais. Uma mais viva do que a outra.

— Estou impressionada — disse ela. — E não me impressiono com facilidade.

— Acredito que você também não siga, exatamente, o gosto dos turistas.

— Ah, temos a nossa cota deles — disse ela, com uma risada curta. — Normalmente, eles dão uma olhada nas etiquetas com os preços e saem correndo porta afora. A maior parte das nossas vendas é para as pessoas daqui.

— Você deve fazer um trabalho muito bom. — Estava se referindo, é óbvio, ao fato de que Carson Springs tinha sua cota de mansões, estando a de seu pai entre as mais atraentes.

— Fazemos um trabalho razoável, embora o mercado seja um pouco mais competitivo hoje do que na época dos meus bisavós. — Não comentara que a receita estava vinte por cento menor do que a do ano anterior, um sinal não apenas dos tempos, mas da necessidade de retiradas maiores. Os anos que Martin passara doente tinham consumido todo o dinheiro arrecadado.

— Já ficou cansada do que faz? — perguntou ele.

— Às vezes — admitiu. — Quando eu estava na faculdade, certamente não era assim que esperava passar o resto da vida. Acredito que um dia desses eu me aposente e então me disponha a fazer o que *eu* quero... assim que descobrir o que é.

Ian sorriu como se estivesse achando graça de toda aquela história, seu sorriso lânguido entrou pelo corpo dela como areia por uma ampulheta.

— Detesto decepcioná-la — disse ele —, mas, neste exato momento, você está parecendo ter uns dezesseis anos.

Ian sabia que, para Sam, ele só estava querendo agradar, mas agora, com os cabelos puxados para trás num rabo de cavalo e a luz incidindo sobre seu rosto, suavizando suas linhas finas, ele teve um vislumbre de como ela tinha sido na adolescência. Será que ela fazia ideia de como era mais bonita agora? Ian observou os reflexos acobreados de seus cabelos, o contorno perfeito do seu maxilar, um sinal do tamanho de uma impressão digital na concavidade de seu pescoço. Ela não estava usando maquiagem e ele adorou a franqueza do seu rosto limpo, a luz que parecia cintilar de seus olhos verde-acinzentados. Até mesmo a forma como estava olhando para ele: como se quisesse acreditar no que ele dizia, mas não estivesse totalmente preparada.

Sam sentiu-se constrangida com o seu olhar. Por que ele a observava daquela forma? Ela fixou os olhos na camiseta dele, desbotada em algumas partes. Claramente ninguém lhe havia ensinado como lavar roupa direito. Se fosse a mãe dele...

Mas você não é, sussurrou uma voz em sua mente. Um calor foi lhe subindo lentamente pelos dedos dos pés, espiralando pelo seu corpo como fumaça de incenso, invadindo cada fissura escondida. Ela se sentiu fraca, como se após um longo período doente. Não era para isso estar acontecendo, disse a si mesma. Não havia espaço em sua vida para *isso* — desejo, luxúria ou qualquer outro nome que tivesse —, que parecia ter vida própria.

Ela sentiu a necessidade repentina de deixar tudo muito claro entre eles.

— Escute, Ian, se eu te passei a impressão errada...

Ele continuou a observá-la com calma. Ah, aqueles olhos. Como o oceano que leva ao transe se você olhar tempo demais para ele.

— Você não me passou nenhuma impressão errada.

Ela corou diante da franqueza de sua resposta. Ele sabia o que ela estava sentindo... sim, quando todos os seus instintos lhe diziam para fugir.

— Você é sempre direto assim? — perguntou ela, tremendo sob o calor do sol.

— Quando estou interessado em alguém, sou.

Sam sentiu a boca seca e ficou plenamente atenta à pulsação na concavidade de seu pescoço. Tudo o que pôde fazer para manter a compostura foi dizer:

— Está bem, admito que estou lisonjeada, mas isso ainda não muda o fato de que tenho idade suficiente para... saber o que estou fazendo.

— Saber o que está fazendo... ou o que quer fazer?

O coração de Sam começou a bater num ritmo forte, descontrolado. Ela levou a mão ao rosto; estava quente.

— Ah, meu Deus, não sou muito boa nisso, não é? — Que ironia ela, a mais velha dos dois, estar tão nervosa quanto uma colegial.

Ele sorriu encorajador.

— Você está indo bem.

Ele estava tão perto que ela viu a barba fina e dourada despontando em seu queixo e a pequena cicatriz em forma de lua acima de uma sobrancelha. Seus olhos eram claros e puros. Ele não estava brincando.

Quando Ian a tomou nos braços e a beijou, com brandura de início, depois com mais intensidade, parecia que ela havia caído de um galho alto — um sentimento de leveza que lhe trouxe uma sensação prazerosa de liberdade. Ela não tinha consciência de estar retribuindo seus beijos até que suas mãos vaguearam para lhe tocar a nuca. Macia, muito macia. Ah, meu Deus, havia se esquecido da adorável maciez da juventude.

Ele cheirava a roupa seca no varal e tinha um gosto que lembrava o mar. De repente, ela estava envolvida nas lembranças dos seus anos de adolescência — os vidros embaçados dos carros, mão nervosas lutando contra botões no escuro, murmúrios fracos de protesto. Tudo aquilo novo, excitante, proibido.

Um único pensamento batia como uma pulsação: *Não pare.*

Ele tirou a camisa dela de dentro dos jeans e logo a estava desabotoando, estendendo os braços para abrir seu sutiã. O pânico entrou em cena. Será que ele a acharia feia? Os seios, que haviam amamentado duas filhas, a pele que não era mais firme. Tremendo de frente para ele, ela precisou resistir ao impulso de cruzar os braços na frente dos seios.

Ian curvou-se para beijar primeiro um seio, então o outro, segurando-os com reverência nas mãos em concha. Se ela era menos do que perfeita, ele parecia não notar. Sam expirou tão forte que ficou tonta. Ah, a língua dele. O toque dele. Como se ele soubesse exatamente do que ela precisava...

Ele abriu o zíper das calças dela, puxando-as pelos quadris. Então se ajoelhou e começou a beijá-la *lá*, seu hálito quente e excitante passando pelo algodão fino de sua calcinha.

— Não. — Sam afastou-se.

Ele se sentou sobre os calcanhares e olhou para ela.

— O que foi?

— Eu nunca... — Um constrangimento incontrolável fez as palavras sumirem.

Ian pareceu entender. Sem nada dizer, levantou-se, pegou-a pela mão e levou-a até a escada que dava para a cama. Meu Deus, o que ele devia estar pensando? Uma mulher da sua idade que nunca tinha... mas fora Martin que nunca quisera fazer certas coisas que a levavam a sentir suja pelo simples fato de insinuá-las.

Mas Ian não era Martin. Ela fechou os olhos, ouvindo-o se despir. Em seguida, ele estava se deitando ao lado dela, as pernas compridas deslizando frias contra a sua pele.

— Não se preocupe. Vamos devagar. — Ele começou a acariciá-la ao mesmo tempo em que lhe beijava levemente a boca e o pescoço.

O ar quente no alto do beliche parecia envolvê-los como um casulo. Ela se sentiu começando a relaxar. O corpo dele era maravilhoso, só músculos, macio, exceto nas partes cobertas por pelos dourados e finos como a penugem de um animal esguio e de andar ligeiro. Quando, enfim, ele pôs gentilmente a mão entre as suas pernas, elas se abriram sem resistência. Algo tão natural quanto respirar.

Ian desceu mais, passando a boca pelo seu umbigo, as pontas de seus cabelos roçando em sua barriga. Então a estava beijando. Lá embaixo. Ah, meu bom Deus... Como ele sabia? Quem lhe dera o mapa de seu corpo? O prazer era praticamente maior do que podia suportar. Sentindo-se em brasa, Sam levantou os quadris para ir ao encontro de sua boca, mordendo o lábio para não gritar.

Quando gozou, parecia ter sido virada do avesso, um orgasmo que, de tão intenso, foi quase doloroso. Uma onda intoxicante após a outra. A luz passando rapidamente por ela por trás de suas pálpebras fechadas. Ela gritou e, logo em seguida, irrompeu em lágrimas.

Ian se sentou, puxando-a para os seus braços.

— Shhh. Está tudo bem.

— D-desculpe — disse ela, soluçando.

— Não peça desculpas.

— Eu me sinto tão... — Sam parou de falar, sem saber como traduzir os sentimentos em palavras.

— Não precisa explicar.

— Foi... você também gostou? — perguntou ela, timidamente.

Ele recuou, surpreso.

— Meu Jesus. Te trataram muito mal mesmo.

— O único homem com quem me deitei foi o meu marido. — Ela sentiu uma pontada de culpa, como se estivesse traindo a memória de Martin. — Eu achava que ele era como a maioria dos homens.

— Não sei quanto aos outros caras — disse ele —, mas acho isso incrivelmente sexy.

— Acho que as coisas eram diferentes na minha época.

Ele sorriu.

— Neste caso, eu diria que você precisa se atualizar um pouco.

Ele a beijou, o cheiro dela em seus lábios era como uma fruta exótica. Sam surpreendeu-se ao retribuir seu beijo com tanto apetite quanto antes. Ela correu as mãos pelo corpo dele, *todo* o corpo. Ian parecia sentir prazer com seu apetite, com cada exploração tímida que se tornava mais audaz. Quando ele afastou sua mão, foi apenas para lhe sussurrar com a voz grossa de desejo:

— Não. Quero estar dentro de você quando eu gozar.

Ele esticou o braço, tateando em busca de um preservativo na prateleira estreita acima da cama. Ela pensou: *Na minha época teria sido eu a levantar para colocar o diafragma.*

Ela sorriu diante da lembrança. A última vez em que ficara menstruada fora... bem, já havia perdido a conta. Gravidez era a menor das suas preocupações.

— Você não precisa se preocupar — disse ela, pondo a mão sobre a dele e sentindo as bordas afiadas da embalagem metálica.

Mesmo assim, ele hesitou.

— Tem certeza?

— Tenho.

Então ele se pôs sobre ela, que abriu as pernas para recebê-lo. Balançando no mais antigo dos ritmos, seus corpos suados produzindo sons de sucção conforme se uniam e se separavam, o calor reluzindo como relâmpagos de verão pela sua barriga e coxas.

Ela balançava o corpo em deleite, quase em estado de gozo. Quando finalmente chegou o orgasmo, ele foi mais duradouro e mais forte do que da primeira vez. Como se seu sangue tivesse sido substituído por um elixir quente correndo-lhe pelas veias. Ian se segurou o máximo que pôde, e então, com uma única e forte arremetida, ejaculou, soltando um grito quase selvagem.

Ele caiu ofegante em cima dela. O suor escorria pelo espaço entre as pernas entrelaçadas de um e outro. Ela sentiu o coração dele acelerado... ou seria o dela?

Mais ou menos um minuto depois, Sam foi saindo devagar de baixo dele.

— Meu Deus — sussurrou ela. — Eu não fazia ideia. Todos esses anos tocando a vida inocentemente, e a revolução sexual, de alguma forma, passou por mim. — Ela balançou a cabeça e começou a rir abismada.

Ele sorriu indolente, esticando o braço para pôr uma mecha do cabelo dela atrás da orelha.

— Você aprende rápido.

— Tenho um professor excelente.

Sam percebeu que estava tudo certo com relação àquilo também. A caçoar. Fazer troça de algo tão importante... para ela, pelo menos. Sexo não era um assunto para ser abordado apenas em sussurros sagrados.

— Isso quer dizer que vamos nos ver de novo?

Ele falou sem pressionar, quase de implicância, analisando-a à meia-luz. Ela sabia que o que ele queria mesmo saber era se ela teria ou não coragem.

— Eu gostaria muito — respondeu ela, indiretamente.

— Isso não é exatamente um sim.

— Também não é um não.

— Você está com medo do que as pessoas possam dizer?

— Eu *sei* o que elas vão dizer. — Suspirou. — Ah, Ian. É fácil para você. Morei em Carson Springs durante toda a minha vida. As pessoas me conhecem como sra. Kiley, a senhora comportada que administra a Delarosa. Criei duas filhas adoráveis e enterrei um marido que todos julgavam um santo. Assino revistas femininas que falam de culinária e jardinagem, pelo amor de Deus! Dá para você ter uma ideia?

Ele tocou o rosto dela.

— Se essas pessoas são suas amigas, elas não vão querer te ver feliz?

— Eu *sou* feliz — afirmou ela, um pouco na defensiva.

— Pode ser que haja algo mais que você queira.

Os olhos dele reluziram na luz rarefeita. *Ele pode ter quem quiser*, pensou ela. *O que vê em mim?* Mesmo enquanto refletia, Sam viu-se passando os braços pelo pescoço dele e puxando-o para mais perto, para sussurrar:

— E *há*. Faça amor comigo de novo. Mais uma vez antes de irmos embora.

Eles passaram o resto do dia na cama, até que a fome os obrigou a voltar à realidade. Ian desenterrou pão e queijo da geladeira e preparou torradas — maravilhosas — acompanhadas por café forte, já prevendo a volta para casa. Quando finalmente chegou a hora de irem embora, ela se sentiu como se estivesse acordando de um sonho adorável.

Já passava das onze quando eles estacionaram em frente à casa de Sam. Ela percebeu que as luzes ainda estavam acesas na casa do caseiro. Tão logo ele partiu, as luzes se apagaram — era Lupe dando fim à sua vigilância. Parecia o prenúncio do que viria pela frente. Se não conseguia escapar do escrutínio dentro da própria casa, como seria com toda a cidade tomando conta?

Após uma noite agitada, a manhã de segunda-feira surgiu clara e fria. O mecânico lhe informou que seu Honda não ficaria pronto até a quarta-feira, então ela foi de carona com Guillermo para a cidade. Eles seguiram num silêncio companheiro, os vidros de sua velha caminhonete Ford abaixados, a fumaça de seu cigarro passando por ela num filete azulado: um velho com o bigode amarelado por conta da nicotina — tão taciturno quanto sua esposa era falante — e uma mulher de meia-idade refletindo, infeliz, sobre a escolha que estava prestes a fazer.

Não lamentava o que tinha acontecido com Ian — já fazia tanto tempo, até mesmo Deus teria de concordar que ela merecia. Mas sua vida era complicada demais; haveria repercussões. Suas filhas, por exemplo. Seus amigos também, todos, exceto uma: Gerry.

E então havia Ian, maduro no que dizia respeito à forma como a fizera ter prazer na cama. Mas o que sabia ele sobre um relacionamento de verdade? Que dirá sobre a *vida*? Uma vida de casado, com filhos, atividades comunitárias e clubes. Ele não podia nem imaginar o que isso faria com ela... ou no que ele próprio estaria se metendo.

Não, lamentava não ter sido totalmente honesta com ele, não ter fechado a porta por completo.

Guillermo, a caminho da loja de equipamentos para jardinagem, deixou-a a poucos quarteirões da Praça Delarosa. Sam não se importou com a caminhada; ajudaria a clarear sua mente. Passou pela loja de fotos e lembrou-se do filme que queria ter deixado lá para revelar, mas que ainda estava numa gaveta em casa. Por conta dos eventos do dia anterior, o casamento da filha parecia uma lembrança distante. Na petshop Laço de Fita, ela parou em frente à vitrine para olhar para os filhotinhos

— provavelmente dos canis públicos contra os quais Laura, como membro da Associação Protetora dos Animais, lutava com todas as suas forças. Mesmo assim, Sam não pôde deixar de sorrir; eles eram muito bonitinhos.

Ela passou pela Creperia da Françoise, de onde saíam aromas deliciosos. No lado de dentro, ela viu a dona atarefada atrás do balcão, uma mulher pequena, com as faces quase tão vermelhas quanto seus cabelos. No entanto, qualquer um que esperasse por um sotaque francês ficaria decepcionado. O nome verdadeiro de Françoise era Fran O'Brien e ela falava o inglês carregado do Brooklyn. Sam lembrou-se de quando ela se mudara para lá, sete anos atrás. Seu marido a abandonara, deixando-a sozinha para criar duas crianças pequenas com um salário de secretária. Com o auxílio dos pais, ela largou o emprego e viajou quase cinco mil quilômetros para realizar o sonho de uma vida inteira. Hoje, sua pequena creperia era uma das mais populares da cidade. Sam quase sempre via os filhos de Fran, adolescentes agora, ajudando-a depois da escola.

No Ragtime, ela viu Marguerite Moore aproximando-se da porta e preparou-se para passar o que esperava que fosse uma expressão de alegria.

— Bom dia, Marguerite. — Não custava nada ser simpática. O brechó levantava fundos para o festival de música e, por mais que Sam não gostasse dela, a mulher trabalhava mais horas do que qualquer um... mesmo enquanto ignorava o esforço daqueles que, como Sam, também trabalhavam para o próprio sustento.

Marguerite estampou um sorriso no rosto. Uma mulher robusta, que se vestia com extravagância, ostentando um anel de diamante do tamanho de um bonde.

— Sam, eu estava mesmo pensando em você. — Ela ergueu um envelope pardo. — Acabei de digitar a minuta da nossa última reunião e estava de saída para tirar umas cópias. — Sam sabia que ela ficava muito aborrecida quando não podia estar por cima. Nem uma única oportunidade se passava sem que Marguerite informasse a todos como trabalhava sem cessar.

Sam arrancou o envelope de sua mão gorducha e cheia de joias.

— Por que você não me deixa fazer isso? Tenho uma copiadora na loja.

O rosto de Marguerite murchou.

— Bem, se não for problema...

— Problema algum. Tchau, Marguerite. — Sorriu Sam, na saída.

Ao virar a esquina para a antiga missão, ela viu que o Café da Árvore estava cheio, como de costume, com uma fila de pessoas que chegava até a calçada. As crianças entravam e saíam da casinha construída no carvalho de mais de cem anos que ficava no meio do pátio cercado, enquanto os pais aproveitavam a oportunidade para tomar um café e folhear alguns livros de bolso cheios de orelhas disponíveis nas prateleiras nos fundos da loja. Garçonetes corriam atarefadas entre a cafeteria, a cozinha e a lojinha de presentes.

Sam acenou para o proprietário, David Ryback, que saía apressado para a Panificadora Ingersoll — sem dúvida, em busca de mais de suas rosquinhas doces e amanteigadas. David, estrela do time de futebol quando ele e Laura cursavam o ensino médio, acenou de volta, distraído. Sam ouvira falar que seu filho, Davey, estava de novo no hospital e fez uma anotação mental para não se esquecer de mandar um cartão.

Ao atravessar a rua, ela parou no Higher Ground para tomar um café com bolo. Minutos depois, estava passando pelos arcos a caminho da praça. A Delarosa ficava do outro lado do pátio em forma de meia-lua, ladeada por outras lojas. A arquitetura das lojas era idêntica — paredes de adobe no estilo espanhol, guarnecidas de azulejos coloridos e grades de ferro fundido. Uma marquise de barro protegia as lojas do sol e bancos de madeira esculpidos ofereciam alívio aos consumidores cansados. Buganvíleas vermelhas desciam dos altos muros de pedra e, no centro do pátio, um chafariz marroquino em vários níveis esguichava água em três jorros simétricos.

Ela abriu a porta da loja com um empurrão. Laura estava debruçada sobre o balcão dos fundos, arrumando alguma coisa dentro da vitrine. Sam levantou a sacola de papel que trazia nas mãos.

— Eram todos de amora. Eu consegui arrumar um de banana com castanha para você.

— Tudo bem. — Laura lhe lançou um sorriso rápido e distraído.

Sam aproximou-se para ver o que ela estava desembalando.

— Não me lembro de ter pedido esses itens.

Laura arrumou um colar na prateleira de cima e se empertigou.

— Você estava tão ocupada com o casamento que eu não quis te incomodar. São diferentes, não são?

Sam parou para analisar as bijuterias. Diferentes? Estavam mais para bizarras. Cada uma com um inseto colado com epóxi no centro — joaninhas, besouros, grilos, abelhas. Belos em sua estranheza, mas ao mesmo tempo...

— Não sei se nossos clientes estão preparados para isso — disse ela, franzindo o cenho. — Não são um pouquinho...? — Procurou pela palavra.

— Excêntricos? — Laura interrompeu. — Essa é a *ideia*, mãe. Precisamos atrair uma clientela mais jovem. Lembra daqueles pauzinhos japoneses para o cabelo? Eles acabaram em apenas dois dias. As adolescentes adoraram.

Fora ideia de Laura trazer itens mais em conta, como bijuterias e chaveiros. Sam temia que isso pudesse prejudicar a venda das mercadorias de melhor qualidade, pelas quais a Delarosa era conhecida.

Um broche em particular lhe chamou a atenção: um besouro iridescente envolto em folhas prateadas. Ela o cutucou distraidamente com os dedos.

— Por falar nisso, como vai a nossa fugitiva? Eu quis ligar para você ontem, mas acabei não ligando. — Ela pensou em Ian, que lhe causara o efeito de uma droga, deixando-a com a temperatura elevada e as pernas pesadas.

Laura suspirou.

— Ela parece saudável, e Deus sabe como come! Mas parece que se materializou do ar. Não sei nada mais do que você.

— Nem sinal dos pais dela?

— Se é que eles existem... Pobre menina. Ela anda na ponta dos pés, como se com medo de que alguém a ataque.

— Ou de que a polícia apareça. — Sam lembrou-se do terror da menina no casamento. — O que você vai fazer com ela?

— Vou esperar uns dias e ver o que acontece. — Laura encolheu os ombros, mas sua preocupação era óbvia. *A protetora das almas perdidas*, pensou Sam. — Enquanto isso, estou ocupada com a Maude. Você acredita que o filho dela teve uma súbita mudança de atitude e quer que ela volte a morar com ele?

— Eu tinha até esquecido que ela tinha um filho.

— Eu acho que a própria Maude estava começando a esquecer também.

— Ela não pode dizer a ele que está feliz onde está?

— Ela tentou. — Sinais de indignação se fizeram visíveis no rosto de Laura. — Eu disse a ela que ela precisa enfrentá-lo. *Fazê-lo* ouvir.

— O que a está impedindo?

— Uma lealdade equivocada. — Um canto da boca de Laura se curvou num sorriso torto. — Ela parece convencida de que ele tem um coração.

Ela estava fechando a porta da vitrine quando Sam, num impulso, enfiou a mão ali dentro e pegou o broche. Ela o prendeu na lapela e recuou para admirá-lo no espelho. Os antigos egípcios acreditavam que os escaravelhos davam sorte; talvez aquele desse sorte para ela também.

Laura assentiu com a cabeça em sinal de aprovação.

— Eu não esperava que... mas, sim, é a sua cara. Definitivamente. Fique com ele, mãe, e você vai lançar a moda.

Sam sorriu.

— Se eu não espantar os clientes primeiro.

Sam deu um giro rápido pela loja para se certificar de que tudo estava em ordem, admirando, como muitas vezes fazia, o elegante empório que evoluíra a partir do bazar entulhado de utilidades domésticas de seus avós. Até mesmo na época de seus pais ele fora uma tremenda miscelânea — rolos de tecido, utensílios de cozinha, louças de todos os tipos e tamanhos. Ela se lembrava da mãe, mulher pequena, subindo numa escada de madeira para alcançar as prateleiras mais altas, e do pai arregaçando as mangas para pegar balas de caramelo e hortelã nos jarros em cima do balcão.

Desde então, as utilidades domésticas foram gradualmente dando lugar a artigos mais caros de arte e artesanato: tecidos feitos à mão e cestas indígenas, louças importadas, cerâmicas diferentes. Ela passou os dedos por uma toalha de mesa bordada. Uma caixinha de vidro com dobradiças e continhas deslizantes ficava em cima da mesinha de pinos ao lado da toalha. O único vestígio da época de seus avós era um armário colonial de madeira com detalhes em latão onde potes de mel com o rótulo Bendita Abelha ficavam expostos.

A sineta soou. Ela ergueu o olhar e viu Anna Vincenzi empurrando a cadeira de rodas da irmã pela porta. Monica, numa túnica de seda amarela, calças combinando e cabelos avermelhados enrolados num coque solto, parecia uma imperatriz em seu trono.

— Samantha, querida, é com você mesmo que eu queria falar — disse ela, com a voz estridente. — O aniversário do meu empresário está chegando e ele tem sido muito, muito bom para mim. Preciso de alguma coisa especial para mostrar o meu agradecimento a ele. — Ela enrolou timidamente um cacho de cabelo no dedo. Decerto, sua carreira como atriz havia terminado com o acidente que a deixara paralítica, mas ela ainda representava o papel de mulher fatal.

Sam estampou um sorriso afetuoso no rosto e o dirigiu rapidamente para Monica antes de fixá-lo em Anna, tão normal e sem graça quanto sua irmã era fabulosa.

— Sei exatamente o que pode servir.

Ela apontou para uma vitrine de artesanato, que ficava encostada na parede.

— Este é o nosso presente executivo de maior sucesso. — Ela pegou um peso de papel com camadas azuis e brancas torcidas que remetiam ao globo terrestre.

Monica deu apenas uma olhada rápida.

— Perfeito. Vou levar. Ah, não se preocupe com a embalagem para presente. — Apontou para a irmã com as unhas pintadas de vermelho. — A Anna toma conta de tudo isso.

Pobre Anna. Qualquer empatia que Sam pudesse sentir por Monica era ofuscada pela forma deplorável como ela tratava a irmã. E não só naquele dia; Sam já havia presenciado o mesmo em outras ocasiões. Era quase como se Anna estivesse sendo punida por alguma razão.

Por que ela aguentava aquilo?, perguntava-se Sam. Precisava do dinheiro ou, assim como Maude, tratava-se apenas de um senso de lealdade equivocado? Deus sabia que Anna já tinha problemas suficientes só de tomar conta da mãe idosa. Se ela ao menos perdesse peso e parasse de usar aquele coletes e cardigãs horrorosos, talvez encontrasse forças para se libertar.

— Por que você não dá uma olhada na loja, enquanto eu encontro uma caixa para ele? — Sam gesticulou na direção do balcão. — Temos uma nova linha de bijuterias que acabou de chegar. — Uma viúva-negra seria o ideal para Monica, pensou.

Quando elas se dirigiam à porta com a sacola de listras vermelhas e brancas, marca registrada da Delarosa, pendurada numa das alças da cadeira de rodas, Sam percebeu um vulto conhecido, vestido de preto, entre alguns dos clientes nos fundos da loja: irmã Agnes.

Ela sentiu um peso no coração. A freira baixinha, gorducha e de faces rosadas parecia tão pura quanto uma criança numa peça de Natal, mas, ultimamente, ela havia percebido que alguma coisa sempre desaparecia por onde a freira passava. Normalmente eram coisas pequenas e baratas: um abridor de cartas de estanho, um chaveiro, uma caixinha de porcelana. A questão era: o que fazer com relação a isso? Sam não queria confusão. Que impressão daria aos outros clientes se acusasse uma freira de furto? Mais constrangedor ainda era a ideia de ter de fazer uma visita à madre Ignatius. O melhor plano de ação, decidiu, era simplesmente ficar de olhos abertos para que isso não voltasse a acontecer.

— Bom dia, irmã. — Sam aproximou-se. — Posso ajudá-la em alguma coisa?

— Ah, não, sra. Kiley, quem dera a senhora pudesse. — A pequenina freira, tão irlandesa quanto a Pedra de Blarney, sacudiu a cabeça, num lamento. — Mas olhar não é pecado, é? A senhora tem coisas tão lindas!

Sam sorriu.

— Fico feliz que pense assim. — Por mais que tentasse, achava impossível não gostar da irmã Agnes. Ela podia ser uma ladra, mas era uma ladra adorável.

— Estes aqui, por exemplo. — Irmã Agnes passou os dedos em um centro de mesa rendado. — Eles me trazem lembranças de casa.

— Acabamos de recebê-los. — Sam alisou o centro de mesa, colocando-o de volta na pilha.

— Com licença, eu gostaria de saber se a senhora tem outros deste aqui — perguntou uma cliente.

Sam virou-se para uma senhora bem-vestida, de cabelos grisalhos, segurando um vaso de pé comprido com a base lascada.

— Ah, sinto muito, acho que este é o último. Há alguma outra coisa que eu possa lhe mostrar?

— Vou dar uma olhada por aí. — A mulher lhe devolveu o vaso com relutância.

A conversa não tinha levado mais do que alguns segundos, mas, quando Sam se virou para trás, irmã Agnes já havia partido... e com ela o centro de mesa. Sam ouviu a sineta tilintar e viu um rastro de sarja preta assim que a pequenina freira desapareceu pela porta.

Ela suspirou. Agora não tinha mais jeito. Gostasse ou não, teria de falar com madre Ignatius. Mas não por telefone. Teria de lhe fazer uma visita especial só para isso.

— Sam. — Uma voz familiar, baixa e musical.

Ela se virou e ficou assustada ao ver Ian de pé à sua frente. Como ele tinha conseguido entrar sem que ela o tivesse visto? Um calor lhe subiu pelas faces e ela deu uma olhada furtiva por cima do ombro. Ninguém estava olhando para onde eles estavam.

— O que você está fazendo aqui? — sussurrou.

Ele lhe sorriu despreocupado.

— Eu não tinha percebido que precisava de convite.

— Você sabe do que estou falando.

Ele não parecia nem um pouco perturbado. Com a mesma voz despreocupada, perguntou:

— Tem algum lugar onde a gente possa conversar? Em particular?

Ela deu mais uma olhada por cima do ombro. Laura estava atendendo a um cliente e havia só mais uma pessoa olhando as mercadorias na loja.

— Tudo bem — disse ela. — Mas só por um minuto.

Ela o conduziu até o escritório minúsculo nos fundos, com espaço apenas para uma escrivaninha e um armário. Não fazia sentido convidá-lo para sentar. Ela fechou a porta com o pé. As batidas de seu coração pareciam preencher o espaço minúsculo e sem janelas.

Ela não lhe deu a chance de falar.

— Ian, escute, ontem foi... foi incrível. Não me arrependo nem um pouco do que aconteceu. Mas isso não pode continuar. — Ela fechou os olhos, recostando-se no armário. O ferro estava frio em contato com sua pele ardente.

— Por causa do lance da idade? — Ele parecia mais confuso do que qualquer outra coisa.

— É complicado.

— Não precisa ser.

— Para *você*.

— Para nenhum de nós.

Ele se aproximou dela e, num instante, ela estava em seus braços. Ah, meu Deus. Como era fácil, era como deslizar para um banho quente. Como se sua mente tivesse, de alguma forma, se separado do corpo. Um corpo com desejo próprio. Ela sentiu a boca dele na sua, a língua dele maliciosa...

Só mais essa vez, implorou, como se a uma autoridade maior. Depois dessa, não mais. Se quisesse mesmo resistir a ele dali em diante, teria de pôr um fim naquilo. Ali. Naquele momento.

A questão era: *como?*

Envolvida pelos braços de Ian, perdida em um beijo sem início e, portanto, sem fim, Sam não percebeu quando a porta se abriu atrás dela. Não ouviu Laura engasgar.

— Oh, meu Deus, sinto muito. Eu não sabia.

Sam se desvencilhou de Ian. Sua filha estava parada na soleira da porta, boquiaberta, como se diante de um acidente de carro, as faces enrubescidas, os olhos arregalados de terror e pânico, um dos cantos da boca tremendo num sorriso incessante. Então, com um grito, Laura saiu apressada.

Capítulo Quatro

C alma — disse Alice. — Não quero que isso acabe.

Assim que o Mercedes virou para a ladeira rumo à casa deles, ela sentiu o desejo súbito de voltar, de se enfiar no casulo em que estivera nas últimas três semanas. Maui tinha sido um paraíso onde, todas as noites, eles pegavam no sono ouvindo o marulho das ondas após terem relaxado na praia e feito amor o dia inteiro. Agora, a vida de volta à terra firme — confusa e imprevisível — estava logo ali na esquina, pronta para atacar.

Em sua mente, ela podia ver a luzinha vermelha da secretária eletrônica piscando como o olho de um réptil, a pilha de correspondências ao lado da porta, um monte de presentes de casamento por abrir. No dia seguinte, haveria malas para desfazer, ligações para retornar, contas para pagar. E então o retorno ao trabalho na segunda-feira, onde um outro monte de novas pilhas de correspondências esperava por ela. Na semana seguinte, com o presidente na cidade e o ministro das Relações Exteriores de Israel anunciando diálogos de paz, ela e Wes teriam sorte se conseguissem fazer uma ou duas refeições juntos, que dirá à luz de velas e com rosas.

— Ainda temos cerca de uma hora até o jantar. — Wes abriu um sorriso, dois sóis em miniatura revolveram-se pelas lentes escuras de seus óculos Vuarnet. — Tempo suficiente para nadar... ou qualquer outra coisa que você tenha em mente.

— Nossas roupas de banho estão dentro das malas. — Ela passou a mão em torno de seu pescoço. — Teríamos que nadar nus.

Ele riu, aquela sua risada estrondosa e encantadora.

— Alice, querida, você é a única mulher que conheço que não tem aquela urgência de desfazer as malas no instante em que passa pela porta. Acho que é por isso que me casei com você.

— *Só* por isso? — Ela ergueu uma sobrancelha.

— Há muita coisa por baixo disso — respondeu ele, enigmático.

O sol havia se posto e os cumes das montanhas estavam banhados de uma luz vermelha intensa. O ar que soprava pela ventilação tinha o aroma leve e medicinal de eucalipto. Wes desviou de um galho caído, saindo e voltando rapidamente para a estrada com a habilidade de um piloto de corridas. Ele dirigia da forma como fazia tudo o mais na vida: sem o menor aumento na pressão arterial. Ele era o único homem por quem ela não sentia aquela ânsia física de arrancar o volante à força das mãos; o único homem com quem se sentia completa e absolutamente relaxada.

Alice analisou o perfil do marido — parecido com os das moedas antigas —, testa larga e nariz romano, barba aparada e cabelos grisalhos fartos e encaracolados. Raras vezes ela pensava na diferença de idade entre eles e, quando o fazia, era sempre com pouco assombro. Wes não era como os outros homens de cinquenta e dois anos. Chegara à meia-idade como Teddy Roosevelt na tomada de San Juan Hill — dentes à mostra, empunhando a espada. Aos setenta anos, ainda estaria pisando forte no acelerador, atendendo a quatro linhas telefônicas ao mesmo tempo e cruzando o céu no seu Bell 430. E, pensou ela, nadando nu com a esposa sob a luz das estrelas.

Ela se lembrou do dia em que ele entrou em sua vida e a mudou para sempre. Vinte e um anos e recém-saída da UCLA, Alice acabara de ser admitida como assistente de produção no *Marty Milnik Show*. Wes Carpenter, a quem ela ainda viria a conhecer — seu escritório ficava no andar acima do seu —, poderia muito bem ser o Mágico de Oz, por conta de tudo o que se falava de seus feitos lendários. Ela já havia ouvido histórias sobre o seu começo humilde. Como, enquanto dono de uma pequena estação de TV em Oxnard, ele tivera a coragem — antes da época em que a lei proibia tais práticas — de transmitir programas em cadeia, via satélite, para estações a cabo local por todo o país. Tinha também a história da cobrança do empréstimo atrasado: a forma como ele entrara a passos largos na sala de reuniões da diretoria do Banco First National, como se vindo do Oeste Selvagem, e conseguira não apenas uma prorrogação de prazo, como também um aumento do valor do empréstimo.

Ela já estava há cerca de seis semanas na CTN quando se encontrou pela primeira vez, cara a cara, com ele. Estava subindo para a sala de imprensa, que ficava no sexto andar, quando o elevador parou e entrou um homem alto, de ombros largos e mãos tão grandes como ela jamais havia visto. Ele vestia calças de sarja, camisa aberta no colarinho e um paletó de veludo que, francamente, já havia visto dias melhores. Suas faces estavam queimadas pelo vento, acima do contorno escuro de sua barba. *É ele*, pensou. Seus olhares se cruzaram e ela baixou os olhos. Dando uma espiada para a bainha de suas calças, Alice viu algo que a fez dar uma risadinha: uma das meias era marrom e a outra, azul-marinho.

Quando ele a pegou olhando para seus pés, ela disse:

— Desculpe, só que... não pude deixar de perceber. — Apontou para os pés dele.

Surpreso, ele baixou os olhos e um sorriso foi se abrindo devagar em seu rosto.

— O que posso dizer? De vez em quando gosto de misturar. — Wes observou-a com interesse. Os olhos dele eram de um verde-amarronzado diferente e ele parecia ter mais dentes que o normal. — Você é...?

— Alice Kiley. — Ela estendeu a mão, que foi engolida pelo cumprimento grandioso e quente dele. Ela jamais conhecera um presidente de empresa como ele, com aparência de menino que matava aula.

— Você está com quem?

Naquele primeiro momento confuso ela interpretou mal sua pergunta, tomando-a como algo muito mais pessoal, e respondeu:

— Com ninguém. — Alice não tivera a intenção de revelar sua condição de solteira para um perfeito estranho, chefe ou não; a resposta apenas saíra. Uma única olhada para a expressão confusa dele e ela percebeu o seu erro. E sentiu-se ruborizada. — Para falar a verdade, estou com o senhor. Quer dizer... trabalho para o senhor.

Wes pareceu não dar importância ao ocorrido, como se estivesse acostumado às mulheres se fazendo de boba para cima dele. Mas Alice mal podia acreditar no que estava acontecendo. Na escola, sempre fora procurada pelos rapazes — no último ano, vencera um concurso que a elegera a garota que os rapazes mais gostariam de levar para uma ilha deserta. Crescera acostumada a ouvir os homens gaguejarem na sua frente e poderia ter compilado todas as cantadas que recebera em uma enciclopédia. Aquilo, porém, era novidade para ela: um homem que *a* tinha feito corar.

— Caramba! — Os olhos de Wes cintilaram como se ela tivesse acabado de lhe dizer alguma coisa fora do comum. — Nunca imaginei que chegaria o dia em que não conheceria todas as pessoas que trabalham aqui. Há quanto tempo você está conosco? — Ele falava com um leve sotaque texano, e ela se lembrava de ter ouvido dizer que ele crescera em Austin.

— Dois meses — respondeu, ficando ainda mais vermelha.

— Tudo isso? Bem, então acho que já passou da hora de nos conhecermos. Você está livre na hora do almoço?

— Para falar a verdade, estou.

— Meio-dia e meia? Te encontro na recepção. — Piscou para ela. — Serei o cara com uma meia marrom.

O elevador parou no sexto andar e Alice saiu. Poderia estar aterrissando na Lua por causa da súbita perda de gravidade que a levou flutuando pelo corredor. Ela conhecia o amor — com Bruce Kitteredge, seu namorado na faculdade, o relacionamento fora sério o bastante para chegarem a falar em casamento —, mas aquela era a primeira vez em que se sentia apaixonada. Era, pensou, exatamente como se via nos desenhos animados: parecia que tinham batido na sua cabeça com um martelo gigante.

Desde então, não olhara para trás.

— Eu te amo — dizia agora, com mais sentimento do que o normal.

— Eu também, sra. Carpenter. — Wes tateou à procura de sua mão e a levou à boca. Sua aliança, um diamante corte-esmeralda de quatro quilates, refletiu a luz do sol com um raio brilhante. Ela se lembrou de como se sentira extremamente segura do que estava fazendo quando ele a deslizou pelo seu dedo. Tinha certeza de que nada jamais se intrometeria entre eles.

Wes foi trocando de marcha conforme a estrada ficava íngreme. Eles serpentearam pelo caminho, passando por paredões de arenito aos quais pinheiros e uvas-ursinas se agarravam precariamente. À direita, ficava um precipício onde se abria uma vista quase panorâmica do vale abaixo: pastos banhados de sol, fileiras impecáveis de laranjeiras, o gramado atapetado do Dos Palmas Country Club. Após uma subida aparentemente sem-fim, a casa deles fez-se visível. Feita sob encomenda quando Wes era solteiro, ela ocupava o ponto mais alto da Fox Canyon Road: níveis diferentes de cedro e vidro que, a distância, pareciam se projetar da encosta como formações rochosas incríveis.

Alice sentiu uma pontinha de ansiedade. Estavam morando juntos há mais de um ano, mas agora era diferente. Seria o casamento tudo o que ela sempre esperara? Tudo o que o casamento de seus pais tinha sido?

Eles começaram a subir o caminho de carros — um aclive quase vertical que dava para uma área de manobra onde Wes estacionou suavemente. Alice saiu do carro, alongando-se para esticar os músculos após longas horas na estrada e outras ainda mais longas no avião. A temperatura, embora não tão elevada quanto em Maui, estava maravilhosamente seca. No jardim, as estrelítzias estavam em flor e os copos-de-leite desabrochavam. Ela observou um passarinho pousar na fonte de granito assentada sobre almofadas de grama ornamental. Aquilo a lembrava de alguma coisa, não sabia o quê. Então se lembrou: a menina que aparecera em seu casamento. Ainda estaria com Laura ou já teria sido mandada de volta para casa? Ela logo saberia.

Alice começou a subir o caminho, sentindo uma vaga apreensão. A partir do momento em que pusesse os pés em casa, a lua de mel estaria oficialmente encerrada, o mundo que ficara para trás, rodando por conta própria, mais uma vez estaria batendo à sua porta.

A primeira coisa que percebeu ao entrar foi a pilha de presentes ao lado da porta — sem dúvida, cuidadosamente deixados ali pela mãe. Ignorando-os, foi para a sala de estar: uma homenagem sublime à paisagem com seu teto monumental, suas claraboias, sua lareira de pedras e painéis de vidro que iam do chão ao teto. Ela abriu a porta corrediça que dava para o deque. Os últimos raios de sol se refletiam como sinais de Morse da LoreiLinda, propriedade de Monica Vincent, no alto da colina vizinha. Nos cânions abaixo, as sombras brotavam da base das pedras e projetavam-se de trás das moitas de cactos e ocotillos como dedos compridos de bruxa. Pinheiros farfalhavam na leve brisa da noite. Logo abaixo, a piscina surgiu atraente e ela pensou como seria bom dar um mergulho na água fresca.

Dois braços musculosos a envolveram, chegando por trás. Ela se aninhou neles, deitou a cabeça nos ombros de Wes e puxou os braços dele para mais perto do seu corpo.

— Ainda gostaria de estar no Havaí? — perguntou ele.

— Hum-hum — murmurou, com os olhos parcialmente fechados.

Naquele momento, tudo o que queria era ficar a sós com o marido, o mundo exterior bem longe. Se ao menos conseguisse dar um jeito de preservar aquele instante, como uma flor pressionada entre as páginas de um livro.

O telefone começou a tocar dentro da casa. Ela tentou se desligar de seu toque distante, mas, como a secretária eletrônica não atendeu após vários toques, lembrou-se de que a fita devia estar cheia. Com um suspiro, afastou-se relutante dos braços do marido e entrou.

Atendeu ao telefone que ficava no armarinho laqueado ao lado do sofá.

— Alô?

— Não acredito que estou mesmo falando com você. Estou ligando há horas. — Era Laura, parecendo ligeiramente ofegante. — Você acabou de chegar?

— Cheguei há alguns minutos. Ainda não ouvi minhas mensagens.

Seguiu-se uma pausa, então Laura perguntou:

— Como foi em Maui?

Era evidente que ela mal podia esperar para dar algum tipo de notícia importante. Mas não era bem típico de Laura forçar um bate-papo antes de ir direto ao assunto?

— Foi perfeito, com exceção de ter que voltar. — Alice decidiu tirar a irmã de sua aflição. — Está tudo bem?

Mais uma pausa e então:

— Você está sentada?

Alice teve o pressentimento de que as notícias não seriam boas. Abaixou-se até o sofá, o estofamento frio de couro escorregadio em contato com suas coxas bronzeadas.

— Agora estou.

— É a mamãe.

Alice sentiu um aperto no coração. Com a morte do pai, perdera mais do que a figura paterna; perdera também todo o seu senso de compaixão. Sabia agora o que não sabia quando criança: que os pais são mortais. Puxou uma almofada para o colo, apertando-a contra a barriga, que ficara oca de uma hora para outra.

— Ela está bem, não está?

— Ela está bem, a não ser que você considere uma insanidade temporária como doença.

Alice imaginou a irmã sentada à mesa da cozinha, o fio enrolado do telefone preso à parede esticado até metade do cômodo. De repente, ela ficou sem paciência.

— Laura, pelo amor de Deus, o que *é*?

— Ela está saindo com alguém.

— Com o Tom? — Tudo bem. Poderia conviver com aquilo. Tom Kemp era um cara legal, até meio chato. Se acontecesse o pior e a mãe acabasse se casando com ele, seria apenas para ter uma companhia.

Houve uma inspiração forte do outro lado da linha.

— Não. Com o *Ian*.

As palavras de Laura foram entrando aos poucos, indolores como a chuva batendo no para-brisa. Ian? O Ian do *Wes*? Impossível.

— Você deve estar imaginando coisas — disse ela. — Você conhece a mamãe. Agora que o Wes e eu estamos casados, ela certamente vê a todos nós como uma grande família... inclusive o Ian.

— Eu vi os dois — insistiu Laura, com a voz grave. — Eles estavam se beijando... e pode acreditar, de uma forma mais do que cordial.

Alice tentou imaginar a cena, mas a imagem se dissolvia. Ao mesmo tempo, tinha plena consciência do sangue lhe fugindo do rosto e das mãos. Ela engoliu em seco.

— Eles... Quer dizer, eles...?

— Dormiram juntos? — Sua irmã deu uma risadinha irônica. — Tenho medo de perguntar. Vamos apenas dizer que eles têm se visto bastante nas últimas semanas.

Alice gemeu.

— Já entendi.

— Também sou culpada. — Laura pareceu arrasada. — Deixei isso escapar para a tia Audrey. Achei que a mamãe estava meio em cima do muro, mas, quando ela viu que o segredo dela tinha sido revelado, ficou irritada. Disse que sentia muito por eu ter descoberto daquela forma, mas que talvez tivesse sido melhor assim. Acho que suas palavras foram exatamente estas: "Estou cansada de agradar aos outros. Acho que já passou da hora de eu fazer o que bem entender."

— Ah, meu Deus, é pior do que eu imaginava.

No breve silêncio que se seguiu, ela ouviu a respiração da irmã. Quando criança, Laura tinha alergia e Alice se lembrava de ficar acordada à noite por causa de sua respiração ruidosa. De repente, ela desejou estar no seu antigo quarto na casa da Blossom Road, uma garotinha com o travesseiro apertado em torno das orelhas.

— O que você acha que a gente devia fazer? — perguntou Laura, timidamente.

Isso é verdade, pensou Alice. *Está mesmo acontecendo.*

A sala começou a girar como a esteira por onde chegara sua bagagem e em frente a qual ela estivera poucas horas atrás, horas que mais pareceram dias.

— Deixe-me conversar com o Wes. — Alice ouviu a si própria falando de forma racional, como se este fosse um assunto sem importância que precisasse ser discutido. — Eu te ligo mais tarde, está bem?

Alice estava com o olhar fixo no telefone em sua mão quando ouviu a porta corrediça se fechar com um baque. Ergueu os olhos e viu Wes se aproximando. A expressão relaxada do marido mudou subitamente para uma de preocupação e ele se sentou ao seu lado, passando o braço pelos seus ombros.

— O que foi? Você está com cara de que alguém morreu.

— Era a minha irmã. Ela... — As palavras não saíam. Alice mordeu a unha do polegar, desejando que fosse um cigarro. Parara de fumar quando conheceu Wes, mas, naquele momento, daria tudo por um cigarro. Por fim, virou-se para encará-lo. — A minha mãe está tendo um caso. Com o seu filho.

Ele ficou chocado.

— Bem, caramba.

— Você consegue acreditar?

Ele sacudiu negativamente a cabeça assobiando baixinho.

— Confesso que não vi isso acontecendo. Há quanto tempo está rolando?

— Desde o nosso casamento.

— Um namoro de arromba.

— Não brinque.

— Não estou brincando.

Ela cobriu o rosto com as mãos.

— Isso é um pesadelo.

— Eu não chamaria exatamente assim.

— De que você *chamaria* então?

O rosto de Wes se enrugou em um sorriso melancólico.

— Digamos que não estamos exatamente na posição de atirar pedras.

Alice o fulminou com o olhar.

— Não é a mesma coisa.

— É quase a mesma coisa.

— Ela tem idade para ser mãe dele!

— E eu, minha querida — apertou-lhe os ombros —, tenho idade para ser seu pai.

— Mas é diferente conosco — insistiu ela.

— Porque sou homem? — Não a estava provocando; parecia querer mesmo entender.

— Não consigo acreditar — disse ela, balançando a cabeça. — Não consigo acreditar que você não está tão indignado quanto eu!

— Por você, eu gostaria de estar. — Observou-a, sensibilizado. — Mas seria mais do que hipocrisia, você não acha? Além do mais, tenho certeza de que a sua mãe teve suas dúvidas com relação a nós.

— Ela nunca disse nada.

— Talvez nós devêssemos lhe conceder a mesma cortesia.

Alice levantou-se sobressaltada e foi para o outro lado do sofá, de onde o olhou como olharia para um estranho, um em quem talvez não valesse a pena confiar. — Você fala como se de fato *aprovasse*.

— Eu não disse isso. Só estava chamando a atenção para o fato de que essa é uma das faces de uma mesma moeda. — Wes, sempre tão lógico. Esta era uma das coisas que ela gostava nele e que também a enlouquecia de vez em quando. — Alice, o que está *mesmo* acontecendo aqui? É só o fato do Ian ser muito mais jovem?

— O que mais você acha?

Alice se abraçou e olhou para o pequeno amontoado de lenha arrumado da forma indígena dentro da lareira enorme de ardósia. Lá, podia fazer muito frio depois do pôr do sol, até mesmo no verão. Hoje, pensou, seria uma dessas noites. A temperatura parecia ter caído pelo menos dez graus.

— Eu estava pensando no seu pai.

Suas palavras encontraram respaldo. Numa voz baixa e trêmula, ela falou alto o que a trespassava como um inseto recém-saído do casulo.

— Era de esperar que todos aqueles anos juntos tivessem *significado* alguma coisa. Que a memória dele por si só... — Um nó se formou em sua garganta, estrangulando as palavras.

— Já se passaram dois anos — disse ele.

— Que diferença isso faz? Se ela o tivesse amado de verdade... — Virou-se para Wes. — Não estaria agindo assim. Fazendo pouco-caso de tudo o que eles tinham, com um homem com idade para ser... isso é obsceno.

— Você não acha que está exagerando um pouco? — Wes argumentou com brandura. — Afinal, ela é apenas humana. Só porque está dormindo com o Ian, isso não quer dizer que não tenha amado o seu pai.

Os olhos de Alice ficaram cheios d'água e inchados, mas ela não deixou cair uma lágrima sequer.

— Você não está entendendo. Ele era... — Procurou pela palavra apropriada para descrevê-lo. Santo? Não, nada parecido. Estava mais para um moleque travesso de vez em quando. Quando ela e Laura ficavam sob seus cuidados, eles pareciam *três* crianças fazendo estripulias na ausência da mãe: comendo bolo e sorvete enquanto a comida nutritiva que Sam havia preparado, e cuidadosamente acondicionado em embalagens plásticas dentro da geladeira, permanecia intocada; brigas de travesseiro e, numa ocasião especial, um jogo de hóquei dentro de casa, que acabou deixando o vaso Lalique favorito de sua mãe aos pedaços. Sam ficou furiosa com ele, mas ele dera um jeito de cair novamente em suas graças. Como sempre fazia.

Outra lembrança lhe veio à tona; o pai puxando-a para a pista de dança na festa de suas bodas de prata. "Em nome dos velhos tempos?", dissera com uma piscada, fazendo-a se lembrar de quando era novinha e costumava subir só de meias em seus sapatos. Naquela noite, balançando nos braços do pai, ela se sentiu da mesma forma que se sentira uma vez, deslizando pelo chão da sala de estar sobre seus sapatos de couro, ao som da "Valsa do Tennessee". Como se nada de mal pudesse lhe acontecer, contanto que ele nunca a soltasse.

— Às vezes, quando ele não conseguia dormir, ele me acordava no meio da noite — continuou ela. — Era nosso momento especial, só ele e eu. Ele fazia chocolate quente e assistíamos a um filme antigo na TV. — Alice virou o rosto sofrido para Wes. — Como ela pôde fazer isso com ele? *Como?*

Ela não precisava de Wes para lembrá-la de que seu pai estava morto; ela sabia disso por causa do rombo em seu coração, por onde parecia passar um vento frio.

— Isso tem a ver com a sua mãe ou com você? — perguntou ele.

Alice levantou-se, de repente cansada demais para discutir.

— Isso não está nos levando a lugar algum — disse ela. Wes e sua primeira esposa tinham chegado à beira da separação quando ela ficou doente. Como ele poderia entender o tipo de casamento que seus pais tinham tido?

Alice olhou para ele como se o estivesse vendo pela primeira vez. Suas faces estavam queimadas do vento e do sol, seu braço musculoso, da cor do encosto de couro do sofá onde estava sentado. Tinha a expressão de um espectador leal. Por que ele não conseguia ver como aquilo era horrível?

Ele se levantou e se aproximou dela, massageando seus braços como se para aquecê-los.

— E quanto àquele mergulho? Vai desviar sua atenção de tudo isso.

Ela recuou, cruzando os braços.

— Não estou mais com vontade.

Wes inclinou a cabeça, olhando para ela do jeito que olharia para uma criança petulante. Ela se pegou lembrando do incidente no Ritz Carlton em Kapalua, onde fizera as reservas em seu nome de solteira e onde houvera um mal-entendido assim que chegaram lá. Antes que ela pudesse resolvê-lo, Wes passara à sua frente, elevando a voz para o recepcionista: "Chame o gerente, por favor."

Ela não dera importância então, mas sentia-se mal agora com a lembrança. Por que ele não pôde deixá-la resolver o problema? *Porque aquela não era a primeira vez*, sussurrou uma voz em resposta.

Alice foi determinada até onde estava sua mala, estacionada ao lado da de Wes como um cão enorme e obediente. Com o máximo de dignidade que conseguiu reunir, segurou a alça e começou a puxá-la pelo corredor. Não chegara a arrastá-la nem até a metade do caminho quando ele se pôs ao seu lado e a levantou sem esforço, carregando-a para o quarto antes de voltar para pegar o resto da bagagem.

Momentos depois, ele estava voltando com a própria mala, levantou-a e a pôs em cima da cama.

— Quer desfazer as malas? Vamos desfazê-las — disse ele, alegremente.

Ela se sentiu relaxar um pouco.

— Não se esqueça de todos aqueles presentes também.

— Vamos abri-los em seguida.

— Tomara que não tenha outra cafeteira-expresso naquela pilha.

— Seria a terceira, não é? — Ele abriu a mala e sorriu para ela. Naquele quarto uma vez masculino, que ela havia mudado para amarelo-claro e creme, Wes parecia um ponto de exclamação.

Ela concordou com a cabeça.

— Parece ser o presente de casamento do momento.

— Na minha época, eram os réchauds. — Ele fez uma careta diante da referência infeliz ao seu primeiro casamento. — Desculpe, querida.

No entanto, aquilo serviu apenas para lembrá-la de como ele normalmente era atencioso. Ela se sentiu ainda mais tranquila.

— O que *é* exatamente um réchaud? Não sei se saberia o que fazer com ele.

Wes atirou algumas roupas sujas no chão e foi até onde ela estava. Trazendo-a para os seus braços, murmurou:

— É fácil, basta riscar um fósforo.

Ela recuou, simulando um olhar zangado.

— Espero que você não esteja tentando me derreter. Sem querer fazer trocadilho.

Ele deu uma risada que reverberou pelo seu peito como o toque de um tambor.

— Ainda não está tarde demais para um mergulho — disse. — Por outro lado, podemos pular esta parte.

Ele cheirou seu pescoço. Antes de Wes, ela sempre achara que barba espetava, mas a dele era macia. Ele recendia um pouco a protetor solar — dela — desde que tinham feito amor naquela manhã. Wes nunca se preocupara com esse tipo de coisa. Se duas expedições ao Vietnã não tinham acabado com ele, costumava brincar, ele sobreviveria a alguns buracos na camada de ozônio.

Ela se manteve inflexível.

— Isso não é uma coisinha qualquer que vá passar logo — disse. — Estou mesmo chateada.

— Deixe-me ajudar. — Ele enfiou a mão por baixo de sua blusa, acariciando suas costas em círculos lentos até que ela começou a relaxar.

Alice se sentiu sem forças para resistir. Como ficar longe de um homem cujo simples toque era como uma faísca em folhas secas? Ela levantou os braços, obediente, conforme ele lhe tirava a blusa. Não estava usando sutiã; Wes não gostava deles e ela tinha seios de um tamanho que podia dispensá-los. Ela gemeu baixinho quando ele passou os polegares pelos seus mamilos.

Uma imagem passou-lhe pela mente: uma onda morna batendo em seus pés, e o céu estrelado, virando devagar enquanto eles faziam amor na praia de Wailua. Ela fechou os olhos, deixando-se envolver por aquelas sensações familiares. Os lábios de Wes passando por entre seus seios. O toque macio da barba contra a sua pele. Suas mãos ao mesmo tempo ásperas e macias.

Alice pressionou o corpo contra o dele e o ouviu gemer em resposta. Em seguida, ele estava enfiando a mão por baixo de sua saia.

— Você está molhada. — Ele lhe abaixou a calcinha até os joelhos e enfiou um dedo dentro dela. — Meu Jesus, eu te desejei o dia inteiro. — Sua voz saiu baixa e rouca. — No avião. Na estrada. Eu só pensava nisso.

Alice abriu as coxas, esfregando-se na base da mão dele. Arrepios deliciosos percorreram seu corpo. Ela sentiu o último indício de resistência se dissolver. Ah, meu Deus. Mais um pouco e ela iria gozar...

Wes puxou a mão e a agarrou pela cintura, abaixando-a até o tapete. No segundo encontro deles, após vários martínis em Spago, quando ele lhe perguntara o que ela procurava num relacionamento, ela brincou, ligeiramente bêbada: "Uns amassos no tapete." Qualquer outro homem teria olhado para ela desconfiado; Wes simplesmente erguera sua taça e respondera: "Minha querida, não posso lhe prometer a lua, mas isso eu posso."

Ela abriu a fivela de seu cinto e, louca de desejo, abaixou-lhe as calças até os quadris. Ele estava igualmente louco. Ela sentiu a fivela lhe arranhar a parte interna do joelho quando ele a penetrou com uma arremetida brusca. De repente, ela foi tomada por uma sensação delirante de encantamento. O amante perfeito, e todo seu. Meu bom Deus, nada podia ser melhor do que aquilo.

Wes não tinha pressa. Sabia quando parar... e como se mover de formas que a levavam ao máximo do prazer. Somente depois que ela gozou várias vezes, surpreendendo até a si mesma — já não estava satisfeita com a cota da manhã? —, foi que ele se afastou para olhar para ela.

— Devo usar alguma coisa? — Wes mantinha um estoque de preservativos à mão por via das dúvidas.

Alice sentiu uma palpitação familiar de... pesar? Não, nada tão forte assim.

— Estou com o diafragma — murmurou.

Isso foi tudo o que ele precisava ouvir. Momentos depois, ele se debruçava sobre ela, soltando um grito rouco. Ela sentiu a pulsação quente de seu esperma e, de repente, sentiu vontade de... de... de que *sentiu* vontade?

Ele caiu no tapete, rindo ofegante.

— Mulher, você sempre me surpreende.

— Isso é muito melhor do que abrir presentes. — Ela se virou de lado, apoiando a cabeça no cotovelo. — A não ser, é claro, que você pretenda trocar uma daquelas cafeteiras-expresso por algo um pouco mais sexual.

Ele deu uma olhada significativa para a calcinha dela, embolada em seus pés.

— Cuidado — advertiu-a com a voz grossa. — Esse tipo de conversa pode te trazer problemas.

Ela sabia que Wes era completamente capaz de partir para uma segunda rodada. Ele era o único homem que ela conhecera que satisfazia seu apetite, em todos os sentidos. Em momentos como aquele, era fácil esquecer que ele era tão mais velho, que tinha um filho adulto...

... que por acaso está dormindo com a minha mãe.

Alice sentou-se de repente e abraçou os joelhos.

— Está ficando tarde.

— Que tal eu esquentar alguma coisa do freezer enquanto você acaba de desfazer as malas? — sugeriu.

— Está bem. — A empregada, Rosa, certamente enchera o freezer na ausência deles.

Alice desfez as malas enquanto ele tomava banho e aguardou até ouvi-lo fazer barulho na cozinha, assobiando como se não tivesse uma só preocupação na vida, para então deixar-se cair na cama.

Ela ficou olhando para o teto, mais infeliz do que tinha o direito de se sentir, mais infeliz do que julgava possível. De repente, o nervosismo que lhe disseram ser normal sentir antes do casamento — o qual não sentiu nenhum — chegara com a força de uma avalanche.

A reação de Wes com relação à novidade de sua mãe havia sido surpreendente... até mesmo solidária. Mas ele não entendia como ela se sentia. Ele não sabia o que era perder o pai. Se seguisse o ritmo do pai dele, ainda lhe estaria dando uma canseira aos oitenta anos. E havia mais coisas ainda, muitas outras coisas que eles jamais dividiriam. A começar pelo fato de que ele já havia constituído sua própria família, e ela...

Foi uma decisão conjunta, Alice repetiu, determinada. *Ninguém está me impedindo de ter filhos.*

Tirou o pensamento da cabeça e se concentrou no problema em questão. Wes não ia ajudar muito; estava claro que ele não tinha qualquer intenção de falar com o filho. Restava a ela conversar e tentar passar um pouco de bom-senso para a mãe. Na manhã seguinte, a primeira coisa que faria seria ir à casa dela.

Alice levantou-se, olhando para a pilha de roupas no chão, ao lado da cama. A ideia que Wes fazia de desfazer as malas era deixar as roupas sujas para Rosa recolher, mesmo sabendo muito bem que ela não suportaria olhar para aquela bagunça até então.

Resmungou e deixou-se cair de novo no colchão. Da cozinha, podia ouvir o tilintar distante dos pratos e o barulho da porta da geladeira se abrindo e fechando. Como podia ressentir-se de um homem que ia de boa vontade para a cozinha preparar o jantar após um voo de oito horas? Talvez o problema não fosse Wes, mas ela. Talvez houvesse algo de profundamente errado com *ela*.

O dia longo e exaustivo, e a previsão de outro ainda mais longo pela frente, a pegou de jeito e ela logo caiu em sono profundo.

Na manhã seguinte, Alice já havia tomado banho e se vestido antes mesmo de Wes se levantar. O café da manhã compôs-se de uma torrada com manteiga acompanhada de uma xícara de café tão forte que dava para carregar uma bateria. Em seguida, saiu porta afora, deixando que o marido desse cabo de três semanas de correspondência entregue pelo correio. Não havia dirigido mais do que cem metros quando pegou o telefone celular da bolsa e digitou o número de Laura.

— Sou eu. Estou a caminho. — O teto do seu Porsche Carrera, presente de Wes, estava reclinado e ela precisou elevar a voz para ser ouvida.

— Vou fazer outro bule de café. — Laura não parecia nem um pouco abatida. Alice ouviu o barulho de água escorrendo e a vibração dos canos velhos. — Você já tomou café?

— Não estou indo aí para comer.
— Deixe-me adivinhar então. Você está indo para a casa da mamãe.
— Eu não. *Nós*.
— Eu estou fora — resmungou a irmã. — Estou até aqui de... você nem queira saber.
— Ei, foi você que ligou para *mim*, lembra?
Laura suspirou.
— Eu sei, mas andei pensando no assunto... A propósito, fiquei acordada a maior parte da noite. E não sei se cabe a nós dizer a ela como levar a própria vida.
— Nós não vamos lhe *dizer* nada — retrucou Alice. — Vamos apenas lembrá-la de tudo o que está em jogo.

Seguiu-se uma pausa e Alice ouviu uma mistura de vozes ao fundo, uma grossa e masculina — devia ser a voz de Hector —, a outra suave e hesitante. Então Laura continuou:

— Tenho certeza de que a mamãe também já refletiu muito sobre o assunto. Ela não é exatamente do tipo impulsivo.
— *Não era*. Estamos falando no passado agora.
— Está bem, mas vamos supor que ela não esteja interessada em ouvir o que temos a dizer. E aí?
— Em respeito ao papai, ela deve pelo menos ouvir.
— O que o papai tem a ver com isso?
— O que vai parecer? — continuou Alice como se Laura não tivesse falado nada. — A mamãe desfilando com o amante por todos os cantos da cidade onde ela e o papai... — Ela mordeu o lábio, sentindo que estava prestes a chorar.
— Ah, Alice, me sinto péssima. Eu não devia ter feito um drama disso. — Lá estava Laura se culpando de novo. Por que sempre achava que tudo era culpa sua? — Veja, talvez isso tudo acabe em uma ou duas semanas.

A linha ficou com interferência e a voz de Laura sumiu.

— Falamos sobre isso quando eu chegar aí! — gritou Alice. Pressionou o botão de finalização de chamada e abaixou o flip do telefone.

O céu era uma enorme extensão azul desprovida de nuvens, e o vento quente que soprava em seu corpo, um lembrete de Kapalua, com sua brisa perfumada pelas plumérias e acácias, e da segurança que sentira com relação a Wes. Suas mãos estavam apertadas no volante. Estaria fazendo um drama da situação? No mundo televisivo, as pessoas tinham casos o tempo todo. Homens mais velhos com mulheres mais jovens, mulheres mais velhas com homens mais novos. Ninguém sequer piscara quando Lainie Bacheler, viúva de Marvin Bacheler, mandachuva da CBS, que admitira ter sessenta anos — o que significava que ela era mais velha —, apareceu na entrega do Emmy do ano anterior de braços dados com um rapaz que tinha idade para ser seu neto.

Mas Carson Springs não era L.A., e sua mãe não passava de mais um alvo para as línguas ferinas. E, ah, como iriam falar!

Coitada, eu não tinha ideia de como ela estava desesperada.

Está na cara qual é o motivo. O que mais ela iria querer de um homem com idade para ser seu filho?

Martin deve estar se contorcendo no túmulo.

Alice fez a curva para a Grove Avenue, distraída naquele momento pelo prédio decadente à sua direita — a primeira escola da cidade, com uma sala de aula somente, onde tanto seu bisavô quanto seu avô haviam estudado. Tinha as janelas cobertas por tábuas e a pintura descascando em tiras enroscadas; havia também um pouco de lixo depositado junto à porta trancada com cadeado. Na sua época, aquela fora a melhor escola ginasial para se tirar um sarro. Seu namorado, Bif Holloway, costumava parar o carro debaixo das árvores, onde eles ficavam se beijando até sua boca ficar dormente. Mas havia outra peculiaridade também; nos anos 50, uma cena de *Estranhos no Paraíso*, a que todos em Carson Springs se referiam como O Filme, fora filmada ali.

A história predileta que Alice ouvia da avó era sobre um domingo em que ela saíra escondida de casa enquanto o resto da família estava na igreja. Sua maior surpresa, ela lhe dissera, era que as estrelas que pareciam ter três metros de altura na tela eram baixas — praticamente anãs. Aquilo também era diferente de assistir a uma peça. Havia tomadas e mais tomadas com uma mulher gorda e desajeitada usando um cardigã e correndo entre os atores com uma escova e um frasco de laquê na mão. Nada muito glamouroso, com certeza, embora sua avó sempre ficasse com os olhos marejados quando falava do diretor, Hank Montgomery: "O homem mais bonito que eu já vi na vida", costumava suspirar. "Ah, ele gostava muito de ficar perto das mulheres, e elas dele!" Aquela fora a primeira espiada de Alice — embora indireta — por trás da cortina de veludo, e a sedução do show business sempre a acompanhara desde então.

A casa da irmã estava em plena atividade quando ela chegou, a cozinha, um amontoado de botas, casacos pendurados de qualquer jeito no encosto das cadeiras, gatos e cachorros com os focinhos enfiados em tigelas de ração colocadas ao longo do rodapé. Lá estava Hector, debruçado sobre um prato à mesa, e Maude à pia, lavando louça. Laura estava de pé em frente à bancada, uma caneca de café numa das mãos e uma ficha culinária toda despedaçada na outra.

— Não consigo me lembrar se o bolo de banana da vovó leva uma ou duas xícaras de trigo. Esta parte está manchada. — Ela analisou a ficha. — Ou talvez eu esteja precisando de óculos de leitura.

— Não me pergunte. Não faço a menor ideia. — Alice cumprimentou Hector com um gesto de cabeça. — Oi, Hec. Senti sua falta no casamento.

Ela procurou não parecer ofendida. Sabia que não era nada pessoal. Desde que o conhecera, Hector era assim: um feliz solitário. Com uma única exceção — ele sempre fazia as refeições com a família. Sua mãe insistira nisso e, desde o início, ele oferecera pouca resistência. Anos depois, após vários de seus irmãos e irmãs terem também emigrado para o norte, foi que ela, de fato, percebeu como devia ter sido difícil para ele deixar a própria família para trás. A prova disso estava no fato de ele sempre se lembrar do aniversário de todos os seus vinte e dois sobrinhos e sobrinhas, até mesmo daqueles que não chegara a conhecer. Seu quarto nos fundos da cocheira era uma galeria de fotos de família penduradas com tachinhas.

Ele lhe abriu um sorriso irresistível, mostrando o dente lascado durante uma briga nos seus dias de valentão.

— Eu soube de tudo pela sua irmã. — Não havia qualquer indício de desculpas em sua voz. — Quanto a mim, não quero nada mais nada menos do que ver as fotos.

— Um casamento tão lindo! — Maude virou-se da pia, sorrindo para Alice ao mesmo tempo em que secava as mãos ensaboadas no avental. — E uma noiva tão linda!

— Você é que foi a bela do baile. — Alice lembrou-se dos trajes pouco usuais mas estranhamente modernos de Maude. — A propósito, Maude, obrigada pelo... eh... — O que *tinha* dado a eles? — Pelo porta-cartas; com certeza veio em boa hora.

A velha sorriu com ternura.

— Na verdade, querida, aquilo é um porta-torradas.

Alice fez uma careta por causa da gafe. Por outro lado, quem neste século, neste lado do Atlântico, daria de presente um porta-torradas prateado?

— Bem — respondeu com naturalidade — , como sempre tomamos café correndo, vamos aproveitá-lo mais para esse outro fim.

— É assim que ela se mantém tão magra — Laura reclamou, de bom humor. Com um suspiro, colocou a ficha culinária de volta na caixa. — Desisto. Farei bolo de chocolate.

— Qual é a comemoração?

— A Finch — respondeu. — É o aniversário dela. Você acredita que ela nunca teve um bolo de aniversário, nem daqueles comprados em padaria? Que tipo de pais não... — O som de passos na varanda a fez parar de falar. Pearl e Rocky saíram correndo pela porta, latindo animados.

Era a menina.

— Limpei as baias como você pediu e... — Finch avistou Alice e parou de súbito. — Oi. — Seus olhos eram dois brilhos escuros atrás da malha enrugada da porta de tela. Então, com um olhar determinado, abriu-a e entrou.

Alice mal a reconheceu. Em apenas três semanas, ela havia engordado; de calças jeans velhas e camiseta branca, com o cabelo escuro puxado para trás num rabo de cavalo, ela parecia uma adolescente como qualquer outra.

— Feliz aniversário, Finch. — Alice imprimiu um tom casual à voz. — Espero que você pense em celebrar seu aniversário de uma forma um pouco mais empolgante do que limpando baias.

As faces da menina ficaram vermelhas e ela baixou o olhar.

Laura aproximou-se com pressa.

— Pensei em cavalgarmos mais tarde — disse ela. — Você ainda não viu nada se não apreciou a vista de cima da colina.

Finch encolheu os ombros.

— Claro, como quiser.

— O vale está cheio de flores silvestres. Você não vai acreditar como é lindo. — Laura virou-se animada para Alice, como se não tivesse percebido que Finch havia se encolhido. — Tenho dado umas aulas para ela. Espere até você ver... ela é boa nisso.

Um pouco da tensão sumiu dos ombros de Finch. Ela deu uma olhada rápida para Laura como se dissesse: *Sei que as suas intenções são boas, mas ainda não estou preparada para falar.*

— É melhor eu tomar um banho — murmurou Finch, passando silenciosa por eles.

Alice aguardou até ouvir a batida da porta no final do corredor.

— Alguma notícia dos pais dela?

— Nada. — Maude suspirou, prendendo uma mecha solta de cabelo no coque. Ela parecia a tia Emma, aflita por causa de Dorothy. — Pobrezinha. Se pensarmos no que ela já deve ter passado...

— Não a estou pressionando por enquanto. — Laura falou com uma firmeza poucas vezes vista. — Ela vai se aproximar quando estiver pronta. Enquanto isso, é bem-vinda para ficar o tempo que quiser.

Alice imaginou se a irmã estaria se metendo em alguma encrenca.

— Não deixe isso se arrastar por tempo demais. Ela tem uma casa... em algum lugar. Tenho certeza de que os pais dela vão querer saber onde ela está.

Hector levantou-se e levou o prato até a pia.

— Com licença, senhoras, mas tenho trabalho a fazer. — A brusquidão de sua voz falou mais alto do que qualquer outra palavra; aquilo fora o mesmo que mandar Alice cuidar da própria vida.

Ela tentou não se sentir ofendida. Hector, apesar de educado e simpático com todos, sempre fora mais íntimo de Laura — talvez por achar que ela precisasse de alguém para defendê-la. Havia ali um laço especial de ambas as partes. Até mesmo agora, não podia deixar de perceber como o olhar da irmã o seguia até a varanda, de onde ele tirou o chapéu de um gancho enferrujado e o bateu contra a coxa. Vários e longos segundos após ele ter saído para o pátio, os olhos de Laura se fixaram no rastro de poeira que subia num lento torvelinho pelo feixe de luz formado pelo sol por onde ele havia passado.

Ela é apaixonada por ele, pensou Alice. Lembrou-se da queda que Laura sentira por Hector, tempos atrás, que apenas um homem cego não teria percebido. Hector não era cego, apenas discreto. E Laura era só uma adolescente, afinal de contas, embora ele não fosse muito mais velho. Então depois veio Peter. Ela imaginou se Hector seria tão discreto agora.

Alice teve a atenção desviada para o jornal que estava sobre a mesa. Uma manchete lhe saltou aos olhos: IDENTIDADE DE HOMEM ASSASSINADO PERMANECE DESCONHECIDA. Ela analisou o artigo em detalhes. Alguma coisa com relação a um transeunte encontrado esfaqueado nas colinas acima de Horse Creek. Que horror! O último assassinato do qual podia se lembrar fora o praticado por aquele bêbado desprezível, Anson Grundig, que espancara a pobre esposa até a morte, mas isso acontecera oito, nove anos atrás. Carson Springs não era exatamente o berço do crime.

— O que você sabe sobre isso? — perguntou.

— Aconteceu na sexta-feira passada — disse Laura. — Até onde eu sei, não há suspeitos por enquanto. A polícia ainda está procurando.

— Não consigo dormir à noite pensando nisso. — O rosto macio e gorducho de Maude pareceu se franzir sozinho. — Um estranho à solta, livre para matar pessoas inocentes.

— Poderia ser alguém que conhecemos — disse Alice.

Maude ficou visivelmente pálida.

Laura lançou um olhar de advertência para a irmã, dizendo propositadamente:

— Você não tem que ir a algum lugar?

Alice deu uma olhada no relógio.

— Tem razão. É melhor a gente ir de uma vez.

Laura estava prestes a protestar, então suspirou, passando os dedos pelos cabelos já desalinhados.

— Está bem, está bem, me dê só um minuto para eu pôr uma roupa. — Deu uma olhada rápida para seus shorts e camiseta amarrotados, como se só naquele momento estivesse percebendo o que estava vestindo. — Só Deus sabe o que a mamãe faria sem a gente para botá-la na linha, certo?

No carro, dirigindo para o leste ao longo da estrada antiga de Sorrento passando por casas como a de Laura — a maioria com celeiros e cocheiras, tendo à frente o indispensável trailer para cavalos —, Alice se deu conta de que não tinha ideia da seriedade do namoro da mãe. E se aquilo fosse mais do que apenas sexo? E se eles estivessem mesmo *apaixonados*? Ela não conseguia conceber a imagem da mãe indo morar com Ian. O que deixaria apenas uma outra opção: Ian teria que se mudar para Isla Verde.

Ele dormiria na cama deles. E se sentaria no lugar do pai à mesa...
Alice se sentiu meio enjoada.

A estrada começou a descer conforme elas se aproximavam de Sorrento Creek. Chacoalharam em cima do mata-burros depois de um pasto ensolarado cheio de carvalhos, no qual vacas pastavam em paz. Na colina adiante ficavam as paredes cobertas por trepadeiras do Nossa Senhora de Wayside.

Alice lembrou-se da época em que ela e a irmã tinham saído escondidas para o convento. Ela contava dez anos e Laura, doze. Tudo o que sabiam da existência isolada das freiras era o que a amiga de sua mãe, Gerry, lhes contara. Nada, no entanto, poderia tê-las preparado para o que existia atrás daquelas paredes proibidas — o jardim viçoso e os prédios fantásticos, típicos de livros infantis, a capela de onde vozes doces ecoavam como um coro de anjos. Tinha acabado de amanhecer — elas haviam saído escondidas enquanto os pais ainda dormiam, andando por três quilômetros em suas bicicletas ainda no escuro —, e elas estavam famintas. Alice estava esticando o braço para pegar uma laranja da árvore quando uma voz ecoara:

— Não toque nisso — dissera.

Uma freira alta e soturna veio a passos largos da sombra formada pela capela, um livro de orações em uma das mãos e um terço na outra. Ela lançou uma sombra longa como uma lâmina sob o sol nascente.

— Nós... só estávamos dando uma olhada. — Alice dera um jeito de falar.

— Onde estão os seus pais?

— Eles não sabem que estamos aqui. — Laura, branca de terror, passara à frente de Alice para protegê-la.

— Entendo. — A freira altiva parecia estar ponderando que tipo de punição elas deveriam receber. — Venham comigo. — Ela lhes dera as costas e descera a trilha.

As meninas não tinham escolha a não ser segui-la, tremendo o tempo todo por um caminho sinuoso e subindo um pequeno lance de escadas. Depois do que lhes pareceu uma eternidade, elas chegaram a um prédio onde havia uma cruz esculpida no arco de pedra que ficava acima da porta pesada de madeira e uma estátua da Virgem Maria na frente.

Lá dentro estava frio e escuro e tinha cheiro de igreja. Elas desceram um corredor comprido, suas sombras tremeluzindo fantasmagóricas nas lajotas enceradas, e entraram numa cozinha ampla, arejada e cheia de luz. Uma mesa de madeira se estendia ao longo de uma das paredes. A freira fez com que elas se sentassem, dando a cada menina uma tigela de mingau de aveia de uma panela em cima do fogão.

— Sou a madre Ignatius — dissera ela, sem ser indelicada. Serviu-as com leite e mel. Alice viu que ela era velha, mais velha do que seus pais, o rosto cheio de marcas, os olhos azuis num ninho de rugas. — Quando vocês terminarem, eu as levarei para casa.

Alice olhou-a chocada.

— Como? — Freiras, até onde sabia, não dirigiam.

Confusa, madre Ignatius franzira as sobrancelhas. Em seguida, as rugas em sua testa se suavizaram.

— Ah, da forma de sempre. Nas asas de um anjo.

Alice desejou que elas estivessem nas asas de um anjo agora, pois tinha a sensação inquietante de que aquela missão — a maior parte dela, afinal de contas, pelo bem de sua mãe — nada tinha de misericordiosa. As palavras de Wes lhe voltaram à mente: *Sua mãe é apenas humana.*

Ainda assim, como poderia ficar quieta enquanto a mãe arrastava a memória do pai na lama? Muito depois que Ian se fosse, a mácula ainda permaneceria. Alice franziu a testa e pisou um pouco mais fundo no pedal do acelerador.

Viraram para o sul, na direção de Chumash, onde as pastagens cediam espaço para as plantações de cítricos e de abacate. Por entre as árvores, Alice teve uma rápida visão de uma casa de fazenda decadente — a antiga residência dos Truesdale. Ninguém mais vira Dick Truesdale desde a morte da esposa, há mais de cinco anos. Corriam boatos de que ele caíra de cama e hoje era praticamente inválido.

Momentos depois, elas estavam estacionando em frente à casa da mãe — a casa que Alice sempre pensaria como de seus avós. Tão logo desceu do carro, um som familiar a saudou: o ruge-ruge da vassoura de Lupe. Alice viu a empregada idosa da mãe através dos portões de ferro que davam para o pátio: um fiapo de mulher atacando as lajotas com a vassoura como se batendo numa cobra até a morte.

— Lupe! Pelo amor de Deus, saia desse calor! — chamou uma voz irritada de dentro de casa.

Alice e Laura trocaram um olhar. A mãe vivia pedindo a Lupe para reduzir o ritmo desde que elas podiam se lembrar. Nada havia mudado. O que, à luz da missão delas, dava certo conforto. Laura demorou-se no caminho de carros.

— Tem certeza de que devemos levar isso adiante?

— Não temos escolha — respondeu Alice.

— Lembra daquelas conversas constrangedoras sobre de onde vêm os bebês? — resmungou a irmã. — Quem poderia imaginar que estaríamos tendo a mesma conversa com *ela*?

As duas subiram o caminho e passaram pela pérgula flamejante de margaridas amarelas, um túnel fresco após uma viagem quente. Um mensageiro dos anjos tilintava suavemente em meio ao ruge-ruge teimoso da vassoura de Lupe.

A empregada não as viu em seguida, tão concentrada que estava em sua tarefa. As folhas caídas das árvores cítricas plantadas em grandes vasos tinham sido varridas e amontoadas em pequenos montes. Havia uma pá cheia de botões de buganvíleas na beira do lago de lírios aquáticos. Então ela ergueu o olhar, seu rosto moreno e enrugado se abrindo num sorriso de pura alegria.

— *Ay, mis hijitas.* Ninguém me disse que vocês estavam vindo.

— Nós decidimos vir de repente. — Laura relanceou ansiosa para Alice.

Lupe encostou a vassoura num pilar e foi abraçá-las.

Na brincadeira, beliscou a cintura de Alice.

— O casamento deve ter te feito bem. Você engordou alguns quilinhos. — Seus olhos castanhos cintilaram. — A não ser que haja um bebê a caminho.

Um calor subiu pelas faces de Alice. *É melhor você se acostumar com isso, pois é o que vai ouvir durante os próximos dez ou quinze anos.* Mas alguma coisa a impediu de falar a verdade. Deixando Lupe de lado, como sua família receberia a notícia? Sua pobre irmã, para quem a maternidade não era uma opção? E sua mãe, que ficaria inconsolável ao saber que não haveria netos.

— É mais provável que seja por causa das *pinãs-coladas*. — Alice riu sem vontade.

— *Lupe!* — Sam gritou mais uma vez.

A velha suspirou como se reclamasse: *Estão vendo o que tenho que aguentar?* Sacudindo a cabeça e murmurando alguma coisa em espanhol, pegou a vassoura e continuou a varrer.

Como muitas vezes faziam quando crianças, as duas irmãs deram as mãos sem nada dizer, subiram a varanda baixa e entraram. A casa mudara pouco desde a época de seus avós. Tapetes navajo gastos espalhavam-se pelo chão de lajotas de terracota e na sala de estar ensolarada a mobília colonial se sobressaía em forte contraste com as paredes brancas. A única diferença de fato eram as peças de arte mexicana que tinham substituído os antigos quadros escuros da era anterior.

Sam devia tê-las ouvido chegando, pois apareceu em seguida, com uma expressão de grata surpresa.

— Alice! Quando você voltou? Você devia ter ligado para me avisar que estava vindo.

Alice olhou incrédula para ela. Poderia aquela ser sua mãe? Os cabelos acobreados de Sam estavam puxados para trás num rabo de cavalo que deixava à mostra um par de brincos com pingentes prata e turquesa. Suas faces estavam iluminadas e os olhos cinza-esverdeados cintilavam. Até mesmo as roupas que estava usando eram novas: uma blusa de seda azul-esverdeada e calças combinando que ondulavam como água em seu corpo esguio.

Um nó se formou no estômago de Alice. *Uma mulher só fica assim quando está apaixonada.* Claramente, seria muito difícil para elas seguirem com o planejado.

Ela beijou a mãe no rosto, percebendo o leve perfume de jasmim — aroma que não se lembrava de jamais ter sentido nela.

— Desculpe — disse ela. — Só chegamos ontem à noite.

— Deixe para lá. Você está aqui agora. — Sam sorriu e chegou para trás para contemplar a filha. — Meu Deus, acho que nunca a vi tão bronzeada. Maui é tão maravilhoso quanto todos dizem?

— Só choveu um dia. — Alice estava louca para encerrar o assunto. — Você recebeu meu cartão-postal?

— Ontem. — Sam mexeu no belo pingente de prata preso a uma correntinha em seu pescoço. Um presente de Ian? — Não consigo acreditar que já se passaram três semanas. Parece que você acabou de partir.

— Parece que fiquei longe uma eternidade. — *Em mais de um sentido*, pensou.

— Não precisa ficar me lembrando disso toda hora — resmungou Laura, bem-humorada. — Não vou a lugar nenhum desde aquela feira de joias em Santa Fé no verão passado. — Com um suspiro cansado, deixou-se cair no sofá.

— Há meses que venho insistindo para ela tirar uns dias de descanso — disse Sam a Alice. — Ela sempre alega que está ocupada demais.

Nem metade do quanto você deve estar, pensou Alice.

Ela inspirou fundo.

— Mãe...

Laura antecipou-se a ela, revelando:

— Ela sabe sobre o Ian.

Sam ficou imóvel, os olhos brilhando com uma emoção que Alice não conseguia distinguir. Mas, quando falou, sua voz estava tranquila.

— Acho que você iria descobrir mais cedo ou mais tarde.

Alice não conseguiu esperar nem mais um segundo.

— Não pude acreditar quando ouvi. Mãe, por favor, diga que isso não está acontecendo!

Mais uma vez o brilho daquela mesma emoção, então Sam suspirou.

— Acho que te devo algum tipo de explicação. Tudo bem então. — Ela aguardou até Alice se sentar ao lado de Laura. — Não foi algo que um de nós tenha planejado; apenas... aconteceu. Ian é o primeiro homem desde... — Conteve-se e disse: — Gostamos da companhia um do outro. Ele me faz rir. — Ela encolheu os ombros. — E isso é tudo o que tenho a dizer.

— Você está dormindo com ele? — Em circunstâncias normais, Alice não teria nem sonhado em falar de forma tão rude com a mãe.

Sam ficou visivelmente tensa, seus olhos da cor fria da ardósia. Numa voz igualmente fria, respondeu:

— Eu nem sequer vou considerar sua pergunta digna de resposta.

Alice não conseguia acreditar. Como sua mãe podia agir como se aquilo fosse um assunto sem importância?

— É sobre o *filho* do meu marido que estamos falando! — gritou. — Isso é mais do que bizarro. É... é praticamente indecente!

— Não mais do que você se casar com um homem que tem duas vezes a sua idade.

As faces de Alice arderam de raiva.

— Se você está pensando em fazer alguma comparação entre...

— A mamãe tem sua própria opinião sobre o assunto — interrompeu Laura.

Alice virou-se para fuzilá-la com o olhar.

— De que lado você está?

— Nenhum. — Laura empinou o queixo. — Estou apenas dizendo que quem tem telhado de vidro não devia atirar pedra no do vizinho.

— Está bem — disse Alice —, talvez isso *seja* hipocrisia minha. Mas não sou eu que faço as regras. As pessoas não vão ser tão abertas com a mamãe quanto elas foram com o Wes e comigo. — Ela olhou suplicante para a mãe, que permanecia parada com seu conjunto azul-esverdeado como uma folhinha de grama forçando passagem por entre a calçada. — É isso o que você quer? Que todos fiquem cochichando pelas suas costas? Ser alvo de piadas?

Ondas vermelhas se estamparam nas faces da mãe.

— Se fosse esse o caso — disse calmamente. — Acho que isso diria mais sobre as pessoas desta cidade do que sobre mim.

Alice começou a tremer. Numa parte longínqua de seu cérebro, percebeu que talvez estivesse sendo um pouco histérica, mas não parecia conseguir parar. Ela se sentia como um trem descendo os trilhos a toda a velocidade, berrando durante o trajeto.

— Não posso acreditar que você esteja fazendo isso com o papai! — disse.

A cor fugiu do rosto da mãe. Devagar, ela foi até o sumier ao lado da lareira e afundou-se nele. Numa voz medida e cautelosa, disse:

— Isso não tem nada a ver com o seu pai.

— Isso tem *tudo* a ver com ele. — Alice levantou-se num rompante, trêmula. — É como um tapa na cara dele!

— O seu pai está morto, mas, caso você não tenha percebido, eu não. — Sam levantou-se também e foi até a janela, onde ficou com o olhar perdido no jardim.

Um silêncio constrangedor se seguiu, interrompido por Laura, que disse, infeliz: — Eu jamais deveria ter aberto a boca.

Sam virou-se para lhe lançar um olhar sério, porém não desprovido de amor.

— Tem razão, não devia. Não que — acrescentou com um sorriso irônico — sua tia Audrey não acabasse descobrindo. Ela parece ter um sexto sentido para esses assuntos.

— Isso quer dizer que você pretende continuar a vê-lo? — perguntou Alice, horrorizada.

— Por enquanto — respondeu Sam calmamente. — Nada sei sobre o futuro.

— Então o que *nós* pensamos não tem importância?

Sua expressão se suavizou.

— Claro que tem. Vocês são minhas filhas. Mas eu não deveria precisar pedir permissão a vocês — acrescentou com firmeza.

A cabeça de Alice estava rodando.

— Acho que isso quer dizer que o Tom está fora de cena. — O sócio ligeiramente chato de seu pai lhe pareceu mais do que atraente de uma hora para outra.

Sam lançou-lhe um olhar afiado.

— Você ficaria mais feliz se ele não estivesse?

Alice não tinha resposta; qualquer coisa que falasse soaria contraditório.

— Tudo bem então. Assunto encerrado. — Determinada, Sam estampou um sorriso reluzente no rosto e disse com naturalidade: — O que vocês me dizem de irmos para a cozinha? Tem um bolo que acabou de sair do forno. Nozes-pecã: o favorito de vocês duas. — Olhou esperançosa para as filhas.

Mas para Alice, que mal podia respirar, comida estava fora de questão.

— Não, obrigada — respondeu com frieza, lançando um olhar significativo para Laura, que se levantou, relutante. — Tenho certeza de que você tem outros planos. Eu detestaria interferir.

Capítulo Cinco

Sam ficou imóvel até o ruído do motor do carro se transformar num murmúrio distante e logo deixou-se cair no sofá. Sabia que isso iria acontecer; achou que estava preparada. Por que tinha sido tão terrível?

Esperara que Alice, dentre todas as pessoas, entendesse. Mas o rosto da filha lhe dissera tudo o que ela precisava saber: não era apenas o fato de Ian ser mais jovem ou de ser filho de Wes. De alguma forma, isso se misturara aos seus sentimentos em relação ao pai. *Eu devia ter previsto*, pensou. Alice sempre idolatrara o pai, cada ato seu era medido pelo padrão de aprovação dele. Algumas vezes, Sam detestava admitir, ficara com ciúme.

Contudo, ela também não tinha sua parcela de culpa? Não protegera demais as meninas? Elas nada sabiam das discussões tensas que eles tinham a portas fechadas. E ficariam chocadas ao saber a quantidade de vezes em que Martin fora a ela, com o chapéu na mão, pedir perdão por mais um plano que não dera certo. Ian, por outro lado, devia estar sendo visto como um fracassado e irresponsável, um artista de meia-tigela sem qualquer intenção de se firmar na vida. Um sorriso levemente irônico surgiu em seu rosto.

Durante o pouco tempo em que eram amantes, Ian parecia conhecê-la de uma forma que seu marido jamais fora capaz. Duas noites atrás, sem mais nem menos, ele a presenteara com a primeira edição de um livro que ela secretamente cobiçara: *Um teto todo seu*, de Virginia Woolf. Era como se ele pudesse ler não apenas sua mente, mas também seu coração e sua alma. Eles nunca ficavam sem assunto, ainda assim ele parecia igualmente confortável com o silêncio como se sentisse que, por trás de seu sorriso bem disposto e de sua conversa sossegada, ela fosse como ele, uma criatura essencialmente solitária. Melhor do que tudo, ele resgatara a menina que certa vez galopara sem sela pelos pastos e nadara nua no riacho sob a lua no verão, uma menina que sonhara com um homem que pudesse tocá-la da forma que nenhum outro homem a tivesse tocado.

Como podia esperar que as filhas entendessem? Laura e Alice a conheciam apenas como a mãe que arrumava suas lancheiras e fazia curativo em seus joelhos ralados, que as mandava para a escola com seis suéteres quentinhos e cinquenta dólares para casos de emergência, enfiados no forro das mochilas da escola. Como seria mais simples para as filhas se ela tivesse se contentado em ficar em casa, todas as noites, saindo de vez em quando com uma ou outra amiga. Elas não precisariam pensar nela fazendo amor... ou se preocupar com algum outro homem tomando o lugar do pai.

Elas não são as únicas. A família inteira vai ficar furiosa. Os velhos tio Pernell e tia Florine, ambos extremamente religiosos e cheios de convicções. A mãe de Martin, numa clínica geriátrica, porém ainda acendendo velas no altar que erguera para o filho. E Audrey, principalmente.

Sam fez uma careta ao se lembrar da irmã entrando feito uma bala na loja como uma cristã fanática e abstinente entrando um bar.

— Sam, você perdeu a *cabeça*? — Audrey a cercara dentro da loja, enquanto ela abria uma caixa de velas. — Por favor, me diga que a sua filha está imaginando coisas, que não há nada entre você e aquele... aquele *menino*.

De início, Sam ficara chocada demais para responder. No dia anterior, quando Laura dera de cara com ela e Ian, ela se sentira mortificada, como se pega cometendo um crime. Mas depois, diante da explosão de ira da irmã, não iria se intimidar.

— Pelo que entendi, você está se referindo ao Ian — dissera ela. — Não se preocupe, ele é maior de idade. Eu vi a carteira de motorista dele.

— Pode levar na brincadeira o quanto quiser — rebatera a irmã. — Você não vai rir quando a notícia se espalhar.

O que acontecerá mais cedo, e não mais tarde, se contar com a sua ajuda. Sam se empertigara, espanando restos de palha das calças. Seria o seu fim se deixasse a irmã perceber como estava abalada.

— Você não está dando importância exagerada a esse assunto?

— Você vai ver. — Audrey esticara os lábios num sorriso desprovido de humor. — Então talvez reconheça o que estou tentando fazer por você.

— E *o que* é, exatamente? — Sam lançara um olhar frio para a irmã. — Além de querer que eu me sinta ridícula e velha.

— Estou apenas pensando no seu bem. — Audrey amansara a voz.

— Obrigada, mas sou perfeitamente capaz de pensar no meu próprio bem.

— Estou vendo.

— O que, exatamente, você está insinuando?

— Ah, vamos lá, somos adultas — bufara Audrey, remetendo Sam à época do ginásio, quando costumava bombardeá-la com perguntas após cada encontro. Audrey, que passava a maior parte de *suas* noites de sábado em casa, parecia se deliciar com cada detalhe. — Está na cara por que você está com ele.

— Já que você sabe tanto, por que não me conta?

— Sexo — respondera a irmã, como se estivesse cuspindo alguma coisa desagradável que tinha na boca.

Olhando para o rosto ruborizado e moralista da irmã, Sam percebera que tanto poderia dar para trás e passar o resto da vida se curvando para pessoas de mente mesquinha como ela quanto poderia ignorá-las e arriscar. Não havia meio-termo.

A decisão viera com uma calma surpreendente.

— Não estou apenas dormindo com ele — dissera —, estou também me deliciando com cada minuto de sexo.

Isso fora como uma pipa alçando voo alto, bem alto no céu, e trazendo um sentimento maravilhoso de alívio. Então a pipa despencara no chão. Ah, meu Deus, tinha mesmo dito aquilo? Conhecendo o jeito de Audrey, a notícia se espalharia por toda a cidade até o final do dia.

Nas semanas seguintes, Sam percebeu algumas pessoas a seguindo com os olhos pela calçada, alguns clientes curiosos demais fazendo perguntas sobre seus planos para o verão. Outro dia mesmo, Althea Wormley, a presidente de cabelos azulados da Associação de Acólitos de São Francisco Xavier, a abordara na fila do mercado.

— Sam, eu estava mesmo indo falar com você. Eu queria te convidar oficialmente para o encontro dos novos membros da nossa associação. Vai ser nesta quinta-feira, e queremos muito que você vá. — Althea, que nunca lhe dera muita atenção antes, estava claramente engajada na missão de salvar sua alma perdida. Não havia como não perceber sua expressão de superioridade ou a forma como seus olhos esbugalhados pelo hipertireoidismo (ela fazia Sam se lembrar de um buldogue gigante) saltaram para sua cestinha de compras, como se na esperança de encontrar algo extraordinário, uma garrafa de champanhe, quem sabe? Ou, Deus que me perdoe, uma escova de dentes sobressalente.

Sam negara educadamente, lembrando a ela que estava presidindo o comitê do festival de música daquele ano. Como encontraria tempo? Ah, ela saberia lidar com as Altheas Wormleys da vida. Sobreviveria até mesmo a Audrey. O mais difícil era lidar com a reação das filhas.

Laura, com o tempo, acabaria mudando de opinião. Não tinha tanta certeza assim com relação a Alice.

Do lado de fora, vinha o barulho de Lupe lavando o pátio com a mangueira. Sam sacudiu a cabeça, irritada. A mulher ia passar mal por conta de uma insolação e não daria o braço a torcer. Sam estava se levantando para bronquear com ela mais uma vez, quando uma voz interna lhe disse: *Preste atenção em quem está sendo teimosa.*

Era verdade? Estava arriscando tudo? O respeito dos familiares e dos amigos, um negócio que estava há gerações na família? Ela nem sequer sabia se estava apaixonada por Ian... e nem *queria* saber. A possibilidade de isso acontecer era aterrorizante.

Ela pegou o telefone. Eles tinham planejado fazer um piquenique na praia, mas, embora o dia prometesse ser quente e ensolarado, ela não estava mais com vontade de ir. Antes que pudesse mudar de ideia, digitou rapidamente o número de Ian.

— Oi. Sou eu.

— Oi!

— Você parece sem fôlego.

— Eu estava correndo. Acabei de entrar.

Sam o imaginou de short e camiseta, colando de suor. Uma sensação conhecida de calor se espalhou pelo seu corpo... tão inapropriada no momento quanto uma urticária. Ela respirou fundo.

— Escute, preciso adiar o nosso piquenique. Estou com uns problemas para resolver.

— Algo que eu deva saber?

— A Alice voltou.

Seguiu-se um breve silêncio do outro lado da linha.

— Acho que isso quer dizer que a lua de mel acabou. — A entonação de sua voz deixava claro que ele não estava se referindo apenas a Wes e Alice. — Você contou para ela?

— Não foi necessário.

— Imagino que ela não tenha ficado muito animada. — Ian não precisava ouvir os detalhes para entender.

— Foi mais ou menos por aí.

— E quanto ao meu pai... ele a apoiou?

Sam achara que Wes partilhava do mesmo ponto de vista de Alice, mas agora tinha suas dúvidas.

— Ele não estava com ela, portanto não sei.

— Típico dele.

O tom de amargura na voz dele a fez franzir o rosto. Aquilo lhe soara tão... adolescente. Como Alice, há um minuto.

— Preciso desligar — disse. — Estou com um assado no forno. — Uma mentirinha de nada, mas que dizia muito, uma vez que era a primeira vez que mentia para ele.

— Quando vou te ver de novo?

Sam fechou os olhos.

— Preciso de alguns dias. Só até a poeira baixar. Falo com você depois.

Pôde senti-lo querendo argumentar, mas ele disse despreocupado:

— Não tem problema. Estou por aqui até quinta-feira.

Claro. Ela havia se esquecido — o mural que ele estava instalando num prédio comercial em Nova York. Ele ficaria fora apenas algumas semanas, mas ela experimentou uma sensação forte e súbita de abandono, e completamente fora de proporção.

Num impulso, sugeriu:

— Que tal eu te levar ao aeroporto? Nós nos despediríamos pelo menos.

— Adoro despedidas.

— Que horas é o seu voo?

— Por volta das cinco. Posso te encontrar na loja lá pelo meio-dia? Podemos parar para almoçar no caminho.

— Ótimo. — A escolha do horário não poderia ter sido pior, pensou. Laura não ficaria exatamente empolgada com a ideia de que ela tiraria a tarde de folga para ficar com Ian.

Ela se sentiu um pouco melhor depois que desligou. Era sempre assim com Ian; era só falar com ele ao telefone que suas dúvidas pareciam evaporar. Ele a fazia se esquecer de todas as razões pelas quais não deviam ficar juntos, de tudo que ela tinha a perder.

Sam deu uma olhada no relógio e suspirou. Nem meia hora havia se passado e o dia que lhe parecera tão promissor já estava se mostrando algo sem graça. Haveria tarefas domésticas e trabalho de rua para fazer, cartas para ler e, talvez mais tarde, um filme antigo para assistir no canal de filmes clássicos. Sentia-se contrariada além da conta, mas não fora *ela* mesma que cancelara o programa?

Aquilo lhe pareceu extremamente injusto de repente. Ter de honrar a memória de Martin em sua vida além-túmulo, ter de poupar os sentimentos das filhas mais uma vez pondo seus próprios sentimentos de lado.

Sam lembrou-se da única vez em que estivera perto de abandonar o marido. Oito anos haviam se passado, embora, de repente, a lembrança lhe parecesse tão próxima como se, naquele exato momento, ela estivesse à porta com a mala na mão. Não que ele a tivesse traído com alguém — por mais estranho que pareça, isso teria sido mais fácil de perdoar —, mas porque ele a traíra de uma forma que, para ela, era ainda mais séria. Naquela manhã, ela havia atendido a uma ligação do advogado da família. Martin — ela ficara sabendo quase por acidente —, ao falsificar a assinatura dela em um cheque, tinha sacado uma parte das economias deles.

Como sempre, ele tinha uma explicação. Um negócio para o qual precisara de dinheiro às pressas. E como havia planejado devolver o dinheiro antes que ela pudesse perceber sua falta, preocupá-la para quê? Afinal de contas, ele não estava roubando nada.

Mas ele *roubara* algo sim: sua confiança.

No final, contudo, o que a fez desistir de ir embora não fora o marido. Nem mesmo as filhas, as duas no colégio naquela época. Fora a casa: a certeza quase absoluta de que precisaria vendê-la.

Sentia-se bem agora por não tê-lo abandonado. Poucos anos depois, ele fora diagnosticado com câncer — por ironia do destino, fora o seu melhor período. A doença fora o único obstáculo que ele não conseguira dominar, tampouco se livrar; ele a enfrentara com uma força e dignidade que Sam não sabia que ele possuía. Quando chegou a hora, as lágrimas de Sam foram sinceras; sentira mesmo sua morte.

Não, tomara a decisão certa na época. *A questão é: estou tomando a decisão certa agora?*

Na quinta-feira seguinte, quando Ian chegou à loja, ela não estava mais perto de uma resposta. Observando-o entrar tranquilo pela porta, a jaqueta de couro jogada displicentemente sobre o ombro, ela ficou perplexa ao perceber como ele se encaixava com perfeição no papel de amante jovem e desimpedido: um homem sem despesas fixas de verdade e sem família para sustentar. Até mesmo a bolsa de lona verde que carregava parecia absurdamente pequena para o tempo que ficaria fora.

Laura ergueu o olhar do mostruário que estava arrumando na vitrine. Um carregamento de peças decorativas de vidro que chegara no dia anterior, vindo de um ateliê na costa. Um item em especial, um vaso azul-escuro estampado com estrelas, deixara Sam tentada a ficar com ele para si.

— Então você está indo para Nova York. — A saudação exageradamente simpática de Laura soou muito pouco sincera. — Ouvi dizer que é muito quente e úmido lá nesta época do ano.

— Vou ficar dentro do escritório a maior parte do tempo — disse ele.

— Bem, boa viagem.

— Obrigado. — Ele sorriu, como se não tivesse percebido o desconforto dela.

Sam acabou de atender sua cliente, uma mulher com o cabelo tingido de hena, que não conseguia se decidir com relação a uma cestinha de vime artesanal da Ilha de Nantucket, a qual considerava acima de seu orçamento... a despeito das roupas caras que estava usando. Sam mal podia esperar para ir embora, mesmo que isso significasse deixar a pobre Laura sozinha. A expectativa de algumas horas a sós com Ian era simplesmente tentadora demais.

Em seguida, eles já estavam do lado de fora, passeando pela praça, os cotovelos roçando num esforço consciente para não se darem as mãos. Sam acenou para Olive Miller, que limpava a mesa em frente ao Café da Lua Azul. Olive e sua gêmea idêntica, Rose, que pareciam um par de suportes pesados para livros, tinham herdado o café do pai. Agora viúvas e na casa dos oitenta anos, elas dirigiam sozinhas o lugar com a ajuda das netas adolescentes de Olive, também gêmeas idênticas.

Uma das netas — Dawn? — acenou para Sam.

— Ei, sra. Kiley! Quem é o seu namorado? Ele é um gato!

Dawn estava apenas implicando com ela — para uma adolescente, alguém com a idade de Sam era praticamente idosa; ela provavelmente brincava da mesma forma com a avó. Mesmo assim, Sam ficou ruborizada, o que disfarçou rindo e gritando:

— Já fiz o pedido daquele colar para você! Deve chegar qualquer dia da semana que vem!

A menina caminhou até Sam, enfiando o talão de pedidos no bolso do avental. Era magra e loura, tinha o rosto salpicado de sardas e os cabelos claros puxados para trás num rabo de cavalo que nada fazia para esconder as orelhas que se projetavam como alças de um açucareiro.

— Aquele com a joaninha? — Sua irmã gêmea tinha comprado o último em estoque e ela ficara louca por ele desde então. — Beleza! A senhora sabe onde me encontrar.

Ao continuarem a andar, Sam deu algumas informações a Ian:

— Uma é a Eve, a outra, a Dawn. Os pais delas são aqueles hippies de antigamente. Acho que eles plantam maconha nas horas vagas. É um milagre que as filhas tenham saído tão comportadas.

— Já experimentou? — perguntou ele.

— O quê? Maconha? Você está brincando.

— Nem mesmo na faculdade?

— Eu estava ocupada trocando fraldas, lembra?

— Nunca é tarde demais.

Sam olhou para ele para ver se estava brincando. Esperava que sim; não precisava de uma razão a mais para repensar o relacionamento deles. Já não bastava ela ser bem mais velha, mais preocupada com planos de aposentadoria do que com qualquer coisa que tivesse deixado de aproveitar na faculdade?

Mas o sorriso de Ian era tão contagiante que ela não conseguiu deixar de sorrir. O sol brilhava nos cabelos cor de carvalho dele, e sua sombra balançava alegremente no calçamento irregular da praça. Ele parou para pegar um botão de bunganvílea vermelha que caía em cascata pelo arco. Segurando-a perto do rosto de Sam, disse, em tom de brincadeira:

— Eu tinha razão. Vermelho *é* a sua cor.

— Vou me lembrar disso da próxima vez que estiver escolhendo papel de parede.

Será que ele sentiria sua falta em Nova York? Ela o imaginou no avião, sentado ao lado de alguma mulher linda e jovem. Num espaço apertado, ele perceberia a maciez de sua pele, a ausência de rugas e se lembraria do tempo em que não dera o devido valor a essas coisas. Eles trocariam o número de telefone. A jovem, com certeza, moraria em Nova York e ficaria felicíssima em lhe mostrar a cidade. E ele...

— Você se importa se a gente fizer uma refeição rápida aqui na cidade?

Sam acordou de seu sonho. Estava pronta para isso? As pessoas ficariam olhando. Eles seriam o assunto do dia — pelo menos nos primeiros minutos. Por outro lado, não era exatamente "novidade" o fato de estar saindo com um homem mais jovem. Sua irmã se empenhara quanto a isso.

— Por que não? — disse, abrindo um sorriso radiante. — É cedo ainda. Talvez a gente consiga arrumar uma mesa no Casa da Árvore.

— *Quem está na chuva é para se molhar.*

O café estava lotado quando eles chegaram. Assim que se dirigiram para uma mesa à sombra, Sam olhou apreensiva para os lados. Ninguém parecia estar olhando para eles. Talvez tudo corresse bem, afinal de contas.

Ela se sentou com cuidado, a cadeira balançando nas lajotas irregulares. Na casinha construída na árvore, logo acima de onde estavam, dois menininhos apontavam pistolas imaginárias um para o outro. Na mesa ao lado, o reverendo Grigsby, pastor da igreja presbiteriana, atirava restos de comida para sua dachshund de pelos compridos: Lily. Sam sorriu. Ninguém que a tivesse visto antes se esqueceria daquela cachorrinha, com as patas traseiras paralíticas amarradas a duas rodinhas. Seu dono gorducho percebeu o olhar de Sam e endireitou a postura.

— Shh, não conte nada. — Ele pôs o dedo na frente dos lábios, os olhos castanhos cintilando por atrás das lentes grossas e bifocais.

— O dr. Henry está no meu pé para eu parar com isso. Ele acha que ela já está gordinha demais.

— Seu segredo está seguro comigo. — Sam o abençoou mentalmente por não fazer qualquer comentário sobre Ian.

Ela avistou Clem Woolley ao lado da fila de prateleiras marcadas com as letras R-T. O bom homem sorria pacificamente para todos, uma mecha de cabelo branco esvoaçando feito fumaça. Na mesa à sua frente havia uma pilha de volumes fininhos de um livro de sua própria publicação — *Minha vida com Jesus* — disponíveis para quem estivesse interessado. O título do livro não era figurado — bastava ver o hambúrguer intocado no prato à sua frente. Para Clem, Jesus era tão real quanto o homem na mesa ao lado.

Sam acenou para a filha de Gerry, Andie, sentada com um grupo de amigos. Ela estava trabalhando na Rusk's durante o verão; deveria estar no horário de almoço. Andie, cópia da mãe, com seus olhos verdes e cabelos encaracolados, brincava com o canudinho.

Decorridos alguns momentos, Sam ergueu os olhos do cardápio e viu duas mulheres com roupas de tênis olhando para ela, do outro lado do terraço — as duas eram ex-colegas de escola. Becky Spurlock, considerada a melhor aluna de todas, agora uma dona de casa gorducha, e Gayle Warrington, dona de uma agência de viagens. Gayle retribuiu o olhar e acenou, antes de se inclinar para cochichar alguma coisa no ouvido de Becky.

Sam tentou não deixar aquilo incomodá-la. Não teria trocado de lugar com nenhuma daquelas mulheres, suas vidas tão previsíveis quanto a conta que estavam agora dividindo. Ela sabia disso porque, até Ian aparecer, sua vida também fora igualmente previsível.

Ela observou uma menininha de marias-chiquinhas correr pelas mesas atrás do irmãozinho, enquanto sua mãe tentava, esgotada, fazê-los parar. Um casal jovem de chinelos de dedo e jeans surrados com pelo menos quinhentos dólares em acessórios para máquina fotográfica pendurados no pescoço estava ocupado tirando fotos da árvore, com sua fileira de casinhas de passarinhos doadas pelos artesões locais.

A loura falsa, Melodie Wycoff, passou por eles equilibrando uma bandeja com tigelas fumegantes que balançavam precariamente — pouco importava que estivessem no auge do verão, o Casa da Árvore era famoso pela sua sopa-creme de pimenta.

— Atendo vocês num minuto! — gritou ela.

Enquanto Melodie servia o casal de meia-idade na mesa ao lado, Sam ouviu seu comentário:

— Terrível, não é mesmo? — Ela meneou a cabeça em referência ao jornal nas mãos do homem. — Não acontece uma coisa dessas desde... bem, desde nem sei quando.

Sam lembrou-se de que Melodie era casada com um policial. Deveria estar se referindo ao assassinato.

A mulher, com aparência pouco saudável e nervosa, murmurou:

— Tenho certeza de que eles vão encontrar o responsável.

— Ah, eles têm procurado por todos os cantos — adiantou Melodie, despreocupada. — O problema é que não encontraram nada de substancial, a não ser uma faca suja de sangue, sem impressões digitais. — Ela balançou a cabeça com pesar. — Pobre homem, ouvi dizer que havia partes dele espalhadas de um lado a outro da colina.

— Você pode nos trazer um pouco de manteiga? A nossa acabou. — A mulher parecia ter perdido o apetite subitamente.

— Claro.

Assim que Melodie se afastou, Sam viu o sutiã com o desenho de um leopardo por baixo de sua camiseta branca justa e transparente. Ouvira o boato de que ela estava dormindo com o melhor amigo de seu marido — um colega de profissão. Não ficaria surpresa se fosse verdade. Não tinha havido algum tipo de escândalo na época em que ela estudava na mesma sala de aula que Laura? Alguma coisa envolvendo o professor que dava aulas de direção?

Não sou a única pessoa morando numa casa com telhado de vidro, pensou.

Ela sorriu para Ian.

— Eu gostaria que você não estivesse de partida.

Ele pôs a mão sobre a dela.

— Vá me visitar.

Ela olhou em seus olhos claros e sentiu uma súbita empolgação. Então voltou à realidade e balançou negativamente a cabeça.

— Não posso.

— É a oportunidade perfeita — insistiu ele. — Você sempre quis conhecer Nova York. Vá para um final de semana prolongado.

— Estamos na época de maior movimento.

— A Laura não pode cuidar da loja sozinha por alguns dias?

— Não acho que ela ficaria muito satisfeita com a ideia no momento.

— Por minha causa, não é?

— Em parte, sim. — Sam não viu razão para tapar o sol com a peneira.

Ele recolheu a mão e chegou para trás, franzindo a testa como se tivesse algo para dizer sobre o assunto, mas tivesse desistido.

— Conversei com o meu pai. Parece que a Alice ainda está bem chateada.

Sam suspirou.

— Eu sei.

— Você falou com ela depois de domingo?

— Ela não retorna as minhas ligações. — Sam sentiu seu otimismo incipiente indo por água abaixo. — Acho, ou melhor, *sei*, que isso tem alguma coisa a ver com o Martin. Eles eram muito chegados um ao outro.

— Acho que todos temos os nossos demônios para enfrentar. — Mais uma vez, ela teve a impressão de que Ian estava se contendo. Ele espanou uma folha que estava caída sobre a mesa, uma aliança prateada reluziu no seu dedo médio.

Sam passou o dedo pela aliança dele, suas inscrições celtas artesanais remetendo-a às pedras rúnicas. O que lhes reservaria o futuro?

— Vou pensar quanto a Nova York — disse ela.

Ele sorriu.

— Não demore muito, está bem?

O que era demorar muito?

— Não vou demorar.

Ela ergueu o olhar e viu um rosto conhecido olhando para eles do outro lado do pátio. Marguerite Moore. Sam sentiu um aperto no coração quando Marguerite, que parecia estar só, ergueu seu corpanzil da cadeira e se aproximou deles. Para alguém tão gorda, ela se movimentou com uma graça surpreendente: a perfeita matrona em seu terninho de linho bege e joias chamativas de ouro, os cabelos alourados arrumados de forma a suportar um tornado.

— Sam, que surpresa agradável! — Virou-se para Ian. — Não acredito que nos encontramos. Sou Marguerite Moore.

Ian levantou-se para lhe estender a mão.

— Ian Carpenter.

— Faço parte do comitê do festival de música junto com sua sogra — disse ela.

Sam sentiu o sangue lhe escapar do rosto. Marguerite sabia muito bem que Ian não era seu genro. Não obstante, ela foi forçada a responder:

— O pai do Ian é que é casado com a minha filha. Você se lembra da Alice, não lembra?

— Lembro, claro, perdão. Foi um lapso de memória. — Marguerite deu um tapinha na têmpora, lançando um olhar irônico para Sam, o que serviu apenas para lembrá-la de que as duas tinham a mesma idade. — Eu me lembro de você comentar. Parabéns. — Deu um sorriso falso, de olho no assento desocupado à mesa deles. — Posso sentar com vocês?

Marguerite era conhecida pela sua audácia — o que era muito útil quando recrutava músicos, porém muito mordaz no trato com os colegas membros do comitê. No entanto, Ian não se fez de rogado.

— Para falar a verdade, estávamos de saída — disse ele. Nada havia em seu tom de voz que sugerisse que não estava dizendo a verdade.

Ao se levantar, Sam ficou satisfeita em ver Marguerite ruborizar. Ela sabia que eles tinham acabado de chegar.

— Bem... foi um prazer vê-los — disse ela, tensa.

Do lado de fora, Sam abriu um sorriso para Ian.

— Você foi esplêndido — cumprimentou-o. — Eu não sei o que teria feito se precisasse almoçar com aquela mulher.

Ele encolheu os ombros.

— Ela também não estava apontando uma arma para as nossas cabeças.

— Não, mas eu não tenho a sua coragem — disse ela. — Eu teria ficado lá e engasgado a cada garfada.

Ele lhe lançou um olhar implicante.

— Pelo menos a gente teria comido.

— Pobrezinho! — Ela riu e lhe deu o braço. — Vamos comprar alguma coisa no caminho.

Na saída de Santa Barbara, eles pararam em uma barraca que vendia tortilhas, sentaram-se a uma mesinha dobrável e comeram em pratos descartáveis, pedindo uma iguaria após a outra, cada uma mais apimentada do que a anterior. Quando Ian sugeriu uma caminhada pela praia, Sam não declinou. E daí que estivesse usando calças de sair? Isso não havia detido J. Alfred Prufrock.* Ela enrolou a barra das calças e tirou os sapatos. Eles apostaram uma corrida até a costa, rindo até perder o fôlego.

Duas horas depois, estavam estacionando no terminal em Los Angeles.

Ela parou ao longo do meio-fio e saiu para abraçá-lo.

— Não pinte a cidade inteira de vermelho. — Sorriu contendo as lágrimas. Por que estava chorando? Seria apenas por algumas semanas.

Ele a puxou para si, abraçando-a apertado.

— Vou sentir saudades. — Ele estava com cheiro do mar, ou talvez tivesse exagerado no alvejante na hora de lavar roupa.

— Prometa que vai fazer mais do que pensar em ir me ver.

— Prometo. — Ela o abraçou por um momento e então deixou-o ir.

As pessoas à volta deles se dissolveram até formar um borrão. Sam o viu desaparecer no terminal. Um brilho prateado lampejou na porta giratória assim que ele entrou. Ela sentiu uma pontada forte de tristeza, uma ânsia repentina de não ser comprometida — com seu passado, com

---

* *Canção de Amor de J. Alfred Prufrock*, poema de T.S. Eliot. (N.T.)

suas filhas, com tudo o que a mantinha presa. Se assim fosse, ela não teria hesitado em correr atrás dele.

Uma hora e meia depois, ela fazia as curvas em torno das colinas acinzentadas a caminho de casa. O sol estava baixo no céu, e nuvens esparsas moviam-se como ovelhas errantes. Ela se pegou diminuindo a velocidade ao se aproximar da estrada de terra que levava ao convento. Vinha adiando a conversa que precisava ter com a madre superiora sobre a irmã Agnes. Agora não seria uma boa hora?

Antes que se desse conta, estava fazendo a curva. A estrada de terra era tão irregular quanto íngreme, e o sacolejo do chassi do Honda, odioso. Ela torceu para que aquilo não acabasse se revelando num erro em mais de um sentido. A última coisa de que precisava era de mais uma conta exorbitante da oficina.

Por sorte, ela conseguiu chegar ao alto da colina, onde estacionou e saiu do carro. Um caminho de cascalho ladeado por roseiras levava até um portão de ferro no muro coberto de hera. Ela apertou o botão do interfone — o único sinal visível de vida moderna em um cenário que poderia passar pelo de outra era.

Vários minutos se passaram até ela ouvir o estalar das pedras britadas do outro lado do muro e ver uma das noviças correndo em sua direção por um caminho ladeado de arbustos. Um rosto redondo e rosado, emoldurado por um véu branco e engomado, espiou pelo portão.

— Vim para ver a madre Ignatius — disse-lhe Sam.

— A senhora marcou hora? — A jovem parecia apreensiva.

— Não, mas sou uma velha amiga. Diga a ela que é a sra. Kiley. — Sam esperava que não fosse tarde demais. As orações da noite começavam às seis, seguidas imediatamente pela ceia. A rotina nunca variava.

A noviça deu um sorriso tímido e abriu o portão para deixá-la entrar.

— Desculpe, o interfone está quebrado... Só ouvi a campainha. Pensei que a senhora fosse da revista.

— Que revista?

— A *People*. A Reverenda Madre concordou em dar uma entrevista, mas depois desistiu — explicou. — A jornalista ficou ligando. Ou ela não aceita "não" como resposta — seu sorriso se alargou — ou não conhece a Reverenda Madre.

— Acho que um pouco das duas coisas.

— A propósito, sou a irmã Catherine. — Ela estendeu uma mão pequena e com muitos calos para alguém tão jovem. — Venha comigo. Vou avisá-la de que a senhora está aqui.

Sam a seguiu até um santuário murado inspirado em um Livro das Horas. No centro, havia um jardim-labirinto no estilo medieval, onde uma estátua de São João jazia em destaque. Várias trilhas serpenteavam por partes gramadas com canteiros e árvores frutíferas, terminando sob sombras reconfortantes e em torno de sebes altas, onde alguns recantos escondidos serviam como lugar para oração e meditação. Havia rosas por toda parte: em canteiros bem cuidados, subindo por treliças e muros e por cima das pérgulas. Tudo cuidado com muito carinho pelas freiras. Ela passou por uma das irmãs, ajoelhada na grama em frente a um canteiro de flores, as mangas enroladas e a saia suspensa e enfiada no cinto. Mais à frente, outra irmã bem-disposta atacava um hibisco crescido com a tesoura de jardim.

Sam lembrou-se de sua primeira visita ao convento, anos atrás, quando criança. A mãe a levara com ela para uma visita à então madre superiora, uma senhora idosa e muito amável chamada madre Hortense, que instruíra uma das noviças a levá-la para passear pela propriedade enquanto ela e a mãe conversavam em particular. Somente quando voltava para casa e vira os olhos vermelhos da mãe foi que Sam percebera que ela fora até lá pedir às irmãs para rezarem por sua família. Seu pai, então com pneumonia, fora hospitalizado naquela manhã. As orações devem ter ajudado, pois naquela mesma noite a febre do pai cedeu e, uma semana depois, ele já estava bom a ponto de voltar para casa.

Sam seguiu irmã Catherine por um passeio coberto e ladeado por placas de madeira entalhada com as catorze etapas da via-crúcis. Decorridos alguns momentos, estava passando por uma entrada arqueada rumo ao prédio principal.

Os raios de sol filtrados pelas vidraças em forma de losango lançavam diamantes pálidos de luz no chão de lajotas da recepção, onde se viam móveis simples e lustrosos. Ela percebeu o mesmo cheiro de cera e de óleo de limão que sentira todos aqueles anos atrás. Do final do corredor, surgiu a melodia inesperada de uma valsa de Chopin tocada ao piano.

— Espere aqui. — Irmã Catherine tocou-lhe o cotovelo e desapareceu por um corredor mais estreito, reaparecendo minutos depois para anunciar em voz baixa: — A Reverenda Madre vai atendê-la.

Assim que Sam entrou, madre Ignatius levantou-se para cumprimentá-la, uma mulher tão simples e desprovida de vaidade como seu gabinete.

— Samantha, que surpresa agradável! — Uma mão firme e seca apertou a sua.

— Espero não estar interrompendo nada.

— Eu só estava analisando o orçamento do mês, e a sua presença é uma interrupção mais do que bem-vinda. — A madre gesticulou para a cadeira de espaldar reto em frente à sua escrivaninha. — Sente-se, por favor. Em que posso ajudá-la?

Sam sentou-se na cadeira, que era tão desconfortável quanto parecia ser. Sentia-se mal com o que tinha de falar.

— Sinto muito, mas esta não é uma visita de cortesia.

Madre Ignatius lançou-lhe um olhar curioso antes de voltar a se acomodar atrás da escrivaninha.

— Bem, é um prazer vê-la em qualquer circunstância. Pedirei à irmã Catherine para nos trazer chá. — Ela apertou uma tecla no interfone.

— Seria ótimo — disse Sam.

— Camomila. Bom para os nervos.

A velha sorriu, um sorriso que dava ao seu rosto comum, que algumas pessoas considerariam sem graça — uma mistura de Eleanor e Franklin Roosevelt —, um tipo de rígida dignidade. Sam lembrava-se da primeira vez em que se conheceram. Suas filhas haviam sido pegas invadindo o convento, e madre Ignatius, na época recém-nomeada madre superiora, as levara para casa.

— Me disseram que a *People* está batendo à sua porta — Sam começou a falar num esforço de adiar o inevitável. — A senhora sabe que não vai conseguir se esconder por muito mais tempo. A senhora dá uma ótima matéria.

A velha revirou os olhos.

— Sei que sua amiga Gerry tem outras ideias, mas tenho pavor de pensar que podemos nos tornar mais um programa de atrações. Como a irmã Wendy ou as freiras cantoras.

Sam sorriu.

— Não acredito que vocês corram esse risco.

Madre Ignatius pegou uma caixa de bombons da gaveta funda da escrivaninha e ofereceu para Sam.

— Perugina. Minha irmã os manda para mim.

—Eu não sabia que as senhoras podiam comer chocolate — brincou Sam, pegando um bombom.

— Ah, temos nossos vícios. — A madre piscou para Sam ao se acomodar em sua cadeira e cruzou as mãos sobre a mesa. — Pois bem, o que você gostaria de me falar?

Sam limpou a garganta.

— Estou aqui por causa da irmã Agnes.

A madre superiora ficou em silêncio, aguardando.

— Ela vai à loja de vez em quando — continuou Sam, o rosto ficando ruborizado.

— Sim, eu sei. — Madre Ignatius demonstrava uma paciência cansada. — Ela adora ver coisas bonitas. Sempre adorou.

— Detesto ser eu a lhe dizer isso, mas... — Sam sentia-se como se estivesse prestes a confessar um crime seu — ... ela faz mais do que olhar.

Madre Ignatius ficou com uma expressão confusa.

— Sobre o que você está falando?

— Ela... leva algumas coisas.

Um longo silêncio seguiu-se, quebrado apenas pelo zumbido fraco de uma mosca na vidraça. Por fim, a madre perguntou com brandura:

— Há quanto tempo isso vem acontecendo?

— Há alguns meses. No início eu não quis dizer nada... até eu ter certeza absoluta. — Sam sentiu-se péssima. — Eu tinha esperança de que isso passasse por si só.

— Entendo com isso que você não falou nada com a irmã Agnes.

— Não. — Sam fixou o olhar no crucifixo simples de madeira na parede acima de sua escrivaninha. Como muitos dos outros crucifixos no Convento de Nossa Senhora de Wayside, aquele não trazia corpo algum, um lembrete de que o fardo de Cristo não devia ser carregado por ele somente. — Achei que seria melhor se a senhora falasse com ela.

Elas foram interrompidas por uma batida tímida à porta.

— Entre! — respondeu a madre de uma forma um tanto brusca.

O rosto rosado e ansioso da irmã Catherine apareceu à porta.

— Sinto muito por interrompê-la, Reverenda Madre. É a irmã Beatrice. Ela mandou dizer que é urgente.

A velha franziu a testa.

— É sempre urgente com a irmã Beatrice. — Ela parecia irritada. — Diga-lhe que falarei com ela depois das orações da noite.

A jovem noviça assentiu com a cabeça.

— Sim, Reverenda Madre.

Ela estava fechando a porta quando madre Ignatius perguntou irritada:

— Você não está se esquecendo de nada, irmã?

Irmã Catherine ficou olhando apática para ela, até que soltou um gritinho.

— Seu chá! Claro... ele está pronto.

— Vamos tomá-lo no salão.

Quando as duas ficaram novamente a sós, Sam perguntou, nervosa:

— O que vai acontecer com a irmã Agnes?

De repente, madre Ignatius aparentou ter todos os anos de sua idade: uma mulher idosa que há muito passara da época de se aposentar.

— Mande-me uma lista dos itens roubados e providenciarei para que sejam devolvidos. — Seus rosto se enrugou num sorriso cansado. — Quanto ao estado da alma da irmã Agnes, acho que cabe a uma autoridade superior à minha decidir.

Ela mostrou o caminho até a sala de estar com suas cadeiras simples, mas, graças a Deus, confortáveis, e um móvel de madeira maciça no estilo jacobita, com a frente saliente e as laterais recuadas. Enquanto tomavam chá e comiam bolo de mel, elas falaram sobre assuntos corriqueiros: consertos no telhado da capela, o novo bispo da paróquia — um velho amigo de madre Ignatius — e o recente interesse da mídia no mel do convento. Quando o sino começou a repicar anunciando o início das orações da noite, Sam pôs-se de pé.

Estavam retornando pelo passeio coberto, quando uma freira veio correndo na direção delas. Era magra, pálida e parecia planar a mais ou menos um centímetro do chão. As contas do rosário em sua cintura tiniam suavemente. Assim que ela se aproximou, Sam viu o livro de orações em uma de suas mãos — ele parecia tão gasto que suas letras douradas estavam praticamente ilegíveis.

— Irmã Beatrice. — A saudação da Reverenda Madre trazia um toque de resignação. De alguma forma, pareceu apropriado o fato de terem parado em frente ao entalhe da sétima estação da via-sacra: Cristo tropeçando sob o peso de seu fardo. — Sinto muito por não termos tido a chance de conversar mais cedo.

Irmã Beatrice olhou de relance para Sam.

— Desculpe. Eu não sabia que a senhora tinha visita.

— Podemos esperar até o final das orações? — perguntou madre Ignatius.

— Com certeza.

— É sobre a irmã Ruth novamente?

As faces pálidas da irmã ficaram rosadas.

— Ela se atrasou de novo para o ensaio do coral. E quando chamei a atenção dela, ela rebateu dizendo que só porque eu era a responsável pelo coral... — Irmã Beatrice conteve-se de repente, lançando um olhar para Sam. — Desculpe, Reverenda Madre. Conversaremos quando a senhora achar melhor. Até lá, vou rezar e meditar sobre o assunto. — A freira retirou-se em silêncio, deixando madre Ignatius com o olhar parado e cansado atrás dela.

Há sempre uma ovelha negra em cada rebanho, pensou Sam. Irmã Beatrice, apesar das diferenças, fez Sam se lembrar de Marguerite Moore.

Quando chegaram à capela, madre Ignatius se inclinou para a frente e surpreendeu Sam com um beijo no rosto.

— Cuide-se, Samantha querida — murmurou. — Sei que esses últimos anos não têm sido nada fáceis para você. Mas não dificulte as coisas além do necessário. — Com isso, a madre entrou na capela, deixando Sam refletir sobre o que, precisamente, ela havia se referido.

Sam estava tomando o caminho de volta quando avistou Gerry caminhando apressada à sua frente, um pacote enfiado debaixo do braço. Sam chamou por ela e Gerry se virou com um grande sorriso.

— Sam! O que você está fazendo aqui?

Ela lhe lançou um olhar significativo por cima do ombro. Gerry era a única pessoa além de Laura que sabia sobre a irmã Agnes, e elas eram amigas há tanto tempo que a mais sutil das expressões faciais já bastava para comunicar o que uma e outra tinham em mente.

Gerry fez uma careta, dizendo em voz alta para qualquer um que quisesse ouvir:

— Vamos lá. Tenho que deixar este pacote no apiário. Venha comigo e no caminho eu te conto sobre a última inclusão na nossa linha de produtos.

— O que é? — Sam pôs-se a acompanhá-la e elas continuaram a andar.

— Hidratante Bendita Abelha. Foi ideia da irmã Paul. Quem diria que um diploma de bioquímica poderia ser tão útil para uma freira? — Quando estavam fora de perigo de serem ouvidas, Gerry perguntou baixinho: — E aí, como foi?

— A Reverenda Madre não ficou muito feliz quando contei para ela.

— Ela vai sobreviver. Assim como a irmã Agnes. — Gerry virou para um caminho mais estreito que as levou até uma entrada lateral onde havia um portão. Ela o abriu e as duas pegaram a estradinha de chão que descia até uma vasta campina, protegida de um lado por eucaliptos. — *É com você* que estou preocupada. A Andie me disse o que aconteceu lá no Casa da Árvore.

— Você quer dizer a Marguerite?

Gerry concordou com a cabeça.

— Pelo que parece, ela ficou furiosa. Depois que você saiu, a Andie a ouviu encher os ouvidos do reverendo Grigsby, dizendo como estava aborrecida por você ter descido tão baixo. E você sabe como a voz dela ecoa. — Gerry pôs a mão em concha em volta da boca e gritou: — *Atenção, todos! Partida de* shuffleboard *no deque do Lido em quinze minutos!*

Sam riu, apesar de contrariada.

— A Marguerite pode ficar descansada por enquanto. Acabei de deixá-lo no aeroporto.

— Sei.

Gerry parecia estar esperando que a amiga falasse mais, mas Sam não sabia o que dizer. Não havia nada definido, embora ela estivesse mais apaixonada do que nunca. Ela manteve os olhos na estradinha à sua frente. O sol estava se pondo e sua luz dourada parecia incendiar o capim crescido da campina, deixando as árvores afundadas na sombra. Por todos os lados, Sam via o contorno quadrado e branco das colmeias. Ela sabia que havia dúzias delas, cada uma em um lugar especial para não haver confusão entre as colônias.

Sam lembrou-se da história do início da Bendita Abelha, uma história que, de tantas vezes contada, já era uma lenda. Nos idos dos anos 30, uma freira daquela mesma ordem, com o nome de irmã Benedicta, fora mandada para lá para se recuperar de uma crise de tuberculose. Após sua recuperação naquele clima seco e ensolarado, as outras freiras logo começaram a perceber sua incrível capacidade de se comunicar com os animais silvestres. Diziam que papagaios pousavam em seus ombros e corças comiam em sua mão. Porém, o mais impressionante de tudo eram as abelhas: ela podia caminhar entre elas, até mesmo enfiar o braço nu em suas colmeias, dentro dos buracos nas árvores, e não ser picada. Em seguida, o convento se viu com uma produção abundante de mel. Notícias sobre seu sabor delicado e suposto poder curativo se espalharam rapidamente.

Pedidos começaram a chegar e irmã Benedicta ficou incumbida de construir um apiário. Em poucos anos, o mel Bendita Abelha era vendido de porta em porta no vale, tendo os lucros revertidos para várias obras de caridade. Tudo ia bem até o dia em que irmã Benedicta adoeceu novamente. Dessa vez, apesar de todos os esforços médicos, ela não melhorou. Semanas depois, ela descansava em paz no pequeno cemitério da colina.

As poucas freiras ainda vivas para contar a história sempre baixavam a voz para narrar o que acontecera depois. Na manhã seguinte ao enterro de irmã Benedicta, um enxame de abelhas se reuniu em sua lápide. Era fevereiro, época em que as abelhas normalmente hibernam. Mais estranho ainda foi que elas resistiram a todos os esforços para retirá-las de lá. Quando o tempo esfriou, elas começaram a morrer uma a uma e a cair no túmulo como flores murchas. Com a chegada da primavera, tudo o que sobrara da colmeia foram pedaços de casca onde brotara uma profusão gloriosa de flores silvestres. Aqueles que vinham fazer suas homenagens juravam que se você prestasse atenção poderia ouvir um leve zumbido no ar.

Sam adorava essa lenda. Ela reunia tudo o que amava naquele vale — sua história e tradições, permutáveis de tempos em tempos. E as pessoas também. Algumas maçãs podres — pensou em Marguerite Moore — não tinham o poder de estragar todo o tonel.

A estradinha terminava em um largo coberto de cascalho onde ficava um galpão comprido com um telhado de amianto e uma caminhonete Ford estacionada na frente. Gerry destrancou a porta e elas entraram numa sala iluminada pelo sol. Macacões brancos de brim grosso e máscaras de tela pendiam dos ganchos na parede. No lado oposto, havia prateleiras cheias de potes de mel e, no centro da sala, uma bancada repleta de caixas empilhadas e artigos para embalagens.

Sam seguiu a amiga até uma sala maior, cheia de extratores de aço inoxidável, decantadores e canaletas de metal onde quadros com favos de mel eram postos para escorrer. Na despensa reformada nos fundos — hoje laboratório da irmã Paul —, Gerry largou o pacote em cima da bancada estreita cheia de frascos e tubos de ensaio. Potes de flores secas e outros ingredientes de aparência mais misteriosa estavam arrumados na prateleira acima.

Ela abriu a tampa de um potinho sem rótulo e o estendeu para Sam sentir o perfume.

— Sinta só o cheiro disso aqui. — Sam sentiu o perfume de lavanda e cera de abelha e o que julgou ser um leve perfume de mel. — A irmã Paul teria sido uma grande perfumista se o chamado de Jesus não tivesse sido mais forte.

— Sem dúvida você tem alguma coisa em mente. — Sam fingiu um interesse que não estava sentindo de fato; estava com a mente toda voltada para Ian. — Vou levar uma dúzia para começar. Se eles não venderem, eu terei a pele mais macia deste lado das Rochosas.

— Aí a Marguerite vai te odiar ainda mais.

Sam se permitiu um sorriso maldoso.

— Sabe de uma coisa? Acho que você tem razão. Acho que, no fundo, ela *está* com inveja.

Gerry deu uma gargalhada.

— Ela precisa é de uma boa *trepada*.

Sam estremeceu só de pensar. Marguerite, há alguns anos divorciada, não devia fazer sexo desde a época em que Nixon era presidente.

— Isso não ia resolver tudo.

— Acho que você está se referindo às suas duas filhas.

Sam concordou.

— Elas estão muito chateadas.

— É natural. Você está bagunçando com o *status quo*. — Gerry, que adorava aquelas meninas como se fosse tia delas, não demonstrou nem um pingo de compaixão. — Escute aqui. — Segurou Sam pelos ombros, olhando bem dentro de seus olhos. — Ian Carpenter é gentil, inteligente e um tesão de homem. É também a melhor coisa que te aconteceu desde... — Gerry se deteve.

Ela nem precisou falar: *desde a morte do Martin*.

Sam deu um suspiro.

— Infelizmente, não posso pensar só em mim.

— Suas filhas são adultas e independentes. Elas vão se conformar. — Gerry lhe deu uma sacudida de leve. — É a *sua* vez agora.

— Eu me sinto como se estivesse sendo egoísta.

— Já estava na hora!

— É pior do que elas pensam. Acho que estou apaixonada por ele.

— Isso é tão terrível assim?

— É. Não. — Ela se afastou de Gerry e virou-se para a janela. Uma abelha morta estava caída em seu peitoril. Ela a pinçou delicadamente com os dedos. — A verdade é que não sei. É tudo muito complicado. — Ficou contemplando a abelha, suas asas cintilando como fios de ouro. — Ele quer que eu vá visitá-lo em Nova York.

— E você disse que sim, eu espero.

— Eu disse que ia pensar.

— Faça logo a reserva dessa droga de voo! — rosnou Gerry. — Se você não fizer, eu vou lá e faço por você! — Essa era a mesma Gerry Fitzgerald que havia azucrinado o pobre padre Kinney, antigo padre da paróquia, a parar de beber.

Sam sentiu uma onda de carinho ao se virar e sorrir para a amiga.

— Independentemente do que acontecer, é bom saber que pelo menos uma pessoa ainda estará falando comigo.

— De que outra forma posso me fazer entender? — Gerry balançou a cabeça num desespero afetuoso. — Estou falando sério com relação à viagem. Vai te fazer bem sair um pouco. Você parece meio cansada.

— Quem não estaria?

— Falando sério, você está bem?

— Estou. Só tenho sentido aquelas coisas típicas da menopausa. — Ela encolheu os ombros. — Ondas de calor, menstruação irregular, esse tipo de coisa.

— Então me faça um favor — disse Gerry —, marque uma consulta com um médico. *Depois* de ligar para a agência de turismo.

— Se eu for para Nova York, as coisas só vão se complicar mais.

Como se fazendo eco aos seus pensamentos, Sam sentiu uma picada forte no polegar e baixou os olhos, horrorizada. A abelha não estava morta afinal de contas. Com o pouco que lhe sobrava de vida, ela a picara.

Capítulo Seis

Ian pegou um táxi na esquina da Vigésima com a Oitava. Poucas semanas haviam se passado rápido e Nova York já começara a lhe parecer familiar. A agitação frequente do tráfego, as calçadas lotadas, a explosão incessante de sons como um jato de adrenalina. No Chelsea, onde ele dera a sorte de conseguir um apartamento emprestado de um amigo num prédio castanho-avermelhado, era possível passar a noite acordado e não sentir fome, sede ou ficar entediado. Ele tinha até um restaurante predileto, um moderno café francês no final da rua, onde podia passar a manhã inteira apreciando um café com leite e lendo o *New York Times*.

Apenas uma coisa estava faltando: Sam.

Sam, que chegaria em apenas cinco horas.

Seu coração acelerava ao pensar no assunto. Ele ainda não podia acreditar que ela estava vindo. Um fim de semana prolongado, isso era tudo o que ela poderia ficar, mas ele faria com que valesse a pena. Havia tantas coisas para lhe mostrar, tantos lugares que *ele* não havia visto para que pudessem explorar juntos. E, longe de casa, ela talvez até se esquecesse, ao menos por um tempo, de todas as razões pelas quais aquilo — *eles* — jamais poderia dar certo.

Ele se inclinou para a frente, dando instruções ao motorista:

— Lexington com a Quarenta e Sete.

Faltava pouco para as seis, hora em que a maioria das pessoas voltava do trabalho para casa. O trânsito estava movimentado; ele já estava acostumado agora. Três semanas haviam se passado e ele teria pelo menos mais uma pela frente num trabalho que desde o início fora marcado por atrasos. A começar pelo pintor, que prendera dois dos painéis de forma errada, o que levara dias para consertar, e depois por uma interrupção de mais quatro dias enquanto o sistema de alarme era instalado. Ele estava agora na fase final, fase em que todos os seus meses de trabalho se somavam, formando um todo realizado com perfeição.

A forma como ele esperava que as coisas acontecessem com Sam.

Sam. Nessas últimas semanas, embora sobrecarregado de trabalho, ele praticamente não pensara em outra coisa. As outras mulheres que amara tinham sido apenas um caso de "o que os olhos não veem o coração não sente". Mas Sam era especial. Talvez isso o assustasse um pouco, ou talvez ele apenas não estivesse muito acostumado a se sentir assim. Tudo o que sabia era que, se ela não tivesse concordado em vir, ele quase teria enlouquecido.

Assim que o carro pôs-se a sacolejar pela Oitava Avenida, ele se lembrou da recusa dela em deixá-lo pegá-la no aeroporto, insistindo que isso não fazia sentido. Assim era Sam — autossuficiente ao extremo. Devia ter ficado assim por causa do marido, que, para Ian, parecia ser do tipo egocêntrico. Não que ela tivesse reclamado dele; muito pelo contrário, para falar a verdade. Esta era a pista: se o cara tinha sido tão maravilhoso, por que a necessidade constante de o ficar defendendo? Estava na cara que o casamento dela não tinha sido tão sólido quanto ela queria que todos acreditassem.

Ele se perguntava se o marido dela tinha mesmo chegado a entendê-la. Um homem que preferira vê-la toda maquiada e muito bem-vestida, e que não conseguira ver como ela era mais bonita sem roupa. Um homem cuja vida lhe parecera ter sido uma agitação social constante, com mais espaço para amigos e atividades sociais do que para a esposa e as filhas.

Ele sabia que ela se incomodava com a diferença da idade, mas, com toda a sinceridade, ele não a via como mais velha. Ela era apenas Sam. Ele não trocaria o rosto dela — com pés de galinha e tudo o mais — pelo de nenhuma outra mulher. Em cada uma de suas rugas, ele via uma vida vivida de forma honesta, se não intensa. Via um coração bondoso e uma mente curiosa. Uma mulher que, nas suas quase cinco décadas vivendo neste planeta, ainda não havia sido suficientemente amada.

Era isso o que desejava fazer: amá-la. Segurar um espelho na frente de seu rosto para que ela visse o que ele via: como ela era única e extraordinária. Ele não podia prever o futuro. Não passara a maior parte de sua vida adulta evitando tais pensamentos (junto de mulheres que tinham exercido uma pressão excessiva nesse sentido)? A única coisa da qual tinha certeza era de que não queria ficar longe dela.

O táxi sacolejou até parar. Estavam na Lexington com a Trinta e Seis, presos num engarrafamento. O motorista do táxi apertou a buzina, unindo-se ao coro barulhento.

— Presidente desgraçado — murmurou. — A última vez que esteve aqui, a cidade ficou engarrafada até Nova Jersey.

Ian olhou atento para o pináculo do prédio da Chrysler que reluzia acima dos arranha-céus cinza e retangulares à sua volta. Quando tinha quatro anos, a mãe lhe mostrara uma foto daquele prédio em um livro, dizendo a ele que se tratava de uma das sete maravilhas do mundo — no que ele acreditou por um bom tempo. Gigi, nascida e criada em Nova York, falava com tanta nostalgia de sua cidade natal que ele sempre teve dúvida se ela não havia se arrependido de ter se casado com seu pai e se mudado de lá. Sua grande paixão fora o cenário artístico, que, mesmo numa idade tenra, Ian, nas raras ocasiões em que a acompanhara a Nova York, achara mais uma pretensão do que uma realidade.

Ele imaginou o que Sam, uma mulher para quem amar as filhas era tão natural quanto respirar, teria achado de Gigi. Ele sabia que ela tinha curiosidade com relação à infância dele, mas ele não sabia bem o que lhe contar. Não que sua mãe não tivesse lhe dado carinho. Mas Georgina — Gigi para a família e os amigos — fora, na maior parte do tempo, egoísta e vaidosa, uma pintora frustrada que passara a promover jovens talentos, invariavelmente masculinos.

Ele jamais se esqueceria do dia em que, tendo passado mal na escola e depois mandado de volta para casa, pusera os pés na sala de estar e encontrara a mãe posando nua no sofá para um de seus protegidos: um artista grosseiro e pretensioso chamado Carlo. Ian tinha doze anos. Era a primeira vez que via a mãe nua.

Gigi olhara para ele levemente aborrecida e perguntara:

— Querido, que diabos você está fazendo em casa a essa hora? — Não havia qualquer vestígio de constrangimento em sua voz. Tampouco ela esticara o braço para pegar o robe de seda amarelo esparramado no chão a seus pés.

— Estou com dor de estômago — dissera ele. Era verdade; ele se sentia como se estivesse prestes a vomitar.

— Bem, pelo amor de Deus, vá se deitar. — Mais de duas horas haviam se passado quando ela finalmente entrou no quarto dele na ponta dos pés, para ver como ele estava passando. Ian fingiu que estava dormindo quando ela lhe sentiu a testa para ver se estava com febre. Momentos depois ele ouvira o barulho do chuveiro e o leve murmúrio de Gigi e Carlo. Ele tinha certeza de que seu pai não teria aprovado aquilo, mas jamais dissera uma palavra sequer. Para quê? Wes raramente ficava em casa. Era como se Gigi e ele levassem vidas independentes, com Ian, seu único filho, a dar cabeçadas no espaço vazio entre eles.

Ian tinha catorze anos quando a mãe adoeceu. Sua lembrança mais vívida daquela época era da nuvem carregada que pairara sobre sua casa.

Todos os protegidos e amigos interesseiros da mãe sumiram da noite para o dia. Nenhum deles visitou Gigi no hospital e poucos enviaram flores. Sua amargura não tinha limites. Ian não sabia quanto dela provinha do fato de estar morrendo ou de se ver cara a cara com sua existência vazia. Chegara a recusar até mesmo o consolo do marido e do filho. Quando eles iam vê-la, ela virava o rosto para a parede, fingindo-se adormecida.

Depois que ela morreu, Ian também não aceitou consolo de ninguém. Descontrolado, ficava na rua até tarde da noite com os amigos, bebia demais. No segundo ano do ensino médio, foi reprovado em todas as matérias, exceto em uma, artes. Wes lhe deu um ultimato: se não começasse a agir com responsabilidade, ele tomaria medidas drásticas. Ian não se importou; não conseguia se importar. Numa última demonstração de que estava se lixando para os outros, tomou um porre na noite do baile do final do ano e, com um grupo de amigos, arrombou o carro de um professor. Horas depois, a polícia os pegou dirigindo sem habilitação em West Hollywood, com um rastro de latas de cerveja vazias marcando sua passagem. No dia seguinte, ele estava num avião para o Novo México.

Foi no Horizons, um programa de reabilitação para filhos problemáticos de pais ricos, que ele finalmente aprendeu a lidar com suas dificuldades. Não apenas com a morte da mãe, mas com o fato de, na verdade, jamais tê-la tido ao seu lado. Seu orientador, um negro muito franco chamado Leander Fisk, lhe fornecera a chave:

— Acidentes não existem — disse-lhe numa certa noite, quando estavam sentados em torno de uma fogueira, Leander e mais quinze meninos exaustos e picados por mosquitos. — Todos vocês estão aqui nesta terra por alguma razão. Cabe a vocês descobrir que razão é essa.

Leander era um exemplo vivo do que dizia. Ele crescera numa sub-região conhecida como Deep South, no sul dos Estados Unidos, odiando e temendo os brancos. Tudo mudara num dia fatídico em 1969, enquanto participava de uma passeata em favor dos direitos civis e um homem branco que ele nem mesmo conhecia jogou-o no chão para protegê-lo de uma bala e acabou sendo atingido por ela. A partir desse dia, Leander jurou no túmulo daquele homem que dedicaria o resto da vida para promover o fim da intolerância racial.

 O destino de Ian fora agarrar-se à única coisa de valor que a mãe lhe dera: o amor pela arte. Daquela época em diante, trabalhou com afinco, formando-se em apenas três anos pela UCLA e concluindo, em seguida, um curso de mestrado em belas-artes. Com o tempo, a desavença entre ele e o pai começou a se abrandar. Ele jamais o perdoaria totalmente, mas hoje via o pai como alguém que fizera o melhor que podia — mesmo que tenha ficado aquém do desejado. Tudo o que Ian esperava era que Wes fosse um pai mais dedicado para os filhos que viesse a ter com Alice.

 O motorista engatou a primeira e, mais uma vez, eles estavam se movendo. Minutos depois, o táxi parou na esquina da Quarenta e Sete com a Lex. Ian pagou ao motorista e desceu. Enquanto lutava contra o fluxo de transeuntes que saía aos borbotões da porta giratória logo à frente, sentiu-se como o salmão corajoso que saía nadando contra a correnteza. Ele não se importou. Enquanto aquelas pessoas estivessem lutando para conseguir táxis e lugares no metrô, ele estaria se ajeitando com seus pincéis e tintas no vigésimo andar, tendo Johnny Coltrane em seu walkman e toda Manhattan a seus pés.

 Ele saiu do elevador usando as próprias chaves para abrir as portas da recepção e fez uma pausa assim que entrou. Os escritórios da Aaronson Asset Management sempre exigiam um minuto ou dois para se acostumar. Em uma era de linhas harmoniosas e decoração minimalista, eles eram o retorno para um outro século. Chão de mármore e rodapé de nogueira, reproduções de escrivaninhas e cadeiras Sheraton e até mesmo um lustre de cristal Waterford. No final das contas, tudo muito mais apropriado para um banco de Wall Street do que para um arranha-céu moderno.

 Seu mural ocupava três paredes a partir do rodapé, retratando várias cenas antigas de Manhattan: a vista de um barco chegando a Ellis Island, por volta de 1900, ano em que Julius Aaronson, bisavô do atual diretor, chegou ao país. A Bolsa de Valores de Wall Street, pouco antes da Grande Depressão de 1929; aceiros trepados nas vigas mestras do quase acabado Empire State Building.

Ele estava retirando a lona do andaime em um canto da recepção quando as portas automáticas do escritório se abriram. Uma jovem delicada e de cabelos encaracolados, vestindo um terninho cinza-escuro feito sob medida, entrou: a filha de Julius Aaronson III, Marissa, ou Markie, como gostava de ser chamada.

Ela levou a mão ao peito e deu um grito ofegante.

— Ian! Você me assustou. Por um segundo, achei que fosse o meu pai.

Ele encolheu os ombros de forma simpática.

— E se fosse?

— Eu devia estar indo para Amagansett — explicou ela. — Uma superfesta em família. Eu disse para o papai que tinha hora no dentista. Ele não gosta que eu trabalhe até tarde. Na verdade, ele não gosta que eu trabalhe. Não nestes corredores sagrados das finanças, para ser mais exata. Ele preferiria que eu tivesse escolhido ser... bem, artista. — Ela sorriu irradiando charme, revelando uma covinha em uma das faces.

Ela era mesmo bem bonita... com seu jeito de aluna sapeca de escola rica. Seus olhos eram castanho-claros e sua pele, da cor de porcelana, em forte contraste com o negro sefardi de seus cabelos.

— Você não vai ficar rica assim — disse ele com uma risada.

— Eu já sou rica.

Ian ficou desarmado com sua honestidade.

— Por que isso não me surpreende?

Ela o observou de perto.

— Você não tem cara de quem já passou fome.

Ian pensou nos primeiros anos que haviam ficado para trás, como se sentira nobre recusando as ofertas do pai em ajudá-lo. Ou ele conseguiria vencer por conta própria ou de nenhuma outra forma... o que, basicamente, foi uma tremenda de uma burrice. Devia ter aceitado o dinheiro, pelo menos como empréstimo. Isso teria significado menos encomendas e mais tempo para o que mais gostava.

— Eu me viro — disse ele.

Ela recuou para admirar o mural.

— Posso ver por quê. Você é muito bom.

— Obrigado.

— Isso me faz lembrar um pouco *La Creación*, de Diego Rivera.

Ian achou engraçado os esforços dela para impressioná-lo, mas não sentiu necessidade de encorajá-la dizendo-lhe que ele também era um grande admirador de Rivera.

Ela deu uma olhada no relógio — delicado, caro.

— Eu estava para pedir alguma coisa para comer. Quer me acompanhar?

— Talvez numa outra ocasião. — Ele fez sinal para o andaime. — Estou atrasado com isso aqui.

Ela tentou não parecer desapontada.

— Eu também; vou pedir alguma coisa para comer na minha mesa.

— Não trabalhe demais. — Ian pulou para a plataforma, onde suas tintas e pincéis estavam caprichosamente dispostos sobre um pedaço de pano.

Markie lhe lançou um sorriso reluzente quando foi para o seu escritório; pelo menos dez mil dólares gastos em tratamentos ortodônticos, e tudo isso dirigido a ele. Ian não tinha dúvida de que ela encontraria companhia de sobra, mas não conseguia pensar em nenhuma forma educada de fazê-la entender que ele não estava interessado.

Horas depois, ele estava dando pinceladas nos botões do sobretudo de um corretor de valores quando ergueu o olhar e viu que já eram onze e cinco. Jesus. Para onde fora o tempo? Se não corresse, Sam chegaria em seu apartamento antes dele. Limpou logo os pincéis e os deixou de molho.

Estava esperando o elevador quando Markie surgiu ao seu lado. Embora ele não achasse que fosse uma coincidência, forçou-se a ser simpático.

— Está indo para Amagansett?

Ela revirou os olhos.

— Cá entre nós, eu preferia ir para casa e cair na cama.

As portas do elevador se abriram com um baque surdo e eles entraram.

— É exatamente o que estou pensando em fazer — disse ele.

Como se tivesse acabado de ter a ideia, Markie perguntou de forma casual:

— Escute, quer uma carona?

— É muita gentileza sua, mas estou indo para o West Side.

Ele percebeu que Markie Aaronson, filha única de Julius Aaronson III, não estava acostumada a aceitar um não como resposta.

— Não tem problema. A essa hora da noite tudo fica a dois minutos de distância.

Ian ficou sem saída.

— Bem, neste caso, eu agradeço.

Os dois desceram juntos até a garagem e, minutos depois, seguiam para o sul da Park Avenue no pequeno Mercedes esportivo e conversível de Markie — sem dúvida, um presente dos pais.

— Para onde? — Ela levantou a voz acima do barulho do trânsito.

— Vigésima com a Nona — disse ele.

— Bom lugar. Bem artístico.

— Arrumei o apartamento emprestado com um amigo. — Ty, ex-colega de quarto da faculdade, estava passando o verão na Europa. Um golpe de sorte, já que Sam deveria estar acostumada a lugares melhores do que aqueles que ele poderia bancar por conta própria.

— Você é da Califórnia, não é? — Ela dirigia rápido demais, exatamente como ele imaginava que fizesse tudo na vida. Alguns quarteirões adiante, o arco da Grand Central surgiu como uma linha de chegada.

— Sou de uma cidadezinha ao norte de Santa Barbara.

— Conheço a região. Meus avós têm uma casa em Big Sur.

— Você vai muito para lá?

— Para falar a verdade, estou indo para lá no final do mês.

Por causa do tom exageradamente casual com que ela falou, Ian suspeitou que Markie tinha acabado de ter a ideia. Por que dissera a ela onde morava? Ela ficaria em cima dele agora. De repente, ele se sentiu impaciente para encontrar Sam.

Eles estavam virando para a Vigésima quando ele a avistou saindo de um táxi. Ela ergueu os olhos, franzindo-os por causa das luzes do farol do Mercedes, e abriu um sorriso.

— Alguém que você conhece? — Markie estacionou atrás do táxi.

— Uma amiga. — Ian lhe lançou um sorriso distraído ao sair do carro. — Escute, obrigado pela carona.

Em seguida, saiu correndo para se encontrar com Sam, já com os braços abertos, como se para abraçar o mundo. Ele a segurou, tirando-a do chão com a força do seu abraço. Os cabelos dela roçaram em seu nariz e ele sentiu os botões da blusa dela — pequenos círculos gelados fazendo pressão sobre a malha fina de sua camiseta.

Ele se afastou, segurando-a com o braço esticado.

— Você está maravilhosa.

— Mentiroso. Estou horrível.

— Viagem ruim?

O sorriso dela se desfez.

— Das piores. Por um momento, eu não sabia se conseguiríamos chegar. — Então ele percebeu que ela estava um pouco pálida. Seria somente por causa da viagem de avião?

Ian acariciou-lhe a face.

— Falta só mais um pouco. Falei para você que é uma subida e tanto?

— Vim de tão longe que acho que consigo subir alguns lances de escada. — Ela se abaixou para pegar a mala, mas ele a pegou antes dela. Havia algumas coisas com as quais ela teria de se acostumar.

Ele indicou o caminho por um lance íngreme de escadas. Ty falava do lugar como um achado, mas ele era mais bonito à noite, quando não dava para ver os pedaços de verga que faltavam nas portas e janelas, e as rachaduras que se espalhavam pelo emboço. Ele lhe lançou um sorriso sem graça assim que pisaram no vestíbulo pequeno e mal iluminado.

— Eu te falei que não era o Ritz.

Sam deu a risada espontânea de uma mulher que ficaria igualmente satisfeita com manteiga de amendoim e cream crackers ou com caviar.

— Não tenho a menor intenção de examinar os dentes do cavalo que ganhei de presente. Contanto que tenha água corrente, está tudo bem. Estou louca por um banho.

— Por aqui, madame.

No segundo patamar, ela parou para perguntar:
— Ela é alguém que eu deveria conhecer?
— Quem?
— A moça com quem você estava agora há pouco.

Ele percebeu uma pontinha de preocupação em sua voz e deu-lhe um sorriso que esperava que a tranquilizasse.

— Ela? É só uma moça que trabalha no mesmo prédio que eu. Me encontrei com ela na saída. — Ian perguntou-se por que não tinha dito a verdade. Que diferença fazia o fato de Markie ser a filha do patrão?

Momentos depois, ele estava abrindo a porta do apartamento. Eles entraram na sala de estar iluminada apenas pela luz pálida que chegava da rua. Ele pôs a mala no chão e abraçou-a mais uma vez, enterrando o rosto em seus cabelos.

— Senti falta do seu cheiro.

Ela se afastou com uma risadinha.

— Escute aqui, quem ouve você falando vai achar que não nos vemos há anos.

— É o que parece. — Ele lhe analisou o rosto à meia-luz, seus traços, seus olhos verde-acinzentados reluzentes. — Estou feliz por você ter vindo. Fiquei com medo de que tivesse mudado de ideia.

Ela sorriu.

— Também estou feliz.

— Eu gostaria que você ficasse mais tempo.

— Eu gostaria que você fosse para casa comigo.

— Falta só mais uma semana, se tanto. Vou voltar para casa antes que você perceba. — Ian ligou a luz da sala. — Já tenho tudo planejado. Amanhã vamos fazer um tour pela cidade. Você não terá visto nada até subir ao topo do Empire State. Depois vamos jantar aqui no bairro mesmo. Tem um ótimo restaurante japonês aqui perto. Você gosta de sushi?

Sam não estava nem ouvindo; corria os olhos pela sala, que era pequena mas muito charmosa com suas venezianas de madeira e lareira antiga de mármore.

— Eu não estava esperando nada assim tão bonito.

— O sótão do artista faminto estava ocupado.

Ela pareceu ficar meio sem graça.

— Não foi o que eu quis dizer.

Ele abriu um sorriso.

— Sei que não. — Ian foi para a cozinha, que ficava num canto; na verdade, ela era pouco maior que um armário. — O que posso te oferecer? Água, vinho, refrigerante?

— Vou querer tomar aquele banho, se você não se importar.

— O banheiro é todo seu. — Ian a pegou levemente pela cintura assim que ela passou por ele, beijando-a no nariz. — Não demore. — Ele jamais quisera tanto fazer amor com uma mulher.

Ele ouviu o barulho do chuveiro no final do corredor e, minutos depois, Sam estava espiando pela porta, a cabeça enrolada numa toalha. Isso era outra coisa que ele gostava nela. Ela era a única mulher que ele conhecia que não ficava horas no banheiro.

— Posso pegar o seu roupão emprestado? Esqueci de trazer o meu.

— Deixe-me olhar para você antes. — Ian entrou no banheiro apertado.

Sam ficou um pouco assustada, mas não protestou quando ele a puxou para os seus braços, pressionando-a com delicadeza contra a pia. O vapor o envolveu como uma mão quente. No armarinho acima da pia, o reflexo deles era uma mancha indistinta. Ele passou a mão por baixo de sua toalha, que caiu formando uma poça azul-marinho no chão.

Os olhos de Sam buscaram os dele, e ele viu o que sempre vira, aquele leve tremor de insegurança, a voz da mulher mal-amada perguntando: *É verdade? É mesmo possível este homem me querer?* Ian não saberia por onde começar. Ele não apenas a queria; ela era *tudo* o que ele sempre quisera.

Deixou então que suas mãos e sua boca lhe dissessem isso.

Sam jogou a cabeça para trás, os cabelos molhados descendo pelos ombros. A água escorrendo pela curva dos seios. Ian abaixou-se para estancá-la com a língua. Tinha um sabor doce, como água da chuva. Ele apertou a cabeça contra o pescoço dela. Ela cheirava a xampu e sabonete... e ao seu próprio perfume feminino. Deus do céu, como algum dia poderia abrir mão daquilo?

— Eu quero você — murmurou ele.

— Aqui?

Ela se fingiu escandalizada, mas, quando ele enfiou as mãos entre suas pernas, ela estava molhada. Sam gemeu e as afastou. Ian, excitado, pôs-se a abrir o cinto, atrapalhando-se como se fosse um adolescente. Mais tarde passariam horas lentas e demoradas fazendo amor. Se não pudesse tê-la naquele exato momento, naquele minuto, ele enlouqueceria.

Diga a ele, sussurrou uma voz. *Diga a ele agora.*

Mas as palavras não vinham. Ela mal podia respirar. Sam sentou-se na pia e passou as pernas pelos quadris de Ian. Foi estranho, mas eles conseguiram dar um jeito. Ela sentiu a porcelana fria em forte contato com as nádegas quando ele a penetrou. Ah, meu Deus...

Então tudo o que havia era a respiração quente dele se misturando ao vapor, seus braços e peito brilhantes por conta da umidade, o corpo dele se arremetendo contra o dela. Ela o agarrou pela cintura. Os cabelos tímidos dele colados em seu rosto. Sam podia ver o reflexo deles tremeluzindo nos azulejos molhados atrás de Ian. Ela apertou os olhos e se esforçou para não pensar em nada.

Os dois gozaram com uma diferença de segundos, a força dos movimentos de Ian empurrando as costas dela com força para trás. Ela sentiu o choque frio da torneira nas costas e teria escorregado e caído se ele não a tivesse segurado. Ele a segurou firme por um momento, antes de, gentilmente, soltá-la aos poucos.

Eles se entreolharam ofegantes em meio ao vapor que subia lentamente. Um líquido quente escorreu pelas coxas de Sam e, de repente, ela soube que o que queria dizer não podia esperar. Precisava lhe contar *naquele momento*.

— Ian — disse ela. — Estou grávida.

Ela havia acabado de descobrir. Até mesmo enquanto falava, aquilo não lhe parecia real.

Sam viu a mesma expressão incrédula no rosto de Ian. Ele deu um passo para trás e, por incrível que pareça, abriu um sorriso — o sorriso bobo de um homem em estado de choque.

— Você está de brincadeira, não está?

— Sinto muito, mas não estou.

O sorriso bobo se desfez.

— Não estou entendendo. Achei que...

— Eu também. Mas, pelo que parece, eu estava errada.

— Meu Jesus. — Ian esfregou o rosto com a mão aberta.

Sam sentiu um frio súbito.

— Isso é tudo o que você tem a dizer?

Ian estendeu as mãos, num gesto suplicante.

— Desculpe. Olhe, nós vamos... nós vamos dar um jeito.

Ela sacudiu negativamente a cabeça.

— Aborto está fora de questão.

Tinha pensado nisso, é claro, por dois minutos. Mas como poderia levar tal ideia adiante, sabendo o que significava ser mãe? Pensando nas duas filhas e em como sua vida teria sido sem *elas*?

Um silêncio pesado fez-se presente. Tudo o que se podia ouvir eram as gotas que saíam do chuveiro e o som distante de uma música vinda do apartamento de baixo. Ian tinha a expressão de alguém que levara um soco inesperado e, quando falou, foi com a voz faltosa de um homem que tinha envelhecido vários anos no espaço de tempo de um minuto.

— Então teremos o bebê — disse ele.

— Você não parece muito animado.

Ele fechou os olhos.

— Me dê um tempo, Sam. Estou fazendo o melhor que posso.

— Eu sei. — Sua voz se suavizou. Ela queria dizer alguma coisa para tranquilizá-lo, mas não tinha palavras. Não se tratava de um problema ou até mesmo de uma doença. Estes eram reversíveis. A gravidez não.

Ele é apenas um garoto, sussurrou uma voz em sua cabeça. *O que você queria?* Lembrou-se da bela jovem no Mercedes conversível. *É com ela que ele deveria estar*, pensou. *Alguém da idade dele, alguém com todo o tempo do mundo para criar uma família... ou para esperar.*

— Aconteça o que acontecer — disse ele —, estamos juntos nessa.

Esse foi o tipo de frase que ela teria esperado de Martin: extremamente vã. Ao mesmo tempo, não sabia o que ele poderia ter dito para tranquilizá-la. Tudo o que ela queria era alguma coisa, qualquer coisa, firme, precisa, como instruções claras impressas no interior de uma caixa, dizendo-lhe como agir.

Cansada demais para continuar, puxou o roupão dele do gancho na parede e o vestiu. Quando ele se aproximou para abraçá-la, ela o recusou com gentileza.

— Agora não — disse a ele. — Mais do que qualquer outra coisa, eu preciso de uma boa noite de sono. — Ela abriu a porta e foi para o corredor.

Ian permaneceu imóvel após a saída dela, os olhos fixos no próprio reflexo no espelho — reflexo de alguém que ele não conhecia. Queria ir atrás dela, mas a postura de Sam deixara claro que não estava interessada em nada que ele tivesse para lhe dizer — pelo menos não naquele momento. De alguma forma, ele tinha fracassado. Não sabia em que, e talvez isso não importasse. A única coisa que importava, a única coisa que sabia, era que precisava encontrar uma forma de agir certo.

Um bebê.

Meu Jesus.

A realidade surgiu impiedosa. Estaria pronto para isso?

Naquele momento, Ian viu a si mesmo como Sam devia vê-lo: jovem, desimpedido e tão longe da paternidade quanto um homem poderia estar. Mas ele não era como o pai. Também não era fruto de sua infância.

Nós precisamos conversar, pensou. *Não amanhã ou na semana que vem. Agora.*

Precisava fazê-la ver que aquilo podia dar certo... tão logo ele descobrisse *como.*

Um minuto se passou, então dois. Lá estava ele, os olhos apertados, segurando-se firme na borda da pia como um homem sentindo dor. Por fim, foi para o corredor e chamou baixinho:

— Sam?

Nenhuma resposta.

A porta do quarto estava fechada. Ele bateu e, como não obteve resposta, entrou.

Ela estava com o seu roupão, atravessada na cama e em sono profundo.

Capítulo Sete

— Você precisa de botas, por exemplo — disse Laura, categórica.

— Não precisa se incomodar — retrucou Finch. — Estou bem com o que tenho. — Sua voz traía um tom desafiador, que Laura reconheceu pelo que realmente era: um medo atroz.

— Você parece a Maude.

A boca que raramente sorria esboçou um sorriso tímido.

— Eu *gostaria* de umas calcinhas.

Bem, isso pelo menos já é algum progresso, pensou Laura, que levara praticamente toda a manhã e quase precisara de um decreto parlamentar para convencer Finch a sair para aquela expedição às compras. Ela insistia em dizer que não precisava de nada além do que já tinha e das calças velhas que Laura lhe dera. Mas as duas sabiam que aquilo representava muito mais do que roupas novas e um par de botas do seu tamanho: aquilo era mais ou menos o início de alguma coisa, um compromisso subentendido.

Quando passaram pela antiga missão a caminho do Rusk's, Laura fez uma lista mental. A menina precisava de várias calças jeans, algumas camisetas e blusinhas, um vestido para ocasiões especiais e alguns suéteres para quando o tempo começasse a esfriar. Considerando, é claro, que ainda estaria por lá.

Essa é uma questão que só Deus pode responder, não é?

Laura não estava mais perto da resposta do que há um mês. Ainda não sabia quase nada sobre Finch. A única informação que ela lhe dera de livre e espontânea vontade era a de que vinha de Nova York e que seus pais haviam falecido. Quando Maude lhe perguntou gentilmente sobre outros membros da família, ela se fechou. Outras tentativas de fazê-la se abrir se revelaram inúteis.

Uma coisa era certa: não poderiam continuar daquele jeito indefinidamente.

Estavam passando em frente à livraria, quando Laura arriscou perguntar:

— Você chegou a pensar em estudar?

Parecia que o animal selvagem que ela vinha alimentando há meses na mão, de repente, tivesse sentido o cheiro do perigo. A reação de Finch foi imediata e visceral; Laura quase pôde vê-la se encolher assim que seus músculos se contraíram e seu pescoço afundou entre os ombros.

— Não — respondeu, os olhos fixos no chão.

— Você sabe que precisará fazer matrícula — disse Laura, com uma casualidade estudada. — Não precisa ser nada permanente. Só... bem, só até você decidir o que quer fazer.

— Não preciso fazer nada que eu não queira. — Finch lembrou-a de que tinha dezesseis anos e poderia agir como bem entendesse.

— E quanto à faculdade?

Finch lançou-lhe um olhar desconfiado. Claramente, faculdade nunca fizera parte de seus planos.

— O que é que tem isso?

— Se você tirar boas notas, pode conseguir uma bolsa.

— Ah, tá. — Finch estava com aquela aparência de novo: aparência de quem achava mais fácil não ter esperanças do que arriscar vê-las frustradas.

— Estou falando sério — continuou Laura. — Se suas notas e suas médias forem boas, não vão faltar faculdades loucas para tê-la com aluna.

Finch encolheu os ombros.

— Minhas notas são terríveis.

— Poderíamos dar um jeito nisso — disse Laura. — Sempre fui boa em matemática. E a Maude... bem, você sabia que ela dava aula de inglês para o ensino médio?

Isso a impressionou.

— Por que ela nunca disse nada?

— Ah, você conhece a Maude, sempre escondendo quem realmente é. — *Como alguém que conheço, pensou.*

Algo há muito tempo enterrado despertou para a vida nos olhos de Finch.

— Tirei B menos em inglês no segundo ano.

— Nada mal.

— Não entreguei todo o dever de casa no prazo, mas quando fiz um trabalho sobre *Silas Marner* a professora deve ter gostado, pois me deu A.

Laura sorriu. Ela não se lembrava de nada do livro sobre o qual também tinha feito um trabalho no ensino médio, mas, de repente, sentiu-se grata pelo bom e velho Silas.

Aquilo a lembrou de mais outra coisa: a transferência. Finch precisaria disso para se matricular.

Primeiro uma perna, depois a outra. Por ora, bastava que o sol estivesse brilhando, que o céu não tivesse despencado e que, naquele belo sábado de julho, elas poderiam ter passado por mãe e filha saindo numa expedição às compras.

Quando passaram em frente a Lickety-Split, Laura cumprimentou um casal que conhecia da Associação Protetora dos Animais. Inez e Sue estavam reunindo as crianças do lado de fora — dois garotinhos, cada um segurando uma casquinha com sorvete escorrendo. Um era adotado, o outro era filho de Sue por inseminação artificial. *Coisa de maluco*, Peter costumava falar com desprezo. Mas Laura ficava encantada com os diversos tipos de família — como aqueles quadros que aparentam ser de um jeito até que você os olha de perto e vê algo completamente diferente. Os filhos de Sue e Inez, além de serem adoráveis, pareciam tão enquadrados quanto qualquer outra criança.

— Elas são lésbicas, não são? — perguntou Finch, quando não podiam mais ser ouvidas.

— Até onde sei, são — disse Laura. — Mas elas não ficam por aí fazendo propaganda.

— E... tudo bem?

— Tudo bem em que sentido?

— É... as pessoas daqui aceitam isso numa boa?

Laura encolheu os ombros.

— Claro. Por que a pergunta?

— Eu só estava pensando.

Laura olhou pelo canto dos olhos para Finch. Seria aquela a sua forma de perguntar se ela também se enquadraria? Uma menina completamente sozinha no mundo, sem passado e, aparentemente, sem futuro, que talvez não tivesse sido aceita em nenhum outro lugar. Laura sentiu vontade de confortá-la, mas não queria assustá-la. *Um passo de cada vez...*

Elas viraram a esquina para a Espina Lane. Rusk's — o que em Carson Springs mais se assemelhava a uma loja de departamentos — ocupava o que uma vez fora a fachada de várias lojas geminadas. No mercado há quase tanto tempo quanto a Delarosa, a loja ainda era administrada pela família Rusk. Laura abriu a porta e elas entraram na friagem do ar-condicionado.

O interior da loja era praticamente o mesmo desde quando ela era criança: roupas masculinas e femininas de ambos os lados; sapatos, cintos, bolsas e bijuterias formando os corredores centrais. Na seção infantil, no piso superior, ficava uma balança antiquada que ditava os tamanhos, e nas terças e sábados você podia levar as facas de cozinha para serem afiadas na seção de utilidades domésticas, no piso inferior. Na seção de brinquedos, na época do Natal, o bom Avery Lewellyn, vestido de Papai Noel, acolhia as crianças em seu colo gorducho.

— Por que não começamos pelas botas? — sugeriu Laura.

A seção de calçados ficava nos fundos. Sapatos de cadarço e mocassins ficavam lado a lado nos mostruários de madeira ao longo da parede. Um medidor de pé — uma relíquia da infância de Laura — ficava no chão gasto por gerações de pés infantis. Havia até mesmo uma seção inteira de botas de montaria que iam de estilo inglês ao caubói.

— Posso ajudar? — Laura olhou para os lados e viu Andie Fitzgerald vindo na direção delas. Andie abriu um sorriso. — Laura! Oi! Eu não vi que era você. — Ela lançou um olhar curioso para Finch.

Laura lembrou-se de quando costumava tomar conta das filhas de Gerry. Andie era danada, não porque se comportasse mal, mas porque nunca parava de fazer perguntas. Por que a grama é verde? De onde vem o brilho das estrelas? Como os peixes respiram? Olhando-a agora — os olhos verdes reluzentes e os cabelos negros balançando sobre os ombros —, Laura sentiu um fluxo de emoção.

— Eu não sabia que você estava trabalhando aqui — disse ela.

— Nem eu, até a mamãe me dizer que ia cortar a minha mesada. — Andie revirou os olhos, mas não pareceu muito zangada. — Acho que ela é da opinião de que é sofrendo que a gente aprende. Sorriu para Finch. — Oi, sou Andie.

— Oi. — Finch ficou analisando um par de sapatos, fazendo disso uma boa desculpa para não olhar na direção dela. Andie, com blusa e saia caprichosamente passadas a ferro e a medalhinha de Santa Ana que ganhara em sua crisma presa a uma corrente de prata pendurada no pescoço, poderia muito bem ter lhe passado uma imagem errada, de que vinha de outro planeta, não fosse pelos seis brinquinhos minúsculos em cada orelha.

— A Finch está hospedada lá em casa — disse Laura.

Andie não se intrometeu.

— Que bom.

Finch pareceu relaxar um pouco.

— A Laura está me ensinando a cavalgar — disse, timidamente.

— Sério? Que legal!

Laura também ensinara Andie a cavalgar. E, assim como Finch, ela também tinha um talento inato.

— Por falar nisso, é por esse motivo que estamos aqui — acrescentou. — Estamos procurando botas de montaria.

— Que tamanho? — Andie ficou subitamente profissional.

— Trinta e nove — disse-lhe Finch.

Andie desapareceu rumo à sala aos fundos, voltando minutos depois cheia de caixas. Então colocou-as no chão e levantou a tampa da primeira caixa.

— Aqui estão, experimente essas primeiro. São as minhas favoritas. — Finch estava sentada em uma das cadeiras, desamarrando um tênis imundo quando Andie disse sem pensar: — Escute, estou livre amanhã. Se você não for fazer nada, talvez a gente possa dar uma volta a cavalo.

Finch franziu a testa, fixando o olhar num ponto logo atrás do ombro de Andie. Laura segurou a respiração. Então Finch disse:

— Claro. Seria ótimo. — Ela olhou hesitante para Laura. — Se não tiver problema para você.

Embora quisesse pular de alegria, Laura respondeu apenas:

— Você está brincando? Isso seria um favor para mim... sem falar para os cavalos.

E assim foi. Quando Laura voltou de uma visita preliminar à seção de moda esporte feminina, as duas garotas estavam conversando bem à vontade. Ela recitou uma pequena oração de graças.

Decorrida uma hora, sacolas nas mãos, Laura e Finch foram para o Casa da Árvore. Estavam passando pela Loja Quill Pen quando encontraram com Tom Kemp saindo de lá. Ele carregava uma sacola com uma caixa embrulhada para presente.

Ele a levantou.

— É o aniversário da minha secretária. Comprei para ela um porta-tudo cheio de artigos para escritório. Que nota mereço pela originalidade?

— Tenho certeza de que ela vai gostar — disse Laura.

— Vamos esperar que sim. — Ele sorriu. — Como tem passado, Laura?

— Trabalhando demais, como sempre. Lembra da Finch?

— Claro. Do casamento. — Ele falou como se o fato de Finch ter entrado sem convite na festa não tivesse tido muita importância. Naquele momento, Laura teve um vislumbre de como ele deveria ter sido quando criança: o tipo que se oferecia para levar o lixo para fora e cortar a grama dos vizinhos idosos. Tom apontou para as sacolas de compras delas. — Parece que vocês duas estão ocupadas fazendo uma limpeza nas lojas.

— Tão ocupadas que ficamos famintas, é tudo o que sei agora — disse Laura com uma risada.

— Como está sua mãe? Não a tenho visto ultimamente.

Laura sentiu seu humor se alterar como se uma nuvem tivesse encoberto o sol.

— Está bem.

— Mande lembranças para ela. — Ele pareceu subitamente pouco à vontade. Teria ouvido as fofocas? Tom deu uma olhada no relógio. — Bem, é melhor eu ir andando. Tenho um encontro urgente com o barbeiro. — Piscou, dirigindo-se para a rua.

Laura observou-o ir, sentindo-se estranhamente melancólica. Se Sam tivesse se apaixonado por Tom, nada disso estaria acontecendo. Pensou na bomba que a mãe jogara sobre eles, na noite anterior, a qual Laura ainda estava se esforçando — sem êxito na maior parte das vezes — para absorver.

Sam convidara a todos para jantar — Laura, Alice e Wes —, aguardando até que a mesa estivesse limpa e os pratos arrumados dentro da lava-louças, para levar todos à sala de estar.

— Tenho algo para contar para vocês — dissera. Embora parecesse pálida, seus olhos tinham um brilho determinado. — Mas, antes, quero que saibam que o assunto não está aberto a discussões. Independentemente de como vocês se sentirem, simplesmente terão de aceitar.

Laura se preparara para o pior. *Eles vão se casar.* O que mais poderia ser? Desde que voltara de Nova York, a mãe parecia quieta e preocupada. Não exatamente uma futura noiva ansiosa pelo grande dia, mas, devido às circunstâncias, o que se podia esperar?

Laura olhou para os lados. Sua irmã tinha uma expressão de horror, enquanto Wes mal parecia preocupado ou talvez um pouco apreensivo. Ninguém poderia ter previsto o que viria a seguir.

— Vou ter um bebê — anunciou Sam.

Laura lembrava-se apenas de flashes do protesto que se seguiu. Tinha a vaga lembrança de Alice chorando e de Wes fazendo o possível para acalmá-la. Enquanto isso, ela permanecera calada, entorpecida.

Então alguma coisa se agitara em seu íntimo. Uma inveja monstruosa, verde e gotejante, erguendo-se da parte mais sombria do seu coração. *Está tudo errado*, pensou. Deus, de alguma forma, havia errado. Deveria ser *ela* a dar tal notícia. Não passara anos tentando engravidar? Submetendo-se a inúmeras consultas médicas e a tratamentos dolorosos um após o outro? Tudo isso para, no final, receber a notícia de que jamais teria um filho seu. Não fora por isso que Peter a deixara? Agora ele e sua nova esposa teriam um bebê... e sua mãe também... *ah, meu Deus*... isso era terrível demais.

Laura vinha se sentindo mal desde então, mas, naquela manhã, dera um jeito de tirar isso da cabeça. Determinada a não deixar nada estragar o seu dia, tomara o café da manhã, fizera suas tarefas, chegando até a passar na casa da vizinha, Anna Vincenzi, para lhe dar uma mão, visto que a mãe dela havia levado um tombo e não conseguia se levantar. Até que seu encontro casual com Tom Kemp trouxe tudo à baila novamente.

Finch, sentindo sua mudança de humor, passou a mão pelo cotovelo de Laura.

— Obrigada — disse. — Você não precisava ter comprado todas essa coisas para mim.

Laura animou-se, sorrindo.

— Não precisa me agradecer. Você fez por merecer.

— Como assim?

— Você ajuda nos serviços de casa. Dá água e comida para os cavalos e limpa as baias. — Laura continuou no mesmo tom corriqueiro: — Para falar a verdade, eu estou em dívida com você.

Um dos cantos da boca de Finch se curvou para baixo.

— Sou péssima na cozinha.

— Você está se esforçando. Isso é o que importa.

Laura não dava importância àquele aspecto em particular. Os desastres culinários da menina eram motivo de piada para o pessoal de casa. Duas noites atrás, ela tentara preparar arroz com atum em pasta, mas, como estavam em falta de arroz, Finch usou uma mistura pronta para purê de batata. Hector caçoou dela dizendo que eles poderiam ter aproveitado a gororoba como cola para papel de parede. Até a própria Finch teve que rir.

— Acho que vou me limitar a aquecer pizzas — disse.

Laura piscou.

— Não se preocupe. A Maude secretamente adora o fato de ser a única cozinheira decente da casa.

Elas estavam no Casa da Árvore, tomando chá gelado sob a sombra do carvalho, quando Finch perguntou com todo cuidado:

— Hum, Laura? Se a Maude estivesse com algum problema você iria me contar, não iria?

— Por que você acha que ela está com problemas?

— Às vezes eu a ouço chorar à noite.

Laura hesitou. Não tivera a intenção de excluir Finch, apenas de protegê-la. Ela já não tinha os próprios problemas para lidar?

— Acredito que ela não tenha te contado nada sobre o Elroy.

— Quem é Elroy?

— É o filho dela.

— Eu não sabia o nome dele. Só vi a foto dele na mesa de cabeceira dela. — Dobrando a embalagem do canudinho em pedacinhos, Finch ergueu o olhar, franzindo a testa. — Ele não se parece em nada com ela.

— Também não parece ter herdado o caráter dela.

— E ele é a razão dessa tristeza toda?

Laura tomou um gole do chá, pensativa. Do outro lado do pátio, o dono do café, David Ryback, estava numa conversa animada com Delilah Sims. Delilah, bela dentro de seu aspecto doentio, com pele alva, olhos tristonhos e longos cabelos negros caídos por cima dos ombros, assentia como se em solidariedade. Laura imaginou se aquilo teria alguma coisa a ver com o filho de oito anos de David, Davey, pela milionésima vez no hospital. Se os boatos que ouvira fossem verdade, o estresse também havia deixado algumas sequelas no casamento de David. Percebendo a intimidade com que Delilah pousava a mão em seu braço, Laura imaginou se ela havia desempenhado — ou viria a desempenhar — alguma parte nessa história.

Ela voltou o olhar para Finch.

— Ele anda atrás da Maude para ela ir morar com ele.

— E ela vai?

— Espero que não. — Laura balançou negativamente a cabeça. — Ela morava com ele antes de vir para cá. E, do pouco que me contou, percebi que não era exatamente nenhum mar de rosas.

Finch fechou o rosto.

— Um perfeito babaca, não é?

— Eu não o conheço... mas é, acho que é por aí.

Laura abriu um sorriso, sentindo seu humor melhorar um pouco. Sua mãe estava grávida, e ela estava prestes a perder Maude, mas também lá estava ela naquele dia gostoso de verão, apreciando uma refeição e um momento de franqueza com aquela menina que, de uma forma tão inesperada, surgira em sua vida.

— Espero que ela decida ficar — Finch disse com toda convicção. — Ela faz parte da nossa família.

Nossa? Isso queria dizer que Finch também pretendia ficar? Laura esperava que sim, pois chegara à mesma conclusão: aquela menina era a sua família. De início ela resistira, sem querer se abrir, com medo de sofrer de novo, mas agora alguma coisa brotara nela, algo tão tênue que uma mera respiração poderia dispersar.

— Concordo plenamente com você — disse Laura.

* * *

Hector estava lavando o curral quando Laura chegou de carro. Ele largou a mangueira e abriu o portão, aproximando-se devagar para cumprimentá-las.

Ele passou o dedo no capô empoeirado do Explorer.

— Como foi?

— Compramos tudo o que precisávamos.

Finch saiu correndo para dentro de casa, carregada de sacolas. Não era só com Hector; ela ficava arisca quando se via perto de qualquer homem. O mesmo acontecera outro dia com o dr. Henry. Quando o veterinário velho e rabugento fora dar uma olhada em Punch e lhe falara de uma forma meio brusca, Finch dera um pulo, como se tivesse levado um susto.

— Foi o que me pareceu. Pelo que pude ver, ela pretende ficar aqui por um tempo. — Ele olhou atentamente para Laura por baixo da aba do chapéu. — Você tem certeza de que sabe o que está fazendo?

— Não tenho certeza de nada. — Laura suspirou, fechando a porta do carro com o cotovelo. — A única coisa que sei é que ela precisa de um lar, e, no momento, este aqui é o único disponível.

— Que você tenha conhecimento. — Ele falou com brandura, mas ela captou o tom de cautela em sua voz.

Laura contou-lhe sobre Andie e sobre como as duas meninas tinham se dado bem. Contou-lhe também sobre a visita ao museu depois do almoço, onde Finch se mostrara fascinada pelo arado de madeira ali exposto, um que pertencera ao bisavô de Laura, para lavrar a terra na época da primeira plantação de laranjas do vale.

— É como se, para ela, nada nunca fosse o suficiente — disse Laura. — Sei que parece que ela está nos excluindo. Mas tenho a sensação de que ela quer fazer parte de nós. — Laura deu um sorriso fraco. — Se você tiver razão e eu estiver dando um passo maior do que a perna, não terá sido a primeira vez.

— Nem a última.

Hector abriu um sorriso. Havia poeira acumulada nas rugas bem ao lado de seus olhos e duas meias-luas de suor debaixo dos braços. Laura sentiu uma necessidade repentina e insana de arrancar o chapéu de palha batido da cabeça de Hector e colocá-lo na sua.

Certa vez, quando tinha dezesseis anos, ela entrara escondida no quarto dele, em cima da garagem na antiga casa na Blossom Drive. Ela ainda podia se lembrar muito bem de como se sentira culpada ao experimentar seu chapéu e suas botas e de apertar o rosto contra seu suéter. Como se, de alguma forma, tivesse entrado lentamente em seu corpo. Naquela época, Hector tivera pelo menos uma namorada da qual ela tomara conhecimento; ela o vira uma vez na cidade com o braço pousado sobre seus ombros — uma bela jovem chamada Theresa. E durante aquele tempo em que permanecera no quarto dele, a ideia dos dois juntos, nus, em sua cama, fez seu corpo arder numa parte que jamais conhecera calor. Laura também se imaginou nua com ele. Suas mãos brutas e morenas acariciando-lhe a pele. Sua boca na dela...

Ela se pegou enrubescida com a lembrança.

— É melhor eu dar uma olhada no Punch — disse ela, dirigindo-se para a cocheira. — Ele ainda está mancando?

— Não está mais tão mal quanto estava. — Hector pôs-se a acompanhá-la. — O dr. Henry passou por aqui enquanto você estava fora.

Laura ouviu os cavalos relinchando na cocheira. Eles conheciam o barulho do carro dela e sempre aguardavam alguns minutos até ela aparecer, mas já estavam ficando impacientes. Ela pegou um punhado de alfafa adoçada com melado que ficava no balde ao lado da porta — iguaria predileta dos cavalos.

O frescor da cocheira e seu cheiro de feno eram um alívio abençoado naquele calor. Laura viu Punch e Judy agitados nas baias e gritou:

— Calma, pessoal! Os marinheiros já chegaram à costa. — Deu a cada um uma pequena porção de alfafa. Não seria maravilhoso, pensou, se sua vida fosse tão descomplicada quanto a deles? Nenhum ex-marido. Nenhuma mãe grávida.

Ela sentiu um nó na garganta e seus olhos se encheram de lágrimas. Hector aproximou-se dela, lançou-lhe um olhar curioso e então, sem dizer uma palavra, tomou-a nos braços. *Ele sempre esteve do meu lado*, pensou ela, afundando o rosto em seu ombro, sentindo seu odor de cavalos, de poeira e de suor por causa do trabalho pesado. Será que sua carência um dia o afastaria dela?

Mas se Hector estava farto dela não demonstrava. Ele recuou para pegar um lenço limpo e dobrado do bolso. Entregando-o a ela, afastou-se novamente para analisá-la, esperando que ela lhe dissesse o que havia de errado.

— Desculpe — disse ela, com um risinho encabulado.

— Não precisa pedir desculpas.

Ela assoou o nariz, fazendo um barulho nada apropriado para uma dama.

— É a minha mãe.

— Vocês duas brigaram?

— Pior do que isso. — Laura inspirou fundo. — Ela vai ter um bebê.

Hector deixou escapar um assobio baixo e demorado.

— Isso não *é* de todo mal.

— Acho que não preciso dizer que nenhuma de nós está muito animada com a ideia. — Laura ainda não descobrira se a tia Audrey já sabia. Quando soubesse, aí é que a merda ia *mesmo* ser jogada no ventilador.

— E quanto ao pai?

— O Ian? — Ela deu uma risadinha de desprezo. — Nem sei se ele sabe. Ele ainda está em Nova York. Quando souber, talvez decida ficar definitivamente por lá.

Hector franziu a testa.

— Por que você está dizendo isso?

— Não consigo imaginá-lo muito bem como pai.

— Nunca se sabe.

— Eu sei.

Ele parecia querer defender Ian, mas tudo o que disse foi:

— É o bebê, não é? É isso que está te aborrecendo de verdade.

— Eu gostaria que ele fosse meu. — As palavras escapuliram, um soluço lhe subiu pela garganta.

Hector a tomou mais uma vez nos braços, acariciando sua cabeça e murmurando:

— *Ay, pobrecita. Está bien.*

A voz dele era como a música espanhola que ela sempre ouvia chegando pelo pátio.

— Você não sabe como é — disse ela, com a voz grossa.

— Sei o que é querer uma coisa.

Você faz alguma ideia de como eu te quero? Esse pensamento pareceu surgir do nada. Uma empolgação tímida e trêmula foi brotando dentro dela... apenas para se deparar com um muro sólido de desespero. De que adiantava pensar assim? Se Hector tivesse o mínimo interesse por ela, ela já não saberia?

Ela levantou a cabeça.

— O que você quer, Hec?

— Acho que o que todo mundo quer... ser feliz. — Ele a analisou com ternura, franzindo um pouco os olhos à meia-luz. Partículas de poeira giravam preguiçosas nos raios de sol que passavam por entre as tábuas de madeira mal encaixadas da cocheira.

Laura fechou os olhos e sentiu o coração virar uma lenta cambalhota. Se aquilo fosse um sonho, ele iria beijá-la... como tantas vezes a beijara em seus sonhos. Um beijo que lhe diria como ela era especial — não como as mulheres que ela vez por outra via saindo de mansinho do quarto dele, às altas horas da madrugada. Com os olhos fechados, balançando levemente na ponta dos pés, ela se recostou nele, encostando a testa na dele. Hector não se moveu.

Ficaram assim por alguns segundos intermináveis. Laura mal respirava, o coração emperrado como uma aspirina engolida a seco e entalada na garganta. Então, justamente quando achou que morreria se ele não a beijasse, ela sentiu a mão de Hector sob seu queixo e a pressão gentil de sua boca contra a dela. Um breve roçar de lábios, nada mais. Ele se afastou um pouco para sorrir para ela. Eles não falaram nada. O momento foi infinito, uma gangorra oscilando entre o céu e a terra. Ela lhe analisou o rosto, desejando que ele dissesse alguma coisa, *fizesse* alguma coisa para desequilibrar a gangorra. Como poderia continuar a viver sem saber o que aquilo havia significado? E se Hector apenas tivesse ficado com pena dela?

Então o momento passou e ele já estava virando as costas e voltando ao trabalho como se nada tivesse acontecido. Ela o observou revolver o feno com o forcado, colocando-o dentro das baias dos cavalos, assobiando enquanto trabalhava. Claramente, não estava pensando nela — não *daquela* forma. Laura sentiu-se exageradamente triste.

Ela se pôs a caminho da porta, o coração acelerado demais. Aproximando-se da parede onde ficavam pendurados os equipamentos para montaria, a maior parte deles velhos e gastos, embora bem lubrificados, disse baixinho:

— Obrigada, Hec.

— Quando precisar... — respondeu ele, satisfeito.

Laura estava cruzando o pátio quando ouviu o barulho de pneus sobre o cascalho do caminho de carros. Os cachorros também deviam ter percebido, pois ela os ouviu latindo dentro de casa. Ela olhou à volta e viu um Cadillac Seville azul-claro parar atrás de sua caminhonete Explorer. Sua placa personalizada e empoeirada exibia o código de um rifle: IM4NRA.

Um homem corpulento, de calça cáqui e camisa quadriculada de mangas curtas, desceu do assento do motorista, puxando o cós para cima. Laura calculou que estivesse na casa dos cinquenta anos, com seus cabelos grisalhos cortados como os de um marinheiro e pequenas partes rosadas e lustrosas de couro cabeludo à mostra. Olhando ao redor sem vê-la, ele seguiu o caminho que dava para a frente da casa.

Ela ficou com os cabelos da nuca em pé. De tempos em tempos, um viajante perdido parava para pedir informações, mas alguma coisa lhe dizia que aquele homem não era um estranho. Estava prestes a chamá-lo, quando ele pulou para a varanda e começou a bater com força na porta.

— Mãe! Sou eu, Elroy!

Laura pôs-se a correr, tendo Hector logo atrás dela. Estavam perto da casa quando a porta da frente se abriu. Maude surgiu com aparência de aborrecida.

— Posso ouvi-lo perfeitamente sem que você precise gritar — disse-lhe ela.

Elroy recuou, fumegando. Em seu queixo arredondado e boca em forma de coração, excessivamente delicada para alguém do seu tamanho, Laura percebeu uma vaga semelhança com Maude.

— Então por que diabo a senhora não respondeu às minhas ligações?

Maude fitou-o, séria.

— Você veio até aqui só para fazer essa pergunta?

— A senhora sabe muito bem por que estou aqui. — Elroy parecia para lá de irritado; como um homem cuja vida inteira fosse um fio esgarçado prestes a arrebentar. As mãos se fecharam até virarem punhos cerrados. — Pode ir arrumando as malas, mamãe. A Verna está nos esperando em casa.

Mas Maude simplesmente sacudiu a cabeça e disse, determinada:

— Sinto muito, mas não posso fazer isso, meu filho. Tenho certeza das suas boas intenções, mas estou feliz onde estou.

Ele semicerrou os olhos.

— A senhora só está fazendo isso para se vingar de mim, não é?

Ela negou, sentindo-se triste.

— É isso o que você acha? Bem, então sinto muito.

Ela claramente o pegara de jeito. Os ombros de Elroy caíram e seus punhos relaxaram.

— Ah, mas que droga, mamãe — fingiu-se de bonzinho. — Sou a sua família e a senhora sabe disso. Sou sangue do seu sangue.

— Ninguém desconfiaria disso pela forma como você age. — Maude começou a tremer, uma mulher pequena prestes a cair sob o peso dos cabelos desalinhados.

Elroy apoiou-se num pé e depois no outro, como um menino que tinha aprontado na escola.

— Escute aqui, mamãe, ninguém pediu para a senhora ir embora.

— Com você e a Verna me dando ordens todos os minutos do dia, que outra escolha eu tinha?

Elroy teve a decência de se sentir envergonhado.

— Está bem, mamãe, não vou fazer de conta que tudo foi sempre um mar de rosas. Mas somos uma família, afinal de contas. E os membros de uma família têm lá suas diferenças.

— Foi mais do que apenas diferenças.

— Mamãe, se a senhora me deixasse pelo menos mostrar como eu sinto muito...

— Obrigada, mas para mim já foi o suficiente.

Laura subiu até a varanda.

— E para mim também.

Elroy virou-se desajeitado, um forte rubor lhe subiu pelas faces flácidas. Ele mostrou os dentes num sorriso frio.

— Ora, ora, se esta não for a famosa Laura Kiley de quem tanto tenho ouvido falar...

Hector, logo atrás, pôs uma das botas sobre o degrau.

— Acho melhor você pegar o caminho de volta, meu amigo. — Laura vira aquela expressão em seu rosto apenas uma vez: quando Peter estava indo embora.

Elroy olhou para Hector como se ele fosse um verme desprezível que tivesse chegado se arrastando por baixo da varanda.

— Eu não estava falando com *você*.

Antes que Hector pudesse reagir, Maude disse com a voz cansada:

— Vá para casa, meu filho. Simplesmente... vá.

Isso foi mais do que Elroy pôde suportar. Ele agarrou a mãe com um grunhido, os dedos gordos se fechando.

— Sua velha maluca...

Um vulto esguio passou feito uma flecha por Maude. Finch. Na mão, uma faca de açougueiro que, refletindo a luz do sol, chamejou como um fósforo aceso.

— Tira a mão dela! — Seus olhos escuros estavam cravados em Elroy, mas eles não pareciam olhar exatamente para ele, e sim através dele. A faca tremia em sua mão.

O rosto de Elroy ficou estático e ele deu um passo desajeitado para trás. Escorregando com o mocassim de couro barato no degrau logo abaixo, ele balançou os braços até que perdeu o equilíbrio e caiu de quatro no chão. A visão dele com o traseiro empinado como se fosse uma pérola, quando tudo o que Finch queria era lhe passar a faca, e com alguns chumaços de cabelo aparecendo por cima da calça apertada, foi tão cômica que Laura deixou escapar uma risada de espanto.

O momento ficou suspenso no ar.

Após o que pareceu uma eternidade, a menina desceu a mão até o quadril e piscou, olhando para a faca como se não soubesse ao certo como ela havia parado em sua mão. Em seguida, com um grito baixo, atirou-a nos arbustos logo abaixo e saiu desabalada pelos degraus, deixando todos para trás.

Capítulo Oito

Finch não havia chegado muito longe quando ouviu o barulho do motor do carro. Ela se enfiou num emaranhado de folhagens ao longo do acostamento e espiou atentamente quando a caminhonete Explorer verde-escuro de Laura passou a toda velocidade. Seu coração batia forte; estava quase passando mal de tanto medo. Medo não apenas de ser pega, mas de não ser. Talvez, pior do que ser presa, seria passar anos se escondendo, com medo de que alguma coisa ruim pudesse lhe acontecer. Seria tão fácil voltar atrás. Tudo o que tinha a fazer era seguir as próprias pegadas — por uns dez, doze metros, no máximo. Finch olhou desejosa para a estrada, para onde ela fazia a curva como um dedo lhe apontando a direção da casa de Laura. Uma nuvem pálida de fumaça deixada pelo Explorer estava suspensa no ar como uma respiração presa.

Você pode confiar nela. Ela vai te ajudar.

Mas e se não ajudasse? E se, em vez disso, Laura a entregasse à polícia? *Eles vão pensar que fui eu que matei aquele sem-teto.* Não, ela não poderia correr o risco. Mesmo se a polícia não a prendesse, haveria interrogatórios, telefonemas, um rastro levando-a de volta ao Brooklyn — e a Lyle.

Imagens fragmentadas passaram rapidamente pela sua cabeça em flashes claros e estroboscópicos. Linhas vermelhas escorrendo devagar por uma camiseta de malha canelada. Olhos se revirando. Um pé se debatendo no chão nos últimos momentos de agonia antes da morte. Finch levou as mãos às têmporas, apertando-as até doerem, tentando expulsar essas imagens de sua mente. Outro carro, um Cadillac azul espaçoso, passou correndo espalhando cascalho para os lados. Ela teve o vislumbre do filho de Maude ao volante, o rosto vermelho e fechado como um punho cerrado. Aguardou até não conseguir mais ouvir o barulho do motor e então saiu, pé ante pé, detrás da folhagem.

Para onde agora?

Finch olhou à volta. Colinas relvadas — colinas que ela passara a conhecer no lombo de um cavalo — se estendiam de ambos os lados, até onde alcançava a vista. Não seria fácil alcançá-las por ali. Havia um problema, no entanto: ela não sabia que direção tomar. A estrada que levava à rodovia ficava por ali, não ficava? Ela olhou para o oeste, protegendo os olhos do sol poente. Qualquer que fosse o caminho, achou ela, acabaria chegando lá.

Um pouco adiante na estrada, encontrou uma passagem que um animal de tamanho considerável havia cavado por baixo de uma cerca. Espaço suficiente para ela passar. A menina experimentou o gosto da terra e sentiu a camiseta ficar presa no arame... então se viu livre.

Ela saiu num pasto íngreme com carvalhos e arbustos e começou a subir a colina, fazendo careta cada vez que pisava com os chinelos de borracha em cima de pedras e galhos que lhe machucavam a sola dos pés. No meio do caminho colina acima, pisou em alguma coisa pontiaguda. Soltando um grito, tropeçou e caiu, acabando de quatro em cima do capim afiado. Por vários e demorados segundos, ficou onde estava, com um soluço entalado na garganta, até que as mãos e os pés pararam de latejar. Trêmula, ela se pôs de pé com dificuldade. Então um desespero fez-se presente.

Não pense nisso.

Caso se permitisse pensar no que estava fazendo, não conseguiria seguir adiante. Era tudo culpa sua. Ela havia ferrado com tudo. Baixara a guarda, deixara-se envolver. Com Laura e Maude. Até mesmo com Hector. Tinha começado a pensar neles como...

Um lar.

Ah, já conhecia bastante os outros tipos de lares. Lares Adotivos, assim eram chamados, o que era apenas um nome fantasioso para quando ninguém te queria. Eles nunca duravam muito. Pessoas como os St. Clair, que sentiam muita satisfação ao descontar os cheques que recebiam do condado, mas que ficavam contrariadas ao ter que lhe servir uma asinha extra de galinha. Shirlee e Lyle não tinham sido os piores. Apenas os últimos.

Com Laura, ela havia encontrado algo que conhecera somente ao lançar olhares sequiosos para as janelas acesas: um lugar no qual as pessoas te queriam simplesmente por *querer*. Sentiria saudade do rangido da cama de Maude quando ela se virava na cama. De Laura, no centro da arena, gritando: *Calcanhares para baixo, dedos para cima! É isso aí, garota!* Podia vê-los em volta da mesa na cozinha grande e ensolarada, um passando o sal e a pimenta para o outro, todos falando juntos.

Naquele exato momento, ela estaria cuidando dos cavalos para lhes dar suas cenouras noturnas. Primeiro para Punch; ele era o mais guloso. Então para Judy, mais delicada, relinchando baixinho enquanto aguardava sua vez. Finch pensou em seus focinhos aveludados contra a palma de sua mão, no frescor que cheirava a terra dentro da cocheira. Sentiria falta de cavalgar também — da curvatura confortável da sela, das rédeas em suas mãos, da sensação maravilhosa de que ali, finalmente, havia alguma coisa na qual ela era *boa*. Lágrimas brotaram e escorreram pelas faces da menina.

Lembrou-se de Andie, a garota que trabalhava na Rusk's — sua primeira quase amiga. Elas iriam andar a cavalo no dia seguinte. Agora, isso também tinha ficado para trás.

Se pensasse demais no assunto, não conseguiria seguir em frente. A gentileza de Laura. A compreensão tácita de Maude. Elas sabiam exatamente até onde ir sem fazer com que ela se sentisse desconfortável. Pela primeira vez na vida, experimentara o sentimento de *fazer parte* de uma família.

A subida relvada ficou indistinta. A menina piscou com força e ela voltou ao foco. Pegou-se pensando na sra. Keyes, sua mãe adotiva quando tinha doze anos. Uma vez ela chegara em casa com o nariz sangrando após ter apanhado de três meninos do sexto ano, e a sra. Keyes, uma mulher corpulenta e de cabelos dourados com um sorriso que jamais chegava até os olhos, simplesmente lhe dera um lenço de papel e mandara que ela parasse de chorar. *Não adianta chorar sobre o leite derramado*, dissera, sua expressão favorita junto com: *Ter pena de si mesma não vai ajudar em nada.*

A menina se sentiu trespassada por um sofrimento que, de tão agudo, era quase palpável. Ela levantou o rosto para as montanhas distantes — Monte do Cacique Deitado, Ninho da Lua, Pico de Toyon — que abriam caminho ombro a ombro até o céu alaranjado. Ansiara tanto tempo por aquilo que aquele lugar já era tão parte dela quanto a cor de seus cabelos, ou quanto o dedinho torto no seu pé direito: uma casa sua. E agora, justamente quando podia praticamente senti-la ao alcance das mãos, ela se fora.

Ela afastou o pensamento, enxugando as lágrimas do rosto. *Ter pena de mim mesma não vai ajudar em nada.* Tinha de olhar para a frente agora; ver para onde iria de forma a não ser pega.

Ela chegou suando e sem fôlego ao topo da colina. Mas tudo o que viu foram mais colinas se desenrolando adiante. O único sinal de moradia era o convento murado que ficava do outro lado de um bosque muito denso. Nossa Senhora de Wayside. Suas freiras eram famosas pelo mel que produziam, assim lhe dissera Laura. Elas também levavam uma vida muito reclusa; não se importariam com ela.

Ela ouviu o leve correr de um riacho e seu olhar foi atraído para o bosque abaixo. Poderia deitar-se ali até escurecer, quando haveria menos chances de ser pega. Com cuidado, começou a descer o morro. O sol quase tocava o horizonte, deixando a encosta tigrada, listrada de sombras — uma hora em que ela estaria pondo a mesa para o jantar, enquanto Maude estaria mexendo alguma coisa no fogão. Finch sentiu um nó na garganta e precisou parar mais de uma vez para tomar fôlego.

Quando chegou ao bosque, deixou-se cair sob um carvalho com os galhos tão grossos quanto o próprio tronco. Estava surpresa de como se sentia cansada; não fora tão longe. Nas caminhadas com Laura, podia andar quilômetros sem se sentir com o fôlego tão curto.

Fechou os olhos. Descansaria somente até escurecer. Então seguiria para o oeste, rumo à rodovia. Quando chegasse lá, pediria carona.

Antes de pegar no sono, imaginou-se tomando banho na banheira funda e de pesinhos, na casa de Laura. Lágrimas surgiram por baixo de suas pálpebras fechadas e, em seu estado de semivigília, as últimas semanas mais lhe pareceram um sonho — um belo sonho do qual ela jamais quisera acordar.

Ela passou horas dormindo no chão, encolhida de lado, a cabeça recostada na dobra do braço e o polegar lhe tocando de leve a boca. Não viu o sol se esconder atrás do topo das colinas, nem ouviu o piado dos bacurais nos galhos acima de sua cabeça. Tampouco viu o guaxinim norte-americano que parou para tomar água do riacho e levantou a cabeça para farejar o ar antes de sair sem ser perturbado.

Por volta de meia-noite, ela acordou sobressaltada com o estalo seco de um galho. Pôs-se rapidamente de pé, confusa e desorientada, o coração acelerado. Não conseguiu ver nada de início, apenas a escuridão. Então algumas formas ao seu redor começaram a se materializar. Um galho caído, as pedras reluzentes do riacho. Nos arbustos, na margem oposta do riacho, um movimento rápido lhe chamou a atenção.

Ela ficou estática, a respiração entalada na garganta.

Um urso? Laura a alertara para ficar atenta, mas Finch não a levara muito a sério. Havia visto gambás e guaxinins, uma vez vira até mesmo uma cascavel. Mas a probabilidade de encontrar um urso naquelas colinas lhe parecia tão remota quanto a de encontrar um disco voador.

Então se lembrou do sem-teto que fora encontrado esfaqueado. E se o assassino estivesse lá? Finch ficou com os braços e as pernas arrepiados, cada batida de seu coração como uma tacada com um bastão de beisebol.

Mais um estalo ruidoso. Ela se deitou de bruços, permanecendo estirada no chão. Se ficasse bem quieta, ele — ou *aquilo* — não perceberia sua presença.

Devia ser um cervo. Um pequenino e inofensivo Bambi.

Mas os estalos nos arbustos estavam altos demais. Ela apertou os olhos e ficou o mais imóvel que era humanamente possível. Praticamente desejou que *fosse* um urso. Se você os deixa em paz, dissera Laura, eles normalmente vão embora. Se fosse um urso, teria mais chances do que...

Lembranças de Lyle lhe passaram rapidamente pela cabeça. Finch estrangulou um gemido baixo na garganta, lutando para não deixá-lo sair. Mais alguns vários minutos passaram arrastados até que restaram apenas o som do riacho e o chacoalhar seco das folhas no alto. Ela permaneceu imóvel até que seus braços e pernas começaram a ficar dormentes, então levantou a cabeça e olhou à sua volta. Nenhum sinal de qualquer pessoa... ou de qualquer coisa.

As batidas do seu coração reduziram o ritmo. Ela manteve a cabeça empinada, mas após mais alguns minutos sem ouvir qualquer barulho baixou-a até o chão. Não dormiria, disse a si mesma; apenas ficaria ali até que fosse seguro levantar-se e dar uma volta.

Horas depois, acordou de um sonho familiar. Estava correndo por uma casa em que corredores sem saída apareciam onde quer que ela se virasse. Algumas partes da casa eram conhecidas — a sala de estar era a da casa de Lyle e Shirlee, as escadas eram de uma escola do ensino fundamental da qual pouco se lembrava, o corredor com rostos rígidos emoldurados ao longo das paredes era do apartamento de Keyes na

Ditmus Avenue. Finch experimentou uma sensação aguçada de urgência; precisava dar o fora dali antes que alguma coisa terrível acontecesse — não sabia o quê, mas sua vida dependia daquilo. Estava estendendo a mão para pegar a maçaneta quando...

Acorde, menina, acorde.

Ela voltou lentamente à consciência, seus olhos se abrindo diante de um rosto fantasmagórico que parecia flutuar como se desencarnado na escuridão. Ela deixou escapar um ganido assustado e pôs-se logo de pé.

Uma mão bateu de leve em seu braço.

— Calma, criança — disse uma voz feminina melodiosa, não um fantasma, afinal de contas. — Você está com cara de quem ficou chocada com alguma coisa. Você a viu?

— Quem? — perguntou Finch, com a voz grossa de sono.

— Ah, a irmã Benedicta, é claro. — O rosto desencarnado se materializou no de uma freira com um hábito escuro de sarja e um véu. — Nosso fantasma residente — disse ela. — Eu mesma nunca a vi, embora haja aqueles que juram que a viram. — Um tom de alegria podia ser sentido em sua voz. Como se elas estivessem conversando enquanto tomavam chá com biscoitos. — A propósito, sou a irmã Agnes. E você, minha doce menina, quem é?

A menina ouviu a si mesma gaguejar:

— Sou... sou Finch.

— Bem, essa não é uma ótima maneira de começar o dia? — A pequena freira sentou-se nos calcanhares, jogando os quadris para trás e abrindo um sorriso tão afetuoso que Finch não pôde deixar de retribuir.

Então ela se lembrou de por que estava ali e seu coração começou a acelerar novamente.

— Que... que horas são? — Teria, de alguma forma, dormido a noite inteira?

— Altas horas da manhã, como minha mãe costumava dizer. — Irmã Agnes riu da própria brincadeira. — Gosto de dar minha caminhada pela manhã antes de ir à capela. É quando reflito melhor, quando o mundo parece uma tabuleta em branco apenas esperando que alguém escreva alguma coisa. Além do mais, você nunca sabe o que vai encontrar.

Ela sorriu alegremente para a menina, como se ela fosse o exemplar raro de uma flor ou de um pássaro com que tivesse se deparado.

— É melhor eu ir andando. — A menina estava se apoiando sobre um dos joelhos quando uma onda de tontura forçou-a a se deitar de novo.

Irmã Agnes mal pareceu notar.

— Veja você, por exemplo — continuou ela naquele mesmo tom de voz de quem estivesse tomando chá. — Quando eu te vi aqui, deitada no chão como se estivesse morta, confesso que imaginei o pior. Toda aquela história sobre o assassino. — Sua expressão se fechou por um breve momento. — E aqui estamos nós conversando como boas amigas.

— Devo ter me perdido. — Poderia confiar naquela freira? Ela falava como os policiais irlandeses que trabalhavam em Nova York, mas, com certeza, havia algo de estranho nela.

Uma mão pálida e delicada ergueu-se no ar como uma mariposa para pousar em sua face.

— Perdida? Bem, acho que esse é apenas um jeito de falar. — A freira levantou-se ainda sorrindo e estendeu a mão. — Venha. Vamos para casa.

A menina ficou parada abraçando os joelhos.

— Foi o que eu imaginei. — Irmã Agnes sentou-se ao seu lado. — Então você está fugindo? É isso?

— Acho que dá para dizer que sim.

— Posso perguntar para onde você está indo?

A menina hesitou antes de responder com uma profunda tristeza:

— Não sei.

Irmã Agnes assentiu com a cabeça, pensativa.

— Entendo. Bem, esse é outro problema completamente diferente, não é? — Olhos azuis despontaram atentos de um rosto composto por uma série de círculos: rosto em forma de lua, queixo arredondado, as faces como duas maçãs. — Há alguma coisa que eu possa fazer para ajudar?

— Acho que não.

— Talvez *haja* e você apenas não saiba.

A menina ficou tensa.

— Não acredito em Deus, se é a isso que a senhora se refere.

Irmã Agnes não pareceu chocada.

— Não se preocupe, criança — disse ela. — *Ele* acredita em você. — A irmã passou o dedo na cruz de prata que trazia pendurada no pescoço. — Ah, sei que nem sempre isso parece verdade. Algumas vezes pensamos que não há como Deus nos amar. Veja o meu caso, por exemplo. Parece que tenho o hábito de roubar coisas. Num minuto estou olhando para alguma coisa... e, no minuto seguinte, sei que estarei saindo da loja com aquela coisa dentro do bolso. — Irmã Agnes deu um suspiro. — Bem, como você pode ver, nenhum de nós é perfeito, mas isso não é motivo para perdermos a esperança.

Uma coruja piou, produzindo um eco lamentoso.

— Eu fiz... fiz algumas coisas das quais não me orgulho — disse a menina.

Irmã Agnes deu umas palmadinhas em seu joelho.

— Que tipo de projeto seríamos para Deus se agíssemos como santos o tempo todo? Ele com certeza teria que encontrar outro hobby.

A menina abriu um sorriso tímido.

— Como observar os pássaros?

— Eu diria mais como criar abelhas. Alguma coisa que tenha um ferrão. — Ela deu uma risadinha. — A propósito, é por isso que a nossa querida irmã Benedicta, falecida, é famosa. Não fosse por ela, nós jamais teríamos descoberto a nossa outra vocação.

— O mel?

— Isso. O que me faz lembrar... — Irmã Agnes pôs-se de pé, espanando as folhas de sua saia. Uma mulher robusta com o corpo tão redondo quanto o rosto. — Que você deve estar com fome. Venha, vamos comer alguma coisa.

A menina olhou para ela, na dúvida.

— Tem certeza de que não há problema?

— E por que haveria se temos mais do que o suficiente por aqui? — Se Finch estava se referindo a algo além do café da manhã, irmã Agnes parecia não estar percebendo. Dessa vez, quando estendeu a mão, a menina a segurou firme. — Pelo que parece, você também vai querer a ceia de ontem à noite.

De repente, dando-se conta de que estava faminta, Finch pôs-se a andar calada atrás da irmã.

Laura estava se levantando da cama, ainda sonolenta, quando ouviu o barulho de um carro chegando. Ela se precipitou para a janela da sala de estar e olhou com atenção para fora. Na noite anterior, como Finch não havia voltado para casa, ela telefonara para um velho amigo policial. Ela sabia que Ernie seria discreto. Ele ficaria de olho sem fazer disso um caso de âmbito federal. Depois do incidente com Elroy (que ela não viu motivos para comentar), ela não estava disposta a correr riscos.

Mas não era uma viatura policial que estava chegando. Laura saiu para a varanda, protegendo os olhos contra a claridade da manhã. Uma freira estava atrás do volante da caminhonete VW que pertencia à ordem de Nossa Senhora de Wayside. Ela ficou confusa — as mercadorias roubadas pela irmã Agnes já não haviam sido devolvidas? — até que viu quem estava saindo do banco do carona: Finch.

Laura levou a mão à boca e mordeu a palma para não gritar. Finch começou a andar até a casa, arrastando os pés como um soldado cansado que retornava após a guerra: uma menina desengonçada, de short azul amarrotado e camiseta marrom, que havia engordado um pouco nas últimas semanas e cuja pele pálida estava agora tão morena quanto a de Hector. Parecia-se com alguém que passara a noite ao relento; suas roupas estavam sujas e seus cabelos longos, despenteados — da mesma forma como Laura a vira pela primeira vez. Exceto que, daquela vez, sua expressão era de desconfiança, enquanto agora, era de desejo de ser aceita de volta.

Laura sentiu compaixão por ela. Na noite anterior, enquanto ficara acordada temendo pelo pior, Finch deveria ter sentido o mesmo. Tudo o que pôde fazer para não sair correndo até ela foi ficar esperando com a mão na maçaneta, mal conseguindo respirar.

Finch fez uma pausa no meio da escada que levava à varanda.

— Não imaginei que você estaria de pé tão cedo. — Sua voz estava desprovida de emoção, o olhar em um ponto além do ouvido de Laura.

— Você está brincando? Passei metade da noite acordada! — Laura passou a mão pelos cabelos, esforçando-se para manter a calma. — Você nos deu um tremendo de um susto ao sair correndo daquele jeito.

Pearl escolheu esse momento para entrar bocejando na varanda. Finch agachou-se, passando os braços pelo pescoço da cadela. A velha labradora dourada abanou o rabo lhe dando as boas-vindas com uma lambida. Quando a menina levantou a cabeça, seus olhos estavam marejados.

— Sinto muito — desculpou-se.

— Bem, é bom que sinta mesmo. Ficamos mortos de preocupação. — Laura percebeu que estava quase gritando e baixou a voz. — Você podia ao menos ter telefonado para a gente saber que estava bem.

— Achei que vocês não iam querer saber mais de mim depois do que... — Ela mordeu o lábio.

— O que aconteceu com o Elroy foi culpa única e exclusiva dele.

— E se eu *tivesse* matado o homem? — Um par de olhos castanhos arregalados foi ao encontro dos de Laura por cima das orelhas douradas e sedosas de Pearl.

— Você não o matou.

Finch sacudiu negativamente a cabeça.

— Não sei o que aconteceu. Eu o ouvi gritando com a Maude... e a última coisa de que me lembro é de ter visto a faca na minha mão. — O sangue sumiu de seu rosto. Aos poucos, ela endireitou a postura e se levantou.

— Você só estava defendendo a Maude — disse Laura, com ternura. Ela se aproximou para passar o braço nos ombros de Finch. — Escute, por que não entramos? Para te dizer a verdade, estou tão feliz por você ter voltado que não consigo pensar em mais nada neste momento.

— Você quer dizer que não vai me denunciar à polícia?

— Por que eu faria uma coisa dessas?

— Você não me conhece. Não sabe o que eu já fiz.

Laura recuou para olhar séria para ela.

— Olha, vamos deixar uma coisa bem clara entre nós. Independentemente de qualquer coisa, você sempre terá um lar aqui. Mas eu só vou poder te ajudar se você também estiver disposta a cooperar.

— Você não sabe o que eu fiz — Finch repetiu num sussurro rouco.

— Sei que você está apavorada — disse Laura, com gentileza. — Também já te conheço o suficiente para saber que seja lá o que você acha que fez, isso não pode ser tão terrível assim.

A menina baixou a cabeça; Laura pôde vê-la tremendo e sentiu um medo súbito. Sentiu-se gelada também. Pensara em alguma coisa, como abuso, possivelmente abuso sexual. Mas e se isso não fosse tudo?

Então a menina levantou a cabeça e seus olhos torturados olharam para os de Laura. Numa voz que parecia vir do outro lado de um túnel, ela disse:

— Eu deixei uma pessoa morrer.

Capítulo Nove

No exato momento em que Laura tomava conhecimento da morte precoce de um certo Lyle Kruger, sua irmã mais nova, Alice, estava sentada ao lado do marido em seu Bell 430 quando ele sobrevoava o prédio da CTN no centro de Los Angeles. Era uma terça-feira, a terceira semana de agosto, um pouco mais de um mês desde que eles haviam voltado da lua de mel.

Um mês que mais parecia um ano.

Ela não podia conversar com Wes sobre a mãe, portanto falavam sobre qualquer outro assunto. No trajeto para o aeródromo, o assunto fora o problema com Marty Milnik. A bebedeira de Marty, para ser mais precisa. Ele sempre aparecia na hora marcada, sempre dava um jeito de se sair bem, mas, por baixo dos panos, a história era outra. Ele tratava mal os funcionários e, na semana anterior, chegara até mesmo a ofender uma celebridade convidada. Quando Stacey Fields, rainha da música pop para adolescentes, pôs-se de pé para que lhe retirassem o microfone, ele resmungou com a pretensão de soar engraçado: "Da próxima vez, use um vestido que caiba em você."

O estresse, isso sem falar no assunto desagradável que era sua mãe, estava lhe dando nos nervos. Ela havia até mesmo voltado a fumar. Somente um ou dois cigarros por dia — nada demais —, mas já era um sinal, um *mau* sinal.

O centro da pista de pouso assomou logo abaixo. Wes, acionando calmamente os controles ao seu lado, no assento do piloto, parecia extremamente alheio ao ronco do helicóptero, que, mesmo com o uso de fones de ouvido, era ensurdecedor.

Aquela era uma coisa com a qual Alice jamais iria se acostumar. No carro, eles teriam trocado ideias, teriam se queixado de algumas frustrações, mas, no helicóptero, ficavam limitados a diálogos curtos trocados por meio de fones, a maioria com relação ao clima e à estimativa de tempo de chegada. Ela sentia falta dos dias em que eles costumavam andar de carro. Sentia falta das longas conversas com apenas o celular para interrompê-los.

O helicóptero desceu com um balanço suave, fazendo uma aterrissagem perfeita. Ao observar Wes aliviando a mão no manche, a corrente de ar deixando seus cabelos grisalhos espetados, Alice sentiu a mesma palpitação leve de quando haviam se encontrado pela primeira vez. Aquele não era um homem comum, pensou. Wes era o tipo de patrão que os empregados imitavam mesmo quando reclamavam dele, cujas aventuras eram infinitamente mencionadas, cuja vida particular era alimento para constante especulação. Todos na CTN tinham uma história sobre Wes Carpenter, que contavam com frequência e com claro prazer. Como a época em que o magnata dos noticiários, Bryce Chesterton, tentara, com pouca prudência, assumir o controle acionário de sua empresa de uma forma hostil. Wes, ao se encontrar com ele num evento de arrecadação de fundos, mais especificamente no banheiro masculino do Regent Beverly Wilshire, o teria advertido: "Você quer mostrar até onde pode encher o meu saco. Tudo bem. Lembre-se apenas de com quem está lidando, filho."

Alice o observou pular com agilidade para a pista de pouso e dar a volta para ajudá-la a descer, segurando-a firme pelo cotovelo. Deixando o helicóptero a cargo do homem de macacão e cabelos bem curtos que vinha correndo na direção deles, os dois se dirigiram para o elevador.

Quase todos os seis prédios de dezoito andares da CTN estavam arrendados para outras empresas. No andar térreo havia um shopping center, uma praça de alimentação e ainda uma lavanderia e uma loja de consertos de sapatos. Uma brincadeira que se fazia com relação à CTN era que os funcionários podiam passar a vida inteira ali dentro sem pôr os pés do lado de fora, o que não estava muito longe de ser verdade. Wes esperava dos outros o mesmo que estava disposto a dar de si próprio. Se isso significasse uma noite em claro cobrindo uma reportagem de primeira linha, que fosse. Ele gostava de dizer que não havia construído aquela emissora indo correndo para casa todas as noites, para jantar assistindo ao noticiário das seis. Na rede de televisão a cabo, *eles* eram a notícia.

A sala da redação, no quarto andar, estava a loucura de sempre. Pessoas corriam para cima e para baixo por corredores que tinham a mesma extensão de um campo de futebol, com mesas de ambos os lados — cada uma equipada com um computador e uma TV em miniatura. Acima de um coro de vozes, telefones tocavam e teclados estalavam. Os consoles de circuito fechado do outro lado da sala de controles mostravam imagens sem som das transmissões da CTN por todo o mundo. No estúdio, com paredes de vidro, as luzes estavam acesas e as câmeras, ligadas. De onde estava, Alice tinha uma visão desimpedida da parte de trás da cabeleira loura e bem arrumada de Maureen McKinnon e do fio enroscado de seu fone de ouvido, que seu colega jornalista, o sensual Scott Ballard, gostava de brincar que era a única coisa que já tocara o pescoço branco de Maureen.

Scott e Maureen, que juntos apresentavam o *Morning Headline*, seriam seguidos pelo breve resumo de atualidades de Lars Gunderson: meia hora de frases de efeito, na maioria enfadonhas, ditas por um idiota lerda, mais interessado em ouvir a própria voz. Infelizmente, Wes tinha uma estima sem fundamento por Lars, que trabalhava com ele desde que Moisés dividira o Mar Vermelho. Numa noite dessas, após uma taça de vinho, Alice conversaria com ele sobre Lars. Enquanto isso, tinha as próprias dores de cabeça para lidar. Entre elas, Marty.

Ela seguiu pelo corredor até o seu escritório, motivo de sua primeira briga com o marido. Ele queria que ela se mudasse para um escritório maior, um que tivesse vista, mas ela insistira em ficar onde estava. Sua posição privilegiada já causara ressentimentos suficientes. Uma mudança como essa tornaria tudo ainda pior. No entanto, ficar onde estava acabou sendo uma má escolha. A não ser por um pequeno e seleto grupo de amigos, seus colegas de trabalho não deixaram de se sentir ressentidos por ela não estar tão confortável quanto poderia. Na verdade, eles ficaram ainda mais abalados.

Quando entrou no departamento, perdida em seus pensamentos, Alice teve uma visão apenas periférica de sua antiga assistente de produção, Christy Kim, debruçada sobre a sua mesa e com o telefone colado no ouvido, gesticulando agitada para ela. Fosse o que fosse, aquilo poderia muito bem esperar até que ela se sentasse, pensou. De preferência, com uma xícara de café e um cigarro.

Ao abrir a porta do escritório, Alice parou de súbito. Havia uma mulher sentada na cadeira em frente à sua mesa. Era Brandi, a esposa muitíssimo mais jovem de Marty — claramente o motivo dos gestos frenéticos de Christy. Seus olhos estavam vermelhos de tanto chorar e ela segurava uma bolinha de lenço de papel em uma das mãos.

— Você precisa conversar com ele. Dessa vez ele exagerou na violência. — Sua voz fraca não combinava com sua aparência de loura dura na queda.

O coração de Alice ficou pesado. Não precisava perguntar qual era o problema; era a mesma história de sempre. Ela se abaixou até a cadeira de Brandi.

— Você ligou para aquele número que eu te dei?

Brandi bateu delicadamente com o lenço de papel no nariz avermelhado.

— Claro que liguei — respondeu, fungando.

— O que ela disse? — Sua velha amiga Carol Avery era a encarregada das admissões no Centro de Reabilitação Betty Ford. Se havia alguém para lidar com Marty, era Carol.

Brandi começou a despedaçar o lenço no colo.

— Ela disse que eu deveria reunir todo mundo. Todo mundo da parte dele, você entendeu, bem... *todo mundo*, e todos nós diríamos para ele como a bebedeira dele nos faz sentir. — Ela sorriu, insegura. — Mas você conhece o Marty... ele *odeia* surpresas.

— Mas é *essa* a ideia.

— Ainda assim, isso me parece meio cruel. Cercá-lo assim desse jeito.

Alice bufou. Meu Jesus! Era cedo demais para começar o dia daquela forma.

— O que ele fez dessa vez?

— Nada demais... só jogou todos os móveis na piscina. — Um tom áspero e sofrido se fez presente na voz de Brandi. — Isso *depois* de também ter quase jogado o meu amigo, Jack.

Alice podia imaginar a cena como se ela mesma tivesse estado lá: Marty berrando da sacada de sua propriedade de seis milhões de dólares, enquanto jogava cadeiras, mesas, luminárias e almofadas de sofá por cima do parapeito para dentro da piscina. Ela escolheu as palavras com cuidado.

— Parece um grito de socorro.

— Ah, ele estava gritando, sim. Mas não por socorro. — Rugas apareceram nos cantos da boca de Brandi, fazendo com que parecesse anos mais velha do que os trinta e quatro que ela dizia ter.

O telefone de Alice estava piscando. Ela o ignorou.

— Escute, você gostaria que *eu* falasse com a Carol?

— Eu gostaria ainda mais se você falasse com o Marty.

Havia um brilho malicioso nos olhos de Brandi que Alice não gostava muito. Lembrou-se de que ela, a quarta esposa de Marty, trabalhara como crupiê em um cassino em Las Vegas quando os dois se conheceram.

— Não vai dar certo. — Ela brincou sem perceber com uma bonequinha de plástico em cima de sua escrivaninha: Xena, a Princesa Guerreira, um presente de brincadeira de sua irmã. — Sei disso porque já tentei. Várias vezes.

— Ele *tem* que ouvir. Você é a produtora dele.

— Não serei por muito tempo se ele não parar de beber. — Alice inclinou-se para a frente, olhando séria para Brandi. — Escute, faça um favor para nós duas. Ligue de novo para a Carol. Diga a ela que é *urgente*. Ela vai te orientar daí por diante.

A esposa de Marty lhe lançou um olhar petulante. Parecia disposta a discutir, mas tudo o que disse foi:

— Vou ver o que posso fazer.

— Se eu fosse você, não perderia tempo. — O tom de voz de Alice foi firme. — Ouvi boatos de que o programa de entrevistas do Marty vai ser cancelado.

Brandi bufou.

— Está bem, como se *isso* algum dia fosse acontecer.

— Não depende só de mim.

— Ah, vamos lá. — O olhar de Brandi foi direto para uma foto emoldurada de Wes e Alice de braços dados no Pont-au-Change, tirada no verão anterior numa viagem a Paris. — Você é casada com o chefão, não é?

— Isso não tem nada a ver com o assunto — Alice respondeu com frieza.

— Sei, com certeza. Como se eu não soubesse da verdade. Vamos lá, quem você pensa que está enganando? — A voz chorosa de menina fora substituída por aquela da crupiê antipática.

A raiva subiu pelo corpo de Alice.

— Escute aqui — disse ela. — Estou disposta a ajudar. Posso até tomar parte numa intervenção. Mas não tenho nenhuma obrigação de proteger a pele do Marty.

— É, eu sei. Isso porque você está ocupada demais protegendo a sua.

Alice se empertigou, a mão apertando a bonequinha da princesa guerreira. Ela a sentiu lhe espetando a palma como dentes pequenos e afiados.

— Não vou nem responder — disse ela.

Brandi pôs-se de pé, pedaços do lenço de papel voaram para o chão. Seu olhos, azuis demais para serem naturais, cintilaram frios.

— Você se acha mais esperta do que eu? Bem, pelo menos eu sei o que rola. — Sua boca se curvou numa expressão de escárnio. — Homens como Marty e Wes podem ter quem eles desejarem. A única forma de saber que estão ficando velhos é pelas esposas, que estão cada vez mais jovens.

Alice foi até a porta e a abriu.

— A minha proposta ainda está de pé, se você decidir aceitá-la.

Brandi passou empinada por ela, seu olhar duro observando o pequeno escritório que insistia em se manter funcional da forma como teria observado uma mão de cartas.

— Vou pensar no assunto — disse ela. Então, virando subitamente seu traseiro de menina e balançando sua crina platinada, foi embora.

— Você conversou com o Marty? — perguntou Wes.

Eles estavam sentados do lado de fora, tomando conhaque depois do jantar. A luz estava acesa na piscina, deixando o pátio com um brilho aquoso e lançando a silhueta das árvores no cânion logo abaixo. No céu, as estrelas estavam espalhadas como dados jogados de um copo sem fundo. Das portas de vidro corrediças que davam para a sala de descanso de Wes, vinha o som de Plácido Domingo cantando a ária de *La Traviata*. A única coisa que estava faltando, pensou Alice, era um cigarro.

— Ainda não — disse Alice, resmungando um pouco. — Mas eu não devia ter ameaçado a esposa dele com a possibilidade de cancelar o programa. Apesar do que ele fez, isso foi... pouco profissional.

Wes não discordou.

— Só para saber — arriscou ela, com cautela —, o que aconteceria se nós cancelássemos *mesmo* o programa? Vamos supor que pudéssemos pagar uma indenização ao Marty para encerrar o contrato dele.

— Ele daria a volta por cima. Mesmo bêbado feito um gambá, ele sempre dá um jeito.

— Eu não estava me referindo ao que aconteceria com ele.

— Eu sei. — Wes pôs o copo sobre a mesa, produzindo um tinido ligeiramente forte. Iluminado de baixo para cima, seu rosto parecia uma máscara sem olhos. — Para ser bem honesto, Alice, andei pensando se, talvez, você não seria mais feliz em outro lugar.

— Você está brincando, não está? — Uma risadinha fraca foi sumindo de seus lábios.

— Não, não estou.

— Você está me demitindo? — ela perguntou baixinho.

— Não seja tola, querida. Claro que não. — Wes tinha um tom de voz suave, até mesmo um tanto brincalhão. — Você sabe como me sinto com relação a nós dois trabalhando juntos. Não gosto de te ver magoada, seja pessoal ou profissionalmente. E vamos encarar os fatos, não é de hoje que você se sente assim, e não é só com o Marty.

Ele tinha razão, é claro, mas isso apenas piorou as coisas.

— Desde quando você decide o que é melhor para mim?

— Eu não teria falado nada se não fosse por causa do Marty.

— Eu disse *se* o programa fosse cancelado.

— Os níveis de audiência estão baixos — continuou Wes naquele mesmo tom de voz que a enfurecia. — Acho apenas que poderíamos pensar com muito cuidado qual deveria ser o seu próximo passo. Com um currículo como o seu...

Ela o cortou antes que ele pudesse concluir a frase.

— Por que — ela quis saber — sempre que você fala em *nós* para decidir um assunto está na verdade se referindo a *você*?

Ao enrolar a língua para dizer essas palavras, Alice percebeu que talvez estivesse ficando bêbada.

Cautelosa, ela tomou um gole do conhaque, esforçando-se para se controlar. A noite estava tão quente que ela havia colocado um vestidinho de seda fino que poderia passar por dentro de sua aliança de casada. Naquele momento, sentada com os pés apoiados na cadeira do marido, os dedos enroscados sob uma tira, imaginou como seu casamento havia chegado àquele ponto. Quando menina, imaginara a vida de casada como sofisticada, adulta e nunca, nunca chata. E a vida com Wes com certeza era assim. O que ela não tinha levado em consideração era o que acontecia quando duas pessoas de temperamento forte batiam de frente.

Wes franziu a testa.

— Você sabe que isso não é verdade.

— Sei? Vamos analisar os fatos. — Ela abaixou os pés e se inclinou para a frente, a lajota fria em contato com eles. — Trabalho para você. Vivo na sua casa. Gasto o seu dinheiro.

Ele pôs a mão sobre a dela.

— Cuidado — alertou-a. — Não diga nada de que vá se arrepender depois.

Ela puxou a mão da dele.

— Meu Deus, estou tão cheia disso.

— Disso o quê? — Sua voz permaneceu a mesma, mas Alice viu o vislumbre de certa rigidez em sua expressão.

— Eu não *sei*! — gritou ela. — Tudo o que sei é que, a não ser que você tenha planos de me demitir, não há nenhum *nós*. A decisão é *minha*.

— Sei.

— Você ainda não está entendendo, não é? — Alice ficou olhando para aquela máscara inflexível que, minutos atrás, fora o rosto de seu marido. Ela parecia ondular sob a luz mortiça que saía de dentro da piscina. Teria exagerado ao tentar agradá-lo? Deus sabia que qualquer uma das dúzias de mulheres na fila atrás dela já teria ficado satisfeita por apenas estar em seu lugar. Talvez ela tivesse apenas se convencido de que as decisões que eles haviam tomado em conjunto eram uma via de mão dupla, pensando como era bom, como era *conveniente* que seus próprios desejos se encaixassem tão bem com os dele. — Eu te *amo*, droga! Só estou cansada de *você* fazer todas as regras.

— Eu não sabia que estava fazendo isso.

— Homens como você nunca sabem. — Ela colocou o copo na mesa e a cabeça entre as mãos, numa tentativa inútil de que parasse de girar. — Meu Deus, me desculpe. Eu não queria dizer isso. Só que... parece que tudo está se partindo de uma só vez. Meu emprego. Minha mãe.

— A sua mãe é perfeitamente capaz de tomar conta de si própria.

Alice levantou a cabeça esforçando-se para manter o rosto indistinto do marido em foco.

— Talvez. Mas isso ainda me afeta. Ela vai ter um *bebê*, pelo amor de Deus. Isso não é só um alertazinho na tela do radar... isso é a porra de um *terremoto*. Eu diria um de oito ponto zero na escala Richter.

— Seja qual for a forma como você vê isso — disse ele —, não há nada que você, eu ou qualquer outra pessoa possamos fazer.

Ela sacudiu a cabeça, mal o ouvindo.

— Eu gostaria que você tivesse conhecido o meu pai. Ele era meigo e engraçado... — Um soluço lhe escapou dos lábios. — Meu Deus, sinto tanto a falta dele.

— Eu sei. — Wes lhe apertou o ombro.

— Acho que o que estou tentando dizer é que não tenho nada contra o Ian, não mesmo, embora isso não o exima da sua participação no assunto. Também tenho certeza de que vou amar o bebê. Só não consigo parar de sentir que, se o papai fosse vivo... — Alice deixou a frase incompleta.

— Tudo seria como era antes? — Wes terminou por ela. Ela não sabia se ele estava sendo sarcástico.

— Não sou ingênua — disse ela. — Não achei que ela ficaria sozinha para sempre. Ela é uma mulher atraente e tem... tinha o Tom. Só que... Nunca imaginei nada assim. E isso me preocupa. Principalmente porque não consigo parar de pensar como será *conosco* daqui a cinco, dez anos.

— Não sei se estou entendendo aonde você quer chegar — disse ele, franzindo a testa.

Ela respirou fundo, o medo indistinto que ficava numa parte recôndita de sua mente por fim tomava forma.

— Talvez eu mude de opinião quanto a ter um bebê.

Wes esticou a boca num sorriso desprovido de humor.

— Acho que eu deveria ter me preparado para isso.

— Eu não disse que quero um bebê. Apenas que *talvez* eu venha a querer.

Ele se inclinou para a frente de forma brusca, uma faixa de luz banhou-lhe o rosto, fazendo com que seus olhos ardessem por conta de um brilho súbito. Plácido Domingo tinha parado de cantar. Havia apenas o canto suave dos grilos e dos bacuraus no cânion abaixo.

— Daqui a dez anos vou estar com sessenta e quatro — lembrou-a.

— E eu com trinta e seis.

Ele sacudiu a cabeça.

— Eu nunca te enganei.

— Eu não disse isso.

Ele se levantou de súbito, sua sombra comprida se deslocando debaixo da cadeira para a cumeeira branca. Ele parecia cansado de uma forma que ela jamais o vira antes.

— Foi um longo dia — disse ele. — Nós dois conseguiremos pensar melhor amanhã de manhã. Por que não paramos por aqui e vamos dormir?

O chão parecia inclinado quando ela se levantou. Alice se abraçou, trêmula. Em nada adiantaria discutir o assunto no dia seguinte... ou no outro, ou ainda no próximo. Para quê? Ninguém, nem mesmo Wes, poderia prever o que viria pela frente.

Capítulo Dez

— Você vai sentir uma pressãozinha de nada. Procure relaxar. — O rosto de Inez Rosário surgiu no triângulo entre os joelhos dobrados e cobertos de Sam: um par de olhos castanhos suaves e a testa enrugada, imaginou ela, de tanto analisar as pacientes por aquele ângulo.

Sam apertou os olhos assim que dedos protegidos por uma luva de látex entraram em seu corpo. Relaxar? Como poderia relaxar com o seu mundo inteiramente virado de cabeça para baixo? Desde que descobrira que estava grávida, nada, absolutamente nada, fora igual.

Audrey, como era de esperar, ficara mais do que furiosa com a notícia, e seu irmão, após um silêncio de atordoar, anunciara com voz possante: "Caramba, minha irmã. Você é mesmo louca de levar isso adiante." Mas Sam não estava dando a mínima se eles aprovavam ou não. Não mesmo. Era com as filhas que estava mais preocupada. Com Laura, que a vinha evitando no trabalho — uma coisa não muito fácil de fazer. E com Alice, tão fria a ponto de congelar. E se elas não se aproximassem? E se esse bebê pusesse fim não só à vida tranquila com a qual ela estivera contando?

— Parece que está tudo bem. — O rosto da médica veio à tona mais uma vez, agora com um sorriso. — Ela deu um tapinha no joelho de Sam. — Pronto. Pode se sentar agora.

Sam apoiou-se com cuidado sobre os cotovelos.

— Só isso? Nenhum rótulo de FRÁGIL, ESTE LADO PARA CIMA?

Inez, sua amiga há anos, sabia aceitar uma brincadeira, mas naquele momento estava sendo profissional.

— Não vou fingir que é fácil ter um bebê na sua idade — disse ela. — *Há* alguns riscos. Mas não há razão para você não ter um parto perfeitamente normal. — Ela retirou as luvas e as jogou no lixo. — Agora, por que você não se veste e nós duas conversamos sobre isso no consultório?

Sam a conhecia desde a época em que suas crianças cursavam juntas a escola. Ela se lembrava de uma noite em especial, na qual ela e Inez ficaram acordadas até tarde, costurando roupas para uma peça de teatro do quinto ano. Parecia ironia que sua velha amiga fosse trazer esse novo bebê ao mundo numa época em que ambas deveriam estar comparando fotos dos netos.

No consultório aconchegante, mais parecido com uma sala de estar, por conta das poltronas estofadas com algodão florido e da escrivaninha ao estilo Queen Anne, Sam sentou-se devagar no sofá. Não era só o fato de estar aborrecida. Sentia-se também como se estivesse carregando um embrulho que a qualquer momento poderia cair no chão e se espatifar. Por que estava tão nervosa? No início, não tivera a *esperança* de perder o bebê?

— Vamos lá, Sam, o que está se passando na sua cabeça? — Inez acomodou-se à mesa, uma bela mulher, apenas poucos anos mais velha do que Sam, com cabelos grisalhos que lhe caíam em ondas viçosas pelas orelhas. No aparador às suas costas, ficava uma fileira de fotos da família: o filho e as filhas em diversas idades, todos os três com cabelos negros reluzentes e um largo sorriso. — Tenho certeza de que não tem sido fácil para você. Sua família deve estar muito chocada.

— Isso para dizer o mínimo.

Inez sorriu.

— Eu me lembro de quando a Essie ficou grávida — relembrou ela, referindo-se à filha mais nova, Esperanza, da mesma idade de Laura. — Dava até para pensar que nunca se tinha ouvido falar de mãe solteira. A avó dela ficou com calos nos joelhos de tanto rezar.

— A Essie é jovem — disse Sam. — Quando as pessoas pensam numa viúva se aproximando dos cinquenta, pensam nela como uma parceira para jogar bridge ou como uma convidada extra para o jantar.

— Não são elas que vão ter esse bebê, *você* é que vai.

Ian não lhe dissera exatamente a mesma coisa? Ian, que voltaria para casa no dia seguinte. O coração de Sam voava alto quando pensava nisso e então, com a mesma velocidade, despencava. E agora? Eles não poderiam simplesmente recomeçar de onde haviam parado. Também não seria como em Nova York, quando os dois tinham ficado chocados demais para compreender a situação.

E se aquilo fosse mais do que Ian pudesse suportar? Sua mente divagou para a época em que, poucos anos depois do nascimento de Alice, ela e Martin conversaram sobre ter outro filho. Ela ficara receosa, principalmente por causa dele. Com outro homem, certamente teria se sentido disposta, mas ele era tão... bem, tão *Martin*. Às vezes, Sam pensava nele como no filho homem que eles nunca tiveram: o garotinho que saía para brincar do lado de fora, até tarde da noite, e gastava seu último dólar de mesada em sorvete.

Se Ian não estivesse pronto...

— A verdade é que estou apavorada. — Sam levou a mão à barriga. Ela ainda não aparentava nada, mas, em poucas semanas, não haveria como disfarçar que havia um bebê a caminho.

— Acho que você está se referindo a mais do que riscos de saúde.

Sam sentiu seus medos surgindo de uma só vez.

— Quantas das suas pacientes sabem, sabem *mesmo*, tudo o que vem junto com o nascimento de um filho? — Mulheres, pensou ela, que ainda não tinham formado uma família.

— Não muitas — Inez reconheceu.

— Eu *adorei* ser mãe. — Sam sorriu, lembrando-se de quando as meninas eram pequenas. — Mas não me esqueci de como foi difícil. Não tenho certeza se estou disposta a começar tudo de novo do zero.

Inez a analisou com cautela.

— Você está pensando em interromper esta gravidez? — Sam sabia que isso ia contra as suas crenças católicas, mas Inez a recomendaria a alguém se fosse necessário.

Sam balançou a cabeça.

— Não.

O olhar de Inez vagueou até uma foto vinte por trinta que ficava em cima de sua mesa. Ela e o marido, Victor, em frente à casa deles ladeados pelos filhos, Esperanza com um bebê nos braços. Ela disse com gentileza:

— Você não me falou nada sobre o pai do bebê.

Sam se sentiu ruborizar de repente.

— O nome dele é Ian — disse. — Ele é... bem mais moço do que eu.

— Assim eu ouvi. — Quando Sam lhe lançou um olhar curioso, Inez acrescentou, com um sorriso irônico: — Você, dentre todas as pessoas, deveria saber que os consultórios dos obstetras são os pontos de encontro preferidos quando o assunto é fofoca.

Sam sorriu.

— Como eu disse, já faz algum tempo.

Inez a considerou, séria.

— Isso ainda não responde à minha pergunta. Esse Ian vai entrar em cena durante sete meses a partir de agora?

A mente de Sam se voltou para o fim de semana que eles passaram em Nova York. Ian repetindo várias vezes que a amava, que eles fariam aquilo dar certo. Ele não tinha dito exatamente as palavras "eu quero esse bebê". Mas, da mesma forma, ela também não. Em vez disso, eles passearam pela cidade, fingindo se divertir — até chegaram a conseguir aproveitar um lugar ou outro. No Metropolitan Museum, onde cada quadro da Madona com o Menino parecia pular em cima dela. No Central Park, com o seu mar de carrinhos de bebê. Em Greenwich Village, onde cada novo sabor era mais tentador do que outro... até no passeio pelo porto, na balsa da Staten Island, quando ela ficara tão enjoada como se estivesse em uma viagem marítima.

Seu olhar se voltou para o armário envidraçado onde Inez expunha sua coleção de patentes de remédios antigos — garrafas e potes, um com um vidro roxo e uma etiqueta gasta: TÔNICO CURA-TUDO DO DR. KREUGHER PARA DISPEPSIA, INSÔNIA, NEURASTENIA E SÍNCOPE. Um espertalhão de brincadeira no mercado, sem dúvida. Mas ela se pegou desejando uma pílula ou um tônico que desse jeito em tudo.

— Ele deveria pensar duas vezes — disse ela — se soubesse tudo o que um filho envolve.

Inez suspirou, arrumando uma mecha de cabelo grisalho atrás da orelha.

— Por falar nisso, e *nós* estávamos preparadas? Quando engravidei da Raquel, não sei quem estava mais apavorado, se o Victor ou eu. — Ela deu uma risadinha diante da lembrança.

— Vocês, pelo menos, tinham um ao outro — disse Sam.

Sam estava pensando em Martin. Criar uma criança sozinha, pensou ela de forma racional, deveria ser mais fácil do que ficar constantemente tropeçando numa série de falsas expectativas.

Ao mesmo tempo, uma voz a alertou: *Não julgue Ian pelo jeito de outro homem.* Assim como ela não devia perder de vista o fato de que Martin tinha sido um bom pai na maioria dos aspectos.

Inez rabiscou alguma coisa na folha de um bloco e entregou a ela por cima da mesa.

— Aqui está uma receita de vitaminas para o período pré-natal. Também vou lhe dar um pequeno conselho de graça. — Inez olhou séria para Sam, tão logo se levantou. — Não escreva o capítulo seis antes de terminar o dois.

Sam olhou para a expressão afetuosa e direta no rosto da amiga, com sua teia de linhas em torno dos olhos e da boca. Parecia ter se passado uma eternidade desde que as duas estiveram lado a lado em sua sala de estar, costurando rabos nas fantasias de tigre.

— Vou tentar manter isso em mente. — Sam levantou-se também, estendendo a mão. — Obrigada, Inez. Não sei como passaria por isso sem a sua ajuda.

— É para isso que estou aqui. — O aperto de mão de Inez foi caloroso, embora breve.

— Te vejo daqui a um mês? — perguntou Sam.

— Daqui a duas semanas. — Em resposta ao seu olhar inquiridor, ela acrescentou: — Como você mesma disse, você não tem mais vinte anos. Eu ficaria mais tranquila acompanhando as coisas de perto.

Sam voltou andando sem pressa pelo parque, apreciando a oportunidade de ficar sozinha com os próprios pensamentos. A hora do almoço chegara e fora embora, deixando as trilhas desertas, não fosse por um grupo de turistas com guias de viagem debaixo do braço, e o velho Clem Woolley sentado em um banco com um monte de panfletos amarrotados, amarrados por um barbante. Estava arranhando "Oh, Susannah" em sua guitarra, a cabeça branca inclinada para baixo e os lábios se movendo mudos. Havia duas latas abertas de Pepsi e dois sanduíches embalados em cima da capa surrada da guitarra aos seus pés. Clem não a viu, mas Sam sorriu para ele mesmo assim. Devia ser bom, pensou ela, ser tão íntimo de Jesus a ponto de saber que ele gostava de sanduíche de atum no pão integral e uma porção de picles.

Mais adiante, ela se encontrou com o reverendo Grigsby e sua companhia de sempre, Lily, passeando, faceira, ao seu lado com seu pequenino par de rodinhas.

— Boa tarde, Alex. — Sam abaixou-se para fazer carinho na cabecinha da dachshund. — Ouvi dizer que você encontrou um novo organista.

O pastor gorducho e de óculos abaixou a cabeça num cumprimento.

— Ainda não está na hora dos cumprimentos. — Ele baixou a voz para confidenciar: — Ela vai fazer uma audição para a congregação neste domingo.

— Ela?

— Carrie Bramley.

— A filha da Ada Bramley? Pensei que ela tinha se mudado daqui.

— Bem, ela voltou. E em boa forma, eu diria. Andou estudando música no exterior. O que me faz lembrar... — Ele fixou o olhar em Sam, os olhos se movendo atrás das lentes bifocais. — Como vão as coisas com relação ao festival de música?

— Esperamos que o deste ano seja o melhor de todos.

Ela não viu razão para dizer que, na reunião da última quinta-feira, o assunto definitivamente esfriara. Marguerite Moore, com quem Audrey jogava bridge, com certeza já havia recebido a notícia.

— Ótimo. — Ele sorriu alegremente como se ela fosse a única responsável pelo festival. — Mais uma coisa para a gente ficar esperando.

— Como?

Ele piscou, dando batidinhas em sua barriga avantajada.

— Acho que você sabe o que quero dizer.

Ela se sentiu ficando ruborizada.

— Como... como você soube?

— Ah, eu ouço praticamente tudo no meu trabalho — disse com ternura, acompanhando Lily com o olhar assim que ela saiu atrás de um esquilo, com rodinhas e tudo, apenas para ser puxada de volta pela coleira. Quando ele se voltou para Sam, ela viu compaixão em seus olhos, compaixão mesclada com o conhecimento do que viria pela frente. — Não deixe que nada estrague isso, Sam. Apenas siga em frente e faça da forma que achar melhor. — Ele deu uma batidinha em seu braço e, em seguida, uma puxada na coleira da cadela, dando-lhe uma bronca afetuosa: — Venha, Lily, esses esquilos têm coisas melhores para fazer além de brincar com uma cadela aleijada e velha como você.

Sam voltou a andar num tipo de torpor, sua mente ecoando as palavras do reverendo Grigsby. De repente, tudo lhe pareceu um pouco mais vivo: a escalônia, curvada com suas flores cor-de-rosa vibrantes, as madressilvas que subiam pelo mirante. A vida é cheia de surpresas, pensou. Talvez, apenas talvez, Ian viesse a surpreendê-la também.

Ao sair do parque, ela foi andando ao longo da antiga missão, parando em frente a Ingersoll, onde o aroma tentador dos assados recém-saídos do forno chegava até a calçada. Comida era algo que não a atraía muito ultimamente, nem mesmo as tapas delicadas com as quais Lupe tentara seduzi-la. Mas Sam ficou com a boca cheia d'água ao dar uma olhada nos biscoitos e tortinhas, nos bolos nos suportes altos. Mesmo nas manhãs de dias úteis, a fila chegava à calçada por causa das rosquinhas cobertas de mel, saindo quentinhas de onde eram mergulhadas. Sam frequentava o lugar desde que era pequena e se lembrava de quando Helga Ingersoll se debruçava sobre o balcão com uma sacolinha em uma das mãos e um biscoito na outra, dizendo: "Um para a mamãe, outro para você."

Ela fizera o mesmo com as filhas de Sam. Só que agora era Ulla, tão magra e morena quanto a mãe fora gorducha e loura, que corria de um lado a outro atrás do balcão.

Não, pensou, as filhas não tinham apenas lhe dado trabalho. O que teria sido de sua vida sem os desenhos presos na geladeira? E todos aqueles trabalhos incríveis da escola: mãozinhas impressas na argila, móbiles feitos de palitinhos de picolé, perus feitos de pinha no Dia de Ação de Graças?

E as filhas recém-saídas do banho, rosadas e deliciosas, contorcendo-se quando ela as enxugava. Como querubins rechonchudos, tão preciosos que ela sentia vontade de levá-las para um lugar no qual jamais deixassem de ser crianças. Imaginou Alice aos quatro anos, dando risadas ao cobrir sua nudez com a cortina do boxe. E Laura, com seus cabelos molhados e que se recusavam a ficar lisos, que teria ficado contente em correr pela casa o dia inteiro sem nada para lhe cobrir o corpo.

Todos os anos, no Natal, ela e Martin levavam as crianças para a fazenda de Ed Claxon, onde faziam caminhadas como se estivessem nos bosques do Maine. No caminho de volta para casa, com uma árvore amarrada no teto da caminhonete, eles cantavam cantigas de Natal. Então havia biscoitos de gengibre embrulhados em papel celofane e amarrados com fios de lã, dedinhos brigando para separar pedaços de festão e, para o grande final, Martin pegando uma das meninas no colo para colocar o anjo de palha no topo da árvore.

Sam sentiu um nó na garganta. Como poderia não amar aquela criança? Não agarrar a oportunidade de vestir um bebê rechonchudo com um macacão de veludo, o que, de alguma forma, não fizera? Ela quase podia sentir seu peso e calor no colo, seus dedinhos rosados se dobrando conforme ela cantava: "Polegares, polegares, onde estão, aqui estão..."

Tudo bem, mas onde o Ian se encaixa nessa história?

Ela afastou o pensamento da cabeça. Saberia dentro em breve. Por enquanto, só o que podia fazer era respirar fundo e esperar que tudo desse certo de uma forma ou de outra.

Sam estava entrando na Praça Delarosa quando se encontrou com Tom Kemp, que não via desde o casamento. Ele lhe ligara algumas vezes, querendo vê-la, mas ela o deixara esperando. A última coisa que queria agora era outro motivo para se sentir culpada.

— Sam. Acabei de chegar da loja. — Tom a cumprimentou entusiasmado... talvez até um pouco demais.

Ela corou.

— Ah?

Sam baixou os óculos de sol até o nariz para vê-lo melhor. Tom, pensou, faria bonito num campo de golfe; alto, com quadris estreitos e braços longos que ficavam bem em camisas de mangas curtas. Era generoso também. Não tinha se mantido leal a Martin em seus últimos dias, trabalhando duas vezes mais para dar conta dos clientes dos dois? Insistindo que ela tinha direito a uma parte muito maior dos lucros da empresa do que ela sabia de fato ter?

— Eu gostaria de falar com você sobre um assunto — disse ele.

Ele ouviu falar do Ian. Os raios de sol que eram filtrados pelos galhos das árvores de repente ficaram quentes demais. Ah, meu Deus. Será que ele iria lhe fazer algum tipo de proposta para protegê-la? Oferecer a ela o que nenhuma mulher em sã consciência e na sua situação poderia negar — a oportunidade de ter um futuro com um homem íntegro, rico e da mesma idade que ela? Ela se encolheu, mas, ao mesmo tempo, não pôde deixar de pensar: *Isso seria tão terrível assim?*

Sam deu uma olhada no relógio.

— Ainda tenho alguns minutos.

— Ótimo. — Ele a pegou pelo braço. — Vou te pagar um sorvete.

Eles passaram pela arcada até a Lickety-Split. A sorveteria estava cheia, com o costumeiro engarrafamento de carrinhos de bebês e mães de mãos dadas com os filhos, todos brigando por espaço no balcão de mármore que expunha sua fileira de coberturas: chocolate granulado de diferentes cores, M&Ms, coco queimado, amoras secas. O quadro na parede listava os sabores disponíveis do dia. Sam escolheu o de amoras-pretas, que a fazia lembrar de quando ela e as meninas costumavam colhê-las no verão.

Por milagre, o banco de madeira em frente à sorveteria estava vago. Melhor ainda, ele dava vista para a livraria que ficava do outro lado, onde ela podia ver Peter McBride na varanda da frente, espionando a livraria rival de sua ex-esposa. Uma placa de duas faces em frente à Última Palavra anunciava: PROMOÇÃO ESPECIAL DO DIA DA ASSUNÇÃO! TODOS OS LIVROS DE AUTOAJUDA COM 10% DE DESCONTO! Miranda, até onde sabia Sam, não era exatamente devota. Estava fazendo isso apenas para implicar com Peter — e parecia que estava dando certo.

— Ouvi dizer que talvez você traga Yo-Yo Ma para cá este ano — começou Tom, numa óbvia tentativa de quebrar o gelo.

— Estamos combinando as datas com o empresário dele — disse-lhe. — As últimas notícias são sobre Aubrey Roellinger. Você ouviu? Ele está vendo se vem para cá no outono.

— *O* Aubrey Roellinger? O maestro? — Tom parecia muito impressionado.

— Ele é o maestro convidado deste ano — contou-lhe Sam —, mas isso pode vir a se tornar permanente no futuro.

— Não seria o máximo? Nosso próprio maestro?

Instalou-se o silêncio. Ela esperou que Tom lhe dissesse por que viera vê-la quando poderia simplesmente ter pegado o telefone, mas ele simplesmente ficou parado, olhando para as lajotas da calçada, como se estivesse reunindo coragem para dizer alguma coisa. Por fim, limpou a garganta e disse:

— Escute, Sam, outro dia eu me deparei com um negócio... uma pasta que eu não tinha dado importância. — Ele afastou a casquinha de sorvete das calças compridas, dando-lhe uma lambida por precaução. — A transferência de uma propriedade que o Martin estava cuidando antes de... cerca de três anos atrás. Parece que o cliente deixou de pagar o que devia e a escritura foi revertida para o proprietário original.

Ela aguardou, imaginando o que aquele assunto tinha a ver com ela. Ele endireitou a postura.

— O proprietário original era o Martin.

Ela franziu a testa.

— Não estou entendendo.

— Não é muita coisa, uma casinha de campo num terreno de uns mil metros quadrados. A propósito, a alguns quilômetros da sua casa. O Martin deve tê-la comprado como investimento. Tenho certeza de que ele teria te contado se... bem, se as coisas não tivessem ficado tão confusas no final. — Tom baixou os olhos. — Pelo que parece, a hipoteca estava no nome dele e, quando o comprador parou de pagar... — Tom abriu os braços.

— Você está querendo dizer que eu sou a *dona* dessa casa?

— Não se anime demais — alertou-a. — Fui dar uma olhada e ela está em condições bem precárias. Tem impostos atrasados também. Dois anos de impostos. Na verdade, foi isso o que me fez sair à procura dessa pasta... o município estava ameaçando tomar o imóvel.

Tudo ficou claro de repente. A forma como Martin, ao ver uma oportunidade de lucro rápido, tinha comprado a casa por uma ninharia. E, por se tratar de Martin, que tinha o toque de Midas ao contrário, ele pagou a entrada em dinheiro e financiou o saldo.

Ela sentiu uma onda de raiva pelo marido. Nem lhe passou pela cabeça ficar satisfeita com o imóvel que lhe caía do céu. Estava ocupada demais desejando que Martin estivesse ali no lugar de Tom, para que pudesse lhe dar uma senhora espinafração. Como podia ter escondido isso dela quando estavam tão sem dinheiro?

— Em primeiro lugar, não consigo imaginar onde ele conseguiu o dinheiro — disse ela, esforçando-se para manter a voz calma.

Tom ficou sem graça. Ambos sabiam como teria sido fácil para Martin passar a conversa em um de seus amigos banqueiros para conseguir um empréstimo sem garantias, ou até mesmo ter conseguido dinheiro em vez de cheque de um de seus clientes riquíssimos.

— Desculpe, Sam, eu gostaria que você tivesse descoberto isso de outra forma. Mas veja pelo lado bom. — Ele levantou a cabeça, um sorriso torto se fez presente. — A casa é sua agora. Você pode fazer o que quiser com ela. Alugá-la, vendê-la. Puxa, pode até morar lá se quiser. — Seu sorriso se intensificou com a brincadeira.

Sam ficou olhando para o sorvete de casquinha na mão de Tom, sorrindo em parte por conta da calda de licor de café que escorria pelos joelhos dele. Por mais estranho que pareça, isso fez com que ela gostasse ainda mais do amigo.

— Obrigada, Tom. Fico agradecida por você me contar pessoalmente. — Ela tocou em seu joelho, virando a cabeça na direção do sorvete dele. — A propósito, o seu sorvete está derretendo.

Ele baixou os olhos como se estivesse surpreso em ver o sorvete em sua mão.

— Eu não queria sorvete mesmo — disse ele. — Era só uma desculpa para fazer alguma coisa. — Tom levantou-se e jogou a casquinha na lata de lixo de madeira que ficava na calçada.

Sam lhe entregou um guardanapo. Quem, pensou, havia nomeado as mulheres fornecedoras de guardanapos e lenços de papel? Quem havia decretado que fossem as mães, e não os pais, a andarem armadas o tempo todo para enxugar narizinhos escorrendo e mãozinhas meladas?

— Acho que eu deveria dar uma passada no escritório — disse ela. — Nem sequer sei onde fica essa casa.

— Se você quiser, posso te levar lá. Que tal um dia nesse final de semana? — Tom limpou vagarosamente a mão com o guardanapo, passando-o por entre os dedos. Quando ergueu o olhar, tinha uma expressão natural. — Se você estiver livre, é claro.

Ele sabe, pensou ela. Teria que ser surdo para não saber. Ainda assim, não estava tirando conclusões precipitadas. Ela sentiu uma onda de gratidão por ele.

— Estou livre no sábado — informou-lhe.

Não havia combinado nada com Ian. E, de repente, a possibilidade de Tom, o bom e velho amigo Tom, tão estável quanto uma rocha, orientá-la com toda a papelada que teria pela frente, pareceu-lhe a coisa mais tranquilizadora que poderia imaginar.

— Se você decidir vendê-la, também posso te ajudar. — Ele viu o sorvete dela se transformando numa sopa roxa dentro do copinho e fez uma observação irônica: — Acho que você também não estava com muita vontade de tomar sorvete.

— Acho que não. — Sam se levantou, sentindo-se tonta da mesma forma que se sentira nas outras duas gestações. Ela não protestou quando Tom lhe tirou gentilmente o copinho descartável das mãos e o jogou no lixo.

Ele lhe ofereceu o braço.

— Vamos lá. Vou te acompanhar até a loja. A Laura deve estar preocupada, sem saber por que você está demorando.

Mas Laura estava atendendo a uma cliente quando ela entrou: Gayle Warrington tentava se decidir entre dois lenços de seda pintados à mão. Sam lembrou-se de quando elas iam juntas para a escola. Gayle era uma daquelas meninas cujo batom sempre combinava com a cor do esmalte e que estava sempre fazendo abdominais para ficar com a barriga retinha. A julgar pela sua silhueta esbelta e pelas unhas caprichosamente feitas, pouca coisa havia mudado.

Laura, por outro lado, estava péssima. Tinha o rosto pálido e inchado, os olhos vermelhos por falta de sono. Qualquer um podia ver como ela estava infeliz. Sam sentiu uma pontada de culpa. *É por minha causa.*

— Se é um presente para a sua mãe — Sam a ouviu falar —, talvez fosse melhor levar o de tom ameixa. A estampa de garças-azuis é muito tradicional e elegante, você não acha?

— Não sei... — Gayle bateu com os óculos de sol fechados na boca, do mesmo tom coral de seu blazer. — Você não conhece a minha mãe. Procure "cautelosa" no dicionário e você vai encontrar o nome dela. Acho que ela gostaria deste. — Apontou para o lenço marrom-claro.

— Este com certeza combina com tudo — disse Laura.

— Não lhe dê nada de novo para aprender e, pelo amor de Deus, não a mande para nenhum lugar que ela não conheça — continuou Gayle, como se Laura não tivesse dito nada. — De nada adianta a filha dela, agente de viagens, lhe conseguir um desconto para viajar. — Sua voz atingira um tom sarcástico: — Paris? Eles não têm banheiros decentes lá e nem sequer falam inglês. Londres? Eles falam a nossa língua, mas você não consegue entender uma palavra. Roma? Deus do céu, seria necessário costurar todos os seus bens de valor na roupa para não ser roubada.

— Eu... eu sempre quis conhecer Paris. — Laura tentou desviar o assunto da mãe de Gayle.

— Bem, dê uma passada na agência qualquer dia desses. Conheço um hotelzinho adorável na Champs-Élysées. Os funcionários falam *inglês* e, maravilha das maravilhas, eles têm banheiros com descarga. — Ela deu uma risada rouca de alguém que fuma desde sempre.

— Talvez eu dê uma olhada. — Laura sorriu. — Agora, quanto ao lenço...

Gayle se decidiu pelo marrom-claro e, quando Laura se afastou para embalá-lo, ela se virou para Sam.

— A sua filha é tão delicada. Deve ser maravilhoso tê-la trabalhando com você.

— Somos sócias mais do que qualquer coisa — disse-lhe Sam.

— Como o Doug e eu — disse ela, referindo-se ao marido. Eles tinham a Agência de Turismo Off-and-Away, a quatro quarteirões dali, em Chestnut. — Mas, para falar a verdade — aproximou-se para lhe falar em segredo —, na maioria das vezes estamos querendo estrangular um ao outro. Não conseguimos concordar em nada, a não ser em relação à minha mãe. Nós dois gostaríamos de colocá-la a bordo de um navio que fosse bem devagar para a China. — Ela deu outra risada rouca de fumante.

— Invejo você por ainda ter mãe. Eu gostaria que a minha ainda estivesse por aqui.

Sam manteve a voz branda, mas a mensagem não se perdeu. Um brilho meio sombrio, e não exatamente simpático, surgiu em seus olhos.

— Estou brincando, é claro. Amamos muito a mamãe. Só que às vezes ela dá nos nervos. Não são todas assim?

— Acho que sim. — Sam sentiu-se claramente desconfortável, pensando na sua recente queda de aprovação.

— Como esse aniversário que não é para a gente fazer muito alarde. Deus nos livre se déssemos corda a tudo o que ela diz, nós nunca ouviríamos o final. — Gayle enfiou a mão na bolsa e tirou um MasterCard, colocando-o em cima do balcão como se fosse a carta vencedora num jogo de pôquer. Mas, quando Laura retornou com uma caixa para presente, sua expressão ficou subitamente duvidosa.

— Ela pode devolver, não pode? Se não gostar?

— Com certeza. — Laura sorriu. — Só não deixe de trazer a nota fiscal.

Ela esperou até Gayle sair antes de dizer:

— Ufa! Achei que ela jamais fosse se decidir. — Olhou preocupada para Sam. — Está tudo bem? Já faz um tempão que você saiu.

— Tudo cem por cento. — Sam sentiu uma onda de ternura pela filha, que estava fazendo o que podia para parecer bem, muito embora isso não estivesse funcionando. — Encontrei com o Tom Kemp quando estava voltando — explicou. — Tinha um assunto que ele queria falar comigo.

— Ah, é, ele veio aqui te procurar — comentou Laura, distraída, enquanto separava um monte de lenços em cima do balcão. — Alguma coisa importante?

— Alguns papéis para assinar. — Mais tarde falaria da casa... quando pudesse pensar numa forma de fazê-lo sem afetar a santidade de Martin.

— Bem, foi gentil da parte dele vir falar pessoalmente.

— O Tom tem sido maravilhoso — concordou ela.

Olhando para um lenço que teimava em escorregar dos dedos da filha, Sam deu um passo à frente para tomá-lo de sua mão.

— Deixe que eu faço isso. Por que você não vai resolver o problema com a alfândega? — Ela se lembrava vagamente de um mal entendido com relação a um carregamento de cerâmica Quimper, que ficara retido no aeroporto de Los Angeles.

Laura olhou para a mãe como se ela tivesse vindo de outro planeta.

— Ah, mãe. Fiquei *quase a manhã inteira* no telefone com eles. E isso durante os intervalos, quando eu não estava atendendo aos clientes ou procurando aquelas cestas que nunca apareceram e... — Laura perdeu o controle com um soluço e olhou horrorizada à sua volta. Por sorte, a loja estava vazia. O rosto dela, por mais sofrido que estivesse, voltou-se para o de Sam. — Não adianta — disse. — Não consigo continuar fingindo.

— Desculpe, minha querida. Eu sei que tenho andado meio distraída ultimamente.

— Não é só isso.

Sam lembrou-se da oferta despretensiosa de Gayle.

— Você está coberta de razão. Você tem feito mais do que a sua obrigação e está na hora de tirar umas férias. A propósito, eu *insisto* que faça isso. Posso segurar a barra por uma semana ou duas.

— Não preciso de férias. — Laura balançou a cabeça com pesar. — E não é só porque você tem estado diferente nos últimos dias... — Ela fez uma pausa para tomar fôlego, as faces ficando vermelhas. — O fato é que... bem, o fato é que não posso mais trabalhar aqui. — Ela esticou o braço, como se para se proteger dos protestos de Sam. — Não me entenda mal. Eu ainda te amo. Mas... mas é muito difícil. Ver você todos os dias, sabendo... — Ela parou de falar e engoliu em seco.

Sam não deveria ter ficado surpresa. Não tinha visto isso chegando? Ao mesmo tempo, parecia que tinha levado um soco.

— Ah, Laura, sei como você se sente, mas com o tempo... — deteve-se. O que queria dizer? Que as coisas ficariam melhores depois que o bebê nascesse?

— Você *não* está entendendo! — gritou Laura. — Você não está entendendo nada. Como poderia entender? *Você* teve a sua vez de ser mãe. E agora... bem, isso não é *justo*. — Seus olhos reluziram com as lágrimas que não conseguiu disfarçar. — É isso, já falei. Você deve estar pensando como sou mesquinha e horrorosa, mas não consigo deixar de sentir como me sinto.

Sam estendeu o braço para a filha, apenas para fazer com que ela se esquivasse.

— Ah, querida, eu não te acho horrorosa. Se isso servir de consolo, eu preferia que *tivesse* sido você.

— Mas não foi. — Laura olhou infeliz para ela. — E não adianta fingir que eu vou superar isso, porque não vou.

Sam queria gritar em protesto, mas segurou a língua.

— O que você vai fazer?

— Vou ficar aqui pelo tempo suficiente até você treinar alguém, se é isso que está te preocupando.

— Não foi o que eu perguntei.

— Tenho algumas coisas alinhavadas. — Laura encolheu os ombros, sem olhar nos olhos de Sam; sempre fora péssima para mentir. Quando levantou o rosto, parecia estar implorando a ela para entender. — Não estou fazendo isso para te punir, mãe. Por favor, não pense isso. Não é a mesma coisa que a Alice está fazendo.

Sam suspirou.

— Eu sei, querida.

— Pense da seguinte forma — Laura arriscou um sorriso —, pense em todo o dinheiro que você vai economizar.

— Como assim?

— Estamos vendendo vinte por cento a menos este ano em comparação ao mesmo período no ano passado — disse ela como se Sam precisasse se lembrar disso. — Vamos encarar os fatos de frente, mãe, você não pode me bancar aqui.

Sam empertigou-se.

— Você não acha que está exagerando um pouco? Só porque as coisas estão meio devagar agora... — Ela se deteve, impressionada ao ouvir as velhas racionalizações de Martin saindo de sua própria boca. Dando as costas para se recompor, pediu com ternura: — Podemos falar sobre isso mais tarde? Depois que eu tiver tido tempo de pensar no assunto?

— Claro, com certeza.

Conhecendo o esforço desesperado de Laura em agradar, Sam percebeu a tremenda coragem que a filha precisou ter para tomar tal decisão. Chegou até a admirá-la por isso. Mas nada tornou a situação mais fácil de engolir. Ela parecia estar assistindo àqueles antigos seriados de sábado à tarde, em que a passarela é explodida quando o mocinho está correndo para atravessá-la. Tudo pelo qual sempre dera duro, tudo o que tinha de mais estimado estava se desintegrando aos seus pés. Como chegara a esse ponto? Passara a vida inteira atendendo às necessidades dos outros. Tudo o que queria em troca era um pouco de felicidade própria. Sem precisar destruir todos que amava.

— Está bem, Laura. Sei como você se sente. — Sua voz estava cansada.

— Isso não precisa ser o fim do mundo. — Laura foi rápida em responder. — Nós ainda vamos continuar nos vendo. A Alice também vai aparecer, você vai ver. E tem também o Ian. Lembre-se, você ainda tem o Ian.

— Oi. Desculpe ter te acordado. Meu voo atrasou. — A voz de Ian chegou até ela através de uma interferência de estática.

— Que horas são? — Sam atrapalhou-se com o travesseiro, apoiando-o na cabeceira da cama conforme se sentava.

— Duas e pouco. Você pediu para eu ligar quando chegasse.

Sam piscou bêbada de sono para o relógio na mesinha de cabeceira. Duas e dez, para ser mais exata.

— Tudo bem. Que bom que você ligou. — Ela sorriu sonolenta no escuro. — Mal posso esperar para te ver.

— Eu também. — Ele parecia cansado e muito distante. Ao fundo, era possível ouvir as crepitações e os zumbidos do aeroporto. — Mas escute, Sam, houve uma pequena mudança de planos.

Ela ficou alerta de repente.

— Oh?

Seguiu-se uma interrupção por causa da interferência estática.

— Merda. Desculpe. Peguei a bolsa errada. — Sam o ouviu respirando fundo do outro lado da linha e então o berro confuso dos altofalantes. — Aqui. Peguei.

— Ian? — Ela estava completamente desperta agora. — O que foi?

— Outra encomenda. Em Big Sur. O velho Aaronson quer um retrato da mãe dele. Tenho certeza de que foi a Markie que fez a cabeça dele, mas, que se dane, é muita grana para não aceitar.

— Quem é Markie?

— A filha dele.

— Eu não sabia que ele tinha uma filha.

Seguiu-se um ruído estranho antes de Ian responder:

— Eu não te falei?

— Não. Acho que não.

Ela teve a certeza repentina de que Ian havia escondido isso dela. Não sabia como; apenas sabia que sabia. Lembrou-se da garota no Mercedes prata conversível na noite em que chegou: bonita, de cabelos escuros. Só uma colega do escritório, dissera ele. Por que não lhe contara a verdade?

De uma hora para outra, Sam sentiu dificuldade em respirar.

— Quanto tempo dessa vez?

— Duas semanas no máximo.

— Vou te ver antes de você ir?

— Infelizmente não. Estão mandando um carro me buscar.

— Por que a pressa?

— A mãe dele vai para a Europa daqui a duas semanas — explicou.

— Acredito que você vá ficar na casa deles.

— Vou, e essa é a boa notícia. — Ian parecia animado. — Vou ficar na casa de hóspedes, o que quer dizer que você vai poder me visitar nos finais de semana. Já conversei com a família Aaronson sobre isso. Por eles, não tem problema.

Sam sentiu-se irritada de repente. Se ele esperava que ela ficasse igualmente animada, estava redondamente enganado. Quem ele achava que ela era? Alguma garota desimpedida de vinte e poucos anos que podia viajar quando bem entendesse? Será que ele, pelo menos, tinha se lembrado de que ela estava grávida?

— Não sei — suspirou. — Tem muita coisa acontecendo por aqui no momento.

— Está tudo bem? — Na mesma hora sua voz ficou solícita. — O que a médica disse?

Eles tinham combinado de deixar qualquer assunto sobre o bebê para quando ele voltasse. Ela não queria decidir seu futuro por telefone. Agora, percebia que aquilo havia sido um erro. Dias e semanas evitando o assunto tinham aberto espaço para dúvidas.

— Ela me deu um bom atestado de saúde. — Sam tentou soar positiva.

— E o bebê?

— O bebê está bem.

Ela esperou que ele falasse alguma coisa. Mas tudo o que ouviu foi o ruído distante de buzinas e de pessoas gritando. Ian estava do lado de fora agora, caminhando apressado. Então:

— Estou vendo... a limusine. Escute, ligo para você quando chegar lá. Você vai estar em casa daqui a algumas horas?

— Se eu não estiver aqui, tente me encontrar no trabalho. — Ela nada falou sobre a novidade de Laura.

Seguiu-se um silêncio e, por um momento, ela achou que a linha tivesse caído. Então, numa voz quase baixa demais para ser ouvida, ele disse:

— Estou com saudade de você, meu amor. Falta só mais um pouco. Dá para você aguentar até lá?

— Vou tentar. — Ela deu uma risadinha.

— Sam... — A voz dele sumiu por conta da estática, mas não sem antes ela ter pensado ouvir um fraco *eu te amo*. A linha caiu em seguida.

Ela sentiu vontade de chorar de frustração. Havia tantas coisas que queria dizer, tantas outras que precisava ouvir. Palavras que a encorajariam, que lhe dariam um vislumbre do futuro. Pois a ideia de ele morar com ela era ainda inconcebível... tão inconcebível quanto a de ela morar com ele. E quanto ao bebê? Apenas uma coisa era certa: eles não podiam continuar daquele jeito, como amantes num filme de Rohmer.

No entanto, não era isso o que constava da escritura na parede? A razão pela qual sentia vontade de chorar? Em sua mente, Sam viu sua antiga professora do jardim de infância, a sra. Ogilvie, curvando-se sobre um desenho que ela fizera. "O que está faltando neste desenho?", perguntara ela. "Vejo a mãe e o pai, mas nenhuma Samantha." *Onde está Samantha agora?*, perguntou-se Sam. Ela não via mais um lugar para si mesma, menos ainda para Ian na vida que um dia imaginara.

Teria de tomar uma decisão. Logo. Uma decisão que, qualquer que fosse, significaria ferir alguém que amasse.

Sam deixou-se cair na cama. Seria impossível voltar a dormir. Ela simplesmente ficaria deitada, contando as horas até o amanhecer.

Ian não telefonou até a hora de ela sair para trabalhar. Havia uma mensagem na secretária eletrônica quando ela chegou em casa; ao que parecia, ele não sentira necessidade de procurá-la na loja. Naquela noite, quando finalmente se falaram, a conversa foi tensa. Sam disse a ele que tentaria dar um jeito de ir até lá no fim de semana seguinte, uma vez que já tinha planos para o próximo. Ela lhe deu uma breve explicação sobre a casa, procurando diminuir o papel de Tom em todo o processo.

No sábado de manhã, quando Tom apareceu para buscá-la, Sam ficou surpresa de como tinha ficado feliz em vê-lo. Eles conversaram à vontade durante o trajeto, embora ele parecesse um pouco calado. Falaram principalmente sobre a casa, Tom explicando que ela precisaria de pintura, de alguns consertos no interior e, possivelmente, de um telhado novo também.

Sam estava esperando pelo pior quando, após vários quilômetros de estradas secundárias ladeadas por plantações de cítricos e abacates, eles viraram para uma estrada de chão irregular. Tudo o que ela pôde ver da casa foi um cata-vento em forma de galo despontando acima das árvores.

— Como eu disse, não é grande coisa — advertiu-a Tom. — Não é o tipo de casa na qual o dono tinha investido muito em reparos. — Ele estacionou em frente a uma casa de madeira que precisava desesperadamente de pintura. Roseiras com flores cor-de-rosa cresciam emaranhadas na varanda, subindo pela balaustrada.

Houve certa comoção quando eles saíram do carro: esquilos correram pelo pátio coberto de mato. Uma romãzeira fazia sombra em boa parte do caminho que dava para a casa. Excessivamente crescida, seus galhos estavam tão baixos que roçavam no chão; por outro lado, ela parecia uma árvore de Natal com seus orbes cor de rubi. Aquilo pareceu um tipo de presságio. Quando estava grávida de Laura, e depois de Alice, romã era a única coisa que ela ficava desesperada para comer.

Após um exame minucioso, Sam achou a casa em melhor estado do que ousara imaginar. Alguém tivera tempo e se dera ao trabalho de raspar e envernizar as venezianas de madeira, e a porta de entrada era de carvalho maciço com um vidro oval chanfrado.

Tom apareceu com uma chave e ela o seguiu para uma sala de estar escurecida que cheirava a poeira e a fezes de camundongos. Sam abriu as venezianas e a luz entrou revelando um jogo de sofás e poltronas gastos e um tapete trançado com marcas de queimado. A lareira era claramente funcional. Havia uma cesta com gravetos ao lado de um jogo de utensílios escurecidos de lareira.

— Já vi casas piores — disse ela. — Pelo menos o telhado está em boas condições.

— Como você sabe? — perguntou ele.

— Pelo cheiro. — Todos os invernos, durante a breve temporada de chuva, Isla Verde apresentava dúzias de vazamentos. A casa ficava semanas cheirando a carpete molhado e mofo.

Tom se abaixou para checar o cano da chaminé; deu pancadinhas nas tábuas do chão e nos frisos de madeira. Quando apertou o interruptor e a luz não acendeu, ele desceu até o porão para dar uma olhada no quadro de luz. Chegou até a checar o estado dos encanamentos.

Na cozinha, saiu de baixo da pia e pôs-se de pé espanando a sujeira das calças.

— Não sou nenhum especialista — disse ele —, mas, a não ser pelo chão da sala de estar, tudo parece em muito bom estado. Alguns consertos, uma demão de tinta e você não terá problemas para vendê-la.

— Quanto você acha que eu consigo por ela? — Ela passou os dedos por um filodendro ressecado no peitoril da janela que, por um milagre, dava sinais de vida.

— Sessenta, setenta mil. Talvez mais, dependendo do que você estiver disposta a fazer em termos de reparo.

— Nesse caso, o primeiro lugar que eu começaria a mexer seria na cozinha.

Ela deu uma olhada em volta, para os antigos armários de fazenda, para o linóleo bege com as pontas levantadas do chão como um Band-Aid velho; para o fogão e a geladeira, numa cor muito pouco atraente e popular nos anos 70, conhecida como Dourado Colheita. Por outro lado, havia uma porta de vidro corrediça no recanto do café da manhã que dava para um pátio pequeno com um jardim. Uma selva, é claro, mas com a ajuda de alguns empregados e algumas semanas de trabalho árduo...

— Conheço um empreiteiro que cobra baratinho. Posso ligar para ele se você quiser — ofereceu-se Tom.

— Eu também derrubaria a parede entre aqueles dois quartos pequenos nos fundos — continuou ela, ouvindo apenas uma parte do que Tom dizia. — Transformaria os dois quartos em um maior e usaria o quarto principal como quarto de hóspedes.

Tom assentiu com a cabeça, pensativo.

— Dessa forma, você com certeza conseguiria mais dinheiro. Olha, conheço um bom corretor também. Eu poderia...

— Não vou vendê-la.

Uma ideia estava se formando. Uma ideia tão revolucionária que ela mal ousava proferi-la. Por que não alugar Isla Verde e morar *ali*? Tinha espaço de sobra para o bebê, e, com o dinheiro que economizaria, mataria dois coelhos com uma cajadada só: teria o suficiente para pagar os impostos atrasados e tornar aquele lugar habitável. Não apenas isso... não apenas isso... ela poderia... é claro, por que não pensara nisso antes? Poderia pôr *Laura* no comando da Delarosa. Quando o bebê nascesse, ela teria mesmo que se afastar por um tempo. Se Laura estivesse no comando das coisas...

— Eu mesma vou morar aqui — continuou ela. A perspectiva a deixou ligeiramente sem ar.

— Por que você faria isso? — Tom a encarou incrédulo, seus óculos ligeiramente tortos dando-lhe um aspecto adoravelmente confuso.

Ela não lhe devia explicações, mas havia algo na forma como ele a olhava — como um garotinho vigiando ansioso o carteiro que subia a rua, na esperança de que *aquele* fosse o dia em que seu walkie-talkie Forest Ranger finalmente chegaria.

— Por um único motivo — disse. — O Martin não me deixou exatamente numa boa situação financeira. — Ela inspirou fundo e forçou-se a manter o olhar no dele. — Outro motivo é que vou ter um bebê.

Se Tom já parecia confuso antes, agora estava perplexo.

— Entendo — falou com a voz baixa, com ar de quem não estava entendendo nada, de quem poderia estar de pé sobre uma via férrea com um trem apitando na sua direção, sem sequer tomar conhecimento do que acontecia.

Ela sentiu uma lealdade estranha por aquele homem que fora amigo e sócio de seu marido e que poderia ter sido algo a mais para ela não fosse por Ian.

— Foi um choque, como você pode imaginar. Levei um tempo para me acostumar com a ideia. — Ela se moveu determinada. — Mas agora é hora de encarar os fatos. Isla Verde se transformou em algo além das minhas posses. Na minha idade, com um bebê... — Sam não viu razão para entrar em detalhes.

Tom piscou, acordando de seu estado de transe com o que parecia ser um esforço.

— Se for uma questão de dinheiro, seria um prazer te emprestar um pouco.

Ela se sentiu profundamente emocionada, e não apenas pela sua generosidade. Em seguida, pôs a mão em seu braço.

— Obrigada, Tom, mas você já fez muito até agora.

— Não estou falando só de dinheiro, Sam. — Ele fez uma pausa, seu rosto foi ficando vermelho. — Sei que este é provavelmente o pior momento, mas eu tinha até chegado a pensar, bem, que você e eu... que a gente poderia... — Ele deixou a frase inacabada.

— Ah, Tom. — Ela balançou a cabeça com pesar.

— Nada mudou — continuou ele. — Quer dizer, exceto o óbvio. O que quero dizer é que... isso não muda a forma como me sinto.

— Com bebê e tudo? — Ela levantou uma sobrancelha, como se implicando com ele.

— Eu perdi o trem no que se refere a filhos. — Ele arriscou um sorriso tímido. — Embora, com certeza, não tenha sido por falta de tentar. — Tom era divorciado desde quando ela o conhecera. Nunca lhe ocorreu que ele e a esposa pudessem ter desejado formar uma família.

— Fico grata pela proposta, Tom. — Ela falou com toda a gentileza possível. — Mais do que você imagina.

Tom ficou com o rosto abatido.

— É por causa do pai? Você vai se casar com ele?

— Não sei — respondeu ela. — A única coisa da qual tenho certeza no momento é que tenho algumas mudanças importantes para fazer. Começando por eu mesma derrubar algumas paredes.

Tom a considerou de uma forma que, por mais espantosa que pudesse ser, parecia um respeito renovado.

— Com relação à minha amizade, a proposta ainda está de pé — disse ele. — Vou ajudá-la da forma que puder. Independentemente de qualquer outro laço entre nós. — Tom abriu um sorriso, o sorriso do menino ansioso que ela vira há um minuto, espiando por trás da máscara de homem sério. — Agora, com relação àquele empreiteiro...

Sam mal ouviu suas palavras seguintes. Estava ocupada demais revolvendo aquela descoberta maravilhosa em sua mente — como se fosse um objeto precioso — de que nem todos pensavam como sua irmã e Marguerite Moore. Havia aqueles que a aceitavam, que lhe dariam apoio. Pessoas como Gerry Fitzgerald e o reverendo Grigsby... e, sim, até mesmo Tom Kemp.

Se suas filhas também pensassem assim!

Capítulo Onze

No sábado seguinte, Laura acordou com o coração acelerado de um sonho em que tinha ido visitar a mãe e ela não a reconhecera. Seus batimentos cardíacos se estabilizaram assim que o ambiente familiar começou a se materializar sob a luz da manhã: sua penteadeira de carvalho com porta-retratos amontoados; o guarda-roupa antigo e maciço que fora de sua avó, com uma das portas que não fechava direito; a cadeira de balanço estofada com as roupas do dia anterior jogadas por cima — jeans empoeirados dobrados até os joelhos, uma camisa quadriculada com as mangas arregaçadas, a calcinha e o sutiã tão pouco atraentes e confortáveis quanto, sem dúvida, aqueles usados pelas freiras no alto da colina. Então ela se lembrou do sonho.

Não conheço mais a minha própria mãe.

Quando dissera a Sam que estava saindo da loja, a única coisa que lhe passara pela cabeça fora onde arrumaria outro emprego. Nem em um milhão de anos poderia prever o que aconteceria a seguir: que *ela* ficaria como a única responsável pela loja.

A mãe já devia saber disso, pois dissera, decidida:

— Essa é uma decisão *minha*, portanto não quero que você se sinta responsável. Eu não a levaria adiante se achasse que iria te magoar.

— Como *não* me sentir responsável? — Laura quis saber. Claramente a mãe via aquilo como a solução para tudo: como uma forma de economizar dinheiro, assim como de resolver o problema das duas trabalhando juntas.

Sam fora rápida em lhe contar a verdade.

— Tudo bem, talvez você tenha pegado a coisa meio no tranco, mas a verdade é que nós duas vamos nos beneficiar. Tenho que pensar no meu futuro e, por uma série de razões, isso faz todo sentido.

Por mais incrível que fosse, aquilo não era tudo. Parecia que a mãe ia se mudar de Isla Verde para uma casinha em péssimas condições nas planícies, que seu pai havia comprado como investimento — e cuja existência Laura nunca soubera até então. E Isla Verde — onde cada rachadura e cada mancha tinham uma história, onde gerações de animais de estimação haviam sido enterradas, e onde o pátio era sombreado por abacateiros que haviam brotado dos caroços jogados do peitoril da janela da cozinha — seria alugada para um perfeito estranho.

Laura ainda não tinha absorvido tudo muito bem. Lembranças dos rumos estarrecedores dos eventos da semana anterior tenteavam sua mente, sem praticamente ousarem dar vazão às preocupações inevitáveis que existiam além. Pois se a mãe era capaz de reinventar a própria vida até aquele extremo — mudando-se para uma casa que precisava de mais reparos do que aquela onde morava —, tábuas podres e fiação velha não seriam as únicas coisas a serem jogadas fora. *Alice e eu podemos ser as próximas.*

Laura esperou mais alguns minutos antes de se levantar da cama. O dia mal havia clareado, mas ela não conseguiria mais dormir. Sabia que seria assim, pois não era a primeira vez que acordava de manhã com o coração acelerado e o fantasma de um sonho montando guarda em sua mente. Pelo menos era sábado. Ainda teria dois dias inteiros até a loucura de segunda-feira. Laura suspirou só de pensar. Na semana anterior, enquanto a mãe se encontrara com dois corretores e empreiteiros, ela ficara atolada fazendo o serviço de duas pessoas. Nos intervalos entre atender aos clientes, acompanhar o envio de pedidos, dar entrada e saída no estoque e tirar nota fiscal, tivera ainda que selecionar os currículos que recebera em resposta ao anúncio que havia publicado e entrevistar candidatos ao emprego. O que não lhe deixara com muito tempo ou energia para mais nada ou mais ninguém.

Como para Finch. Laura voltou os pensamentos para as recentes revelações da menina. Não era de admirar que tivesse pesadelos! O que a surpreendia era como ela conseguira manter segredo por tanto tempo. Ainda agora podia ver o rosto torturado de Finch quando ela lhe contara sobre os eventos daquela noite.

— Eles não sabiam que eu estava no apartamento — dissera ela, numa voz estranha, entrecortada. — Havia dois deles, dois homens conversando com Lyle. Eu não conseguia ver os rostos do corredor. Tudo o que sei é que queriam o dinheiro deles.

— Dinheiro de quê? — perguntara Laura.

— Da coca.

— A sua mãe adotiva sabia que ele estava traficando drogas?

— A Shirlee? Sabia, acho que sabia. Mas ela trabalhava à noite e não ficava muito em casa. — Gotas de suor escorriam pela testa de Finch; ela parecia doente. — Eu nunca contei nada. O Lyle teria ficado furioso. E quando ficava furioso... — Finch parara de falar e engolira em seco. — Mesmo assim, eu consegui ouvi-los na sala de estar, gritando com o Lyle. Dizendo que ele estava escondendo alguma coisa. Aí o Lyle deu uma resposta e a próxima coisa que eu ouvi foi um tiro. Em seguida, eu me enfiei embaixo da cama. Eu não sabia o que mais poderia fazer.

— Você fez o certo. — Isso foi tudo o que Laura conseguiu dizer para não abraçar a pobre e trêmula menina.

— Eles não ficaram lá. Acho que estavam com medo de ser pegos.

— Você ligou para a polícia?

— Achei que ele estava morto — continuara Finch como se não tivesse ouvido. — Mas quando me aproximei, ele... ainda estava respirando. Ele me implorou para chamar a ambulância. Mas eu fiquei parada lá. Vendo ele morrer. Eu poderia tê-lo salvado, mas... mas não salvei.

Laura puxara a menina para seus braços, embalando-a quando ela começou a chorar. Ficara chocada ao saber não o que Finch havia feito — ou *achava* que fizera —, mas o que ela devia ter passado. Onde estavam as pessoas que deveriam ter lhe dado atenção? Os servidores do município, os assistentes sociais, os professores?

Agora cabia a Laura decidir o que era melhor. Finch permanecia inflexível quanto a não envolver a polícia e, em vez de trair sua confiança, Laura concordara relutante com ela. Ao mesmo tempo, estava claro que não poderiam continuar daquela forma, tendo sobressaltos por conta de qualquer carro que entrasse na propriedade, com medo de atender ao telefone. Alguma coisa tinha de acontecer.

Enfiando uma calça jeans e uma camiseta, Laura passou devagar pela sala de estar e pelo corredor. Na cozinha, o rabo de Pearl batia na lateral de sua caixa, enquanto Rocky andava a esmo para ver o que estava acontecendo. Ela ficou de cócoras para dar uma boa esfregada em sua cabecinha.

— *Você* não me cause problemas agora, ouviu? — O terrier lhe lambeu o rosto em resposta. Com a cabeça negra e encaracolada, com a orelhinha rasgada que se agitava como a de um coelho, ele parecia dizer: *Nós sabemos que você está fazendo o melhor que pode, mesmo que nem sempre pareça ser assim.*

Ela se pôs de pé com um suspiro. Os gatos também tentavam atrair sua atenção se enroscando por entre suas pernas, miando como se ela não os alimentasse há décadas. Ela despejou um pouco de ração na tigela deles e estava na pia, enchendo suas vasilhas de água, quando percebeu um movimento do lado de fora: uma mulher saindo da cocheira. Laura teve o vislumbre de uma cabeça loura e pernas pálidas antes de a mulher desaparecer do outro lado.

Ela sentiu uma onda de ciúme, embora isso não devesse surpreendê-la. Aquela não era a primeira mulher que passava a noite ali. Além disso, Hector não lhe devia explicações.

Pensou no beijo na cocheira. Talvez ele *tivesse* sentido alguma coisa. Uma afeição profunda que, por um momento, havia cruzado o limite para outro campo. Mas isso claramente não estava dando em nada. Desde então, da parte de Hector, eles falavam o tempo todo de trabalho, enquanto *ela* andava de um lado para outro como uma idiota apaixonada: com pânico de que ele pudesse descobrir como ela se sentia, apavorada que ele não descobrisse.

Bem, pode relaxar. Não precisava de mais nada além de olhar pela janela para ter provas de que ele não estava interessado.

De repente ela se sentiu uma estúpida por alguma vez ter imaginado que ele poderia querê-la... uma arca de Noé conduzida por uma única mulher que mais parecia saída da página de uma revista de equitação do que da *Vogue*. Qualquer homem em sã consciência sairia correndo colina acima. Qualquer amigo sincero o deixaria ir.

Ela ouviu um barulho e virou-se, vendo Finch de pé, na soleira da porta da cozinha, com short azul-marinho e uma camiseta amarrotada Tour de France, a despeito das lindas camisolas floridas que Laura comprara para ela.

— Hoje não é sábado? — perguntou, bocejando.

— É. — Laura arrumou as vasilhas dos gatos e pegou a cafeteira no fogão. — Está com fome?

— É melhor eu antes dar comida para os cavalos.

— O Hector... — Laura interrompeu-se. — Pensando bem, tenho certeza de que ele vai gostar de dormir um pouco mais. Eu o vi chegar muito tarde ontem à noite.

Finch dirigiu-se à porta. Na semana que se passara, ela parecera mais tranquila de certa forma, com o passo mais leve, como se o peso que estivera carregando tivesse saído de suas costas. De repente, ela se virou para Laura.

— Ah, Laura? Eu estive pensando... você não mudou de ideia, mudou?

— Sobre o quê? — Laura estava tirando café da lata.

— Você sabe. — Finch baixou a voz.

— Eu te dei a minha palavra.

— Você pode se meter em encrenca.

— Por que você não deixa que eu me preocupe com isso? — Laura lhe lançou um sorrisinho torto. — Veja, de uma forma ou de outra nós vamos resolver esse assunto, mas prometo que não vou fazer nada sem falar com você primeiro, está bem?

A menina ficou um momento em silêncio e Laura percebeu certo tremor em seus olhos, alguma coisa querendo desesperadamente acreditar que, no meio de todas as mentiras e promessas já quebradas, poderia existir, apenas poderia, alguém com quem pudesse contar.

— Meu nome verdadeiro é Bethany — disse baixinho. — Bethany Wells.

Laura pensou no esquilo ferido de que ela uma vez cuidara até ficar bom. Durante semanas ele ficara acuado em sua gaiola, sem deixá-la se aproximar. Mas, aos poucos, ele foi adquirindo confiança, até o dia em que ela pôde segurá-lo com as mãos em concha... uma bola de seda tremendo como a própria essência da vida por si só.

Agora, percebia aquele mesmo tremor.

— Prazer em conhecê-la, Bethany. — Laura se afastou da bancada com a mão estendida, sentindo o mundo girar um pouquinho em seu eixo enquanto a manhã tiquetaqueava à parte: a torneira pingando, o café borbulhando, cachorros e gatos com o focinho enfiado em suas vasilhas.

Com delicadeza, dedos tímidos se curvaram sobre os dela. Olhos castanhos olharam para ela cheios de esperança.

— Tudo bem para você continuar a me chamar de Finch?

Laura concordou com a cabeça, engolindo em seco para suavizar o nó na garganta.

— Claro.

— Você não vai contar nada para a Maude, vai? — Finch não precisava explicar. As duas sabiam como Maude era desligada. Ela poderia dar com a língua nos dentes sem querer.

— Boca de siri.

Finch hesitou e então disse:

— Outro dia ela me contou que você se divorciou porque não conseguiu ter filhos. É verdade?

Laura sentiu a pontada de uma dor conhecida, mas que, de uma forma ou de outra, não passou disso.

— Em parte — disse ela. — A verdade é que nós acabaríamos nos separando de qualquer maneira.

Finch balançou a cabeça em sinal de compreensão, dizendo com um fervor inesperado:

— Bem, se você quiser saber a minha opinião, qualquer cara que não consiga ver como você é maravilhosa não te merece.

Laura abriu um sorriso.

— Sabe de uma coisa? Estou começando a pensar assim também.

Logo Finch já estava do lado de fora, a porta de tela se fechando com um rangido. Laura levou um momento até conseguir entrar no ritmo da manhã. Estava guardando os pratos da noite anterior quando Maude apareceu enrolada em seu robe, como se a previsão do tempo fosse de sete graus negativos, em vez de vinte e sete positivos.

— Café! Que maravilha! — exclamou ela, como se Laura não fizesse café todas as manhãs. — Torradas com manteiga e canela?

— Vou bater a manteiga — disse Laura. — Temos pão suficiente?

— Espero que sim. Tirei uma bisnaga do freezer ontem à noite. — Maude foi até onde estava a cesta de pão, seu sorriso se esvaindo quando olhou, decepcionada, para a embalagem pesada e úmida em sua mão: a carne assada que seria para o jantar daquela noite. — Deus do céu! — Ela ergueu os olhos perturbados para Laura. — Devo estar ficando esquecida com a idade.

Laura sabia o que ela estava pensando. Uma coisa era ela morar ali quando também era algo parecido com uma fugitiva, mas agora que

Elroy tinha exposto suas intenções, embora com crueldade, ela devia estar com medo de não ser mais bem-vinda.

Laura largou a caneca.

— Bobagem. — Tirou com gentileza o pacote encharcado das mãos de Maude. — Nós não conseguiríamos nos virar sem você. Você acha que faz alguma diferença se vamos comer rosbife ou... sobra de macarrão com queijo?

— É melhor fazer espaguete com almôndegas. Fiquei com fome no meio da noite. — Maude arriscou um sorriso tímido. Com a trança enrolada caída sobre um dos ombros, ela parecia uma gata branca peluda.

Laura a abraçou, pensando em Elroy, que a fez lembrar de Sam e de como tudo era complicado na relação entre pais e filhos. Como era mais fácil lidar com alguém cuja história não estava embolada com a sua. Ela não apenas amava Maude, apesar de não serem parentes. Ela a amava ainda mais por causa disso.

— Não se preocupe — disse ela. — A gente sai para comer fora.

Maude recuou, franzindo a testa.

— É gentileza sua, minha querida, mas você pode bancar essa despesa?

— Não vejo por que não. — Ela não iria pensar na conta do veterinário que estava para vencer, no antigo aquecedor a óleo que já estava nas últimas ou nas calhas que precisavam ser substituídas. Tudo o que importava era que sua pequena família improvisada estivesse toda unida... mesmo que só naquele momento.

Estava pondo a mesa quando Maude perguntou, cautelosa:

— Você ouviu alguma coisa ontem à noite?

— Como o quê?

— Tenho a impressão de ter ouvido alguém gritar.

Laura não ouvira nada, a não ser o caminhão de Hector.

— Deve ter sido um lince.

— Não, com certeza era humano. Parecia uma mulher.

— A sra. Vincenzi? — A vizinha mais próxima delas, que sofria de Alzheimer, era dada a acessos ocasionais de gritos. Mas a casa dela ficava a uns quatrocentos metros de lá. Não obstante, não custava nada checar. — Vou dar uma ligada para a Anna depois do café para ver se está tudo bem.

O sol estava surgindo por trás do telhado da cocheira quando o café foi servido à mesa. Maude esquentou metade de uma bisnaga que surgira dentro da geladeira, e Laura se serviu de uma porção de granola feita em casa e uma tigela de pêssegos fatiados do pomar de Isla Verde.

Finch voltou a passos pesados da cocheira, e Hector apareceu poucos minutos depois, bocejando como se tivesse acabado de se levantar. Laura olhou de relance para ele, então para outro lado, esforçando-se para manter a compostura. Seu coração não parava de bater forte? A julgar pela atividade da noite anterior, ela fora a última coisa que passara pela cabeça dele.

— Eu não sabia se você tomaria café conosco — observou ela, com a voz branda.

— Nem eu. — Ele bocejou mais uma vez, coçando a cabeça.

Com calça jeans e camiseta sem mangas, ele estava quase indecente. Laura procurou não ficar olhando para os músculos de seu peito e de suas costas, onde o algodão fino da camiseta se ajustava; nem para os músculos avantajados de seus braços, com veias que pulsariam quentes sob o toque dos seus dedos. Tomou cuidado também para não olhar em seus olhos da cor dos grãos escuros do café que ele estava pegando e colocando no moedor — sua porção reservada de grãos.

— Achei que você ia querer dormir até mais tarde. Chegando à hora que chegou ... — Laura manteve o tom de voz tranquilo.

Ele nem se deu ao trabalho de levantar os olhos.

— Eu te acordei? Desculpe. E olha que o caminhão tem silenciador. Vou mandar dar uma checada na semana que vem. — O barulho do moedor de café a livrou de ter de responder.

Quando ele estava sentado à mesa com uma caneca fumegante na mão, Laura colocou uma torrada em seu prato. Ele sacudiu negativamente a cabeça quando ela lhe passou a manteiga.

— Melhor não. Estou indo devagar com o meu estômago.

Maude olhou alarmada para ele.

— Espero que você não esteja doente.

— Estou me sentindo mais como se um cachorro tivesse me atacado. — Deu uma risadinha baixa. — Antigamente eu bebia umas cervejas e não sentia nada na manhã seguinte. Devo estar ficando velho.

— Sei como é — suspirou Maude.

— Vou pegar um Alka-Seltzer para você. — Laura começou a se levantar.

Hector estendeu o braço e segurou-a de leve pelo pulso. Os olhos deles se encontraram brevemente e ela sentiu uma pequena corrente elétrica subindo pelo braço.

— Sei o lugar dele. Pode ficar onde está.

Os dedos de Hector estavam quentes em contato com sua pele. Será que ele podia sentir seu pulso acelerado? Ela esperou educadamente alguns segundos e então se livrou de seu toque e passou manteiga em mais uma torrada que sequer queria ou sentia necessidade de comer.

— Vou entrevistar mais uma pessoa na segunda-feira — disse Laura, para ninguém em particular.

Ela ergueu o olhar e viu que Hector a analisava pensativo por cima da borda da caneca.

— Você tem certeza de que a sua mãe não vai mudar de ideia?

— Tenho.

— Parece que você gostaria que ela mudasse.

— Seria melhor do que eu ficar me sentindo culpada o tempo todo.

Maude deu-lhe palmadinhas na mão para animá-la.

— A sua mãe tem a cabeça no lugar. Tenho certeza de que está fazendo o que é melhor para ela.

— Ela tem feito isso bastante nos últimos dias — murmurou Laura, aborrecida.

— Ela vai ter um bebê. — Maude falou como se isso fosse a coisa mais natural do mundo, sem dar importância ao fato de Sam ter idade para ser avó. — Quando estão grávidas, as mulheres fazem todo o tipo de coisas que não fariam normalmente. — Ela estava ficando com aquele olhar distante de novo. — Lembro de quando eu estava grávida do Elroy. Botei na cabeça que ia visitar a minha tia Ida. Para mim não fazia diferença alguma o fato de ela morar em Providence, em Rhode Island.

Eu não ia descansar enquanto não entrasse no trem. — Maude sorriu distraída, olhando para um quadrinho na parede: NÃO IMPORTA ONDE MEUS HÓSPEDES DORMEM, O QUE IMPORTA É A COZINHA ONDE ELES COMEM. — Isso foi dois dias antes de eu conseguir parar com alguma coisa no estômago. Quando saí do trem, eu estava tão fraca que mal podia ficar em pé — suspirou. — Já houve épocas em que me perguntei se foi por isso que o Elroy ficou do jeito que é.

— Não é culpa sua — disse Finch.

Maude se virou para ela.

— O quê? O Elroy?

— Você não tem culpa de ele ser do jeito que é.

Da boca de pequeninos e crianças de peito..., pensou Laura.

— Talvez não, mas ele ainda é meu filho. — Maude sacudiu a cabeça, tristonha.

Finch lançou-lhe um olhar apreensivo.

— Isso não quer dizer que você tem que morar com ele.

— Quem disse que eu ia para algum lugar? Meu Deus, eu já havia me decidido quanto a isso muito antes de ele vir me ver. E depois, da forma como você o mandou para fora daqui, tenho certeza de que ele não vai voltar tão cedo. Se bem que eu gostaria de uma visita ou outra — sorriu maliciosa —, desde que isso não inclua a comida da Verna.

— Espero que a minha mãe não me veja da forma como você vê o Elroy, como alguém tentando intimidá-la — Laura pensou alto. — Com certeza, eu nunca quis que as coisas ficassem como estão.

— Não sei quanto ao fato de a sua mãe deixar a loja. — Hector mastigou a torrada, pensativo. — Mas ela se mudar para um lugar menor faz sentido. Aquela casa é grande demais para ela.

— Pelo menos lá ela podia contar com a Lupe e o Guillermo. Na outra casa, ela vai ficar sozinha. — Laura nem precisou falar do assassino à solta; todo mundo só falava dele ultimamente.

— E se ela não morar sozinha? — Finch olhou inocente pela mesa.

Laura suspirou.

— Você está se referindo ao Ian? Acho que ninguém sabe. — Não acrescentou que ninguém também tivera coragem de perguntar.

E, estando ele ausente por conta de outro projeto, não havia como adivinhar. — Tudo o que sei é que vou ter que dar duro para substituí-la na loja.

— Eu poderia trabalhar para você — disse Finch, receosa.

Você vai para a escola, Laura quase chegou a falar, mas segurou a língua.

— Com certeza é uma ideia. Talvez você possa começar me dando uma mão até eu conseguir alguém.

Maude levantou-se da mesa.

— Por que você não me deixa lavar a louça? Você deve ter outras coisas para fazer. — Maude lançou um olhar significativo para Laura.

Laura lembrou-se do grito que Maude ouvira.

— Acho melhor eu dar uma olhada na casa da sra. Vincenzi. Sabe como é a Anna. Sempre que eu telefono, ela diz que está tudo bem. — Na última vez que fora lá, Laura viu que a pobre Anna estava prestes a cair no choro ao tentar deter a mãe, que, de casaco e chapéu, insistia que precisava pegar as filhas no colégio.

— Vou com você. Garanto que ela está precisando de alguém para aparar a cerca viva. — Hector arrastou a cadeira sobre o linóleo gasto. — Espere aqui, vou pegar minha tesoura.

Somente quando os dois se puseram a caminhar lado a lado pela estrada de chão é que Laura começou a relaxar. Deveria ter sido o oposto; ela deveria ter achado mais difícil ficar a sós com ele. Deus sabia que ele não teria percebido se ela tirasse toda a roupa e dançasse nua na estrada. No que estaria pensando enquanto caminhava ao seu lado com a tesoura de grama na mão? Na mulher com quem passara a noite?

Decorridos alguns minutos, ele lhe lançou um olhar de soslaio, observando com gentileza:

— Você está terrivelmente calada. Está tudo bem?

— Eu só estava pensando na Finch — mentiu ela.

— Ainda não se decidiu quanto ao que fazer com ela?

— Não é isso — disse. — Só tenho que descobrir como fazer. — Ela desejou que pudesse confiar nele, mas promessa era promessa. — Escute, se eu precisar passar alguns dias em Nova York, você toma conta de tudo enquanto eu estiver fora, não toma?

— Primeiro a sua mãe, agora você — implicou ele. — O que há de tão especial em Nova York?

— Ainda não posso te contar. Mas confie em mim. Sei o que estou fazendo.

Ele assentiu com a cabeça.

— Não tem problema. Fique o tempo que precisar.

— Antes eu preciso dar uns telefonemas. Depois eu te falo, está bem?

Eles caminharam mais um pouco em silêncio, então Hector tocou-a no cotovelo.

— De resto está tudo bem? Com você, quero dizer. — Seus olhos reluziram na sombra formada pela aba do chapéu.

Ela sabia a que ele estava se referindo: ao bebê.

— Estou bem. — Laura chutou uma pedrinha.

Ao longo do acostamento, flores silvestres pesadas com o orvalho — argemonas e milefólios dourados, arruda-do-campo e alhos-das-vinhas — balançavam sonolentas sob o sol da manhã.

— Que bom.

Laura franziu os olhos para o céu quente e límpido de agosto, onde nuvens esparsas se moviam pela montanha distante.

— Está bem — ela acabou admitindo. — Ainda não estou feliz com a novidade, mas se a minha mãe quer ferrar com a vida dela, isso é problema dela.

— Talvez não fosse uma vida tão maravilhosa assim, para início de conversa.

Laura lhe lançou um olhar desconfiado.

— O que você quer dizer?

Ele encolheu os ombros.

— Veja bem, eu não tenho nada que dar a minha opinião, mas eu tinha a impressão de que a sua mãe não era muito feliz. — Ele nem precisou dizer *antes do Ian*.

Houve uma época em que Laura teria dito a Hector que ele estava maluco, mas, naquele momento, ela se pegou perguntando:

— Ela te falou alguma coisa para você pensar assim?

— É só uma suspeita.

Laura suspirou.

— Nada me surpreenderia a esta altura dos acontecimentos.

Na curva seguinte, a casa da família Vincenzi se fez visível. No mesmo estilo de casa de fazenda que a sua, havia uma entrada comprida de terra. Mas era aí que terminava a semelhança. Anna, as mãos eternamente ocupadas com a mãe e a irmã, Monica, claramente não tinha tempo ou energia para gastar em manutenção. A tinta estava descascando das paredes laterais de madeira e o telhado parecia um tabuleiro de damas por conta das telhas faltantes. No pátio, o mato tomara conta da grama, e as cercas vivas, como Hector havia previsto, estavam precisando de poda. Levariam semanas para pôr aquele lugar em ordem.

Laura ficou com raiva de repente. Era de esperar que Monica, com todo o seu dinheiro, fizesse mais do que simplesmente dar trabalho a Anna. A sra. Vincenzi também era mãe *dela*. O mesmo valia para a irmã mais nova de Anna, Liz — não tão rica quanto Monica, mas também bem-sucedida. O mínimo que elas podiam fazer era dividir as despesas para contratar uma enfermeira em tempo integral.

Ela bateu à porta da frente. Normalmente, Anna corria para atender, ruborizada e um tanto ansiosa, como se, em parte, à espera de más notícias. Mas, quando o barulho das tábuas estalando se aproximou, seus passos pareciam cansados e derrotados — como se as más notícias já tivessem chegado.

Laura mal reconheceu a mulher que atendeu à porta. Os cabelos desbotados de Anna estavam despenteados, sua pele, cheia de manchas vermelhas, como se estivesse num estresse mental. Até mesmo o robe que vestia estava com os botões desencontrados. Talvez não tivesse sido a sra. Vincenzi quem gritara, pensou Laura, mas a própria Anna. Um grito de pura frustração.

— Laura. Hector. Que surpresa... eu não estava esperando vocês. — O sorriso de Anna vacilou como uma lâmpada prestes a queimar. — Desculpe, esta não é uma boa hora. Eu não queria ser grosseira, mas...

Ela parou de falar ao ouvir um berro alto: a pobre sra. Vincenzi estava tendo uma das suas indisposições.

— Há alguma coisa que nós possamos fazer para ajudar? — perguntou Laura, com delicadeza, sem querer se intrometer. Ao mesmo tempo, teria sido desumano ir embora.

— Não, obrigada. Posso dar conta disso sozinha. — Anna deu uma olhada ansiosa por cima do ombro.

Laura ficou aliviada quando Hector passou por Anna e entrou na casa, dizendo determinado:

— Estamos aqui. Podemos muito bem ajudar. — Anna deve ter ficado aliviada também, pois não protestou.

A sala de estar estava escura, como se não tivesse sobrado um minuto sequer para abrir as cortinas. Estava com o ar viciado também. Como uma casa que estivera fechada por muito tempo. Havia algo de muito triste e cansativo naquele lugar. Como um pneu que ia se esvaziando aos poucos.

Eles encontraram a sra. Vincenzi agachada no chão, no espaço do closet, as mãos na cabeça, os joelhos apertados contra o peito. Ela levantou a cabeça apenas o suficiente para deixar escapar mais um grito.

— Joey, não! O rosto não! *Por favor, o rosto não!*

Laura virou-se para Anna.

— Quem é Joey?

— Meu pai. — Os ombros de Anna desabaram. Naquele exato momento, ela aparentava mais ter a idade da mãe do que a de Laura. — Ele morreu quando eu era pequena. — Não foi preciso entrar em detalhes.

Hector pôs-se de joelhos, os saltos gastos das botas a alguns centímetros do chão.

— Está tudo bem, sra. Vincenzi. Ninguém vai machucar a senhora — disse ele com a voz tranquilizadora, da mesma forma que falava com os cavalos.

— Por favor, não. *Nãããããããããão*. — A velha começou a soluçar segurando a cabeça como se para se proteger de socos imaginários. Cabides vazios batiam acima de sua cabeça.

— Mamãe, pelo amor de Deus, mamãe! — Anna parecia à beira das lágrimas.

A velha virou a cabeça de repente, revelando olhos sofridos e úmidos que olhavam aterrorizados para algo que somente ela conseguia ver.

— Você não se *atreva* a encostar a mão nessas crianças! Joey, você não se atreva!

— Está bem, sra. Vincenzi. Ele não está aqui. A senhora pode sair agora — continuou Hector naquela voz baixa e gentil que nenhum cavalo ou humano jamais deixara de atender. Ele levantou uma mão pesada e abrutalhada pelo trabalho árduo.

A velha olhou desconfiada para ele.

— Vá embora.

— Mãe... — implorou Anna.

A velha mais uma vez desabou em soluços, balançando para a frente e para trás enquanto choramingava:

— Não... as crianças não... *não... não... não...*

Laura ficou de cócoras ao lado de Hector.

— A senhora gostaria de ver as suas filhas, sra. Vincenzi?

Dessa vez, quando levantou a cabeça, a expressão no rosto pálido da velha, que tinha uma semelhança inquietante com o de Anna, foi de uma expectativa hesitante.

— Elas estão bem?

— Estão. Eu a levo até elas, se a senhora quiser. — Laura estendeu a mão.

Um longo momento se passou. Então, de repente, a velha a seguiu, tão sem ossos quanto o casaco surrado que escorregava pelo cabide acima de sua cabeça. Dedos ossudos, mais parecendo garras do que dedos, fecharam-se no braço de Laura. Ela não pôde deixar de notar, assim que a sra. Vincenzi levantou-se cambaleante, que seu robe acolchoado cor-de-rosa era igual ao de Anna. Ela teve uma visão repentina de Monica matando dois coelhos com uma cajadada só no Natal. Não era mesmo o jeito dela?

Pouco depois, com a mãe acomodada em frente à TV, tão calma quanto um bebê, Anna virou-se para eles.

— Não sei como agradecer. Se vocês não tivessem aparecido... — Sua voz falhou.

— Para que servem os vizinhos? — Laura tomou cuidado para não fazer muito alarde da situação. Isso apenas deixaria Anna constrangida.

Ela mordeu o lábio.

— Vocês já têm feito tanto.

— Não só nós. Você não tem ideia de como fico tranquila ao saber que vocês estão logo aqui adiante. — Um dia, quando pudesse, Anna retribuiria o favor.

A pobre moça sorriu debilmente, mexendo num botão do robe.

— Não é horrível? Nem posso oferecer uma xícara de café para vocês.

— Nós já tomamos café. Por que você não se senta, enquanto eu preparo um pouco para você?

Laura virou-se e viu que Hector havia saído, sem dúvida para cortar a grama. Ela pegou o braço de Anna e levou-a para a cozinha sombria e com as paredes forradas por um papel com desenhos de moinhos desbotados. O local estava limpo, não fosse pelos pratos por lavar dentro da pia.

Anna seguiu o olhar de Laura e ruborizou.

— Não tive tempo de lavar a louça. Ela me fez ficar acordada boa parte da noite.

Laura pensou de novo no berro que Maude havia ouvido.

— Ela saiu de casa de novo? A Maude acha que ouviu... — Laura interrompeu-se ao ouvir o berro de Hector no pátio atrás da casa. Deus do céu, o que seria agora?

As duas mulheres saíram correndo para a porta dos fundos. O quintal estava tão cheio de mato quanto a frente da casa, e Laura levou algum tempo até ver Hector de pé sob uma acácia de onde pendia um balanço feito de pneu, os olhos fixos no chão.

Ela estava se dirigindo para ele quando viu alguma coisa despontar no meio do mato crescido: uma mão com longas unhas vermelhas. Logo abaixo, uma barriga pálida sobre a qual sobrevoava um enxame de moscas.

Laura sentiu o estômago querendo sair pela boca.

Anna gritou ao seu lado.

— Acho que — a voz de Hector parecia vir de muito longe — nós deveríamos chamar a polícia.

Capítulo Doze

Finch observou o policial pelo canto dos olhos. Ele era jovem, tinha cabelos castanhos e curtos, sardas e lembrava Potsie naquele programa antigo, *Happy Days*, que passava na TV. Em nada se parecia com os policiais do lugar de onde vinha, com olhos duros que nada perdiam e tudo viam. Aquele, mais do que seu parceiro, parecia nervoso e inseguro. Fazia anotações em seu bloco e, de tão concentrado, mordia a ponta da língua. Ela estava tremendo e apertava uma almofada contra o estômago.

No momento, ele se dirigia a Maude:

— Sra. Wickersham, esse grito... a que horas a senhora o ouviu?

Maude, sentada no sofá, ao lado de Finch, franziu a testa e olhou para o tapete, de onde pelos de cachorro sobressaíam como topetes.

— Bem, deixe-me ver... deve ter sido por volta das três.

— A senhora tem certeza da hora? — O policial mais velho franziu os olhos. Tinha de gordo o que seu parceiro tinha de magro, com costeletas compridas e cabelos puxados para trás, no estilo anos 70.

— Ah, tenho.

— Não poderia ter sido por volta da meia-noite? — interrompeu Potsie.

— Não, eram três horas.

— A senhora tem certeza?

— Se o senhor quer saber, eu sinto o chamado da natureza. — Maude ficou levemente ruborizada. — Levanto todas as noites à mesma hora.

Até Finch teve que rir. Ela olhou de relance para Laura, que estava sentada na poltrona em frente ao sofá. Hector estava sentado no braço da poltrona, com a mão no ombro dela. Ambos pareciam muito chocados.

— A senhora ouviu mais alguma coisa fora do comum? — perguntou o policial mais velho, o de cabelo colado.

— Só o grito. Foi alto bastante para levantar os mortos. — Maude ruborizou por conta da infeliz escolha de palavras.

— Mais nada? — perguntou o policial mais jovem. — Nenhum tiro?

Maude olhou confusa para Laura.

— Achei que o senhor tinha dito que ela havia sido esfaqueada.

Laura balançou a cabeça, contrariada, como se aborrecida por causa da artimanha que o policial estava usando: tentando confundir Maude para ver se ela revelava alguma coisa que pudesse estar escondendo. Estava muito abatida e se mexia sem parar na poltrona, lançando olhares ocasionais para Hector. Era óbvio que essa fora sua primeira experiência com uma pessoa morta. Finch sentiu uma solidariedade parecida com a de uma irmã mais velha.

— Ainda não temos o relatório do legista. — O sr. Mod Squad cruzou os braços, observando a sala de estar, em parte como se esperasse encontrar uma faca ensanguentada despontando debaixo do sofá.

— Já lhe contamos tudo o que sabemos — Laura disse com educação, embora deixando claro que já estava cansada. — A Maude ouviu um grito. Achamos que poderia ter sido a nossa vizinha ao lado, a sra. Vincenzi. Ela às vezes sai e... se perde. Quando o Hec... o sr. Navarro e eu fomos dar uma olhada... bem, o senhor sabe do resto.

O olhos redondos do sr. Mod Squad se fixaram em Hector.

— Qual é a sua ligação com a sra. Kiley?

Laura mais uma vez ergueu os olhos para ele, as faces ficando rosadas.

— Eu trabalho para ela — disse.

— O senhor também mora aqui?

— Tenho um quarto na cocheira.

— E o senhor não ouviu este suposto grito?

— Eu fiquei fora até tarde, jogando sinuca no Red Rooster com alguns amigos. — Hector não moveu um músculo sequer, mas Finch pôde sentir sua tensão do outro lado da sala.

— O senhor pode nos dar o nome desses amigos?

Alguma coisa reluziu nos olhos de Hector e, numa voz estranhamente sarcástica, ele respondeu:

— Com certeza. Por umas cervejas, tenho certeza até de que eles vão testemunhar a meu favor.

O sr. Mod Squad franziu a testa, claramente não achando graça.

— É possível que, em dado momento, precisemos que o senhor vá à delegacia para mais um interrogatório. Algum problema com relação a isso?

— Depende.

— Como?

— Se vou ou não precisar de um advogado.

Os policiais se entreolharam e, como se chegassem a uma decisão mútua, deram para trás, pelo menos naquele momento. Finch estava começando a ter esperança de que talvez, apenas talvez, também fosse ficar de fora, quando Potsie virou-se para ela.

— E qual é exatamente a *sua* ligação com a sra. Kiley, srta...?

— Finch. — O nome lhe saiu da boca mais como um guincho.

— Srta. Finch. — Ele anotou às pressas no bloco.

— Ela é uma amiga da família — interrompeu Laura.

— Está aqui de visita? — O sr. Mod Squad olhou para Finch, desconfiado.

— Ela mora conosco.

As palavras destacadas de Laura foram suficientes para desviá-los do assunto. Claramente os policiais não tinham interesse em entrar em questões familiares desagradáveis. Quando o policial mais jovem fechou o bloco, Finch quase afundou no sofá de tão aliviada. Haveria mais perguntas pela frente. Qualquer possível testemunha seria interrogada, cada pista, averiguada. Talvez até a investigassem. Mas pelo menos isso lhe daria tempo para decidir o que fazer em seguida.

Laura acompanhou os policiais até a porta. Todos aguardaram em silêncio até o carro patrulha deixar o caminho de carros. Maude foi a primeira a falar.

— Vocês acham que eles vão descobrir quem fez isso?

— Eles vão prender *alguém*. — Hector pôs-se a andar de repente com o olhar contrariado e foi até a lareira. Finch lembrou-se da história de como ele havia entrado ilegalmente no país e como, mesmo após ter conseguido o green card, era constantemente perseguido pela polícia, que o afrontava em cada curva. Uma vez, chegaram até a prendê-lo sob alegação de vagabundagem. Finch sabia exatamente o que isso significava e passou a olhá-lo de uma forma diferente desde então.

— Você tem um álibi — lembrou-lhe Laura. — Estava fora com seus amigos.

— É, até pouco depois da meia-noite. Depois disso, eu estava deitado na minha cama. Sozinho.

Laura lançou-lhe um olhar surpreso.

— Sozinho?

— Foi o que eu disse.

— E quanto à mulher que eu vi?

— Que mulher?

Laura ficou ruborizada.

— Lá fora. Deviam ser umas seis, seis e pouco. Achei que... — Ela mordeu o lábio.

Hector balançou a cabeça, insistindo.

— Eu não estava com ninguém ontem à noite.

Eles trocaram um olhar. Se Hector estava sozinho, então quem era ela?

— Bem, uma coisa é certa — Maude levantou-se para esticar a manta que havia escorregado do encosto do sofá —, nenhum de nós vai conseguir dormir bem até o criminoso ir para trás das grades.

Por um longo momento, ninguém disse nada. Os únicos sons eram o tique-taque do relógio sobre a lareira e os passinhos leves de um camundongo atrás do rodapé. Até os cachorros e os gatos estavam quietos como nunca. Por fim, Finch levantou-se.

— Vou dar uma volta — anunciou ela.

Todos olharam para a menina como se ela houvesse dito que ia à lua.

— Fique perto de casa — advertiu Laura.

Finch sabia que deveria estar tão preocupada com o assassino à solta quanto eles estavam, mas uma sensação estranha de liberdade tomou conta dela. Ela pensou: *Pelo menos eles não estão achando que fui eu.*

— É o trabalho da minha vida.

Irmã Agnes sentou-se sobre os calcanhares para examinar o jardim que estivera cultivando. Ele acompanhava a trilha ao longo da lateral ensolarada da capela, uma estranha variedade de arbustos, árvores, ervas floridas, cada qual com sua descrição impressa numa plaquinha. Finch curvou-se para analisar uma delas.

Cinamomo
(***Cinnamomum zeylanicum***)
"Já perfumei o meu leito com mirra,
aloés e cinamomo."
Provérbios 7:17

— Comecei a cultivá-lo assim que cheguei aqui como noviça — continuou a irmã Agnes. — Você sabe quantas plantas e árvores estão descritas na Bíblia? Dezoito. Lembro-me de pensar: não seria maravilhoso se elas estivessem expostas num lugar onde nós pudéssemos vê-las? Um jardim bíblico. Exatamente como devia ser na época de Cristo.

— Deve ter levado um bocado de tempo — disse Finch, percebendo como alguns arbustos e árvores estavam crescidos.

— Trinta e oito anos na próxima primavera. — Irmã Agnes pôs a pá de lado e levantou-se, desajeitada, fazendo uma careta por causa da rigidez das pernas. — E os meus velhos ossos não sabem disso?

— A senhora não é tão velha assim.

— Velha o suficiente para lembrar de quando tudo isso era só um tiquinho de grama. — Ela mancou até um arbusto alto repleto de flores cor-de-rosa vibrantes. — Esta é uma das minhas favoritas, embora, talvez, a menos rara.

Finch analisou a plaquinha:

Rosa
(*Nerium oleander*)
"Ouvi-me, rebentos divinos, desabrochai como uma <u>roseira</u> plantada à beira das águas."
Eclesiastes 39:13

— Não se parece com nenhuma roseira que eu já tenha visto — disse ela.

— Aí é que está a beleza, percebe? — disse irmã Agnes. — Esperar uma coisa e encontrar outra. Como o livro sagrado, propriamente dito. Muito se encontra no olho ou no coração, conforme o caso... do observador.

— O que é aquela ali? — Finch apontou para uma árvore alta, qual um dedo apontando para o céu.

— Cedro-do-líbano. — Irmã Agnes citou de memória: "O justo florescerá como a palmeira... crescerá como o cedro-do-líbano. Plantados na casa do Senhor, florescerão nos átrios do nosso Deus. Na velhice darão ainda frutos..." — Ela se interrompeu com um sorriso, olhando para as mãos sujas de terra. Quando ergueu novamente os olhos, seu olhar sorridente voltou a se fixar em Finch com uma franqueza tanto reconfortante quanto um pouco inquietante. — Agora me diga, o que aconteceu para você vir até aqui me ver?

A menina deu uma olhada ao redor, mas não havia ninguém que pudesse ouvi-las. Apenas o som de um órgão vindo da capela, acompanhado por uma soprano com voz doce, se não um pouco fina demais, que cantava um hino: *Quando Jesus chorou, suas lágrimas escorreram em misericórdia...*

Com cautela, Finch disse:

— Quero a sua opinião com relação a uma coisa.

— Pode ter certeza de que estou às suas ordens, embora eu não me ache nenhuma autoridade em assuntos mundanos.

— É... bem, tem mais a ver com religião.

— Oh? — A freira pequena a analisou com interesse. — Ultimamente também não sei se sou uma autoridade nesse assunto. — Ela deu um sorriso arrependido, procurando, sem perceber, as contas de seu rosário.

— Seria pecado uma freira mentir por uma boa causa?

Irmã Agnes levantou uma das sobrancelhas.

— E que boa causa seria essa?

Finch sentiu as faces ruborizando.

— Minha causa.

— Entendo. — A expressão da irmã Agnes não se alterou. — E por que esta freira aqui mentiria por você?

— Encontraram outro corpo — Finch falou sem pensar. — Hoje de manhã, atrás da casa da nossa vizinha.

— Jesus, Maria, José!

Irmã Agnes fez rapidamente o sinal da cruz, o rosto quase tão branco quanto seu véu. Finch logo percebeu seu erro e foi rápida em repará-lo:

— Eu não tive nada a ver com isso.

— Ora, e por que eu acharia tal coisa? — Mas estava claro que tinha achado, ao menos por um instante.

— A polícia apareceu. Fez um monte de perguntas.

— Era de esperar.

Finch lembrou-se das palavras de Hector.

— Eles não vão sossegar enquanto não prenderem alguém.

— Vamos rezar para que seja o alguém certo.

Finch baixou o olhar, observando uma erva daninha que tinha passado despercebida.

— Como eu disse para a senhora antes, eu estava fugindo, mas eu não disse por quê. A verdade é que... eu fiz uma coisa. Não sei se foi contra a lei, mas com certeza foi pecado. Se eu fosse católica, isso provavelmente me mandaria para o inferno.

— Shh, menina. — Irmã Agnes levou a mão ao rosto de Finch. Ela cheirava às ervas que Maude usava na cozinha. — Nem mais uma palavra. Seja o que for, Deus sabe que já estou muito encrencada sem precisar contar essa mentira da qual estamos falando.

Finch ergueu os olhos ardentes para a irmã Agnes.

— Se fosse necessário, a senhora me esconderia por um tempo? Se fosse para evitar que eu parasse na prisão? — Pronto, tinha falado. Dissera o indizível: pedira a uma freira não apenas para quebrar a lei, mas para cometer um pecado.

Antes que a irmã Agnes pudesse responder, o barulho nos cascalhos fez Finch se virar subitamente. Uma freira alta, com o rosto tão fino quanto uma bota de cano longo, aproximava-se delas, as mãos unidas em oração. Seus dedos longos pareciam pálidos em contraste com o tecido escuro de seu hábito.

— Aqui está a senhora, irmã. Já lhe procurei por toda parte. — A freira parecia impaciente, como se a irmã Agnes tivesse de saber que ela estava à sua procura.

— Irmã Beatrice. — A expressão de irmã Agnes se fechou momentaneamente, mas ela logo recuperou a postura. — Não acredito que a senhora conheça minha jovem amiga, Finch.

Finch esticou a mão, que irmã Beatrice apertou sem entusiasmo. Ela a fez se lembrar de uma professora que tivera no sexto ano, sra. Friedlander, que, se pegasse alguém mascando chiclete em sala de aula, obrigava esse alguém a andar com o chiclete colado na testa durante o resto do dia.

— Vejo que a irmã Agnes está exibindo o seu trabalho favorito. — Irmã Beatrice sorriu, mostrando uma fileira de dentes curtos numa gengiva pálida e larga.

— Por que a senhora queria me ver, irmã? — A voz da freira mais velha adquiriu uma certa aspereza. Ela cravou os olhos intencionalmente, assim pareceu, num arbusto gorducho, com folhas prateadas e a seguinte inscrição:

Absinto
(*Artemisia herba-alta*)
"... *amargoso como o <u>absinto</u>,
agudo como a espada de dois gumes.*"
Provérbios 5:4

— A Reverenda Madre gostaria de falar com a senhora — disse irmã Beatrice, como se alguma punição terrível a estivesse aguardando.

Irmã Agnes ficou preocupada.

— O quê... O que ela quer?

Claramente aquela era a resposta pela qual irmã Beatrice estava esperando. Ela sorriu com uma satisfação muito mal disfarçada.

— Com certeza eu não saberia dizer. Não me atrevo a conhecer a mente da nossa estimada madre.

Finch a observou virar as costas, o hábito longo arrastando pelo chão conforme se dirigia à capela. Como uma freira podia ser tão cruel?

— Minha nossa, o que fiz agora? — Irmã Agnes levou uma mão trêmula à face.

Finch sentiu uma onda de indignação.

— Ela só está tentando arrumar problema. — Não conhecia irmã Beatrice, mas o tipo lhe era familiar.

A pequena freira lançou-lhe um olhar reprovador, embora afetuoso.

— Você não deve falar essas coisas, menina. Nós não podemos nem *pensar* nelas. Somos todos iguais aos olhos do Senhor. Até mesmo — suspirou — quando nos sentimos um pouquinho superiores aos outros.

Seguiu-se o silêncio. Tudo o que se ouvia era o piado dos filhotes de passarinhos na figueira acima delas e o canto distante: *Quando Jesus gemeu... um tremor atingiu todo o mundo...*

Finch começou a se sentir desconfortável. Irmã Agnes ainda não lhe dera uma resposta. E por que daria? Já não tinha muito com o que se preocupar? *Foi idiotice a minha ter pedido.*

A menina estava prestes a dar as costas para ir embora quando uma mão macia pousou em seu braço. Ela olhou para aqueles olhos azuis cheios de bondade.

— Se algum dia você precisar, não estou dizendo que precisará, não vou assumir a postura de te dar as costas. Isso não seria exatamente uma mentira, seria? — A freira levou a mão ao bolso e surgiu com um molho de chaves. Tirando uma, apertou-a na mão de Finch. — Esta é a chave do apiário. Ninguém, nem mesmo a polícia, pensaria em te procurar lá.

Capítulo Treze

Na última semana de agosto, quando a histeria em torno do assassinato se assentara, restando apenas uma paranoia silenciosa, Alice e Laura se encontraram para almoçar no Casa da Árvore. Sob a sombra do antigo carvalho, tomando chá gelado e comendo salada de camarão, elas falavam sobre os últimos acontecimentos do que passara a ser conhecido como O Problema com a Mamãe.

— Não consigo acreditar que ela vai mesmo *levar isso adiante* — disse Alice.

Quem, em sã consciência, trocaria Isla Verde por uma casinha vagabunda nas planícies? Ela tivera esperança de que a mãe caísse em si, mas, pelo que sua irmã estava lhe contando — que as obras já haviam começado —, parecia que isso não iria acontecer.

— Pois pode acreditar — disse Laura, preocupada. — Se tudo correr bem, ela vai se mudar no mês que vem.

— Ah, meu Deus, isso é pior do que eu pensava.

— Isso ainda não é o pior.

Alice gemeu. Como as coisas ainda poderiam piorar?

— Ela encontrou uma pessoa para alugar Isla Verde — disse Laura. — Ele vai assinar o contrato na semana que vem.

— Quem? — Alice sentiu uma pontada de culpa. Há dias não falava com a mãe. Em geral estava fora quando Sam ligava e ultimamente as mensagens estavam se acumulando.

— Aubrey Roellinger.

— O maestro? — Alice tinha ouvido falar dele, é claro. Quem não tinha? Lembrou-se também de uma notícia nos jornais, um tempo atrás, sobre a morte de sua esposa em um acidente de carro. — E quanto a Lupe e Guillermo? O que vai acontecer com eles?

— Parte do acordo diz que é para eles ficarem na casa de hóspedes. — Laura deu um sorrisinho malicioso. — Depois de todos esses anos, a mamãe está finalmente conseguindo o que quer. Está forçando a Lupe a se aposentar.

Alice balançou a cabeça.

— Nada disso faz sentido.

— Nem me fale. — Laura deu uma garfada na salada, parecendo tensa. — Em primeiro lugar, que segurança a mamãe vai ter morando lá sozinha no meio do nada?

A imagem de Ian veio-lhe à mente.

— Isso *se* ela ficar sozinha.

— Eu preferia vê-la amigada com o Ian do que... — Laura não conseguiu terminar a frase.

Alice sabia que o assassinato tinha deixado sua irmã profundamente abalada. Corria o boato de que a vítima, uma jovem professora na Escola Portola High, se envolvera com drogas e tivera problemas com um traficante. No entanto, ninguém tinha dúvida de que o assassino do sem-teto havia atacado de novo. Laura confessou que agora dormia com uma espingarda carregada ao lado da cama.

— Alguma novidade nesse fronte? — Alice tomou o cuidado de falar em código. No pico da hora do almoço, no restaurante mais popular da cidade, uma observação feita em voz alta poderia ter o mesmo efeito de um fósforo caído no querosene.

— A polícia segurou o Hector na delegacia durante horas a fio. — Laura baixou a voz, olhando para os lados para se certificar de que ninguém estava ouvindo. — Parecia a Inquisição espanhola.

O rubor de indignação que lhe subiu pelas faces dizia mais sobre seus sentimentos por ele do que qualquer outra coisa. Alice imaginou se Hector tinha entendido, ou pelo menos notado a mudança em sua irmã. Primeiro, ela havia emagrecido pelo menos uns cinco quilos. E com o vestido tubinho que estava usando, uma estampa apropriada com listras verticais amarelas e vermelhas, dava para notar bem. Tinha também arrumado os cabelos de outra forma, puxando-os para trás por cima das orelhas com duas presilhas de prata.

— Eles devem estar desesperados para pôr a culpa em alguém — disse Alice.

Seu olhar se desviou para Melodie Wycoff, que abastecia um carrinho com bebidas no bar. Ela não parecia estar com muita pressa, ocupada demais paquerando Denny, o barman. Todo mundo sabia que ela estava traindo o marido. O temperamento estourado de Jim Wycoff também era conhecido. Alice já havia ouvido tantas estatísticas de policiais que ficavam extremamente violentos que imaginou se Melodie não poderia ser a próxima a parar no necrotério. Ela tremeu só de pensar.

Várias pessoas estavam dando uma olhada nas prateleiras repletas de livros nos fundos do café, onde raios de sol se infiltravam pelo telhado improvisado de polietileno corrugado lançando um traçado quadriculado no pátio. Dizia-se que o Casa da Árvore tinha mais títulos do que era possível contar, e Alice sabia que isso era verdade. Alguns meses atrás, ela dera a sorte de encontrar a primeira edição de um romance de Charles Dickens, *The Pickwick Papers*, por um dólar e cinquenta centavos. Empolgada por um momento, ela pensou em comprá-la, mas, ao saber quanto o livro significaria para os Ryback, chamou a atenção deles para a pechincha. O valor do romance no mercado de livros raros, imaginou, cobriria uma boa parte das despesas médicas do pequeno Davey.

— Pegaram um trabalhador emigrante outro dia — Laura interrompeu os devaneios de Alice. — Mas ele tinha um álibi. Estava preso no dia, cumprindo pena por dirigir alcoolizado.

Alice voltou o olhar para a irmã.

— Ótimo, muito bom. Então a nossa mãe ficará à mercê de qualquer psicopata que aparecer? Onde exatamente fica esta casa, a propósito?

— Na saída de San Pedro, ao lado da antiga escola. Não é tão ruim quanto você está pensando. Na verdade, é até bonitinha.

Alice sentiu outra pontada de culpa, mais forte dessa vez. Não deveria estar sabendo disso pela irmã; deveria ela mesma ter ido lá para ver. Não obstante, pegou-se dizendo:

— Tenho certeza de que não era o que o papai tinha em mente quando a comprou.

— Acho que a mamãe nem sabia da casa até agora.

— Por que ele não teria contado para ela?

— Não sei. Não faz muito sentido, não é?

— Muita coisa passou despercebida quando ele ficou doente.

Alice não gostava de falar muito sobre aquela época em particular; a lembrança ainda era muita dolorida. Os longos dias e noites de vigília à beira de sua cama, observando-o definhar até não sobrar praticamente nada. A terrível agonia de saber que não havia nada que ela ou qualquer outra pessoa pudesse fazer para impedir o seu sofrimento.

— Tenho certeza de que foi algo mais ou menos assim. — Laura deu uma garfada pouco entusiasmada na salada.

— Seja o que for, parece que ela já está com tudo resolvido. — Alice sentiu-se subitamente perdida. Sam é que deveria se sentir assim, mas, naquele momento, ela parecia mais segura de si e do que queria da vida do que qualquer uma das filhas.

— Só tem mais um problema — disse Laura. — Ainda não sabemos nada quanto ao Ian.

Alice engasgou, o nome dele parecia um osso entalado em sua garganta. Ela pegou o copo e, por cima da borda, lançou um olhar irônico para a irmã.

— Acho que a falta de notícias é uma boa notícia.

Laura aproximou-se dela para lhe contar um segredo.

— Tudo o que sei é que, ultimamente, a mamãe tem visto muito o Tom Kemp.

Alice se animou.

— Sério?

— Não se anime muito. Não é o que você está pensando. Ele está dando uma mãozinha com a casa... licença para obras, empreiteiro, esse tipo de coisa.

— Talvez ele cresça no conceito dela.

— Talvez. — Laura não parecia muito convencida.

Elas trocaram um sorriso irônico. Velhos tempos em que a mãe era tão previsível quanto as estações do ano. Mas tudo estava mudado. Agora, ela era como os ventos de Santa Ana, que podiam surgir do nada, levar a temperatura a extremos repentinos e transformar pequenas labaredas em incêndios florestais. Ninguém podia adivinhar o que ela faria a seguir.

— O Wes me disse que o Ian está em Big Sur — disse Alice.

— É? Se a mamãe me contou, eu devo ter esquecido. Nessas duas últimas semanas, tenho corrido para um lado e outro feito uma galinha sem cabeça.

— Como estão indo as coisas?

Alice olhou de relance para David Ryback, cumprimentando alguém à porta. Assim como Laura, ele havia assumido o negócio da família quando o pai se aposentou. Isso acontecera há uns oito, nove anos. Desde então, o Casa da Árvore, já conhecido entre os moradores da cidade, havia também se transformado em atração turística. David trabalhara para isso ao cortejar assiduamente a mídia, certificando-se de que notícias sobre o café aparecessem com regularidade em guias de viagem e em folhetos sobre as atrações da região. Ele também tivera a ideia brilhante de envasar a geleia de amoras pela qual eram conhecidos. Ela era vendida na loja junto com as camisetas, canecas e um livro de receitas da casa. Será que sua irmã teria o mesmo sucesso com a Delarosa? Ou não seria capaz de dar conta de tudo o que a loja exigia?

— Estou dando um jeito — disse Laura. — Graças a Finch. Ela foi uma enviada de Deus.

A alegria forçada em sua voz fez Alice perguntar:

— Os negócios ainda estão em baixa?

— Não que dê para perceber, mas ainda estamos abaixo do ano passado.

— Me desculpe por perguntar o óbvio — disse Alice —, mas por que vocês não vendem on-line, como todas as outras lojas?

Laura revirou os olhos.

— Pode acreditar, não foi por falta de insistência minha. A mamãe não queria nem ouvir falar nisso. Ela sempre dizia que não era essa a imagem que queria para a Delarosa.

Mais uma vez elas trocaram um sorriso irônico.

— A mamãe não está mais no comando — lembrou-lhe Alice.

— É, mas eu estou até aqui. — Laura levantou a mão até o queixo. — Este é o primeiro sábado, em semanas, que consigo dar uma escapada para comer algo além de sanduíches. Mal posso parar para ir ao banheiro. Onde eu arrumaria tempo para montar um website?

— Eu poderia ajudar. Conheço algumas pessoas.

Laura olhou para a irmã da forma como uma mulher afogada olharia para seu salvador.

— Ah, Alice, isso seria... — Interrompeu-se. — Seria muito caro? Não sei se posso pagar.

— Vou tomar conta de tudo, não se preocupe. — Alice falou com brandura, sabendo muito bem como a irmã ficava vulnerável quando o assunto era dinheiro. — Você pode me pagar em parcelas.

Laura esticou o braço pela mesa e lhe apertou a mão.

— Obrigada, Al. Você não faz ideia de como fico agradecida.

— De nada.

— E quanto a você? Quais as novidades?

Os pensamentos de Alice se voltaram para seu próprio infortúnio. Seu programa estava sendo cancelado. O porre fenomenal que levara Marty a um programa de reabilitação decidido pelo juiz provara ser a gota d'água. Nada se falara ainda sobre substituí-lo, mas era como se o sistema de ar condicionado tivesse sido turbinado de uma hora para outra nos corredores da CTN, chegando a ponto de congelar o ambiente. As pessoas que lhe eram simpáticas, de repente, passaram a evitá-la. E as pessoas que a evitavam, de repente, passaram a lhe ser simpáticas. Todos sabiam da situação: Wes não a demitiria, mas, de uma forma ou de outra, ela estava encrencada.

— Estamos discutindo algumas ideias — Alice falou com naturalidade. — Não há nada certo ainda.

— Bem, pelo menos você não vai morrer de fome.

Laura estava apenas brincando, mas seu comentário a pegou em cheio. Alice não precisava de mais nenhum lembrete de que levava uma vida de luxo. Que Wes levava, para ser mais exata. Ávida por mudar de assunto, perguntou:

— E como vão as coisas em casa?

— A Maude decidiu ficar.

— E quanto a Finch?

Laura se iluminou.

— Ah, ela é uma garota e tanto, Al! Tudo o que precisava era de um pouquinho de tempo para sair da casca. Na verdade, andei pensando... — Laura deteve-se de repente, a cor sumindo de seu rosto.

Alice seguiu seu olhar. Em pé, à porta, estava o ex-marido de Laura, Peter. Ele estava conversando com David, o braço nos ombros da esposa grávida. Alice não o via desde o divórcio, mas ele parecia o mesmo. Ainda atraente no sentido mais brando e menos entusiasmado da palavra. Sua esposa loura, tão redonda quanto um pêssego maduro, era bonita demais para ele.

— Vamos sair daqui — sussurrou Alice, pedindo a conta.

— Não. — Laura segurou o garfo como se fosse uma corda salva-vidas. — Ele se livrou de mim uma vez, não vai se livrar de novo. Vamos ficar mesmo que isso esteja me matando. — Quando Melodie chegou à mesa delas, ela pediu animadamente: — Vou querer a torta de geleia de amoras com uma colher de sorvete de baunilha.

— Duas. — Alice não podia se lembrar da última vez em que pedira algo tão engordativo, mas isso não iria matá-la. Além do mais, era por uma boa causa.

Estavam comendo a sobremesa quando Peter e a esposa se puseram a andar na direção delas. Ele as avistou e foi até lá, oferecendo-lhes seu melhor sorriso de vendedor.

— Laura, Alice. Que surpresa.

Que babaca, pensou Alice.

Sua irmã sorriu.

— Você está muito bem, Peter. — *Ponto para Laura*. Não dava para perceber que ela estava morrendo por dentro. — Nem acredito que vou conhecer a sua esposa. — Levantou-se para estender a mão. — Olá, sou a Laura. Você deve ser a Georgia.

A esposa de Peter, claramente ávida por evitar um escândalo, apertou sua mão com um entusiasmo quase constrangedor.

— Olá, Laura. Uau. Isso é incrível. Ouvi falar tanto de você.

Laura baixou os olhos para a barriga dela.

— Para quando é o bebê? — Ela conseguiu soar carinhosa, até mesmo interessada.

— É para daqui a uma semana apenas. — Georgia deu batidinhas na barriga.

— Bem, tudo de bom para vocês. — Laura manteve o sorriso simpático para incluir Peter também. — E parabéns.

Somente quando Peter e a esposa se sentaram do outro lado do pátio é que ela deixou escapar uma respiração entrecortada. Parecia abalada e um tanto pálida, embora determinada como nunca a manter uma boa fachada. Até demorou um pouco com a conta, insistindo que era sua vez de pagar.

Quando chegaram à calçada, ela gemeu, sentando-se em um banco próximo a uma banca de livros de bolso usados, com uma caixinha para autopagamento.

— Ah, meu Deus. Por que fui pedir a torta de amoras? Diz para mim que os meus dentes não estão azuis. — Ela os mostrou para a irmã, conseguindo parecer tanto engraçada quanto sofrida.

Alice se esforçou para não rir.

— Só um pouquinho. — Quando Laura lhe lançou um olhar maligno, ela disse: — Brincadeira. Estão limpos.

— Você está dizendo isso só para me consolar.

— Está bem, e que tal isso? Em poucos anos, ele vai estar careca e ela vai ter estrias que irão daqui até Los Angeles.

— Isso é para eu me sentir melhor?

Alice segurou-lhe a mão e a puxou para que ficasse de pé.

— Para o diabo com o seu ex-marido — disse ela, conduzindo a irmã pela calçada. — Temos coisas melhores para fazer do que ficar listando todas as razões para odiá-lo.

— Como o quê?

— Como ir ver a casa da mamãe. — A esposa de Peter lhe lembrara que a mãe estava grávida de dois meses e meio, um fato que ela não podia mais ignorar.

Mas Laura estava balançando a cabeça.

— Obrigada, mas eu já vi. Preciso voltar para a loja.

— Pensei que você tinha dito que a Finch podia dar conta.

Laura deu uma olhada no relógio.

— Já passa das duas.

— Estaremos de volta até as três e meia.

— Não sei...

Alice deu o braço à irmã.

— Você pode ligar de dentro do carro. — Conforme elas foram descendo a rua, Alice ficou impressionada com a ironia do lugar que escolhera para estacionar seu Porsche: em frente à loja Bebê a Bordo. Isso, de alguma forma, parecia um presságio... ou talvez apenas uma piada cósmica cruel.

* * *

A primeira coisa que Alice viu quando chegou foi a caminhonete amarela estacionada ao lado do Honda da mãe, com uma pilha de tábuas saindo da traseira. Ela encontrou um lugar à sombra, embaixo de uma acácia carregada de vagens, e desligou o motor. Laura, que era alérgica a pólen, logo espirrou.

— Saúde. — Alice lhe entregou uma caixinha de lenços de papel.

— Obrigada. — Laura espirrou de novo e assoou o nariz.

Elas trocaram um olhar sério. Aquilo não seria fácil, pensou Alice. Não porque estivesse lá para dizer à mãe como estava furiosa, mas o oposto. Tinha ido lá para ouvir e, quem sabe, aprender. O que deveria ser a mais difícil de todas as coisas.

Elas saltaram do Porshe e subiram o caminho de carros. De dentro da casa vinha o som das batidas dos martelos e a lamúria da serra elétrica. A porta da frente estava aberta e a luz do sol se espalhava pálida e alongada sobre o chão parcialmente sulcado. Pela descrição de Laura de como o lugar estava antes, Alice não podia acreditar o quanto já havia sido feito em tão pouco tempo. Tom devia ser íntimo de metade dos funcionários públicos da prefeitura para conseguir licenças para obra com tanta rapidez.

Ela entrou na casa, o coração acelerado. Havia sinais de construção por todos os lados. Montes de serragem e sobras de madeira, ferramentas e cavaletes para serra, um saco de papel transbordando de pregos. A sala de estar era pequena, mas aconchegante, com janelas tipo guilhotina e uma lareira de tijolos. Alice tinha esperado algo muito pior, mas aquele lugar... bem, com certeza ele era habitável.

Ela se pôs a andar passando por uma pilha de tábuas.

— A sra. Kiley está por aí? — gritou ela mais alto do que o barulho da serra se dirigindo a um dos pedreiros.

— *Allá, en la cocina!* — gritou ele de volta, apontando para a porta à sua esquerda.

Na cozinha, ela encontrou a mãe conversando entretida com o empreiteiro, um homenzinho de pernas tortas, calças jeans sujas de serragem e um lápis de carpinteiro enfiado atrás da orelha bronzeada. Sam ergueu o olhar para as filhas, revelando uma agradável surpresa.

— Meninas! Eu não estava esperando por vocês. — Não havia nada em sua voz que sugerisse qualquer tensão entre elas. — Carl, estas são as minhas filhas, Laura e Alice. — Ela lançou um sorriso hesitante para Alice.

Nas poucas semanas que Alice ficara sem ver a mãe, Sam havia desabrochado. Não era só o fato de que estava começando a mostrar a barriga; também parecia mais jovem, quase... iluminada. Alice sentiu-se estranhamente excluída, o que não fazia o menor sentido. Se era para alguém ali se sentir excluída, esse alguém devia ser sua mãe.

Laura deu uma olhada em volta, comentando:

— Não consigo acreditar em quanta coisa você já fez.

— Parece que deu mais trabalho do que de fato foi necessário — disse Sam. — No geral, o lugar está em muito boas condições. Venham, vou levá-las para uma excursão. — Elas a seguiram pelo corredor para um grande quarto ensolarado, originalmente dois quartos pequenos que tiveram a parede entre eles derrubada. — Este — disse, com um gesto de mão — é o meu quarto.

Alice sentiu o estômago pesado. Aquilo era tão surreal. Estava mesmo lá, naquela casa estranha, com a mãe lhe mostrando o quarto que iria dividir com Ian?

— Com certeza é... arejado — disse ela.

Ela não ousou perguntar qual seria o quarto do bebê.

— Ele está virado para o leste, então vou pegar o sol da manhã. Vocês sabem como eu gosto de acordar com o sol.

Sam ficou em frente à janela, olhando para o jardim com um sorrisinho secreto. A grama e os arbustos formavam uma selva, mas a vista das montanhas mais do que compensava. Ao longe Alice podia ver o Pico de Toyon e, além dele, os Picos Gêmeos cobertos de neve.

— O closet é ótimo. — Laura foi andando para dar uma olhada por dentro. — Você vai ter espaço de sobra para todas as suas coisas.

— Não vou precisar de muito — disse Sam. — A maioria das minhas coisas vai ficar em caixas.

— E a mobília? — perguntou Alice.

— A maior parte vai ficar onde está. Tenho certeza de que o sr. Roellinger vai cuidar bem dela. — Sam virou-se da janela para sorrir para a filha. — Se ele não cuidar, terá que se entender com a Lupe. — Ela não parecia nem um pouco chateada com o fato de que *não* faria uso de todas aquelas belas antiguidades, a maior parte delas na família há várias gerações.

E quanto a nós?, Alice sentiu vontade de gritar. *Nós também vamos ser deixadas de lado?* Ela pensou nos álbuns de família com fotos dela e de Laura quando crianças. Eles certamente também ficariam em caixas... para abrir espaço para outros cheios de fotos do bebê.

— Não consigo te imaginar em qualquer outro lugar a não ser Isla Verde — disse ela.

Não havia qualquer vestígio de pesar no olhar que Sam lhe lançou.

— *Vou* sentir saudades de lá, por um lado. Mas, por outro, vocês não fazem ideia do trabalho que aquele lugar dá. Agora, serei capaz de bancar um empregado em tempo integral. Podem acreditar, vai ser um alívio.

— Você nunca disse nada antes.

— Para que reclamar quando se tem tanto para agradecer?

— Você podia ter nos preparado, só isso.

— Preparado para quê? — Sam falou com delicadeza, mas com uma firmeza até então desconhecida. — Alguma de vocês perguntou como eu me senti quando *vocês* saíram de casa? Ou quando se casaram?

Alice olhou espantada para a mãe. Esperara encontrá-la aflita, talvez até um pouco distraída. Mas, diante dela, estava uma mulher de visão realista, decidida, que não estava disposta a ceder nem um pouquinho. *Meu Deus*, pensou, *eu conheço mesmo essa pessoa?*

Ela correu o dedo pelo peitoril da janela, sujo de gesso.

— Você ainda não disse onde o Ian se encaixa nisso tudo. — Alice falou com a mesma precisão cuidadosa dos martelos que batiam na parede.

Sam desviou ligeiramente o olhar.

— Ainda não fizemos nenhum plano.

— Se eu fosse você — continuou Alice —, não contaria com ele para o Dia de Ação de Graças. — Ela não sabia de onde estava vindo tanta crueldade. Não tinha ido lá para fazer as pazes? — O Wes pode te dizer muito bem como ele é: desatento e irresponsável. Por que você acha que ele foi mandado para um programa de reabilitação quando era adolescente?

— Alice... — pediu Laura atrás dela, em tom de advertência.

Sam se afastou da janela. Uma sombra desceu sobre seu rosto e ela de repente aparentou a idade que tinha... uma mulher à beira dos cinquenta.

— Acho que o conheço um pouquinho melhor do que vocês.

— Da forma como você conhecia o papai? Meu Deus, você sequer sabia desta *casa*!

Sam a olhou determinada. Seus olhos verde-acinzentados estavam frios e a boca, ligeiramente curvada num sorriso irônico.

— Achei que estávamos falando do Ian.

Alice sentiu o mundo girar ligeiramente e, de repente, não sentiu firmeza nos pés.

— Eu só queria dizer... — gaguejou.

— Se alguém foi irresponsável, foi o seu pai. — Sam, exibindo uma expressão estranha e distante, alisou a ponta de um papel decorado com rosas que estava descolando da parede. — Você não sabia, sabia? Todos aqueles projetos temerários e aqueles investimentos infalíveis que nunca deram em nada. Aquilo também era o seu pai.

Alice ouviu um zumbido baixo na cabeça, como um enxame de vespas. Deu um passo incerto para trás, apoiando o pé em alguma coisa vacilante — uma tábua solta —, e estendeu a mão para se apoiar na parede.

— O papai não era assim. Você está exagerando.

— Por que eu faria isso? — Sam balançou a cabeça com tristeza. — O que eu teria a ganhar?

— Isso não é justo. — Alice começou a tremer. — Ele não está aqui para se defender.

— Não, não está — disse Sam, sem qualquer tom de pesar.

Ao sentir uma dor aguda na palma da mão, Alice a puxou e percebeu, indiferente, que ela estava sangrando. Devia ter se arranhado em um prego, embora, por mais estranho que pareça, não estivesse sentindo dor.

— Está bem, talvez ele tenha feito alguns maus investimentos. Isso não muda o fato de ter sido um bom pai.

— Com certeza; não temos as fotos como prova? — Um tom de amargura marcou a voz da mãe.

Alice olhou de relance para Laura, que parecia tão confusa quanto ela.

— O que você está falando?

O rosto duro da mãe era quase impossível de suportar.

— Você já parou para pensar por que seu pai está em todas as fotos de família e eu praticamente em nenhuma? Quem você acha que estava tirando todas aquelas fotos?

Alice nunca pensara no assunto de uma forma ou de outra. Tudo o que sempre vira fora o que estava *à mostra* nas fotografias. O pai as segurando no colo, ajudando-as a construir castelos de areia, levantando-as no alto para verem as jaulas no zoológico. Nunca lhe ocorrera pensar por que a mãe também não aparecia nas fotos.

Mas isso não provava nada.

— Se o papai era mesmo assim — perguntou ela com uma crueldade impensada que a deixou sem ar —, por que cometer os mesmos erros com o Ian?

— As aparências enganam.

— O que você sabe *tanto assim* sobre ele? — insistiu Alice, a cabeça rodando com as batidas dos martelos no corredor.

— Sei que ele me vê como eu sou, e não como quem ele quer que eu seja.

Alice ficou sem fala. Era isso o que estava fazendo? Mantendo a mãe presa a padrões impossíveis de serem atingidos? Talvez, mas de quem era a culpa? Durante toda a vida, Sam não havia passado a imagem de esposa e mãe abnegadas?

— Quanto tempo você acha que ele vai ficar com você? — perguntou Alice, numa voz que parecia vir de alguém que não era ela. — Em quantas fotos *ele* vai aparecer?

Sam balançou a cabeça tomada de tristeza.

— Ah, Alice. O que a fez ficar tão dura? — A casa ficou momentaneamente em silêncio e, quando ela se aproximou das filhas, Alice ouviu o leve barulho de gesso sendo pisado. — Foi o Wes?

Alice rebateu:

— Isso não tem nada a ver com o Wes. Só porque o Ian é filho dele, o único filho que ele tem... — Interrompeu-se, então pensou: *Mais cedo ou mais tarde vou ter que contar para elas mesmo.* — Tudo bem, é melhor vocês saberem. Não vamos ter filhos. — Ela franziu a testa para Laura, que parecia chocada. — Não é o que vocês estão pensando. Foi uma decisão tanto minha quanto dele.

Mas, de repente, não era isso o que parecia. A expressão no rosto da mãe e da irmã contava uma história diferente, aquela de uma noiva jovem obrigada a ceder ao desejo do marido muito mais velho. Sentindo-se insegura de uma hora para outra, Alice virou-se bruscamente.

— Já vi o que tinha que ver — disse ela. — Vamos, Laura, vou levá-la de volta à cidade.

Horas depois, ela chegou em casa e viu o marido consertando a grelha da churrasqueira. A fusão do Mestre do Universo com o sr. Conserta Tudo. Ela sorriu diante da cena, ele de short e camiseta, agachado no pátio, com um braço enfiado dentro da churrasqueira — um monstro feito de tijolos, grande o bastante para assar um porco inteiro num espeto —, enquanto apalpava o chão à procura da ferramenta atrás dele.

Ela a pegou e lhe entregou.

— Por que você simplesmente não chama um faz-tudo?

— Primeiro, porque teríamos de esperar duas semanas por algo que posso fazer em dois minutos. — Ele deu algumas voltas com a chave e apertou a porca, fazendo aquele tipo de careta que os homens fazem: todos os homens quando estão trabalhando. — Segundo — disse entre os dentes —, eles cobrariam duzentos dólares por um trabalho de dois dólares.

— Nós podemos pagar — disse ela.

— A questão — Wes deu um último apertão — não é se podemos ou não pagar. — Ela sabia o que ele ia dizer mesmo antes de ouvir. — A questão é não tentar fazer.

Os pensamentos de Alice se voltaram para o pai. Conhecera apenas seu lado amoroso e engraçado, mas e se sua mãe estivesse falando a verdade? Deveria ter menos consideração por ele agora? Passara boa parte da tarde dirigindo a esmo, pensando nessa possibilidade... apenas para concluir que, Rocha de Gibraltar ou não, seu pai ainda valia mais do que dois de qualquer outro pai.

— Vamos ter churrasco hoje à noite? — Ela manteve a voz natural, de forma que Wes não percebesse que havia chorado.

— Comprei alguns bifes enquanto você estava fora. — Ele levantou a cabeça, limpando as mãos engorduradas em um retalho que ela reconheceu como uma calcinha velha sua.

— Ah, meu Deus, desculpe. Esqueci. — Lembrava-se agora: havia prometido parar no mercado, a caminho de casa.

Ele lhe lançou aquele seu sorriso torto de esquerda — um que ela imaginava que o Barão Vermelho tivesse exibido ao cruzar o céu a bordo do seu Fokker, na Primeira Guerra Mundial.

— Não tem importância. Percebi que você estava com coisas demais na cabeça.

Ela sentiu os olhos lacrimejarem. Há quanto tempo eles não se sentavam para um jantar romântico? Há quanto tempo não faziam amor? Ao olhar de relance para ele, de cócoras com aquela calcinha na mão, uma onda de desejo lhe percorreu o corpo.

— Vou fazer a salada. — Já estava prestes a entrar em casa quando sentiu a mão de Wes se fechar em torno de seu tornozelo. Ele o acariciou de leve com o polegar, sorrindo indolente para ela.

— Já está tudo providenciado — disse ele.

— E o vinho?

— Gelando na geladeira.

— Parece que você pensou em tudo.

— Em quase tudo.

Wes tirou o sapato dela e começou a acariciar a sola do seu pé, provocando uma onda de calor que a deixou trêmula. Alice tirou o pé da mão de Wes e caiu para trás, segurando-se na espreguiçadeira. Na piscina logo abaixo, seu reflexo tremeluziu como a lenta dissolvência do final de um filme. Não sabia por que estava tão aborrecida com o marido; o que ele havia feito para merecer isso?

— Vou entrar. — Sua voz soou baixa e firme.

Wes a alcançou quando ela estava puxando a porta de vidro corrediça.

— Alice, o que houve? Qual o problema? — Wes a segurou pelos ombros, forçando-a a se virar para ele.

Em seguida, estavam no escritório, no escritório de Wes, com uma decoração bem masculina, todo em couro com detalhes de madeira de teca, onde o computador estava sempre ligado e o fax, sempre chiando. Ela se desvencilhou dele de uma forma tão abrupta que perdeu o equilíbrio e caiu na poltrona encostada na parede, uma poltrona enorme, estofada em couro, que parecia uma luva gigante de um receptor de beisebol.

Ela ergueu os olhos para o marido. Ele parecia muito mais alto do que ela.

— Parei na nova casa da minha mãe quando estava vindo para cá.

— E?

— Não foi o que eu esperava.

Ambos sabiam que a casa não era o que importava. Wes analisou-a com atenção, cruzando os braços sobre o peito. Sua camisa cinza surrada do Triatlo Iron Man, do qual ele participara em 1976 — quando ela contava com apenas um ano de idade —, parecia escarnecer dela.

— Como está a sua mãe? — perguntou.

— Também não está como eu esperava. Ela... — Alice fez uma pausa, esforçando-se para escolher as palavras. — Ela parece em paz. Como se não estivesse dando a mínima para o que qualquer um de nós pensa de tudo isso.

— E quanto ao Ian? Onde ele se encaixa nessa história?

— Não sei. Acho que nem ela mesma sabe.

Wes suspirou, recostando-se em sua escrivaninha. Torradas voadoras flutuavam na tela do computador às suas costas.

— Acho que tudo o que nos resta é esperar para ver o que acontece.

A cabeça de Alice começou a latejar. Será que ele tinha se lembrado de comprar comprimidos de Advil?

— Engraçado — disse ela, massageando a têmpora com o polegar. — A mamãe parece ter a impressão de que *nós* não temos um relacionamento muito sólido.

Ele a analisou com uma expressão confusa.

— Por que ela acharia isso?

— Contei para ela que não haverá netinhos da nossa parte.

— Sei. — Ele pareceu repentinamente cansado. — Acho que tudo sempre acaba nesse assunto, não é?

— Ah, Wes. — Alice engoliu em seco lutando contra o nó que sentia na garganta. — Quando eu disse "aceito", acho que eu não estava pensando em todos os "não aceito".

— Você está dizendo que está arrependida por nós termos decidido não ter filhos?

— Não. Só que... não tenho certeza se eu sabia do que estava abrindo mão.

Wes ficou com a expressão fria e pensativa. No que estaria pensando? Que ela em nada diferia da mãe, o tempo todo fingindo ser alguém que não era? Alice não o culparia se estivesse se sentindo enganado. *Ele* nunca a enganara.

— Eu não sabia que você se sentia assim com relação a esse assunto — disse ele.

— Nem eu.

— Alice... — Wes se empertigou. Ela ficou surpresa ao ver seus olhos escuros reluzindo com lágrimas. Jamais o vira chorar, nem mesmo quando sua mãe quase morrera no ano anterior. — Se isso é tão importante para você, não quero ser um empecilho.

Surpresa, Alice sentiu um pequeno espasmo.

— O que você está querendo dizer?

— Podemos ter um bebê, se isso é o que você quer.

— Você está falando sério?

— Não falo nada que não seja sério. — Ele esboçou um sorriso. — Você, dentre todas as pessoas, devia saber disso.

— Eu não gostaria que isso fosse um fardo.

— Nenhum filho nosso seria um fardo.

As lágrimas que vinham se acumulando sob a superfície escorreram, caindo em seu colo.

— Ah, Wes. Eu não achei que você poderia... — Ela se levantou cambaleante.

Wes a puxou para os seus braços.

— Você significa mais para mim do que qualquer outra coisa neste mundo. — Alice sentiu os dedos de Wes tremerem levemente quando ele lhe acariciou a cabeça. — Qualquer outra coisa é mero detalhe.

— Eu te amo.

— Se fui injusto com você...

— Não. — Ela sacudiu a cabeça, a camiseta macia do marido roçando em sua face. Ele cheirava a loção pós-barba e churrasco. — Você sempre foi sincero.

— Não sei se posso dizer o mesmo de você. — Ele se afastou para lhe lançar um sorriso. — Você andou fumando, não andou?

Ela ficou ruborizada, sentindo-se tão culpada quanto uma colegial.

— Só um cigarro. Dentro do carro.

— Não que eu não ache isso pra lá de sexy. Me faz lembrar de quando começamos a namorar. — Ele abriu o botão superior de sua camisa. — Você está usando alguma coisa por baixo?

— Por que você não descobre por si mesmo?

Ele enfiou a mão por dentro de sua blusa para segurar um seio nu, acariciando seu mamilo até ele saltar. Isso foi como um raio descendo e passando pelo seu umbigo.

— Me prometa uma coisa. — Wes cheirou o seu pescoço. — Se algum dia nós nos divorciarmos, você vai me incluir no acordo.

— Isso não tem graça. — Ela sorriu mesmo assim.

— Não é para ter. — Quando ele terminou de lhe desabotoar a blusa, enfiou a mão pelo cós de sua saia. — Eu jamais poderia deixá-la ir embora. Você exerce um poder estranho sobre mim, não está vendo?

— Não se preocupe com droga de acordo nenhum. Não vamos nos divorciar.

— Promete?

— Palavra de honra.

Ele a puxou para si e ela pôde sentir como ele estava excitado, o que a excitava ainda mais. Ela enfiou a mão por baixo da camiseta dele, acariciando suas costas, sentindo a cicatriz de um ferimento que sofrera no Vietnã. Isso a fez lembrar-se de como ele era corajoso... e de como ela devia ter passado perto de perdê-lo.

— Só mais uma coisa... — sussurrou ela.

— O que é?

— *Me* prometa que você não vai ceder sempre. Posso ficar mimada. — Alice lhe abriu o short, lançando um sorriso para ele. — Está vendo o que quero dizer? Não jantamos ainda e já estou pensando na sobremesa.

Eles normalmente iam devagar, um botão de cada vez, parando para se beijar e acariciar a cada passo. Mas ela se sentiu impaciente de repente. Até mesmo o tempo que levaria para subir as escadas era mais do que podia esperar. Queria fazer amor *logo*: rápido, arrebatado, com tesão suficiente para levá-la à loucura.

Eles se despiram, e Wes a abaixou até o sofá, ficando em cima dela enquanto lhe segurava os braços acima da cabeça. Ela gritou de prazer assim que ele a penetrou, sentindo uma dorzinha deliciosa.

Um minuto depois, quando ela sentiu que ele iria recuar, gritou:

— Não, não pare.

— Vou gozar — sussurrou ele, com a voz grossa de desejo.

— Não tem problema.

— E quanto a...? — Ele não precisou terminar. Os preservativos estavam no andar de cima.

— Não estou no período certo do mês — murmurou. *Período certo para quê?*, sussurrou uma vozinha.

Então Wes a penetrou de novo. Mais rápido agora, com golpes fortes. Os músculos relaxando, contraindo, relaxando. Ombros reluzindo de suor sob o sol que entrava oblíquo pelas venezianas.

Eles gozaram juntos, numa explosão de prazer que pareceu subjugar todo o corpo de Alice. Ávida, ela se agarrou a Wes mordendo-o, mordendo-o *forte*, sem se importar se o estava machucando, querendo apenas tirar o maior proveito que pudesse dele.

Ele se deixou cair por cima dela, exausto.

De início, Alice sentiu apenas aquela satisfação posterior a uma transa, a sensação deliciosa de ter seu desejo saciado. Então uma leve ansiedade tomou conta dela. Não seria provável, já que sua menstruação estava para chegar a qualquer momento, mas e se ela ainda *estivesse* no período fértil? Queria mesmo um bebê? Um bebê de verdade, com tudo o que vinha junto? Ou fora apenas o desejo de ter alguma coisa que não podia ter?

Agora que a decisão era sua, somente sua, isso a amedrontava.

Um bebê, pensou. Um bebê mudaria tudo. Adeus aos sarros no sofá. Adeus ao jantares à luz de velas e mergulhos à meia-noite, sem roupa na piscina. E isso só para começar. Era preciso querer desesperadamente um filho — tão desesperadamente quanto Laura — para abrir mão de tanta coisa.

A questão era: *queria* tanto assim um bebê?

Alice começou a pegar no sono, com a leve impressão de que Wes se afastava dela e a cobria com um cobertor. Como se de muito longe, ouviu o leve clique do telefone e então a voz suave do marido:

— Ian? É o seu pai.

Capítulo Catorze

—Quem era? — perguntou Markie, depois que ele havia desligado.

— Meu pai.

— O que ele queria?

— Ligou apenas para dizer olá. Acho que já fazia um tempo que a gente não se falava.

— Sorte a sua. Se eu passar um dia inteiro sem um dos meus pais ligar para saber como estou, vou achar que eles foram para outro planeta. — Markie deu aquela sua risada alta e marota e segurou o estômago.

Estavam descansando na piscina, ela com um biquíni que consistia em pouco mais de duas tirinhas de tecido do tamanho do polegar de Ian, e ele com sua sunga Pacific Rim. O deque, que se projetava a partir da encosta do rochedo, dava vista para um oceano tão azul que, se Ian tentasse reproduzi-lo em tela, ele não pareceria real. Ondas batiam nas pedras abaixo e, no céu sem nuvens, gaivotas planavam quase imóveis como o traçado de uma caneta em um pergaminho azul. *Eu poderia ficar olhando para isso todos os dias, pelo resto da vida, e nunca me cansar*, pensou ele.

Com esforço, voltou a atenção para Markie.

— Está pronta? — perguntou ele, voltando com o telefone para a mesinha de vidro ao lado da espreguiçadeira, onde estavam o discman dela, uma lata vazia de Coca-Cola, o exemplar mais recente da revista *Forbes* e várias guimbas de cigarro sujas de batom. — Podíamos tentar aproveitar mais uma hora, enquanto a luz ainda está boa.

— Vamos dar outro mergulho primeiro. — Com um sorriso indolente, ela se levantou da espreguiçadeira.

Há alguns meses, ele poderia ter se sentido tentado... mas a única coisa que tinha em mente agora era terminar aquela droga de retrato. Ele já sabia, é claro, que, quando lhe pediram para pintar o retrato da avó, mais cedo ou mais tarde Markie entraria em cena. Não fora essa a ideia o tempo todo? O que ele não tinha previsto era que ela passaria a conversa no querido papai para gastar mais cinco mil dólares num retrato *dela*. E que conveniente que a família Aaronson tivesse ido para a Europa dois dias depois de sua chegada. Ian teria ido embora também, mas o dinheiro era bom demais.

Dez mil dólares no banco mostraria a Sam que ele falava sério, não apenas com relação a ela, como também ao bebê. Ela veria que ele não era como seu falecido marido. Ela saberia que poderia contar com ele.

Eles tinham conversado ao telefone na noite anterior, e ela havia concordado em ir de carro até lá no fim de semana — dois dias inteiros para pôr as coisas em ordem, dias em que surgiria o momento perfeito para...

Pedir a ela para se casar comigo.

O coração de Ian se acelerava diante da ideia. Quando lhe ocorrera que era isso o que queria? Não saberia dizer. O processo havia sido tão gradual que era como se ele sempre tivesse sabido.

— Você vai ter o dia inteiro amanhã — disse ele a Markie. No dia seguinte, se Deus quiser, ele teria acabado com as poses e poderia dedicar os dias restantes para os retoques finais.

Pelo menos dessa vez, ela não discutiu.

— Ah, está bem, *já* que você pensa *assim*. — Ela usou um tom de brincadeira, mas ele sentiu sua decepção. Nada estava acontecendo do jeito que ela havia planejado. Uma semana juntos, apenas com a empregada para dar uma leve aparência de honradez, não os aproximara mais do que antes.

Ele passou pelo portão. Degraus de pedras desciam serpenteando a encosta até a casa de hóspedes. Ele ainda não tinha chegado ao meio do caminho quando ouviu Markie mergulhar na piscina. Ian sentiu uma onda de raiva. Isso significaria mais dez, quinze minutos antes que ela descesse vagarosamente para se encontrar com ele, ainda de biquíni. Depois, mais quinze minutos para secar os cabelos. Jesus! Se as coisas estavam assim agora, que tipo de artifícios ela usaria quando ele lhe contasse que Sam estava indo para lá?

Mas, quando Markie apareceu molhada e sem fôlego, os cabelos curtos espetados com um jeito maroto, ele não teve como ficar aborrecido. Ele sabia que ela era adorável.

— Não fique zangado, Ian. Estava muito quente. Eu precisava me refrescar. — Ela atravessou a sala de estar e deixou-se cair no sofá.

A casa de hóspedes era uma miniatura da casa principal: teto com vigas aparentes e deque de sequoia voltado para o mar. O que ele mais gostava era da luz; ela entrava mesmo nos dias com nevoeiro. Ele havia colocado o cavalete bem perto da porta corrediça de vidro que dava para o deque, usando um sofazinho de ratã como fundo. A sra. Aaronson, lembrou-se com um sentimento próximo ao de nostalgia, sentou-se ali por horas e horas sem se mover ou reclamar uma vez sequer.

— Agora não adianta mais. Quando você acabar de se secar e de se vestir, já vai estar muito tarde — ele disse sem se exaltar, limpando cuidadosamente os pincéis. O quarto recendia a óleo de linhaça e terebintina. Ele preferia trabalhar com tinta acrílica, mas a sra. Aaronson, grande admiradora de Sargent, insistia na tinta a óleo.

Ele analisou o retrato quase pronto no cavalete, vendo-o menos como um todo do que como uma lista de coisas para corrigir. Um pouco mais de amarelo-cádmio em torno dos olhos? Um pouquinho de brilho azul para os cabelos? A covinha também teria que ser suavizada. Ela não era tão marcada, a não ser quando Markie sorria.

— Ficamos *horas* aqui dentro antes do almoço — disse ela, sem se sentir perturbada.

Almoço. Em casa, no seu estúdio, o almoço normalmente consistia em um sanduíche com um leve sabor de tinta e gesso. Mas lá, almoço era algo muito mais civilizado. Com a velha sra. Aaronson, era preciso reservar pelo menos duas horas para isso, começando precisamente ao meio-dia, para um banquete que rivalizava com os dos sultões. O almoço daquele dia consistia em sopa fria de coco, salada de frango ao curry, fatias de manga envoltas com presunto e pãezinhos recém-saídos do forno. Não que ele não tivesse apreciado cada garfada. O problema era que um dia tendia a emendar-se no outro, tardes inteiras se dissolvendo num torpor regado a vinho. Tudo isso com a cumplicidade da piscina e o encorajamento das ondas.

Ian abriu a porta que dava para o deque. A maré estava baixa e um bando de maçaricos-das-ondas seguia caminho ao longo da faixa reluzente de areia logo abaixo. Lá longe no mar, uma garça deslizava centímetros acima da água como se traçando uma linha invisível. Ele seguiu seu desenvolvimento, tão concentrado nos próprios pensamentos que não percebeu quando Markie surgiu ao seu lado.

Ela se recostou no parapeito.

— Está a fim de dar uma caminhada?

— Não muito. — Ele voltou o olhar para os maçaricos, como palhaços em miniatura sobre pernas de pau, sacudindo-se ao longo da linha de algas marinhas na areia. Mas o cheiro de bronzeador na pele quente dela estava tornando difícil sua concentração.

— O que você *está* a fim de fazer?

— Para ser sincero — respondeu ele —, eu estava pensando em ligar para a minha namorada.

— Bem, tenho certeza de que você não vai se importar se eu não ficar por perto. — Ele não precisou olhar para ela para saber que ficara mal-humorada.

— Nem um pouco — replicou.

Markie nem se moveu.

— A mulher mais velha, certo?

— Sam.

— Só por curiosidade, quantos anos ela *tem*?

Ian virou-se para ela com o mesmo sorriso de satisfação que estampara durante toda a semana.

— Não que isso seja da sua conta — disse ele —, mas ela tem filhas da sua idade.

Markie baixou o olhar, pegando uma farpa no parapeito.

— Não me entenda mal. Não me preocupo muito com esse tipo de coisa. Só que, muito pessoalmente, não consigo me imaginar namorando alguém tão velho. — Ela lhe lançou um sorriso tímido. — Mas essa sou eu.

— Entendo com isso que você nunca se apaixonou.

— Uma ou duas vezes. Nada demais, pode acreditar.

— Como eu disse, você nunca se apaixonou.

Ela franziu a testa.

— Você não é tão mais velho do que eu.

Velho o bastante para já saber, pensou. Ele percebeu que ela estava tremendo e disse, sem grande preocupação:

— É melhor você vestir alguma coisa ou vai pegar um resfriado.

— Deixei meu roupão na piscina.

— Tem uma camisa em cima da minha cama.

Markie lhe lançou um olhar ligeiramente incriminador e fez como lhe foi dito, retornando momentos depois com a camisa de cambraia mais velha de Ian, manchada de tinta e com os ombros caídos. A bainha da camisa dele chegava aos joelhos dela, fazendo-o lembrar-se de Audrey Hepburn em *A Princesa e o Plebeu*.

— Só para o seu conhecimento — informou-lhe —, eu não estava querendo me intrometer. É que você quase não fala dela. Fiquei curiosa, só isso. Como ela é?

— Você vai ver com os próprios olhos — disse ele. — Ela está vindo para cá no próximo fim de semana.

Markie ficou visivelmente chocada.

— Ah, achei que... — Mordeu o lábio.

Ele sabia o que ela havia pensado. Que ficariam só eles dois em casa.

— Toquei no assunto com os seus avós antes de eles viajarem — disse ele, encolhendo os ombros, deixando claro que não lhe devia explicações. — Eles não fizeram objeções.

As boas maneiras de Markie logo se adequaram à ocasião.

— Neste caso, vou pedir a Pilar para pôr mais um lugar à mesa do jantar na sexta-feira. Quer dizer, se você não tiver outros planos.

Na sexta-feira, Ian havia planejado levar Sam para jantar no Ventana, mas percebeu que Markie estava se esforçando. Uma noite apenas não iria fazer mal.

— Obrigado — disse ele. — Vai ser ótimo.

— Sandra, não é?

— Sam — corrigiu-a.

— Sam. — Ela sorriu. — Estou ansiosa para conhecê-la.

Quando a sexta-feira chegou, jantar com Markie era a última coisa que passava pela cabeça de Ian. Todos os seus pensamentos eram para Sam. Será que ela gostaria do que ele tinha a lhe oferecer? Ao telefone, ela lhe parecera entusiasmada, cheia de planos para a nova casa. Falando sobre os armários da cozinha e em dúvida se substituiria as janelas-guilhotina por janelas corrediças de alumínio. Nem uma palavra sequer que sugerisse que ela estivesse pensando em qualquer outra coisa além de seu futuro imediato.

Isso não deveria preocupá-lo, mas preocupava. Tudo bem que eles haviam concordado em adiar a tomada de qualquer decisão, mas ele não esperava ouvi-la tão... bem, *tão alegre*. Como se não tivesse nenhuma preocupação no mundo. Como se o fato de ele estar longe não fosse nada demais. Ele dava como certa a ideia de que ela gostaria de se casar com ele. Mas e se não quisesse? E se ela tivesse outros planos?

No momento em que a avistou chegando pelo caminho de carros, esses pensamentos desapareceram como fumaça de uma fogueira extinta.

Ele a observou caminhar ao seu encontro, os cabelos com um brilho suave sob o sol poente, uma pulseira de prata reluzindo no braço que ela erguia para lhe acenar. Uma mulher elegante num vestido amarelo sem mangas, carregando uma pequena bolsa de lona. Linda, perene. *Dele*.

Ela estava ligeiramente ofegante quando se encontraram.

— Desculpe o atraso. Peguei trânsito.

— Você está aqui agora. Isso é o que importa. — Ian a tomou nos braços, inspirando seu perfume; delicado e floral, como o perfume subjacente dela própria. Ele a sentiu ligeiramente tensa e recuou de repente.

— Você está bem?

— Estou bem. Só um pouco sem energia. — Ela lhe lançou aquele sorriso secreto que ele já havia visto em outras mulheres grávidas e sentiu uma urgência repentina de pegá-la no colo como o herói de um filme antigo, em preto e branco. Em vez disso, tomou-lhe a bolsa da mão.

— Vamos pegar leve, prometo — disse ele.

Quando chegaram ao final do caminho de carros, Sam parou para observar a casa.

— Linda. Bem no estilo Frank Lloyd Wright. — Apontou para a casa de hóspedes logo abaixo. — É ali que você está hospedado?

— Espere até você ver a vista.

— Daqui é de tirar o fôlego. — Ela riu, olhando para ele enquanto falava. Aquela era a mulher por quem ele se apaixonara, brincalhona e alegre... sem desprezar uma boa piadinha de salão de vez em quando. Ele se sentiu relaxar. Sim, tudo ia ficar bem.

Do lado de dentro, Sam foi direto para o quarto, onde tirou os sapatos e deixou-se cair na cama.

— Colchão bom e firme — disse. — Todo o conforto, pelo que estou vendo.

Ele não lhe disse que Pilar vinha todas as manhãs para arrumar o quarto. Ela o acharia mal-acostumado.

— Abri espaço no armário para as suas coisas.

— Vou desfazer a bolsa mais tarde.

Ian ficou olhando para ela, deitada de costas, com os olhos brilhando e os cabelos espalhados como tinta acobreada no travesseiro. Ela estava irresistível. Ele estava para se deitar ao seu lado quando Sam se levantou da cama num pulo e foi descalça até a sala de estar. Ela parou em frente ao cavalete onde estava o retrato que ele levara metade da noite para terminar.

— Eu não fazia ideia de que ela era tão bonita. — Sua voz parecia conter um leve tom acusatório. — Ela está por aí? Acho que eu deveria aparecer a qualquer momento para dizer olá.

— Vamos jantar com ela hoje à noite.

— Ah? — Sam virou-se para ele. Ela era melhor do que Markie para disfarçar os próprios sentimentos, mas ele percebeu um brilho de decepção em seus olhos.

— Desculpe — disse ele, aproximando-se para abraçá-la. — Não consegui pensar numa desculpa para não aceitar sem ser indelicado. Espero que você não tenha ficado muito chateada.

— Não seja bobo. Claro que não. — Sam afastou-se e foi andando até a mesa cheia de conchas e pedrinhas do mar que estava encostada na parede. Ela mexeu num pedacinho de madeira no formato de um punhal.

— Tem uma praia aqui perto. Podemos fazer um piquenique lá amanhã. — Ele abriu um sorriso. — Só nós dois.

Ela estava com a aparência de que aquilo era tudo o que queria no momento. Mas já era muito tarde. Eles jantariam dentro de uma hora.

— Ótimo — disse ela. — Estou respirando serragem há tanto tempo que até me esqueci de como é o ar puro.

— O que você decidiu com relação às janelas?

— O Carl me convenceu a optar pelas de alumínio. Vou acabar economizando no final.

— E quanto aos armários da cozinha?

— Eu não te contei? Achei os armários originais, dos anos 30, na garagem, debaixo de uma lona velha. Isso quer dizer que posso me livrar daquelas cópias horrorosas dos anos 70, sem pedir falência.

Ian sentiu uma súbita impaciência. Toda aquela conversa sobre a casa e ela não havia mencionado nem uma vez sequer a possibilidade de ele ir morar com ela. Estaria esperando que ele dissesse alguma coisa primeiro?

— Quando você espera se mudar? — perguntou.
— Dentro de algumas semanas, se tudo correr bem.
— Mal posso esperar para ver. — Ian olhou para fora, para o sol se pondo no mar, transformando-o numa galáxia de partículas de luz. Por que simplesmente não tocava no assunto? O que o estava detendo? Como quem não quer nada, perguntou:
— E que mais há de novo?
— Exceto pelo assassino à solta, não muita coisa. — Sua voz continha pouca emoção.
Ele viu a preocupação em seus olhos.
— Nenhuma pista ainda?
— Os suspeitos de sempre foram chamados para depor, mas até agora ninguém foi preso.
Essa era a oportunidade pela qual ele estava esperando.
— Não gosto da ideia de você morando lá sozinha.
— Não ficarei sozinha. Terei o Max.
— Max?
Ela riu.
— Relaxe, ele é um cachorro.
Era a primeira vez que ele a ouvia falar sobre o assunto.
— Eu não sabia que você ia arrumar um cachorro.
— Não vou. É um empréstimo de um amigo, só até pegarem o bandido.
Um amigo bancando o cavalheiro? Sua inquietação aumentou.
— Por falar em casa — disse ele —, falei com o meu pai outro dia. Ele disse que a Alice tinha ido ver você.
— Ela não ficou muito tempo. — Sam mexeu numa pedrinha do mar em forma de losango, sem olhar nos olhos de Ian.
— Como ela está?
— Ainda está chateada, mas, pelo menos, estamos nos falando.
— E a Laura?
— Fingindo estar bem.
Ian viu Sam com o canto da boca caído e sentiu vontade de tomá-la nos braços, aliviar suas preocupações da forma como as ondas faziam

com as bordas afiadas das pedras. Por que ela não conseguia ver o que estava tão claro para ele? Que eles haviam sido feitos um para o outro?

— Sam... — *Não vou te decepcionar do jeito que o seu marido decepcionou.*

Mas ela não estava prestando atenção nele. Estava olhando para fora da janela.

— Você tem razão com relação à vista. Ela *é* espetacular. É fácil ficar mal-acostumado por aqui.

— Acredite, Markie Aaronson é uma prova viva disso. — Ele deu uma risadinha cáustica e foi para onde ela estava, passando o braço pela sua cintura. — Desculpe não ficarmos sozinhos esta noite.

Ela se recostou nele, apoiando a cabeça em seu ombro.

— Não se preocupe, teremos o resto do fim de semana para nós.

— Está com fome?

— Estou comendo por dois, lembra?

— Como eu poderia esquecer? — Ele levou a mão à sua barriga, experimentando uma tímida empolgação ao gentilmente sentir o seu volume. Não conseguia expressar em palavras o que estava sentindo; era algo que excedia o comunicável. — Olha, Sam, sei que concordamos em adiar a nossa conversa até eu voltar. Mas... — Ele se deteve ao ouvir uma batida à porta.

Markie. Ian a teria matado. Ele foi a passos largos até a porta e a abriu irritado. Mas não era Markie, era apenas Pilar, parecendo constrangida. Pequena e gorducha, praticamente sem falar inglês, ela teve a sensação de que não chegara em boa hora.

— A srta. Markie está chamando o senhor e a *señora*... — ela olhou nervosa para Sam — ... para um drinque.

Markie poderia simplesmente ter dado um telefonema.

— Diga a ela que iremos dentro de meia hora. — Ele deu uma batidinha no relógio, um Army suíço velho, repetindo: — *Media hora.*

Pilar baixou timidamente os olhos.

— Fiz para vocês um... um... — Ela ficou batendo com o dedo rígido na palma da mão, à procura da palavra.

— *Hors-d'oeuvres?* — E quente, sem dúvida. Ele sentiu um peso no coração. Bem, não fazia sentido descontar em cima de Pilar. — Está bem, diga a ela que já estamos indo. — Num impulso, ele estendeu a mão para a empregada. — *Gracias*, Pilar. Por tudo. Já conheci grandes chefs franceses que não estão à altura de usar as suas panelas.

— *Perdoname?* — Ela o analisou, confusa.

— Deixe pra lá. Apenas... *gracias por todo*.

Tão logo ele fechou a porta, Sam apareceu a seu lado com um xale verde-água. Ele olhou para fora e viu que a névoa tinha começado a chegar suavemente do oceano.

— Veja pelo lado bom — disse ela. — Assim, teremos uma desculpa para sair cedo.

Num rompante, Sam o puxou para si, beijando-o com vontade. Seu gosto era doce e, de certa forma, proibido, como amoras fora da estação. Meu Deus, o que ele não daria para levá-la para a cama, exatamente naquela hora e ali. Fazia tanto tempo. Mas eles não podiam agora. Mais tarde...

Ele lhe ofereceu o braço, conduzindo-a para fora. A névoa se deslocava com rapidez em pequenas nuvens que subiam pela encosta, parcialmente encobrindo os degraus acima. Um vento frio chegara junto com ela, parecendo o prenúncio da noite que estava por vir e fazendo com que Ian, de repente, tivesse um mau pressentimento.

Mas Markie estava no melhor dos humores. Sorrindo afetuosamente ao cumprimentá-los, pelo menos uma vez, vestida apropriadamente para a ocasião: um vestido preto, justo, até a altura das canelas. Ela esticou a mão para Sam.

— Markie Aaronson. É um prazer conhecê-la finalmente. O Ian tem sido tão misterioso. Eu estava começando a duvidar que você realmente existia.

Sam sorriu.

— Como você pode ver, eu existo. Ligeiramente cansada por causa da viagem, mas quase intacta. Obrigada por me receber em sua casa. — Ela deu uma olhada à volta, observando os janelões que iam do chão ao teto, o painel de sequoia em corte enviesado, a escada em caracol feita de cobre e ardósia que levava ao andar inferior.

— Que casa simplesmente maravilhosa!

— É dos meus avós, portanto não mereço nenhum crédito por ela. — Markie se dirigiu ao bar. — O que posso te oferecer para beber?

— Club soda para mim. — Sam lançou um olhar significativo para Ian.

Ele balançou a cabeça. Não. Nada falara sobre o bebê.

— Tomarei uma cerveja, se tiver — pediu ele.

Markie retornou momentos depois com os drinques. Entregou a Ian uma Heineken gelada, dizendo com intimidade:

— Pedi a Pilar para fazer aquelas casquinhas de siri deliciosas que você tanto adora.

A noite, percebeu Ian, não seria tão fácil quanto ele havia esperado. Ainda assim, quando um não quer, dois não brigam. Se ele simplesmente se recusasse a entrar no jogo...

Ele levantou a garrafa.

— A Pilar.

— Vi o retrato — disse Sam, tomando um gole da soda. — Está mesmo parecido com você.

— Você acha mesmo? Acho que estou muito novinha nele. — Markie sorriu, dando uma olhada implicante com o canto dos olhos para Ian. — Por outro lado, quando eu estiver velha e com os cabelos grisalhos, terei para onde olhar.

Sam deu uma risadinha pesarosa.

— Acredite em mim, esse dia vai chegar mais rápido do que você pensa.

Markie a olhou de forma especulativa, como se não soubesse ao certo o que achar dela.

— O Ian me disse que suas filhas são adultas. Difícil de acreditar. Você não parece ter idade para tanto.

— Minha filha mais nova se casou em junho. — Sam não acrescentou que ela se casara com o pai de Ian. — Laura, a mais velha, administra os negócios da família.

— E o que você faz? — Markie tomou um gole de vinho.

— Eu? — Sam hesitou e respondeu: — Acho que eu poderia dizer que estou aposentada.

A palavra pareceu ficar suspensa no ar, pesada, por conta do próprio significado.

Pilar apareceu em seguida com uma bandeja de casquinhas de siri saídas do forno. Ian se serviu de uma, embora mal tenha sentido o seu gosto. Tudo indicava que a noite seria longa.

Ele só não podia ter imaginado *o quanto*. Markie falou sem parar durante todo o jantar. Na maioria das vezes, sobre si mesma. Sobre sua carreira em ascensão na Aaronson Asset Management, sobre o quanto adorava o seu loft no SoHo, sobre a casa que dividiria com amigos na Ilha do Fogo, reservada para o próximo verão, e a viagem que estava planejando para o Nepal no próximo outono. Tudo muito divertido e interessante... e muito típico da juventude. Sam poderia ter se passado por uma das amigas idosas de sua avó, sem nada a fazer a não ser dar sorrisos cheios de nostalgia.

Mas o que podia esperar? Markie *era* apenas uma criança, afinal de contas. Às vezes, ela fazia Ian se sentir velho. A refeição interminável estava quase no fim quando ele prestou atenção ao que ela dizia.

— Eu estava falando para o Ian, um dias desses, que ele devia ir com a gente. — Ela lhe lançou um olhar de pura inocência. — Você nunca foi ao Nepal, já foi?

Ele engasgou com um pedaço de salmão.

— Obrigado, mas ficarei satisfeito com um cartão-postal.

— Não seja tão retrógrado. Você adoraria o Nepal. — Ela bateu nele de brincadeira com o guardanapo e ele ficou um pouco alarmado de ver que a taça que ela havia acabado de encher estava novamente vazia. — Não adoraria, Sam? — Como se ele fosse filho dela, e não seu amante.

— Ele é que deve responder — disse ela, sem alterar a voz.

Markie virou-se para Ian, falando sem parar:

— Você *adoraria* os meus amigos, principalmente a Lana. Ela é divertida. Meu Deus, as loucuras que já fizemos juntas! Você não vai nem querer saber.

Tem razão, não vou mesmo. Ele lançou um olhar solidário para Sam.

— Oops. Quase me esqueci. — Markie levantou-se cambaleante. — Pilar teve que ir mais cedo para casa. Era para eu tirar o pudim do forno. Meu Deus, espero que não tenha passado do ponto.

— Você precisa de ajuda? — Sam já estava se levantando.

Markie gesticulou para que ela se sentasse.

— Não, você fique sentada aí. Eu cuido disso.

Eles ouviram o barulho que ela fazia na cozinha, então o som de alguma coisa sendo colocada dentro da pia, seguido por um chiado e pelo grito de Markie:

— Merda!

Um minuto depois ela enfiava a cabeça pelo vão da porta para anunciar, bem-humorada:

— A sobremesa está natimorta e o meu vestido, ensopado. Aguentem firme, não vou demorar nem um minuto para vestir alguma coisa.

Quando ela voltou pouco depois, Ian mal notou o que ela estava vestindo. Somente quando Sam ficou séria foi que ele viu o que Markie havia posto: calças jeans e uma camisa larga de cambraia, manchada de tinta. A camisa *dele*.

— Desculpem pelo pudim. — Seu rosto estava tão inocente quanto o de um recém-nascido. — Vocês aceitariam sorvete?

— Obrigada, mas não vou querer. — Sam parecia um pouco pálida, mas deu um jeito de manter a compostura.

Ian levantou-se de súbito, irritado demais para ficar mais um minuto sequer. Apenas uma extrema força de vontade — além da lembrança do cheque que ainda tinha de receber — o impediu de mostrar sua irritação.

— A Sam está cansada por causa da viagem. É melhor nós irmos andando.

— Tão cedo? Parece que vocês acabaram de chegar. — Markie não parecia muito desapontada. Por que deveria? Já havia concluído o que se propusera a fazer.

Ian olhou de relance para Sam, a caminho da porta. Ela estava com a expressão fechada. Qualquer tentativa de se explicar, percebeu ele, apenas pioraria a situação. Por outro lado, como poderia *não* se explicar?

Já do lado de fora, eles desceram os degraus em silêncio. A névoa se movia em remoinho, o brilho leitoso das luminárias ao longo do caminho lançava uma membrana no rosto de Sam, fazendo-o, de alguma forma, parecer intocável. Uma gaivota gritava ao longe, o que, de repente, pareceu ser o som mais solitário do mundo.

Quando chegaram à casa de hóspedes, Sam passou à frente e entrou. Estava tateando em busca do interruptor quando Ian pôs a mão por cima da dela.

— Não é o que você está pensando.

— Como você sabe o que estou pensando?

Ela tirou a mão debaixo da dele. As cortinas não estavam puxadas e ele teve uma visão do deque, onde a névoa vagava como trapos fantasmagóricos. Na penumbra da sala de estar, o rosto dela estava frio e duro como mármore.

— Emprestei minha camisa para ela — disse Ian. — Só isso.

— Não estou te acusando de nada.

— Nem precisa. Está estampado no seu rosto.

— Então você não me conhece tão bem quanto pensa. — Seus olhos estavam escuros na sombra, o que lhes dava uma aparência arroxeada.

— Ah, Ian, você não está vendo? Eu não o condenaria se você *tivesse* dormido com ela. Ela é atraente. Inteligente. E, vamos encarar os fatos, *ela tem a sua idade*.

— Voltamos de novo ao mesmo assunto? — A frustração intensificou-se dentro dele. — O que a porra da idade tem a ver com isso?

— Tudo.

Ian podia ouvir as ondas batendo nas pedras. Também queria bater em alguma coisa. Ele inspirou fundo.

— Ela só estava tentando despertar ciúme em você.

— Você poderia ter me avisado.

— Não achei que ela fosse tão longe.

— Vamos lá, Ian. — Ela deu um sorriso cansado. — Não é por isso que você está aqui?

— Quaisquer que sejam as razões da Markie, não é por isso que *eu* estou aqui.

— Quando eu te perguntei sobre ela em Nova York, você não me disse que ela era a filha do sr. Aaronson. Por quê?

Ela o pegou de jeito.

— Não sei — respondeu ele. — Acho que eu não queria que você se preocupasse. — Isso soara como uma desculpa esfarrapada aos seus próprios ouvidos, não exatamente a declaração de um homem inocente.

Mas Sam ficou apenas parada, sacudindo a cabeça.

— Não é só a Markie, Ian. Haverá outras Markies. Dúzias delas. E quanto mais velha eu ficar, mais novas elas parecerão.

Ela parecia muito triste e Ian queria apagar aquela tristeza. Pincéis, tintas, telas, essas eram as suas ferramentas. A única forma que ele conhecia para alterar a realidade. Como poderia alterar aquilo?

— Sam. — Sua voz falhou. — Sam, eu quero me *casar* com você.

Alguma coisa reluziu brevemente em seus olhos, mas logo passou. Ela se afastou dele de súbito e foi para a luz que se refletia como um retângulo pálido sobre o tapete.

— Você está se sentindo assim agora — disse ela, cruzando os braços. — Mas não se sentirá da mesma forma daqui a alguns anos.

— Por Deus, Sam. O que mais posso dizer para te convencer?

— Nada. Absolutamente nada.

A sala escureceu, a única coisa que podia ser vista era a sombra alongada de Sam se afastando dele. Ele encostou a cabeça na parede e, numa voz baixa e rouca que mal reconheceu como sua, perguntou:

— O que você está me dizendo?

— Ah, Ian, eu só não consigo ver como isso pode dar certo.

— E quanto ao bebê?

— Não é um pouco tarde para você me fazer essa pergunta?

— Achei que tínhamos concordado em esperar até eu voltar.

— Isso foi há semanas e você ainda não voltou.

— Então não é só o lance da idade, não é isso o que você está querendo dizer?

Ela hesitou e então disse baixinho:

— Acho que não.

— Você acha que eu vou te decepcionar? — *Como seu marido.*

— Não estou te acusando de nada. — Ela parecia à beira das lágrimas. — Não é culpa de ninguém. Apenas é o que *é*.

— Sam, eu te amo. Eu quero esse bebê. Talvez eu não quisesse no início. Mas depois que me acostumei com a ideia... — Sua voz falhou de novo. Ela não estava acreditando. Dava para ver no rosto dela. — Escute, não sou o Martin. Não quero ser punido pelos erros de outro homem.

— O que você sabe sobre o Martin?

— Sei que ele te feriu. Vejo isso nos seus olhos.

Alguma coisa ardeu neles nesse momento.

— O Martin, pelo menos, *estava* do meu lado. — Ela inspirou fundo, como se para se acalmar, dizendo numa voz estranha e desprovida de emoção: — Vamos dar um jeito. Você vai ver o bebê. — E naquela única declaração ele viu o seu futuro delineado: visitas rápidas, momentos de constrangimento quando chegasse para pegar a criança. Seu filho se sentiria exatamente como *ele* se sentira quando pequeno: sempre com saudades do pai.

Ian fechou e abriu as mãos, ávido por segurar alguma coisa, alguma coisa que pudesse cessar aquela lenta hemorragia.

— Não é isso o que *eu* quero — ele disse entredentes.

— Eu sei.

— Você veio até aqui para me dizer isso?

— Não. — Ela deu um sorrisinho torto que era doloroso de se ver. — Eu *tinha* a esperança de que desse certo. E quando eu te vi... — Com os olhos reluzentes, ela estendeu o braço, como se para tocá-lo, até que deixou a mão cair, pesada, ao lado do corpo. — Mas não adianta. Não é só a minha família ou a Markie. É você. Sou eu. O bebê. *Tudo*.

— Então é isso? Você não está nem disposta a tentar?

— Não posso me dar a esse luxo.

Sam atravessou o quarto e estava para pegar a bolsa, ainda à porta, onde Ian a havia deixado, quando as palavras que ele dispensara a Markie surgiram para tentá-lo: *Acredite, você nunca se apaixonou*. Ele deveria estar pensando em si mesmo também. Nenhuma mulher antes de Sam jamais o fizera se sentir daquela forma.

Ele arrancou a bolsa da mão dela, com mais brutalidade do que planejara, e a atirou no chão.

— Não — disse ele, naquela voz estranha e abalada que não era sua. — Não essa noite, não com esse nevoeiro. Não posso te impedir de ir embora, mas posso te impedir de se matar.

— Não posso ficar aqui — disse ela.

— Não estou te dando outra escolha. — Ele acendeu a luz e a sala pareceu mover-se rapidamente à sua volta. Ele foi para o quarto, as mãos levantadas para que não esmurrasse as paredes. Puxou a bolsa de lona do armário e começou a enchê-la de roupas.

— Ian, não posso deixar você fazer isso.

Ele sentiu a mão dela em seu braço e virou-se de repente.

O que quer que ela tenha visto em seus olhos a fez tremer e recuar. Talvez tenha sido o reconhecimento de que aquela era a única coisa que ele *podia* fazer, a única coisa sobre a qual tinha controle.

— Há um motel a alguns quilômetros daqui — ele se pegou falando numa voz estranhamente tranquila. — É só por uma noite.

Sam deixou-se cair na cama com um sentimento de derrota. Quando ele acabou de arrumar a bolsa, do jeito que estava, ela se levantou com os olhos marejados para lhe dar um beijo no rosto.

— Acho que isso é um adeus.

— Não precisa ser, Sam. Se você mudar de ideia...

Ele parou de falar quando viu que ela estava chorando, a mão sobre a barriga como se para protegê-la. De repente, Ian sentiu dificuldade em respirar. Incapaz de olhar nos olhos dela, olhou para seu pescoço: esguio e pálido, com clavículas que o fizeram pensar numa gaivota em voo.

Ele sabia que, quando retornasse na manhã seguinte, ela já teria ido embora.

Capítulo Quinze

Setembro em Carson Springs apresentava um clima que deixava os pobres ricos, e os ricos, felizes. Longos dias de veranico com temperaturas na casa dos vinte graus eram seguidos por noites tão frescas quanto as maçãs do pomar acima de Sorrento Creek. Os passarinhos engordavam comendo uvas silvestres, groselhas e cactos de pera. Até mesmo as abelhas do Nossa Senhora de Wayside pareciam mover-se num ritmo mais tranquilo, bêbadas de sol, fazendo voltas em meio aos pastos tão dourados quanto o mel propriamente dito.

No Dos Palmas Country Club, golfistas brotavam como tasneirinhas, e a batida das bolas podia ser ouvida tão longe a leste quanto as cachoeiras onde o spa administrado pela irmã de Monica Vincenzi, Liz, recebia um fluxo de turistas em busca do mais novo tipo de cataplasma de algas, de massagem com lama vulcânica ou de tratamento facial com pólen de abelhas. Nas pousadas Valley Inn, La Serenisa e Horse Creek Lodge os quartos já estavam reservados até novembro. E no centro, na antiga missão em Calle de Navidad, os finais de semana traziam o repicar constante dos sinos do campanário sempre que um casal de recém-casados descia correndo os degraus em meio a uma chuva de arroz.

A escola, que semanas antes parecera um indício tão remoto de vida quanto a velhice, assomava-se de repente. Na altura da Gap, na Del Rey Plaza, o tráfego estava denso e uma infinidade de cartazes anunciando promoções em artigos escolares haviam surgido na loja vizinha, a Staples. Dois dias antes do início do semestre, o jovem Joey Harbinson, de quinze anos, subira no carvalho-branco ao lado do Palácio da Justiça e se recusara a descer, em protesto à sua planejada remoção. Não era coincidência alguma o fato de os pais de Joey terem ameaçado mandá-lo para a escola militar.

A conversa no Casa da Árvore girava em torno da produção de maçãs e da colheita da uva até o novo ginásio que estava sendo erguido em Portola High, assim como a possibilidade de o incêndio que estava sendo combatido na Floresta Nacional de Los Padres trazer uma afluência de vida selvagem como a do ano anterior, quando uma onda de vandalismo provou ser o feito de ursos fugitivos. Poucos falavam dos assassinatos. Isso deixava as pessoas inquietas demais. Nem perguntavam muito pela saúde do jovem Davey Ryback, na lista de espera por um doador de rins. Em vez disso, falavam sobre assuntos como o recente artigo do *Los Angeles Times*, exaltando as virtudes de Carson Springs, a reforma do antigo Cumberland Express pelo bilionário das empresas pontocom, Conrad Hirsch, e os boatos do ressurgimento da temível mosca-das-frutas do Mediterrâneo em um pomar ao norte de Ventura.

Os organizadores do festival de música não paravam de comentar o fato de Aubrey Roellinger arrendar Isla Verde e de Sam Kiley se mudar para as planícies, embora ninguém a visse muito ultimamente. A não ser nas reuniões do comitê e nos costumeiros serviços de rua pela cidade, ela vinha levando uma vida discreta.

Isso em nada impedia as más línguas de fofocarem.

Segundo boatos, o amante dela estava na Europa pintando retratos de mulheres ricas e tirando proveito de todas as regalias que seu trabalho envolvia. Mas ninguém sabia ao certo, pois não se via nem sombra de Ian Carpenter desde julho. O único homem com quem Sam era vista era o ex-sócio de seu marido, Tom Kemp. Althea Wormley os vira almoçando no Casa da Árvore, e Gayle Warrington informara que ele fora recentemente à agência de viagem para pegar informações sobre um cruzeiro pelo Alasca. No entanto, eles não pareciam nada além de amigos, o que era muito chato. Como seria muito mais excitante se eles formassem um triângulo amoroso!

Mas Sam também tinha sua cota de defensores. Marguerite Moore se deparou com uma resistência surpreendente quando sugeriu que ela abandonasse o cargo de presidente do comitê. A esposa do reverendo Grigsby, Edie, argumentou que se Cristo podia perdoar, quem eram eles para julgar? E a pequena e acanhada Vivienne Hicks, que raramente expressava uma opinião, surpreendeu a todos ao tocar, inflamada, no assunto sobre o direito da mulher de fazer suas próprias decisões reprodutivas. Outros, como Miranda McBride, da Última Palavra, fez questão de dar uma passada em sua casa nova, enquanto a velha Rose Miller e sua irmã gêmea, Olive, presenteavam Sam com uma mantinha de tricô para bebê.

— Eu tricotei esta parte — disse Rose, exibindo, orgulhosa, a metade que estava em azul, enquanto Olive terminava a frase, como os gêmeos costumam fazer:

— E a metade rosa é minha.

Outros partidários mais ferrenhos eram amigos como Tom Kemp e Gerry Fitzgerald. Gerry, em particular, saía por aí como um bombeiro paraquedista apagando focos de fofoca onde quer que eles aparecessem. No Salão Corte & Encante, ela havia praticamente perseguido Althea Wormley até a rua, os cabelos azuis ainda cheios de rolinhos. A proprietária, Norma Devane, mostrou seu apoio ao se recusar a cobrar o corte de cabelo de Gerry.

Enquanto isso, Sam continuava a cuidar dos seus afazeres da mesma forma de sempre, com a cabeça erguida. Se ouvia cochichos ou percebia olhares para sua cintura grossa, não dava atenção. Qualquer que fosse a forma como se sentia, seus sentimentos estavam tão bem guardados quanto seus planos. Principalmente porque ela, que sempre soubera tão bem o que fazer, que sempre tivera os meses seguintes planejados na agenda, não fazia a menor ideia de como seria aquela próxima fase de sua vida — exceto que, enquanto outras mulheres de sua idade estivessem organizando formaturas, casamentos e festas de aposentadoria, ela estaria trocando fraldas e andando pela casa às duas da manhã. Expectativa esta que seis meses atrás a teria horrorizado, mas que agora ela via como uma oportunidade inteiramente nova.

Na última terça-feira de setembro, Sam se encontrava a caminho da casa de Audrey para jantar. Não estava exatamente ansiosa por isso, mas quando a irmã lhe estendeu a mão azeitonada em sinal de paz, ela não teve coragem de recusar. Eram irmãs, afinal de contas, mesmo que isso às vezes mais parecesse uma pena de morte do que um laço afetivo.

No trajeto a leste pelo vale, seus pensamentos se voltaram, como sempre acontecia nas viagens longas, para Ian. A lembrança lhe fez sentir um leve latejamento, como se estivesse com uma costela quebrada que não houvesse sarado bem. Seguindo a estrada sinuosa pela Norte Road, passando por pastos banhados de sol e por colinas ondulantes, ela se lembrou da viagem de volta de Big Sur. Como ela quase voltara; como tivera de parar o carro em Morro Bay, onde uma garçonete atenciosa num posto de parada para caminhoneiros ouviu-a abrir seu coração enquanto tomava xícaras e mais xícaras de café descafeinado. Quando chegou em casa, não havia mais lágrimas e seu coração era uma pedra rachada que ardia em seu peito.

De nada importava que ela o amasse e que ele a amasse. O que era o amor diante de tudo o mais que envolvia a vida familiar? Passara a maior parte do tempo sem querer encarar isso, mas a verdade era inescapável:

Ian não estava mais pronto para ser marido e pai do que Martin. Não era apenas uma questão de idade. Não era apenas o fato de viajar com frequência e sem preocupação. Era tudo. Coisas que ele nem poderia saber antecipar. Ela precisava de um marido, um pai para o seu filho, que passaria uma tarde prazerosa consertando um triciclo ou gritando até ficar rouco ao torcer num jogo da Liga Juvenil. Um homem que também estaria ao seu lado, feliz por se encolher no sofá para assistir ao *Masterpiece Theatre* pela única razão de lhe fazer companhia, que não lhe perguntaria o que havia para comer quando, na verdade, gostaria era que ela lhe preparasse alguma coisa. A paixão era importante, sim, *muito* importante, mas ela também precisava de alguém para amá-la em seus piores momentos e...

Ficar ao seu lado. Sempre.

Ah, ela não culpava Ian. Como poderia culpá-lo quando fora por aquela imprevisibilidade impetuosa que ela se apaixonara? Mas tentar encaixá-lo em sua vida, uma vida na qual ela se encaixava mais do que o oposto, acabaria apenas fazendo com que um tivesse ressentimentos em relação ao outro.

Sim, pensou, terminar tinha sido o certo. Mas saber disso em nada facilitava as coisas. Ela engoliu em seco lutando contra o nó em sua garganta. Chega de lágrimas. Tudo aquilo já estava resolvido. Hora de seguir em frente. E olhar adiante. *O bebê...*

Passara a aceitar aquela gravidez ao vê-la pelo que era: uma dádiva. Uma dádiva mágica e maravilhosa. Ter um filho de novo e na sua idade! Com todo o tempo do mundo para vê-lo crescer. Está bem, ficava mais cansada hoje em dia, mas em alguns aspectos estaria mais preparada do que estivera com as filhas. Era mais sábia e mais paciente. Aproveitaria todo e cada momento, pois sabia agora o que ignorara então: como os filhos cresciam rápido. Deus talvez não lhe tivesse satisfeito todos os desejos, mas lhe satisfizera esse. E por isso ela lhe era grata.

Sam virou para Agua Caliente e o Spa Asana surgiu à vista: uma estrutura baixa de cedro construída em níveis diferentes, como degraus que descem por uma colina de madeira. Logo abaixo, nuvens de vapor se elevavam das piscinas de pedra, alimentadas por fontes subterrâneas protegidas da vista por soqueiras grossas de bambu. Nesse momento, pensou, o paraíso seria dar um bom mergulho numa dessas piscinas.

Aproximadamente um quilômetro à frente, ela virou em outra colina. Corral Estates, como o lugar era amplamente conhecido, fora, certa vez, uma fazenda com vastos trechos de terra onde o gado pastava. Desde então dera lugar a um dos poucos condomínios de Carson Springs. Atualmente, casas idênticas se enfileiravam nas ruas e becos com nomes de cavalos, como Roan Circle, Pinto Drive e Bridle Path Lane. A casa de sua irmã e seu cunhado, uma casa modesta de vários níveis com uma caixa de correio apoiada sobre um laço de boiadeiro em ferro batido, ficava na Mustang Place, n.º 25.

Audrey a cumprimentou à porta, com um vestido roxo que finalmente lhe cabia bem, e ostentando a pulseirinha de diamantes que Grant lhe dera no ano anterior, nos vinte e cinco anos de casados deles. Também tinha um corte de cabelo diferente, um repicado irregular.

— Gostei do seu cabelo — disse Sam.

Audrey passou os dedos nas pontas, preocupada com a aparência deles.

— A Norma me convenceu a fazer este corte. Eu não tinha muita certeza.

Norma Devane, proprietária do Corte & Encante, era uma das amigas mais íntimas de Audrey desde o ginásio. Todas as primaveras, Audrey levantava fundos para a campanha anual promovida por Norma, que levava perucas para as pacientes de quimioterapia. No ano anterior, ela havia conseguido arrecadar sozinha mais de dois mil dólares, fato que fez com que Sam sentisse mais simpatia por ela agora. Ela imaginou se Norma, que se unira a Gerry a seu favor, tinha alguma coisa a ver com a mudança de posição de Audrey.

— Fez você parecer anos mais nova — disse Sam.

Audrey semicerrou um pouco os olhos, como se não soubesse ao certo se considerava tal comentário um elogio. Então, como se decidindo dar a Sam o benefício da dúvida, sorriu.

— O jantar está quase pronto. Você pode ficar me fazendo companhia na cozinha.

Ao passar pela sala de estar, que parecia uma vitrine da Macy's com seu sofá estofado e mesinha de centro de vidro fosqueado, Sam espichou a cabeça para dizer olá para Grant. Foi com claro esforço que seu cunhado, confortavelmente acomodado em sua poltrona reclinável de couro sintético de frente para a televisão, desviou o olhar do jogo de beisebol.

— Sam. Olá, prazer em te ver.
— Como tem passado, Grant?
— Nada a reclamar. E você?
Nenhum comentário sobre o bebê. Teria esquecido?
— Melhor do que nunca — respondeu.

Grant era o único membro da família que parecia nunca mudar. Tinha perdido quase todo o cabelo na faculdade, e o pouco que lhe restava era penteado para cima da careca, exatamente como no dia de seu casamento. Mantinha até praticamente o mesmo peso, uns quilinhos a mais, outros a menos, embora ela não pudesse deixar de notar um acúmulo de gordura caindo por cima do cinto. Excesso das tortas pelas quais sua esposa era famosa. Sam esperou que a torta não fosse parte do menu daquela noite; seu estômago não conseguiria digeri-la.

— Fico feliz em saber. — O olhar do cunhado se voltou para a TV.
Sam tentou não levar isso para o lado pessoal. Não era tanta grosseria, pensou, em comparação aos anos que passava ignorando Audrey.

Ela foi para a cozinha com a irmã, um santuário reluzente a Martha Stewart com móveis de madeira crua, quadriculados country e um regador pintado à mão cheio de flores desidratadas. Tigelas cobertas por filmes plásticos aguardavam lado a lado no balcão, prontas para serem reaquecidas no micro-ondas. Frango assado, couve-de-bruxelas, cebolas ao molho branco. Em suma, um cardápio mais apropriado para o inverno na Nova Inglaterra do que um veranico em Carson Springs.

Ela deve estar se sentindo culpada pela forma como agiu, pensou Sam. Ou talvez a irmã tenha finalmente percebido que a família vinha em primeiro lugar. Audrey não era má pessoa, pensou Sam, apenas irremediavelmente amarga.

— Tem vinho branco e refrigerante na geladeira. Sirva-se. — Audrey elevou a voz para se fazer ouvir acima do barulho da batedeira.

Sam encontrou uma garrafa aberta de Chardonnay e serviu uma taça para a irmã antes de se servir de um pouco de leite.

— Saúde! — disse.

Audrey desligou a batedeira, observando o copo que estava na mão da irmã.

— Quando eu estava grávida, botava Ovomaltine no leite. O Grant diz que é por isso que os dois meninos nasceram tão escuros. — Ela deu um sorriso irônico diante da lembrança. — Já está sentindo algum desejo?

— Romã. Exatamente como aconteceu com as meninas.

— Típico seu. Você sempre foi meio estranha.

— Não fui eu que colori os lírios da vovó Delarosa com o estojo de maquiagem. — Sam logo lhe lembrou.

— Eu tinha cinco anos!

— Bem, pelo que parece você não perdeu o seu talento artístico. Foi você que fez estes panos? — Ela apontou para os paninhos de prato pintados com estêncil e esticados como se fossem papelão, no cabide de madeira acima da pia.

— No Natal passado. Não lembra? Dei um jogo para você. — Audrey ligou a batedeira dando um empurrãozinho experiente com a cintura. — A propósito, como você está se arrumando na casa nova?

Quando Sam anunciou que estava se mudando — e que a casa onde passara a infância estava sendo alugada —, achou que Audrey ficaria furiosa e partiria para a briga. Em vez disso, ela pareceu aceitar bem.

— É meio estranho — respondeu Sam, cautelosa. — Mas, em alguns aspectos, nada mudou. A Lupe e o Guillermo vão lá pelo menos uma vez por dia para ver se estou precisando de alguma coisa.

— Ela ainda está cozinhando para você?

— Acredite se quiser, mas sou perfeitamente capaz de me alimentar sozinha. — Sam pegou a esponja e limpou um respingo de batatas da bancada. Sorrindo, acrescentou: — Mas você conhece a Lupe. Um dos seus dez mandamentos é nunca aparecer de mãos vazias.

Audrey sorriu de volta sabendo como era.

— Até tirei a antiga máquina de costura da mamãe do sótão. Estou fazendo cortinas para o meu quarto e para... — Sam hesitou antes de acrescentar: — ... o quarto do bebê.

— Por algum motivo, não consigo te imaginar fazendo cortinas. — Audrey soou um pouco decepcionada por alguma razão. Retirando o filme plástico do frango, puxou um facão do suporte de madeira ao lado do fogão.

— É um bom jeito de não me preocupar com a loja.

— Você não sente falta de lá?

— Nem um pouco. — Tal percepção chegara como uma boa surpresa. — Ultimamente, dividida entre a casa e o festival... — Ela encolheu os ombros. — Dentro de alguns meses, quem sabe?

— Você com certeza vai estar muito ocupada quando o bebê nascer.

— Por uma boa causa. — Ela sorriu sonhadora e levou a mão à barriga, onde apenas ontem sentira o primeiro movimento. — Sabe de uma coisa, Aud, eu não poderia acreditar, mas estou mesmo ansiosa por esse bebê.

— Você deve ter se esquecido do trabalho que dá.

— Não vou me importar.

— Você está dizendo isso agora...

Audrey estava com as costas rígidas, as escápulas se comprimindo como asinhas pronunciadas, conforme ela destrinchava o frango. Com uma clareza súbita, Sam entendeu tudo o que estava acontecendo. A irmã *queria* que ela se sentisse infeliz. Por isso não se importara com Isla Verde e parara de tratá-la como Hester Prynne, de *A Letra Escarlate*. Audrey estava pronta para perdoar e ser generosa. Mas Sam, em vez de se enfiar num canto com a cabeça baixa de vergonha, estava pegando os limões e fazendo uma limonada, e apreciando cada gole dela.

— Sei o que é ter filhos — disse sem alterar a voz. — Afinal de contas, criei duas meninas.

— É exatamente aonde quero chegar. — Audrey virou-se para ela. — Há quanto tempo você não troca uma fralda ou limpa uma baba?

— Se isso fosse tudo o que se ganha ao ter filhos — disse Sam —, haveria muito mais filhos únicos no mundo. — Ela estava determinada a não deixar o assunto sair de controle como em tantas outras conversas que invariavelmente terminavam com Audrey fazendo críticas e ela ficando a sofrer sozinha. — Mas não vou ficar exatamente sozinha. Terei ajuda.

— Ian? — Audrey torceu a boca com desdém.

— Eu estava me referindo a Lupe. — Sam sentiu o rosto ficando quente. — Mas, já que você perguntou, sim. O Ian deseja muito ser o pai dessa criança.

— Você quer dizer quando ele puder encaixá-la em sua agenda atribulada.

— Ele vai arrumar tempo.

Audrey bufou.

— Ele diz isso agora, mas espere só para ver.

O rosto de Sam estava pegando fogo. Ela foi até a pia e lavou o copo no qual tomara leite.

— Se você tem alguma intenção com essa conversa — disse ela, com frieza —, eu gostaria que fosse logo ao assunto.

— Não posso me preocupar com a minha própria irmã? — Audrey deu um sorriso forçado, mas o brilho em seus olhos contava outra história. — Com as meninas, você, pelo menos, tinha o Martin.

— Martin. — Até onde sabia sua irmã, seu casamento fora o ideal. Por que dar a ela uma razão para se satisfazer com a desgraça alheia? — Se você perguntasse a ele quem era o pediatra das crianças, ele não seria capaz de responder. Ou que manequim elas usavam, ou se a Laura era alérgica à penicilina. Duvido que ele teria se lembrado do aniversário delas se eu não estivesse lá para lembrá-lo.

Audrey pareceu chocada.

— Mas eu pensei que...

— Pensou errado.

— Bem, com certeza você *me* enganou.

Sam sentiu vontade de pôr Audrey no seu devido lugar, mas algo a deteve. Talvez fossem os hormônios ou talvez agora que estava vivendo a vida que *queria*, com barriga e tudo, ela podia se permitir sentir mesmo pena da irmã. Pobre Audrey, tão cega de ressentimento que não podia ver um palmo além do nariz — ressentimento que tivera origem na infância, por causa da crença de que fora desprovida de todo amor e atenção que foram dispensados aos irmãos.

Ela sorriu, colocando o copo no escorredor de pratos.

— Quer saber a verdade? Sempre senti um pouquinho de inveja de você e do Grant. — Isso talvez tivesse sido meio forçado... tudo bem, *mais* do que forçado... mas ela foi logo recompensada pela cor que se fez presente nas faces de Audrey.

— Sentiu? — A voz da irmã se elevou com um toque de incredulidade.

— O Grant foi sempre muito bom para os meninos. Estava sempre com eles no pátio, atirando uma bola de futebol ou os ajudando a construir alguma coisa.

— As meninas adoravam o Martin.

— Ele as adorava.

— Mas...

Sam balançou a cabeça.

— Elas eram duas bonequinhas para ele. Alguma coisa com que ele podia brincar e depois colocar de volta na prateleira. Era afetuoso e engraçado desde que fosse *eu* a carregar toda a responsabilidade. Talvez fosse por isso que elas o idolatravam. Quando você está muito ocupada polindo a armadura de alguém, nem sempre percebe as falhas que estão por baixo dela.

Audrey a surpreendeu ao confessar:

— Engraçado, os nossos filhos estão sempre reclamando. Sempre têm algo do que falar.

— Se eles reclamam, é porque têm esse direito. — Sam pensou nas filhas e se sentiu triste de repente.

— Bem, pelo amor de Deus, por que você não disse nada? — Audrey lhe lançou um olhar ligeiramente magoado ao arrumar o frango na tigela. — Sou sua irmã, pelo amor de Deus!

Sam suspirou.

— É complicado.

Audrey assentiu com a cabeça. Ninguém sabia melhor do que ela *como* era complicada a relação entre irmãs. Mas, em vez de oferecer algum conselho moralista, como teria feito no passado, ela simplesmente mergulhou uma colher na panela que estava no fogão e deu para Sam provar.

— O que você acha? Mais sal?

— Perfeito. Eu não adicionaria nada.

O jantar transcorreu sem problemas. Audrey lhe deu notícias dos rapazes, ambos na faculdade fora da cidade. Grant falou continuamente sobre seu negócio de fornecimento de peças para encanamentos, que, segundo ele, ia de vento em popa. Sam fez o possível para não rir. Seu cunhado lhe dissera que, ainda assim, nos últimos vinte anos nada mudara. Audrey ainda estava dirigindo a mesma caminhonete Chevy velha com que costumava levar os meninos para a escola.

A única diferença era que isso não mais a aborrecia: as pequenas pretensões da irmã, suas indiretas com relação à vida que eles poderiam ter tido. Como todo mundo, Audrey e Grant estavam simplesmente vivendo da melhor maneira possível com o que tinham. Se de vez em quando precisavam de um pouquinho mais de óleo para fazer o motor continuar funcionando, que grande dano havia nisso?

Quando a mesa já estava limpa e a lava-louças, carregada, Sam deu uma olhada discreta no relógio. Tudo o que queria era estar em casa com uma xícara de chá, folheando seu novo livro de jardinagem — um presente de inauguração da casa nova dado por Miranda McBride. Mas quando Audrey teve a ideia de as duas jogarem uma partida de bridge lua de mel, ela não se apressou em arrumar uma desculpa para ir embora. Não morreria se ficasse ali por mais uma hora, pensou.

As irmãs jogaram duas partidas, as quais Audrey ganhou. Ela reluzia triunfante quando levou Sam até a porta.

— É só uma questão de justiça — disse ela. — Você sempre ganhava de mim quando éramos crianças.

Sam sentiu que a irmã queria ter certeza de que ela não a tinha *deixado* ganhar.

— Não lembre dessas coisas — resmungou Sam.

Mas, para sua surpresa, Audrey se mostrava generosa.

— Você só está sem prática, é isso. Deveríamos jogar com mais frequência.

Elas se demoraram no hall. Na luz rarefeita, o rosto de Audrey estava suave, lembrando Sam de quando as duas eram adolescentes e faziam o cabelo uma da outra. Audrey ficou parada com a mão na maçaneta, virando-a sem perceber.

— Bem, se precisar de alguma coisa, sabe para quem ligar. — Mariposas adejavam em torno da lâmpada da varanda, pousando nela e então se afastando com pequenos tiques ligeiros. — Também não me esqueci das coisas que sei sobre bebês.

— Não tenho dúvidas. — Sam tocou-lhe o braço. — Obrigada pelo jantar, Aud. Estava uma delícia.

— Dirija com cuidado! — gritou a irmã, atrás dela.

Sam estava na metade do caminho de carros quando se lembrou da caixa embrulhada para presente ali dentro: o vaso de prata de sua avó. Ela o tinha encontrado enquanto limpava o armário de porcelanas e decidiu dá-lo a Audrey. Tirando-o do banco da frente, hesitou por um momento antes de colocá-lo dentro da caixa do correio. Sua irmã o encontraria no dia seguinte, quando então poderia apreciá-lo sem ter de se desdobrar em elogios.

O restante da semana voou. Sam passou a maior parte da quarta-feira tirando mato e preparando o solo no jardim. Na quinta-feira, uma ida ao horto para comprar fertilizantes e pacotinhos de sementes foi seguida por uma reunião de emergência do comitê do festival. A violinista principal havia quebrado o pulso, e eles precisavam encontrar um substituto. Um feito, com o festival apenas três semanas à frente, que estava mais para um milagre. Marguerite Moore sugeriu que entrassem em contato com seu velho amigo Isaac Stern, o que provocou algumas risadas. O breve encontro dela com o lendário violinista deveria ter ocorrido há uns bons quinze anos. Ele era capaz de nem se lembrar dela.

Na sexta-feira, ela marcou de almoçar com Tom no La Serenisa. Isso era o mínimo que ela podia lhe oferecer depois de tudo que ele havia feito. E se ela ainda se sentia um pouco constrangida ao lado dele, ele tornou as coisas mais fáceis ao guardar seus sentimentos para si próprio. Sentados à mesa ao lado da janela com vista para o riacho, eles almoçaram salada de lagosta e *fois gras* tostado e conversaram como velhos amigos.

— Não sei como te agradecer — disse a ele, quando estavam voltando para seus carros. — Um almoço mal dá para o gasto.

Tom lhe lançou um olhar de modéstia.

— Até onde me lembro, concordamos em esquecer o que passou. Este foi o melhor almoço que tive em meses.

Ela sorriu.

— Você não vai chegar muito longe como advogado falando desse jeito.

Os dois estavam voltando pela trilha ladeada de samambaias que serpenteava pela mata até a área do parque logo abaixo, aproveitando o tempo e sem a menor pressa de retomar suas respectivas vidas. Ao longo das trilhas mais estreitas que se desdobravam da principal, havia cabanas praticamente invisíveis com telhados de cedro enfiadas discretamente no meio das árvores. Nas áreas onde os raios de sol haviam encontrado uma brecha em meio ao dossel denso da mata, canteiros viçosos em flor — coração-de-maria, orquídeas, lírio-do-bosque, genciana — fizeram Sam pensar no próprio jardim e no quanto ansiava vê-lo crescer.

— Por falar nisso, tive uma conversa com o sr. Roellinger outro dia — disse Tom. — Ele está adorando a casa e pediu para eu te dizer que, se ficar com saudade e quiser passar lá para uma visita, você é mais do que bem-vinda.

— Não sei por que, mas não vejo isso acontecendo. — Sam preparou-se para um remorso de proprietária, mas ele não surgiu. — Mas acho que o pobre homem não verá o mesmo acontecendo com a Lupe. Ela irá lá sempre que puder.

— Pensei que ela estava se aposentando.

— Diga isso a *ela*.

— E quanto a você? Pensa em voltar a trabalhar algum dia?

Ela encolheu os ombros.

— Talvez. Quando o bebê for maiorzinho. Enquanto isso, estou muito feliz com o jeito como as coisas estão.

Ele a olhou de soslaio.

— Não se sente sozinha?

— O Max é toda a companhia de que preciso no momento. — Nas últimas semanas ela se afeiçoara de verdade ao cachorro de Tom. Ficaria triste quando o visse partir.

Como se tivesse adivinhado seus pensamentos, Tom disse:

— Fique com ele o tempo que quiser. Eu ficaria sem dormir pensando em você sozinha lá.

Por trás das armações pretas e quadradas, os olhos de Tom estavam cheios de preocupação, e seus ombros largos, caídos como se num esforço consciente para não se atirar para cima dela. Sam sentiu uma pontada de tristeza. Por que Ian? Por que não podia ter se apaixonado por Tom Kemp?

No estacionamento, ela lhe deu um beijo no rosto antes de entrar no carro.

— Para falar a verdade, Tom, eu realmente *não* teria conseguido sem você.

— Para que servem os amigos?

— Agora consigo ver por que o Martin dependia tanto de você.

— Nós cuidávamos um do outro — disse ele, leal ao seu sócio até depois da morte.

Sam olhou pelo retrovisor ao sair. Tom estava de pé onde ela o havia deixado, observando-a ir embora, sua expressão a fazendo lembrar-se de como Max ficava cada vez que ela saía. Assim como seu cachorro, Tom não ficaria disponível para sempre. Um dia ele teria coisas melhores a fazer do que esperar por um convite que talvez jamais chegasse.

Ela se surpreendeu ao sentir um nó na garganta.

No dia seguinte, Gerry chegou na hora marcada para ajudar a pintar o quarto do bebê. Os sábados normalmente eram dedicados às suas filhas, por isso Sam sentiu-se especialmente apreensiva, até que ficou claro que sua amiga estava numa missão autodesignada que tinha mais a ver com partilhar uma parte de sua mente do que com dar uma mão à amiga.

Mal tinham começado a pintar a faixa, um dourado pálido que ficaria bem com o creme-amarelado das paredes, quando Gerry disse de forma meio brusca:

— Não sei por que você não pediu a opinião do Ian. Afinal de contas, ele é o artista.

— Isso aqui não é exatamente a Capela Sistina — retrucou Sam.

Gerry olhou para o teto.

— Já que você tocou no assunto, uns anjinhos não iam ficar nada mal.

— Muito engraçado.

— Não é para ter graça. — Gerry sentou-se sobre os calcanhares. Com calças cáqui de pregas e um lenço estampado em cores vivas amarrado na cabeça, ela era uma versão glamorosa da personagem Ethel Mertz, com uma boca à altura da dela. — Sam, você não pode continuar agindo como se ele não existisse. Por mais esdrúxulo que seja o acordo que vocês dois fizeram, ele ainda é o pai dessa criança.

Sam deu um tapa com força no parapeito da janela.

— Como você sabe se nós ainda não discutimos esse assunto?

— Sou sua amiga mais velha e, espero, melhor amiga. — Gerry era tão insistente quanto a mosca que batia contra a vidraça. — Mesmo se você não estivesse como está eu saberia.

— Naturalmente, o jeito que estou não poderia ter nada a ver com o fato de eu estar grávida.

— Grávida e desabrochando como uma rosa. Não é isso o que quero dizer. — Gerry abaixou a brocha e levantou-se, com as juntas estalando. — Você está sofrendo e sabe disso.

— Para falar a verdade, nunca estive tão feliz. — Sam ficou olhando zangada para ela até que um fio de tinta que descia por entre os nós de seus dedos fizeram-na largar a brocha.

— Como você era com o Martin?

Sam olhou para Gerry, parada sob o reflexo do sol, a manchete de um dos jornais espalhados no chão se desenrolando embaixo de seu calcanhar: FEDERAIS SE UNEM NA CAÇA AO ASSASSINO. Velhas amigas, pensou, também podiam ser perigosas. Elas sabiam demais.

— Isso não é justo — disse ela.

— É sim quando é para o seu próprio bem. — Gerry aproximou-se dela e arrancou-lhe a brocha da mão, enfiando-a dentro da lata. — Uma coisa é *querer* ser feliz — disse ela —, outra é fingir que está feliz quando não está. Pode acreditar em mim, já recebi condecorações nessa guerra. Se eu tivesse ganhado um dólar por cada vez que deveria ter posto a boca no trombone com o Mike, eu não precisaria trabalhar para viver.

Sam lembrou-se do divórcio da amiga, de como ele havia sido complicado. Mas Gerry não era do tipo que curtia depressão. A única vez que Sam a vira chorar, chorar *mesmo*, fora naquele ano terrível após sua saída do convento. Época sobre a qual Gerry mal falava a respeito e Sam já a conhecia o bastante para não tocar no assunto.

— Está bem, não estou *morrendo* de felicidade — confessou. — Mas também não estou exatamente infeliz. Estou... — procurou pela melhor palavra — ... levando.

Max entrou no quarto naquele exato momento, seu rabo cor de abóbora emplumado — que funcionava como um ímã para qualquer som mais estridente e qualquer rabo de raposa num raio de cinco quilômetros — balançava ansioso. Ele ficou parado olhando para Sam até que ela lhe acariciou a cabeça. Somente quando ela percebeu uma rabada de tinta na parede atrás dele, foi que o enxotou dali para o corredor.

Quando voltou, a amiga estava em pé, olhando para fora da janela. A luz do sol brilhava em torno dela como numa história bíblica: a Abençoada Virgem Maria, infinitamente sábia.

— Por que sempre parece mais nobre seguir em frente? Mãe Coragem devia ser uma bruxa quando ficava zangada. — Gerry virou-se para olhar para Sam com uma irritação cheia de afeto e uma mancha amarela na face. — E daí que o Ian seja mais novo e não entenda nada de bebês? Isso não impediu o Wes de se casar com a Alice... ou nenhuma de nós de ter filhos.

— Podemos, por favor, não tocar nesse assunto? — Sam deixou claro pelo tom de sua voz que isso não era um pedido. — Já ouvi tudo o que podia assimilar.

— Não de mim, não mesmo. — Gerry se afastou da janela, não mais a Virgem Maria, mas uma cigana com olhos raivosos e cabelos negros e encaracolados saindo debaixo do lenço. — Lembra da promessa que fizemos uma para a outra quando éramos adolescentes? Juramos que nunca deixaríamos a outra fazer alguma coisa que soubéssemos que estava errada.

— Não temos mais dezesseis anos — disse Sam. — E já que você tocou no assunto, não me lembro de você ter ouvido o meu conselho quando eu implorei para que não entrasse para o convento.

— Eu devia ter ouvido.

— Ninguém podia te dizer nada naquela época.

— Eu *era* muito presunçosa, não era? — Gerry balançou a cabeça diante da lembrança. — Uma qualidade não muito apropriada para uma freira. Foi um milagre eu ter conseguido chegar até os votos permanentes. Pense só o que teria acontecido se eu tivesse mesmo levado isso adiante, em vez de... — Ela se deteve subitamente com um sorriso que não chegou aos olhos. — Veja só eu falando de mim quando é sobre *você* que estamos conversando.

— Estamos? Achei que esse assunto estava encerrado. — Sam pegou novamente a brocha.

Minutos depois ela ergueu os olhos e viu a amiga olhando pela janela, com um olhar estranho e distante. Quando Gerry falou, foi com uma voz suave, quase onírica:

— Sabe do que me arrependo mais? De não tê-la segurado no colo. Uma vez só... antes de a tirarem de mim.

Sam sentiu um frio lhe percorrer a espinha. Não falavam sobre isso há anos, mas ela não precisou perguntar ao que a amiga se referia.

— Eu não sabia que isso ainda te incomodava — disse em voz baixa.

Gerry virou-se para ela com uma cara que, num piscar de olhos, revelava tudo. O coração partido que ela mantivera escondido durante todos aqueles anos, as lágrimas vertidas à noite no travesseiro, as fantasias infinitas com uma filha agora adulta.

— Isso nunca vai acabar — disse Gerry.

— Você já pensou em procurar por ela?

— Não — Gerry disse com determinação.

— Você tem medo de que ela queira saber sobre o pai?

— Em parte. Se a diocese algum dia vier a saber... — Gerry interrompeu-se com um suspiro. — Mas principalmente porque... bem, não seria justo para nenhum de nós levantar toda essa questão de novo.

— E se ela algum dia procurar por você?

— Só vou pensar nesse assunto se e quando isso acontecer. — Gerry abraçou a si mesma, um pouco trêmula.

— Você ainda não contou para as crianças? — Sam achava que Andie entenderia. Não tinha tanta certeza com relação a Justin, com apenas onze anos.

— Para quê? Eles só fariam perguntas que eu não conseguiria responder.

— Para o seu próprio bem então.

— Como penitência, você quer dizer? — Gerry lhe deu um sorriso duro de ver, como o gargalo quebrado de uma garrafa que momentos antes estivera inteira. — Ave-Maria, cheia de graça... vinte e oito anos atrás eu dei a minha filha e agora a quero de volta?

Sam percebeu o vislumbre de lágrimas e se arrependeu de ter lhe respondido de forma ríspida, mais cedo.

— Só espero — disse ela, aproximando-se e pondo a mão em seu braço — que eu tenha sido tão boa amiga para você naquela época quanto você é para mim hoje.

Gerry deu uma risadinha, enxugando as lágrimas com o polegar.

— Isso quer dizer que estou perdoada por me intrometer?

— Não exatamente. — Sam sorriu. — Mas estou me esforçando.

Gerry se abaixou para pegar a brocha, olhando pensativa para ela.

— Enquanto você se esforça, tem mais uma coisa que eu gostaria de saber... por que amarelo? Em poucas semanas, você vai saber se vai ser menino ou menina. — Estava se referindo, é claro, ao resultado do exame do líquido amniótico.

— Eu pedi a Inez para não me dizer o sexo.

Gerry olhou incrédula para ela.

— Como você vai conseguir ficar sem saber?

— Eu não soube quando estava grávida das meninas.

— Você não tinha escolha naquela época.

— Talvez aquela época fosse melhor em alguns aspectos.

— Não tínhamos fraldas descartáveis. Ou cadeirinhas apropriadas para carro.

Sam balançou a cabeça diante da lembrança.

— Dá para acreditar? Aquelas coisas horrorosas que ficavam penduradas no banco de trás do carro. É de admirar que mais bebês não tenham morrido. — Ela olhou para fora da janela, onde o sol brilhava sobre a terra recém-revolvida no lugar em que brotavam nova plantas perenes. Jardim era um assunto do qual ela entendia, algo com que ela sabia lidar. Sam suspirou. — Já faz tanto tempo que me sinto como quem dormiu demais e não viu as coisas mudarem.

— Cuidado — resmungou Gerry.

Sam riu.

— Não é *você* que está tendo um bebê.

— Graças ao Senhor Jesus. — Gerry revirou os olhos ao mesmo tempo em que fez o sinal da cruz. — O que não muda o fato de eu ter toda a intenção de ajudá-la no que puder.

— Eu gostaria de uma treinadora para parto normal. — Sam ainda não havia pensado nisso, mas lhe ocorreu que Gerry seria a candidata ideal: aquela que não lhe teceria críticas.

— Eu me sentiria honrada. — A amiga lhe fez uma pequena mesura.

Sam achou que ela voltaria a falar em Ian, mas Gerry guardou seus pensamentos para si. Isso devia tê-la deixado satisfeita, o que, de alguma forma, não aconteceu. Pois, sem uma discussão, não havia com quem conversar sobre o assunto ou como se livrar de sua ansiedade. Estava cometendo um erro? Estaria a felicidade que não compartilhara com Martin a seu alcance? Do tamanho, forma e marca errados, mas, ainda assim, felicidade? Acordaria um dia com os cabelos grisalhos e uma criança em sua cola e descobriria que havia perdido o bonde? Tal pensamento foi aterrorizante.

Capítulo Dezesseis

— Você acha que algum dia vão conseguir pegá-lo?
— Li em algum lugar que dez por cento de todos os homicídios ficam sem solução. — Laura se manteve na defensiva à medida que elas se aproximavam de uma curva acentuada na estrada. — Devagar agora. Lembre-se do que eu lhe disse.

Finch segurou o volante com mais força.

— Entrar devagar na curva, sair rápido dela.

— Não *sair rápido*. Acelerar. É diferente.

A menina franziu a testa, concentrada. Era apenas a sua terceira aula de direção e, embora fosse uma motorista tão habilidosa quanto amazona, aquilo ainda estava dando nos nervos. Elas estavam se limitando às estradas secundárias até Laura decidir o que fazer com relação à carteira de habilitação.

— Ouvi a Melodie Wycoff dizendo que tinham encontrado algumas provas. — Finch entrou bem na curva, e a antiga residência dos Truesdale, velha e malcuidada, surgiu à vista. Um vira-lata igualmente malcuidado estava ao lado da caixa de correio despencada como se estivesse bêbada.

Laura encolheu os ombros diante da ideia.

Melodie e sua língua comprida, pensou.

— Achei que esse tipo de coisa fosse confidencial.

— As pegadas em volta do corpo, por exemplo... ela disse que são muito pequenas para serem de um homem. — Elas passaram por uma barraca de madeira que vendia frutas, na frente de uma plantação de morangos.

— Acho que isso livra a cara do Hector.

— Mas não a minha. — Finch lhe lançou um olhar inquieto.

Laura analisou sua resposta com cuidado. Não dava para desprezar as preocupações de Finch. Mas ficar paranoica também não ia ajudar.

— Acho que — disse ela —, se a polícia estivesse atrás de você, eles já teriam te prendido. Além do mais, você tem um álibi. Estava com a Maude.

— Para eles, eu poderia ter escapado de mansinho enquanto ela estava dormindo. — Os nós dos dedos de Finch estavam brancos de tanto ela apertar o volante.

— Não estamos indo um pouco longe demais? Se o assassino for mesmo uma mulher, o que não estou convencida de que seja o caso, restariam cerca de nove mil outras suspeitas. Poderia ser *eu*. Ou a Anna Vincenzi. Ou até mesmo a Maude.

Elas estavam se aproximando de uma bifurcação onde a estrada se dividia na direção de Dos Palmas e, à esquerda, na direção da casa de Laura: três quilômetros de asfalto sulcado e cercas caídas, com a visão ocasional de brilhos holográficos vindo de olhos que, à noite, serviam apenas para lembrar como você estava longe, no meio do mato.

— Eu gostaria que pegassem o assassino — disse Finch. — Ou a assassina.

Laura pensou na loura misteriosa que vira do lado de fora da cocheira naquele dia. Ela havia prestado depoimento à polícia, mas até onde sabia não dera em nada. Poderia aquela mulher estar ligada ao assassinato?

— Sabe o que é mesmo assustador? — perguntou ela. — Pelo menos uma vez ao dia vou telefonar para alguém e pensar: será que é ele? Um cara comum que talvez nunca tenha ultrapassado um sinal vermelho.

Aquele fora um momento ruim num dia cheio de surpresas agradáveis. Os negócios iam bem — aquele fora o melhor dia em semanas —, devendo a maior parte do crédito ser atribuída a Finch. Laura analisou a menina pelo canto dos olhos. Seus cabelos longos, brilhantes como o pelo de um puro-sangue, estavam puxados para trás num rabo de cavalo frouxo, e suas unhas, uma vez roídas até o sabugo, estavam pintadas com um esmalte rosa clarinho. Com uma saia nova justa e uma camiseta, uma das roupas que comprara na Rusk, ela pouco se parecia com aquela fugitiva carrancuda e pálida de três meses atrás.

A transformação não parava por aí. Na loja, onde seu horário de meio expediente logo se transformara em período integral, Finch provara ser uma vendedora inata. Ela parecia saber exatamente o que as pessoas estavam procurando, até quando nem elas mesmas faziam ideia. Chegara até mesmo a dar algumas sugestões com relação ao estoque: uma delas, um verdadeiro sucesso: colares com pedras rúnicas que eram vendidos aos adolescentes com mais rapidez do que os que continham insetos. E também não fora ideia sua colocar um casal de papagaios de verdade na gaiola na frente da loja? O que ficara anos acumulando poeira vendera em questão de dias, papagaios e tudo, com pedido para mais dois.

Sua irmã também havia sido indispensável, cumprindo a promessa de apresentá-la a um web designer. Mas a mudança tectônica que ocorrera fora a descoberta de Laura de que *gostava* de estar no comando. É claro que às vezes era estafante, mas ela não precisava mais adivinhar o resultado de cada decisão; podia arriscar-se a comprar itens para os quais sua mãe levantaria as sobrancelhas. Agora, tudo o que tinha a fazer era esperar mais um pouco, até que o website ficasse pronto e funcionando, e o sucesso recente nas vendas se transformasse em dinheiro.

O carro deu um solavanco forte e Laura foi jogada para frente, forçando o cinto de segurança.

— Faça o favor de ficar de olho nesses buracos — disse ela, esforçando-se para manter a voz inalterada. — E, pelo amor de Deus, *diminua a velocidade*. Não estamos na Fórmula Indy.

A direção de Finch não era sua maior preocupação. Em algum momento elas teriam que parar de agir como se aquilo fosse apenas um arranjo temporário e começar a olhar para o futuro. Como ir para a escola, por exemplo, quando precisariam de um histórico escolar. Então vinha o problema muito maior e muito mais complicado de quem, se é que existia alguém, era responsável por ela.

Finch aliviou o pé no acelerador.

— Desculpe, não percebi que estava indo tão rápido.

— A gente nunca sabe o que vai encontrar pela frente. — Laura aguardou um minuto antes de arriscar com naturalidade: — Sabe de uma coisa, Finch? Estive pensando. Você não pode ficar andando pelas estradas de terra pelo resto da vida. Mais cedo ou mais tarde, terá que tirar carteira de motorista.

— Isso significa preencher formulários e coisas desse tipo. — Finch franziu a testa e balançou a cabeça. — Não, obrigada. Vou continuar nas estradas de terra. — Laura percebeu o maxilar da menina ficando tenso e sua boca voltando a formar aquelas velhas linhas insistentes.

Ela sentiu vontade de tranquilizá-la de alguma forma, mas resistiu à tentação. Aquele não era o momento certo. Em vez disso, ficou olhando pela janela, para a estrada estreita com colinas relvadas em ambos os lados e para as montanhas que surgiam a distância. *Ninguém em sã consciência poderia achar que ela é responsável pela morte daquele homem*, pensou. Finch era uma boa menina. Era esperta também, senão de que outra forma teria sobrevivido? E agora aquela chama que mais de doze anos de guarda negligente do estado não haviam conseguido apagar fora atiçada e se transformara em algo verdadeiramente bom. *Se eu tivesse uma filha...*

Perdida em seus pensamentos, Laura não percebeu como elas haviam chegado longe, até que estavam virando no caminho de carros de sua propriedade. Hector as viu e acenou. Havia chovido na noite anterior, quebrando o encanto sob o qual o vale se encontrava e transformando o curral empoeirado num mar de lama — uma rara oportunidade que a égua de Laura claramente não pudera deixar passar. Ela estava coberta de lama dos cascos à cabeça, a água escorrendo dela em jorros marrons conforme Hector a limpava com a mangueira.

Laura desceu tensa do banco do passageiro. *Da próxima vez, lembre-me de tomar um Valium.* Ela se lembrou de quando Sam lhe dera aulas de direção. Pensando bem, não fora sempre a mãe que fizera tudo? Calada, eficiente e sem fazer estardalhaço, a mãe cuidara dela e da irmã, certificando-se de que tinham tudo o que precisavam, de que o dever de casa havia sido feito, de que as bainhas haviam sido abaixadas, de que não ficassem sem absorvente, xampu ou papel higiênico.

A descoberta de que seu pai não fora tão digno de confiança a entristecia, embora, bem no fundo, isso não tenha sido surpresa alguma. Não soubera desde sempre que não podia contar com o pai quando a situação ficava difícil? Laura lembrou-se das vezes que esperara por ele depois da escola. De como era a última a ir embora, do céu escurecendo no pátio e das lágrimas brotando em seus olhos quando ele finalmente aparecia para pegá-la. Ele sempre tinha uma desculpa — ficara envolvido com alguma coisa e acabara se esquecendo ou algum compromisso seu demorara mais do que o previsto. A maior preocupação dele, lembrou-se, era que ela não contasse nada para a mãe.

Ela se alongou para aliviar a tensão dos músculos. Uma leve bruma pairava no pátio, onde sombras compridas marcavam os dias que ficavam mais curtos. A julgar pelo tamanho da poça onde Hector se encontrava, ele já devia estar ali há algum tempo. Ela foi até ele sem se preocupar com suas belas sapatilhas azul-marinho.

— Nada como um banho para estragar a brincadeira. — Ela acariciou Judy, que estava quieta e cabisbaixa como se envergonhada. — Sinto muito por você precisar ficar atolado para limpar a bagunça. Ela sabe fazer bobagem, não sabe?

Hector abriu um sorriso.

— Ela só estava se divertindo.

— O que o veterinário disse sobre o Punch? — Dr. Henry fora lá novamente para examinar sua pata.

— Ele disse que o Punch deveria se exercitar mais.

— Sei que não tenho ficado muito tempo em casa...

— Vou cuidar disso.

— Eu já te peço coisas demais do jeito que está.

Ele encolheu os ombros.

— Andei pensando... talvez eu devesse dar um tempo na faculdade. Este lugar está começando a ficar meio largado. — Hector gesticulou na direção do curral, onde o portão estava pendurado por laçadas de arame.

Laura se recusou a sequer pensar no assunto.

— Você já está recuperando a matéria que abandonou no semestre passado. Não, isso está fora de questão.

— Tarde demais, já falei com meu orientador. — Ele passou a mão para retirar o excesso de água lamacenta do flanco da égua.

— Ah, Hector. — Ela foi tomada de culpa.

— Só duas matérias. Posso recuperá-las no próximo semestre.

Laura cruzou os braços, olhando séria para ele.

— Você sabe que não pode continuar assim. Nesse ritmo, vai estar velho quando se formar.

— Vou ficar velho de qualquer jeito.

— Hec...

— Você pode me alcançar aquilo ali? — Ele gesticulou para uma toalha rasgada que estava em cima do carrinho de mão.

Laura pegou a toalha e a entregou para ele, observando-o enquanto enxugava Judy com gestos rápidos. Seus movimentos eram ágeis, como os de um boxeador e, ao mesmo tempo, estranhamente graciosos.

Ela sentiu o rosto se aquecer. Ultimamente, ficar ruborizada se tornara um hábito. Ela havia feito as pazes com o fato de que ele jamais a veria como nada além de uma amiga. E de que ele não ficaria lá para sempre. Mas, assim como os cactos que florescem uma vez a cada década e as cigarras que saem do chão a cada sete anos, o sangue que subira com tanta rapidez às suas faces quando tinha dezesseis anos voltara agora com força total.

— Escute, você vai estar por aqui hoje à noite? — perguntou. — Pensei em a gente pegar um cinema. Os ingressos são por minha conta.

— Não posso. Meu irmão está na cidade — respondeu ele, sem erguer o olhar.

— Qual deles?

— O Eddie.

Ela se lembrou de que Eddie montava touros.

— O rodeio não é em Paso Robles?

— É, mas o que são mais alguns quilômetros?

Eddie era o seu irmão predileto. Talvez uma das razões de serem tão próximos era que os dois eram solteirões convictos. Seria preciso ser uma mulher tão linda quanto Alice, pensou ela, para Hector correr o risco de se amarrar. Também ajudaria se ele não a conhecesse desde a época em que ela era uma menina gorducha com aparelho nos dentes.

— Bem, não fique fora até muito tarde — implicou ela, dirigindo-se para a casa — e dê lembranças ao seu irmão.

— Ei, esqueci de te dizer! — gritou Hector quando ela virou as costas. — A sua mãe telefonou enquanto você estava fora.

Laura parou e voltou do meio do caminho.

— O que ela queria?

— Acho que queria saber como você está. — Ele encolheu os ombros, puxando Judy pelo cabresto e levando-a para a cocheira.

Laura sentiu-se subitamente culpada. Sua mãe viúva, grávida de três meses, vivendo sozinha no meio do nada. *Devia ter sido eu a ligar para saber como ela tem passado.* Ainda estava aborrecida com a mãe? Talvez. Da mesma forma extremamente irracional que ficara aborrecida com o pai por ter morrido. Os pais, pensou, não deviam morrer.

Ou se apaixonar. Ou ter bebês.

Quando foi a passos pesados para a casa, perguntou-se se era muito diferente do filho de Maude. Ele parecia ver a felicidade recém-conquistada da mãe como um tipo de deserção, prova de que ela não mais o amava ou precisava dele. Não estaria sendo igualmente cruel culpando a mãe por viver da forma que lhe convinha?

Olhou de relance para os sapatos enlameados, que mais pareciam pés de barro do que o par de sapatilhas que ela havia arruinado. De repente, ela se sentiu mesquinha e cruel.

Maude estava ao fogão, mexendo uma frigideira fumegante, quando ela entrou.

— Fígado acebolado — anunciou.

Laura tentou não fazer careta.

— O cheiro está delicioso.

— A Finch disse exatamente a mesma coisa. Que bom que vocês duas gostam tanto de fígado — disse Maude como se lhe tivesse dado uma informação sigilosa. — A propósito, ouvi dizer que você a está ensinando a dirigir.

— Ela é ótima aluna.

— Qualquer dia desses, quem sabe, podemos até ensiná-la a cozinhar.

Laura sorriu e começou a pôr a mesa. Pratos, guardanapos, talheres e copos da Safeway que eram motivo de reclamação por parte de Peter. Havia um certo conforto, pensou, nos hábitos e objetos antigos.

— Ela vai precisar de uma carteira de motorista. — Maude parecia ter lido sua mente.

— Eu sei. — Laura abaixou-se para coçar a cabeça de Pearl, que estava esticada no meio do chão da cozinha como um tapete amarelo e felpudo. O rabo da cadela batia contra o linóleo gasto. Sem querer tirar vantagem, Rocky se aconchegou para ter a cabeça coçada também. — Ela está apavorada... e não só de ter de fazer o teste.

— Não a culpo.

Laura aproximou-se para passar o braço pelo ombro de Maude. Ela parecia pequenina e frágil e tinha um leve perfume de alfazema.

— Somos uma turma engraçada, não somos? Como restos de ervilhas dentro de uma latinha.

— E nem duas são parecidas. — Maude passou o fígado para um prato, seus olhos tinham um brilho diferente.

Estava na hora de ela parar de se preocupar.

— Você sabe que sempre terá um lar aqui, não sabe? Pelo tempo que quiser. — Algumas coisas, pensou Laura, tinham de ser ditas mais de uma vez para que ficassem bem fixadas.

Maude lhe lançou um olhar tímido.

— E se eu adoecer?

— Vou tomar conta de você.

— Tenho oitenta e quatro anos. Daqui a um ou dois anos não vou mais conseguir andar por aí como eu costumava fazer.

— E?

— Eu não gostaria de ser um fardo.

— Você nunca seria um fardo. Afinal — disse Laura —, quem prepararia fígado acebolado para mim?

Maude sorriu.

— Algo me diz que você passaria muito bem sem ele.

Alguma coisa se libertou dentro de Laura, um peso que ela nem sabia que estava carregando. Talvez Hector também precisasse saber como ela se sentia. Com certeza arriscaria fazer papel de tola, mas como seria muito pior passar o resto da vida imaginando o que poderia acontecer. Ela descobriu de repente que o bebê não era a única razão pela qual tinha inveja da mãe. Invejava a sua coragem também — coragem de saltar para o desconhecido.

Decorridas algumas horas, Laura estava encolhida no sofá de molas da varanda, esperando Hector voltar. A tensão era quase maior do que ela podia suportar e, quando ele finalmente entrou com o caminhão, pouco antes da meia-noite, os faróis reluzentes cortando o pátio, ela sentiu o coração quase saltar pela boca. Os pneus trituraram o cascalho e ele desligou o motor. Ela ouviu a batida da porta e viu uma sombra se mover em ângulo para o lado onde ficava a cocheira iluminada pela lua. Laura seguiu os movimentos da sombra, o coração acelerado dentro do peito, até ela virar a esquina e ser engolida pela escuridão logo adiante.

Laura se levantou com pernas tão fracas quanto as de um potrinho recém-nascido. Uma leve brisa soprou e, em algum lugar na escuridão, ela ouviu um portão solto bater insistentemente contra o ferrolho. O portão parecia repreendê-la à medida que ela ia descendo lentamente os degraus.

Laura jamais visitara Hector à noite; era uma linha que ela não ousara ultrapassar. Mas agora lá estava ela, perseguindo a própria sombra pelo pátio enluarado, o coração preso na garganta e as esperanças agarradas à menor das possibilidades — uma possibilidade que se desse em nada poderia acabar para sempre com a amizade deles.

Ela o alcançou quando ele estava entrando pela porta. Hector virou-se com um olhar assustado, que foi logo substituído por outro de alívio.

— Laura. Por um segundo achei... — Ele deu um passo para trás, franzindo os olhos sob a luz que vinha da porta aberta. — Ei, o que houve? Você parece meio corada.

— Posso entrar? — perguntou ela, ofegante.

— Claro. — Ele segurou a porta aberta. — Não repare a bagunça. Não tive tempo de arrumar.

— Como se eu fosse um exemplo de dona de casa. — Ela deu uma risadinha.

Laura entrou num quarto tão simples e despojado quanto o próprio Hector: uma cama e uma cômoda, uma mesa de pinho e uma cadeira. O único sinal de bagunça eram as roupas empilhadas no chão ao lado da cama. Ela sentiu um desejo súbito e obstinado de pegá-las e enterrar o rosto nelas.

— Vou fazer café — disse ele.

Ela o observou ir até a pequena bancada nos fundos, que tinha espaço suficiente para apenas uma pia, uma cafeteira e um forno de micro-ondas. Hector encheu a cafeteira com uma jarra plástica que estava na geladeira. Os grãos de café, bem conservados dentro de um saco sem rótulo, foram jogados dentro do pequeno moedor que ela lhe dera de presente no último Natal. Se Hector era meticuloso com relação a alguma coisa, essa coisa era o seu café.

Quando o café ficou pronto, ele serviu uma caneca e a entregou para ela.

— Você quer me dizer o que houve?

Laura deixou-se cair numa cadeira com o coração ainda muito acelerado.

— Eu estava me sentindo muito sozinha, só isso. — *Foi uma péssima ideia*, pensou, *eu não devia ter vindo*. Hector ficou parado tomando um gole do café, nuvens de vapor subindo pelo seu rosto. Ela abriu a boca para lhe contar toda a verdade, mas, no último momento, perdeu a coragem e perguntou: — Foi boa a noite?

— Tomamos algumas cervejas e demos algumas risadas. — Hector abriu um sorriso, mostrando o dente da frente lascado.

— Alguma chance do seu irmão se estabelecer em algum lugar?

— Digamos que sim. Ele está comprando umas terras em Montana. Por isso veio até aqui para falar comigo. Ele quer que eu vá com ele. — Hector poderia muito bem estar falando sobre o tempo.

Laura se sentiu como se tivesse levado um soco no estômago.

— O que você respondeu?

— Eu disse que ia pensar no assunto.

Ela se sentiu furiosa de repente.

— O que está te impedindo?

— Este lugar, por exemplo.

— Você não deveria deixar isso te deter. — Ela parou a tempo de não dizer o que estava na ponta da língua: *ficaríamos muito bem sem você*. Isso não seria verdade; elas ficariam perdidas sem ele.

— É melhor você me dar isso antes de deixar cair no chão. — Ele estendeu a mão para pegar sua caneca.

Laura baixou os olhos e viu que suas mãos estavam trêmulas. Ela ficou tomada de vergonha.

— Sinto muito — disse, sem saber pelo que se desculpava.

Ela lhe entregou a caneca e o viu colocá-la na mesa, ao lado da sua. Ele estava vestindo o que costumava brincar que era o seu uniforme: calças jeans, camiseta — a daquela noite era verde e contava com uma jaqueta de brim jogada por cima — e botas de caubói de bico fino. Seus cabelos negros e brilhantes caíam em camadas densas e lisas atrás das orelhas. Até mesmo seu sorriso estava o mesmo de sempre.

Ainda assim, tudo havia mudado.

— Sente muito pelo quê?

— Por você estar indo embora.

— Eu não disse que ia.

— A vida é sua. Faça o que quiser. — Laura baixou o olhar, olhando para o tapete gasto e com as bordas viradas onde ele se encontrava. — Desculpe. Não era bem isso o que eu queria dizer. Só que... bem, depois de um tempo a gente se acostuma com as coisas de um jeito. Sei que é egoísmo meu. Não tenho esse direito.

Ele se agachou na frente dela.

— Laura. — Só isso, o seu nome. Ainda assim, ela jamais o ouvira pronunciá-lo com tanta ternura. Ele lhe segurou o queixo com as mãos em concha, levantando-lhe o rosto para que olhasse em seus olhos.

Ela piscou e sentiu o beijo molhado das lágrimas em seus cílios.

— Não vá. — As palavras lhe escaparam da boca, suaves como um suspiro.

Num único movimento, ele se levantou, puxando-a para seus braços. Ele a abraçou apertado, dizendo seu nome mais uma vez:

— Laura. — Falou com gentileza, como se a consolando.

Ela encostou a cabeça em seu ombro, sentindo seus músculos exercerem pressão contra as costelas. Ele trazia o cheiro de bares enfumaçados e de loção pós-barba. Quando se beijaram, foi tão natural quanto respirar. A boca de Hector, quente e doce, com um leve sabor de café. A dela se abrindo em resposta. Não como daquela outra vez; agora era real. Ela sentiu o gume de seus dentes e o pino da fivela de seu cinto. Ele estava ávido de desejo. Querendo-a, *precisando* dela tanto quanto ela o queria e precisava dele.

Ele deslizou a mão pela sua nuca, passando os dedos em seus cabelos, segurando-os firme.

— Como eu poderia te deixar?

Parecia música a forma como ele lhe falara isso.

— Achei que...

Ele recuou para pôr o dedo em seus lábios.

— Vamos começar a partir daqui.

Mais tarde, Laura não conseguiria se lembrar de quem havia despido quem primeiro. Parecia que em um minuto estavam vestidos... e no minuto seguinte estavam nus, seus corpos reluzentes sob a luz da lua.

Hector a levou para a cama, que tinha o seu cheiro e que permitia uma riqueza de imagens: suas roupas secando no varal, suas botas gastas, sua sela encerada até parecer lisa como madeira.

Estou sonhando, pensou ela. Como os sonhos dos quais acordava, embolada nos lençóis, suada e envergonhada. Só que agora não havia vergonha alguma. Apenas o conhecimento silencioso de que ele a desejava. Laura fechou os olhos e deixou a cabeça cair sobre o travesseiro. Sentiu o calor das mãos de Hector e tremeu quando ele a tocou lá... e lá. Em seguida, ele já estava de joelhos, montado nela. Sem vergonha de deixá-la ver como estava excitado.

Ela lhe envolveu o membro com os dedos e sentiu-o tremer em resposta. Ele lhe afastou a mão e levou-a à boca, passando a ponta da língua em sua palma.

— Não estava bom? — perguntou ela.

— Exatamente o oposto. — Ele sorriu, indolente.

— Me diga o que você quer que eu faça.

— Apenas relaxe.

Ele lhe pegou o seio com a mão em concha e roçou levemente o polegar em seu mamilo. A sensação lhe causou uma onda de prazer que percorreu todo o caminho até o meio de suas pernas. Laura relaxou, deixou-se mergulhar como se estivesse numa banheira de água quente. Algum dia tinha sido tão bom assim com Peter? Não conseguia se lembrar. Tudo o que havia era aquilo: a boca de Hector se apoderando dos lugares por onde sua mão passara, sua língua causando arrepios, sua pele escorregando quente contra a dela.

Ela abriu as pernas, gritando um pouquinho quando ele a penetrou. Não somente porque já fazia muito tempo, mas porque era muito bom. Muito genuíno.

Hector fazia amor da forma como cavalgava — com a segurança de alguém nascido para isso, fazendo uma pausa de vez em quando para lhe acariciar o rosto, para passar a ponta da língua em seu pescoço, murmurando palavras de amor conforme arremetia contra ela.

Eles gozaram juntos. Gritando. Seus corpos se curvando na direção um do outro. Como se nunca tivesse havido qualquer dúvida de que isso aconteceria, como se os últimos doze anos tivessem sido um prelúdio, uma sucessão inevitável de eventos que levariam a esse momento. Ela levantou as pernas, fechando-as com força em torno dos quadris dele, perdendo todo o senso de onde ele terminava e ela começava, ciente apenas da onda de calor que subia, chegava ao topo e então subia de novo.

Quando terminaram, ele rolou para o lado e ela sentiu uma corrente de ar em contato com a pele umedecida pela língua dele. Com gentileza, ele lhe beijou a têmpora e a cavidade umedecida de seu pescoço.

— Faremos devagar da próxima vez.

— Haverá uma próxima vez? — perguntou ela em tom de brincadeira, mas que deve ter deixado transparecer a insegurança em seu rosto.

Hector sorriu.

— Você decide.

Laura ficou radiante, uma risada subindo à superfície. Ela se apoiou sobre o cotovelo de forma que eles ficassem um de frente para o outro.

— Ah, Hector. Você ainda não entendeu, não é? Sou louca por você. Há anos... mesmo quando eu ainda não sabia.

Ele desceu o dedo pelo contorno do seio dela.

— Eu meio que esperava que você dissesse isso.

Ela não teve coragem de perguntar. Isso queria dizer que ele iria ficar? A pergunta tremulou como uma folha prestes a cair.

— Só tem uma coisa — disse ela. — Não sou muito boa para escrever.

Ele inclinou a cabeça com uma expressão confusa.

— Tem alguma coisa que eu não entendi?

— Montana é bem longe daqui.

Ele abriu um sorriso.

— Foi o que eu disse para o Eddie.

— Seu cretino — disse ela, fingindo bater nele.

— Se você soubesse que eu já havia me decidido, não teria me pedido para ficar. — Sua lógica, como sempre, era irrefutável.

— Você podia ao menos ter me dito como se sentia.

Ele lhe pegou o pulso e levou-o até a boca. Ela sentiu seu hálito quente contra a palma da mão.

— Você precisava confiar em mim antes.

— Confiança nunca foi problema entre nós.

— Não quando se tratava de cuidar deste lugar. Você precisava saber que eu nunca te magoaria.

Laura sorriu, balançando a cabeça.

— Você não se parece em nada com o Peter.

Ele a analisou com cuidado e então perguntou:

— Isso quer dizer que você consideraria se casar de novo?

Ela mais sentiu do que ouviu suas palavras: como um choque elétrico que foi direto para a boca de seu estômago. Então uma calma estranha se apossou dela. Como na vez em que levou uma batida por trás, quando a mulher que batera em seu carro perguntara se ela estava bem, e ela respondera "Estou bem", como se aquilo não tivesse sido nada além de uma troca educada de palavras.

Exatamente no mesmo tom, ela disse para Hector:

— Ainda não descartei a possibilidade.

Ele nada respondeu, apenas sorriu.

Eles fizeram amor de novo e, dessa vez, foram devagar. Quando, por fim, se separaram, Laura estava reluzente, não apenas de satisfação, mas pela doce compreensão de que aquilo era apenas o início. Haveria uma outra vez, e uma próxima depois desta — dias e noites interligados como os elos de uma corrente.

Ela caiu em sono profundo com a cabeça recostada na curva aquecida do braço de Hector. Dessa vez, dormiu sem sonhar, com apenas o chiado ocasional de uma coruja ou o uivo distante de um cachorro no limite da consciência. Ela não viu um carro entrar em sua propriedade pouco antes das duas, nem um vulto sombrio sair de dentro dele.

Somente quando acordou sobressaltada pelo latido alucinado dos cães foi que levantou tonta da cama e espiou pela janela. Tudo o que pôde ver foi a quina da casa, onde uma luz vermelha pulsava em flashes estroboscópicos tingindo de vermelho a parede gasta de madeira.

Capítulo Dezessete

Dessa vez, era para valer. Não havia retorno.

Só uma saída: pôr um pé na frente do outro.

Há semanas que sua mochila ficava de prontidão debaixo da cama. Maude era a única que sabia, mas não dissera uma palavra sequer sobre o assunto. Havia uma compreensão mútua entre elas: a de que o mundo, assim como a lua, era dividido em duas metades. A metade ensolarada, onde moravam pessoas como Laura, e a metade escura, onde as calçadas eram frias e cada escada rolante que você tomava ia sempre para baixo.

Como o policial que ela vira de relance, ao sair de fininho e passar pela sala de estar. Mal havia percebido como ele era. Que diferença faria? Ele era como todos os outros policiais reunidos numa só pessoa: baixo, alto, gordo, magro, jovem, velho. Como os policiais que a levavam para uma nova mamãe ou papai, ou assistente social, ou juiz. Como os policiais que atendiam a denúncias de violência doméstica ou procuravam por drogas. E pior de tudo: como os policias que podiam descrever toda a sua história numa só olhada.

Dessa vez, ele estava sem um notebook. Apenas o leve chiado de um walkie-talkie acima do som ansioso e aflautado da voz de Maude. A menina sentiu uma explosão de amor pela amiga, que quase eclipsou seu medo. Maude enrolaria o policial. Mentiria deslavadamente se preciso fosse. *Isso é o que fazem as pessoas que te amam*. Tal pensamento surtiu o efeito de alguma coisa acalentadora enfiada dentro de seu moletom tão logo ela saiu de mansinho pela porta dos fundos, fechando cuidadosamente a porta de tela sem fazer barulho.

O sedã cruiser estava estacionado no caminho de carros, atrás da caminhonete de Hector, com sua luz piscando. Por incrível que pareça, as chaves ainda estavam na ignição e a porta, quando ela experimentou abri-la, estava destrancada. Ela estendeu o braço e as arrancou, pensando: *Os policiais lá da minha terra não dariam esse mole*. Um simples movimento de seu braço e elas saíram voando pela varanda e aterrissaram com um leve estrondo no meio das hortênsias.

Em seguida, ela já estava correndo pelo caminho de carros, a estrada à frente com um brilho fosco qual um osso sob a luz da lua, as colinas adiante envoltas pela escuridão. Sua mochila batia nas costas conforme ela corria, um lembrete cruel de como perdera o hábito de carregá-la.

Mas dessa vez, pelo menos, ela estava preparada. Apalpou os bolsos das calças jeans, onde havia uma pequena protuberância — a chave da irmã Agnes. Ela ficaria quieta no convento até o amanhecer do dia seguinte. A busca já teria se intensificado então. Os policiais não pensariam em procurar tão perto de casa.

Casa. Tal pensamento era como uma pedra afiada na boca de seu estômago. Imaginou Maude, Laura e Hector reunidos em volta da mesa da cozinha, os cachorros em suas caminhas ao lado do fogão, os gatos rodeando seus pés. Dessa vez, Laura pensaria melhor antes de sair à sua procura.

Finch encontrou o rombo na cerca, arrastou-se por ele e pôs-se a subir a colina. Era mais fácil agora, pois sabia o caminho e, de tênis e calças compridas — sem falar na lua cheia —, a ida seria moleza. Após um bom tempo, ela avistou o convento, não mais estranho e proibido, mas um lugar onde estaria protegida de qualquer perigo. Nem mesmo a história de sua moradora fantasma a assustava. Se *havia* mesmo coisas como fantasmas, não seriam eles como as pessoas? Alguns bons, outros maus?

Ao seguir o trajeto que cruzara pela primeira vez com irmã Agnes — o que parecia ter ocorrido há uns mil anos —, ouviu apenas o piado fraco dos bacuraus. A grama alta roçava em seus jeans e o ar recendia ao leve aroma seco de sálvia. Ela se permitiu uma última imagem de Laura e Maude, como um precioso gole d'água. Maude em seu robe com um dos botões quase caindo e Laura com uma camiseta amarrotada abaixo dos joelhos.

Finch tropeçou e o caminho pedregoso ergueu-se para lhe dar um beijo. Ela se levantou, espanando a sujeira dos joelhos manchados e esfregando os olhos com raiva. Não havia lágrimas. Isso ficaria para mais tarde, quando então se daria ao luxo de sentir pena de si mesma.

Abraçando a escuridão, ela foi sorrateira para os fundos do convento, onde uma estradinha de terra dava para o pasto logo abaixo. A lua pairava no céu como um navio fantasma. No meio do capim alto do pasto, pequeninas flores brancas brilhavam como estrelas. Ela pôde ver a silhueta quadrada das colmeias, calmas àquela hora da noite. Irmã Agnes lhe dissera que, nesse sentido, as abelhas eram como as pessoas: davam duro durante o dia, cada uma na sua tarefa, e descansavam à noite.

Percebeu também que sentiria saudades da irmã Agnes. Sempre pensara nas freiras como um grupo à parte; não sabia que elas podiam ser tão compreensivas. Tirou a chave do bolso. Quente por conta do calor de seu corpo, ela parecia brilhar na palma de sua mão. Sob a luz da lua, a cobertura corrugada do galpão logo abaixo ofuscava a vista, suas janelas estavam escuras.

O cadeado se soltou com facilidade, a porta se abriu com o próprio peso. A menina sentiu o coração disparar assim que entrou na escuridão, fechando levemente a porta às suas costas. Uma fileira de vigias fantasmagóricos, flutuando acima do chão com buracos abertos no lugar onde seus rostos deveriam estar, pareceu pular para cima dela. Ela deixou escapar um gritinho assustado, os braços ficando arrepiados. Porém, uma olhada mais cuidadosa mostrou que se tratavam de macacões brancos de brim e capuzes com máscaras de tela pendurados em ganchos ao longo da parede. As freiras os vestiam quando coletavam o mel, lembrou-se. Ela deu um suspiro e pôs a mochila no chão.

Aos poucos seus olhos se ajustaram à escuridão. Agora, podia distinguir as fileiras de prateleiras cheias de potes que brilhavam como ouro. No centro da sala ficava uma mesa comprida cheia de caixas amontoadas, e no canto extremo, uma escrivaninha com um computador protegido por uma capa plástica. Ela chegou a rir ao pensar nas freiras navegando na Internet. Isso em nada combinava com o jardim bíblico da irmã Agnes.

Estava procurando um lugar onde se acomodar para passar a noite quando ouviu o barulho de passos do lado de fora. Seu instinto acentuado por toda uma vida fez com que ela se enfiasse debaixo da escrivaninha. Seus batimentos cardíacos pareciam preencher aquele espaço minúsculo.

Momentos depois, os passos cessaram e ela ouviu o clique suave da porta. A porta se abriu e uma avenida estreita de luz proveniente da lua inundou a sala, iluminando o chão a apenas poucos centímetros de onde estava sua mochila, encostada ao pé de uma mesa. Ah, meu Deus! Será que a mochila a entregaria? Então o vulto entrou e ela soltou um pequeno e inaudível suspiro de alívio. Não podia ver o seu rosto, apenas um par de sapatos despontando por baixo da bainha de um hábito comprido e escuro.

Não um policial, afinal de contas... mas uma freira.

Mesmo assim, seu coração não se acalmou. Havia algo de estranho naquela freira. Por que não acendia a luz? Por que andava sorrateira no escuro, como...

... como um ladrão?

A freira passou devagar pela menina, sem fazer qualquer barulho, desaparecendo na sala seguinte. Decorrido um momento, Finch ouviu o som de alguma coisa pesada, como um baú ou um armário, sendo arrastada para longe da parede. Então o barulho de um fósforo sendo riscado. A soleira da porta ficou iluminada e uma figura alongada e fantasmagórica subiu em ângulo pela parede.

A menina sentiu um calafrio repentino. De repente, foi invadida pelo medo, embora não pudesse dizer por quê. Medo que se transformou em confusão quando a freira reapareceu, minutos depois, numa saia e blusa comuns, sapatos de salto alto batendo no chão e cabelos impecáveis demais e louros demais para serem de verdade enrolados na altura dos ombros. Ela estava virada de costas e, de onde Finch se encontrava, tudo o que podia ver era a vela que a freira protegia com a mão em concha e sua sombra comprida se movendo sobre a fileira de potes reluzentes.

Ela já havia quase passado do campo de visão de Finch quando se virou como se tivesse ouvido um barulho. Sob a luz bruxuleante da vela, seu rosto, iluminado de baixo para cima, saltou repentina e terrivelmente à vista: comprido como o de um cavalo, com olhos pequenos e fundos e a boca pintada de batom vermelho.

Laura olhou curiosa para a madre Ignatius. Nunca antes vira uma freira vestida com outra roupa que não fosse um hábito. A madre superiora usava um robe comum, branco, de chenile, com um par de chinelos azuis de algodão despontando por baixo da bainha, os cabelos curtos e grisalhos como prova de que o que as meninas diziam no catecismo era mentira: as freiras não raspavam a cabeça.

Elas estavam reunidas na salinha de visitas onde, zilhões de anos atrás, Sam tomara chá: Laura, Finch, irmã Agnes e madre Ignatius. Eram três e quinze da manhã, as outras freiras dormiam, certamente alheias à situação preocupante que se desenrolava logo no fim do corredor.

Madre Ignatius tinha os olhos cravados na menina, olhos duros, azul-acinzentados, reluzindo em um rosto que, de uma hora para outra, parecia ancião — como aqueles dos santos mumificados. *Ela deve estar perto dos noventa*, pensou Laura, ligeiramente surpresa. Sua mente divagou para aquela manhã, muito tempo atrás, quando a madre a pegara e a irmã invadindo a propriedade do convento. Aquilo deveria ter acontecido há... o quê? Quase vinte anos. A mulher já parecia para lá de velha na época, e ali estava ela agora, ainda forte.

— Tem certeza de que foi a irmã Beatrice que você viu? — perguntou ela, séria.

Finch relanceou nervosa para a irmã Agnes, que, em seu roupão, balançava a cabeça, encorajando-a.

— Está bem, era ela — disse Finch.

— Você tem certeza absoluta? — A pergunta parecia supérflua, visto que a madre superiora já devia ter mandado alguém checar a cama dela.

— Tenho. — Finch torceu as mãos sobre o colo.

— Quanto ao que ela estava vestindo também?

Finch confirmou com um aceno de cabeça. Sob a luz pálida da luminária de mesa, seus olhos pareciam arroxeados, exatamente da mesma forma de quando Laura a encontrara pela primeira vez — um trapo de menina que parecia não ter um único amigo no mundo.

Laura sentiu uma onda de amor por ela. *Você não está sozinha*, sentiu vontade de dizer.

Menos de uma hora antes, ela tivera certeza de que tudo havia acabado. O rosto pálido e tenso de Maude e o policial gritando em seu walkie-talkie tinham lhe dito todas as coisas que ela precisava saber: que Finch havia ido embora. Ela ficara lá parada e anestesiada, se esforçando para responder às perguntas que o policial lhe fazia, sem lhe dizer praticamente nada. Não, ela não sabia que a polícia de Nova York estava à procura da menina. Também não fazia a menor ideia de para onde Finch poderia ter ido. Não vira necessidade de lhe contar o que *de fato* sabia, pois estava convencida da inocência dela tanto quanto da sua própria. Até se permitira dar um sorrisinho discreto quando o policial novato descobriu que as chaves de seu carro haviam sumido e precisou pedir uma cópia pelo rádio.

Pouco depois, quando madre Ignatius telefonou, aquilo parecera uma resposta às suas preces. A única coisa que lhe passava pela cabeça enquanto corria para o carro era que resolveria o problema de alguma forma. Explicaria tudo à polícia, contrataria um advogado se preciso fosse. Por mais terrível que tudo parecesse naquele momento, seria um alívio, após tanto cuidado e expectativa, que tudo fosse colocado em pratos limpos.

Agora podia ver que isso não seria tão fácil quanto esperara. Finch, contra sua própria vontade, assim parecia, havia se deparado com algo muito mais sério do que qualquer outro problema em que pudesse estar envolvida.

— Ela estava agindo de forma estranha? — Madre Ignatius, apesar da idade avançada, estava tão ereta quanto uma vara de bambu.

— A senhora quer dizer feito louca? — Finch franziu a testa, mordendo o polegar. — Não, acho que não. Apenas foi estranho tudo aquilo, vê-la vestida daquela forma. Como... como uma pessoa normal.

A madre superiora apertou os lábios num sorriso desprovido de humor.

— Talvez você se surpreenda em saber, minha querida, que por baixo dos nossos hábitos somos todas bem normais.

Finch ficou ruborizada.

— Eu não quis dizer...

— Sei o que você quis dizer. — Seu sorriso se suavizou. — E não, não é prática nossa sair por aí de peruca e salto alto.

Laura pensou mais uma vez na mulher loura do lado de fora da cocheira. Poderia ter sido a irmã Beatrice? Andar sorrateiramente no meio da madrugada vestida com roupas normais não era crime algum, nem mesmo para uma freira. Mas e se isso não tivesse parado por aí?

De repente ela desejou que Hector estivesse ali.

A irmã Agnes disse alto:

— A tentação aparece de várias formas. — Ela abaixou a cabeça, remexendo no cinto do roupão. — Talvez, se a irmã Beatrice pudesse receber ajuda... — Ela deixou a frase pela metade.

Madre Ignatius lançou-lhe um olhar ríspido.

— Infelizmente, acho que isso é mais do que podemos administrar aqui, irmã. — Ela não precisou dizer o que todos suspeitavam: a forma como se vestia talvez fosse o menor dos pecados de irmã Beatrice.

Quando a madre estendeu a mão para pegar o telefone na mesinha ao lado, ninguém se surpreendeu, muito menos Laura.

O que a surpreendeu foi ver a própria mão detendo a mão da madre.

— Espere. — Laura olhou para Finch, recostada na cadeira. Conseguia apenas imaginar a coragem que ela precisara ter tido para se expor, arriscar a própria segurança para o que poderia acabar sendo um alarme falso. — Podemos deixar a Finch fora disso? Ela já passou por muita coisa até agora. Se a polícia achar que ela está envolvida de uma forma ou de outra...

Finch a interrompeu:

— Está tudo bem. Qualquer coisa será melhor do que isso. Sempre correndo. Sempre assustada. — Ela ergueu os olhos abatidos para Laura. Esperança era a única coisa que não tinham conseguido tirar dela e, agora, isso também havia acabado.

Laura deixou a mão cair pesada ao lado do corpo e observou, com cansada resignação, irmã Agnes abaixar a cabeça e rezar:

— Nossa alma espera pelo Senhor, nosso auxílio e escudo. Seja sobre nós, Senhor, a Tua misericórdia, como de Ti esperamos.

Todas observaram quando a madre superiora apertou aqueles temíveis três dígitos.

— Aqui é madre Ignatius, do Nossa Senhora de Wayside — disse com firmeza ao telefone. — Temos um assunto urgente que requer a presença da polícia. O senhor poderia mandar alguém imediatamente?

Do outro lado da cidade, alheia ao drama que ocorria no Nossa Senhora de Wayside, Sam estava encolhida no sofá da sala de estar, assistindo a um dramalhão na TV — um filme horroroso que, no entanto, fez com que enfiasse a mão no bolso do roupão em busca de um lenço de papel. Ela parecia chorar por qualquer coisa ultimamente: comerciais da Hallmark, canções de amor, casais de mãos dadas no parque. A única coisa pela qual não se dava ao trabalho de chorar era por Ian.

Ao se levantar da cama e não conseguir voltar a dormir, ela pensou em telefonar para Gerry, mas quatro da manhã era cedo demais até para as melhores amigas. Gerry, quando percebesse que não se tratava de uma emergência, seria capaz de matá-la. Sam levantou-se com um suspiro. Sentia-se pesada, a barriga chata da qual sempre se orgulhara dava agora lugar a uma barriguinha arredondada.

Estou velha demais para isso, pensou.

Seria diferente quando o bebê nascesse. Ela teria ajuda. Mas agora era somente ela. Como uma casa velha cedendo um pouco aqui e ali, abrindo espaço para mais um.

Não é só isso, uma voz falou com clareza em sua mente da forma como as vozes falam nas primeiras horas da madrugada. *Você sente falta do Ian.* Tentara tirá-lo da cabeça ocupando-se com uma série de tarefas. Decoração da casa, jardinagem, reuniões infindáveis do comitê para o festival que já havia entrado no estágio de operação militar. Tinha até voltado a fazer crochê, tendo um cobertorzinho de bebê deixado pela metade como prova. Mas cada dia era como nadar contra a correnteza.

Nas horas de vigília que antecediam o amanhecer, ela não tinha defesa contra a solidão. Costumava se levantar quando ainda estava escuro, sentindo um aperto na garganta, imaginando-o ainda dormindo em sua cama ou trepado num andaime em outro fuso horário.

Estaria pensando nela também?

Lembrou-se da única vez em que lhe havia telefonado, num momento de fraqueza do qual logo se arrependera assim que a voz dele surgiu do outro lado da linha. Uma voz clara e positiva, não aquela do homem magoado que ela deixara para trás em Big Sur.

— Estou ligando numa má hora? — perguntara, o pulso acelerado.

— Uma hora normal. Gênio trabalhando. — Dera uma risadinha irônica que, para Sam, cortara como uma lâmina. — E aí? — perguntara como se ela fosse uma velha amiga ligando após uma longa ausência.

Sam hesitara.

— Eu só queria... — O quê? Por que *tinha* telefonado? — Eu só queria saber como você está. E que você soubesse que... Ian, sinto muito por não ter retornado as suas ligações. — Ele devia ter deixado cinco, seis mensagens.

Um longo silêncio se seguira no outro lado da linha, antes de ele dizer:

— Eu estava ligando para saber se você estava bem.

— Estou bem. O exame do líquido aminió... — Ela fechou os olhos, lembrando-se de como ficara assustada quando da chegada dos resultados, de como quisera desesperadamente que ele estivesse lá. — Parece que está tudo normal. Dez dedos nas mãos, dez dedos nos pés.

— Que bom. — Ele parecera aliviado. — Menino ou menina?

— Não quero saber. — Jamais lhe ocorrera que Ian pudesse pensar de outra forma e, agora, embora ele não tivesse dito nem uma palavra, ela podia sentir sua decepção. — Eu lhe contarei quando... quando chegar a hora.

Ele deu uma risada amarga.

— Acho que mereço essa consideração, não?

Sam fizera uma careta, fechando os olhos diante da imagem que lhe passava rapidamente pela cabeça: Ian olhando de binóculo para o ninho de uma águia-pescadora, onde seus filhotes piavam.

— Sinto muito — dissera com a voz estrangulada.

— Eu também. — Ele prendera o ar. — Escute, estou no meio de um lance aqui. Ligue para mim se precisar de alguma coisa. Estarei em casa.

Sam não falara com ele desde então.

Esticou o braço para pegar o controle remoto na mesinha de centro e desligou a TV. Para sua surpresa, continuava sem sono. Olhou com um pouco de inveja para Max, dormindo no tapete. Tudo o que ele fazia era dormir e correr atrás de esquilos, apesar de que, se algum dia pegasse um, provavelmente não saberia o que fazer com ele. Ela sorriu. Tom tinha tido boas intenções, mas seu cachorro não passava de um belo cãozinho covarde.

Ela foi descalça para a cozinha. Quando as filhas eram pequenas e não conseguiam dormir, ela lhes dava leite morno. Talvez isso funcionasse para ela também. Enfiou a mão no armário debaixo do fogão, vasculhando-o até encontrar a menor dentre suas panelas. Colocou o leite e, enquanto o esperava ferver, pegou-se olhando para os lados, admirando tudo o que havia conquistado.

Encontrar os armários originais tinha sido a maior sorte. Colocados de volta no lugar correto, com uma demão de tinta fresca verde-água, eles ficaram ótimos com a pia profunda de porcelana e o armário embutido para louça. O velho linóleo bege tinha sido substituído por lajotas, e a mesa de pinho do quarto de costura de Isla Verde, embora pequena, tinha ficado perfeita no canto reservado para o café da manhã.

A antiga cadeirinha infantil de carvalho que ela havia encontrado no antiquário Avery Lewellyn precisando apenas de verniz dera o toque final.

Não vou me sentir tão só quando o bebê nascer.

Ela provou o leite com o dedo e colocou-o numa caneca, adicionando uma colher de mel. Ao sentar-se à mesa, deu-se conta de que aquela casa não fora a única coisa que passara por uma reforma. Sua vida também havia sido alterada — drasticamente em alguns aspectos, mais sutilmente em outros. Além de descobrir quem eram seus verdadeiros amigos, havia descoberto quem *ela* mesma era: não apenas uma mãe ou viúva tocando a vida para frente, mas uma mulher de meia-idade capaz de abandonar sua casa e seu emprego e até de reinventar a si mesma. Quando se tomava uma atitude assim tão difícil, não havia algo de extraordinário nisso?

Ela sorriu diante da ironia. Há apenas alguns meses não olhara para aquela bênção inesperada como uma desgraça? Uma que desestruturara sua vida e lhe jogara uma série de novas responsabilidades nas costas, exatamente quando ela estava se libertando das antigas. E ainda assim...

Eu não estaria aqui se as coisas tivessem acontecido de outra forma. Aproveitando o tipo de liberdade com o qual sempre sonhara. Em Isla Verde, precisaria ter puxado as cortinas para esconder o brilho da televisão de Lupe, que perguntaria o que ela estava fazendo de pé tão tarde da noite. Uma luz acesa na cozinha àquela hora teria feito com que sua empregada espichasse a cabeça para ver se ela precisava de alguma coisa. E não era só a falta de privacidade. Haveria ligações intermináveis para o encanador e para o eletricista, para o homem que consertava piscinas e para o que consertava telhados. Vazamentos para tapar, rachaduras para remendar, insetos para exterminar. Agora, o administrador da propriedade tomava conta de tudo isso.

Também não sentia saudades da Delarosa. Estava na hora de sair, de deixar Laura desabrochar de uma forma que não seria possível de outro jeito. Nas poucas vezes que Sam passara por lá, sentira uma atmosfera ligeiramente diferente, como se uma janela tivesse sido aberta para deixar o ar fresco e o sol entrarem. Até Laura parecia mais feliz.

Ela percebeu um movimento do lado de fora da porta de correr e teve um sobressalto. Raramente fechava as cortinas à noite. Para quê? As únicas criaturas do lado de fora àquela hora eram os guaxinins e os gambás que costumavam revirar suas latas de lixo. Somente quando Max pôs-se a rosnar no quarto ao lado é que ela começou a ficar preocupada.

Um minuto depois, ele ainda estava andando pela casa rosnando baixinho. Ela lhe acariciou a cabeça.

— Calma, rapaz. É só o nosso velho amigo Guaxi Guaxinim. Se você tiver sorte, ele vai deixar um osso para você. Embora eu não contaria muito com isso.

Max continuou a rosnar, andando até a porta com o rabo felpudo rígido, olhando para a escuridão do lado de fora. Ela jamais o vira assim antes, e os cabelos em sua nuca se arrepiaram. E se fosse outra coisa além de um guaxinim?

Seus pensamentos se voltaram para os assassinatos que tinham ocupado os jornais durante todo o verão. Avisos diários eram publicados alertando as pessoas a não pedirem carona e não saírem sozinhas à noite. Mas, enquanto os peritos forenses estavam ocupados em busca de toda e qualquer prova, ninguém havia sido preso até o momento.

Sam não dera muita importância ao assunto, limitando-se a fechar as portas e janelas — mais por precaução do que por preocupação de verdade —, talvez porque um intruso fosse a menor das suas preocupações.

Havia terminado o leite e estava lavando a caneca na pia quando Max desatou a latir furiosamente.

— O que foi, rapaz? — Sua voz saiu fina e aguda. Antes que pudesse perceber, estava estendendo a mão para a gaveta à sua direita, tatean do em busca de... de quê? Ela não sabia até sua mão se fechar firme sobre o cabo de uma faca. Ainda assim, sentiu-se influenciada pelo absurdo da situação. Tinha lido muitos jornais, isso era tudo.

Não obstante, não conseguia parar de sentir os arrepios que corriam pelos seus braços como picadas de insetos. Seu coração batia forte sob as costelas e ela estava mais acordada do que nunca. Foi até a porta, forçando a maçaneta para ter certeza de que estava trancada. Estava indo para a sala de estar para checar de novo a porta da frente quando se deu conta de que tudo o que alguém precisaria fazer para entrar seria quebrar uma vidraça.

A sala ficou ligeiramente acinzentada e ela pensou: *É melhor eu chamar a polícia*.

Mas qual era o motivo real para alarme? Um cachorro latindo? Cachorros latiam por tudo. Se fosse ligar para a polícia cada vez que Max latisse, ela seria como o pastorzinho da fábula de Esopo.

Com as pernas bambas de repente, atravessou o corredor para o quarto. Ele era tão espartano quanto seu quarto antigo: uma cama e penteadeira no estilo Shaker, a luminária de mica que trouxera de casa e uma bela colcha de retalhos que tirara de um baú no sótão de Isla Verde. Quando pulou para a cama, trêmula, tudo o que queria era se cobrir com a colcha e concluir que tudo aquilo não passava de um ataque de nervos. Baixou o olhar para a faca em sua mão. Cega, como todas as outras, sem dúvida. Ela não seria mais proteção do que aquele cachorro tolo.

Ela podia ouvir Max latindo furiosa e incessantemente no quarto ao lado. Pegou o telefone na mesinha de cabeceira. Por mais tola que se sentisse quando a polícia chegasse, isso seria melhor do que ficar apavorada. Estava digitando o número quando o som de vidro se quebrando no final do corredor percorreu seu corpo como um choque elétrico.

Ela soltou um grito estrangulado, o coração quase saindo pela boca. *Havia* alguém do lado de fora. Alguém que estava ali dentro agora.

Ela se jogou no chão, o telefone no ouvido.

Mas a linha estava muda.

Capítulo Dezoito

Alice sabia que aquele dia chegaria. Havia se preparado para ele da forma como teria se preparado para um procedimento médico de pequeno risco. Ian era filho dele, afinal de contas. Mas, quando Wes sugeriu que o chamassem para jantar, mesmo assim ela se viu surpresa e chateada. Agora que a temível noite batia à sua porta, ela precisava de toda força de vontade possível para manter um sorriso estampado no rosto. Enquanto a quilômetros de distância sua irmã se sentava para fazer a refeição, e na delegacia de polícia no centro da cidade chegavam informações sobre uma fugitiva de dezesseis anos com o nome de

Bethany Wells, Alice passava um prato de batatas palitos para o seu enteado.

— Por que você não acaba com elas? — Alice lançou um olhar reluzente para Ian. Os meses que passara buscando uma forma mais branda para lidar com o furacão Marty haviam lhe servido como um bom treinamento.

Ian pegou o prato exibindo um sorriso igualmente acima de qualquer suspeita.

— Com certeza, se ninguém quiser mais. Ótimo jantar, Alice.

— Que bom que você gostou — disse ela.

— Eu não sabia que a Alice sabia cozinhar até estarmos praticamente noivos. — Wes, do outro lado da mesa, sorria orgulhoso. — Ela não queria estragar sua fachada de executiva durona.

— Uma executiva atualmente desempregada — completou ela com um sorriso irônico.

— Como está a procura por trabalho? — Ian serviu-se das batatas, embora ela tivesse a impressão de que ele agia assim apenas para ser gentil.

— Já fiz seis entrevistas até agora.

— A Alice está sendo modesta — disse Wes. — Ela já recebeu duas propostas. Da Lifetime e do Channel 2.

— Estou aguardando as grandes redes de comunicação — explicou. — Tenho uma entrevista com a CBS na segunda-feira. Eles estão procurando uma nova gerente de produção para o *Shannon O'Brien Show*. Vamos ver... — Encolheu os ombros como se seu pulso não se acelerasse ao pensar no assunto.

Ela viu que Ian estava interessado... e talvez um pouco perplexo. Decerto não podia imaginar o pai a demitindo, e por uma boa razão. No final, fora uma decisão tomada em conjunto. Wes tinha razão com relação a uma coisa — na CTN, onde para muitos de seus colegas ela jamais seria nada além de esposa do chefe, seu sucesso seria sempre rebaixado. O que a surpreendia era como se sentira revigorada desde que saíra. Não haveria mais Marty Milnik. Nem sentimentos de antipatia nem punhaladas pelas costas. No entanto, a camaradagem profissional com

Wes não havia terminado. Eles ainda trocavam ideias um com o outro. Em alguns aspectos, estava *melhor* do que antes.

Havia apenas uma mosca na sopa: sua mãe. Ela fizera o possível para não culpar Ian. A verdade era que *gostava* dele. Mas a ideia de ele estar dormindo com sua mãe era como algo entalado na garganta. A mesa caprichosamente posta com sua fileira de velas tremeluzentes de repente pareceu-lhe perfeita *demais*: o cenário montado para uma peça.

— Bem, ao sucesso! — Ian ergueu sua taça de vinho. Se estava sentindo o clima frio, fazia um bom trabalho em escondê-lo. Com calças de algodão e camisa com o colarinho aberto, ele parecia relaxado e bronzeado por conta de sua recente viagem a Provence, onde um velho amigo, diretor de uma escola de arte, o convencera a dar uma aula mestra. Ela o imaginou andando pelo interior da França, sem dar a mínima para sua ex-namorada grávida que ficara em casa.

Ao mesmo tempo deu-se conta de que ela havia conseguido o que queria. Não torcera — torcera não, *fizera campanha* — pelo rompimento deles? Mas, em vez de sentir-se feliz, tinha aquela sensação terrível de que alguma coisa, de alguma forma, estava errada. Talvez fosse por isso que estivesse tão furiosa no momento. Não conseguia se decidir se estava aborrecida com Ian por ele, em primeiro lugar, ter ficado com sua mãe ou por *não estar* com ela agora.

— Por falar em sucesso, aqui vai um brinde para os Giants. — Wes ergueu a própria taça em homenagem à encomenda excelente que Ian havia recebido: um mural para o clube, no estádio novinho em folha que fora construído em San Francisco. Uma encomenda que representaria a diferença entre a relativa obscuridade e o início da fama.

— É uma honra e tanto. — Alice forçou um sorriso.

— Não pense que eu não sei disso. — A modéstia de Ian parecia sincera.

Ela se pegou imaginando se talvez, apenas talvez, o tivesse julgado mal. Seria ele tão arrogante quanto ela o havia pintado? Ainda assim, não havia desculpas para a forma como ele tratara sua mãe. Alice não precisava ouvir toda aquela história sórdida. Era a história mais antiga do mundo: homem mais jovem dá o fora em mulher mais velha.

Pelo bem do marido, contudo, precisaria encontrar uma forma de pôr isso de lado. De um jeito ou de outro.

— Você vai ficar muito tempo em San Francisco? — perguntou.

— Não, se eu puder evitar. — Alice percebeu o vestígio de algo sombrio em seus olhos.

Ela sentiu um desejo súbito de provocá-lo.

— Sem mais visitas à Europa? Um solteirão convicto como você? — Ela falou com naturalidade, mas o olhar duro no rosto de Ian dizia que ela havia acertado no alvo.

— Um bebê precisa de um pai.

Um silêncio perturbador se fez presente. Até então, eles tinham evitado tocar no assunto, estruturando a primeira noite deles como família em assuntos triviais, seguros e biodegradáveis. Mas a estrutura era frágil, uma pipa de papel agora espetada no galho de uma árvore. Como, pensou ela, *não* falar sobre algo tão grandioso?

Wes pigarreou.

— Bem, não foi tão ruim, foi? Somente cerca de três ponto oito na escala Richter. — Sua piadinha não despertara risos, mas também não era essa a sua intenção. — Alguém quer mais vinho? Eu sei que eu quero. — Ele se serviu de um pouco mais de vinho antes de passar a garrafa para Ian.

Ignorando-a, Ian olhou para Wes e para Alice.

— Eu gostaria de deixar uma coisa clara para que possamos prosseguir — disse, sem alterar a voz. — Esse assunto não diz respeito a ninguém, a não ser a mim e a Sam. Se tivesse sido assim desde o início, talvez as coisas tivessem tomado um rumo diferente.

Alice sentiu o rosto ruborizar diante da insinuação óbvia de que *ela* tinha certa responsabilidade.

— Se você tivesse pensado uma vez sequer na minha mãe, *nada* disso estaria acontecendo. — Cada palavra cuidadosamente pronunciada foi como um cubo de gelo tilintando num copo.

Ian a analisou com curiosidade.

— Você acredita mesmo nisso, não acredita? — Seu tom de voz foi gentil, embora, mais uma vez, ela tenha percebido o indício de alguma coisa sombria e indecifrável em seus olhos.

Alice pôs o guardanapo sobre a mesa — linho creme com enfeites bege nas bordas, parte de um jogo que ganhara de presente de casamento da tia de Wes, Estelle — apertando-o com a mão até formar um quadrado perfeito.

— O que eu *sei* — disse ela — é que neste exato momento a minha mãe está sozinha em casa, grávida.

Ela viu alguma coisa se contorcer no rosto de Ian, embora ele não tivesse movido um músculo sequer, algo tão profundo e particular que Alice teve a impressão de ter se intrometido. Naquele momento, ele pareceu uma versão loura e bem barbeada de seu pai.

— Eu achei — respondeu ele — que você estaria vibrando. Não é o que você queria?

Wes, observando tudo isso da cabeceira da mesa, acabou elevando a voz.

— A Alice tem razão com relação a uma coisa, filho. Quer você tenha ou não tido intenção, isso tem sido um aborrecimento para toda a família.

Ian olhou para ele com frieza.

— Isso aqui não é uma reunião de diretoria, pai. Algo que você possa *negociar*. — A frieza de sua voz parecia ir muito longe, até um assunto no qual Alice não tinha qualquer participação. — Eu amo a Sam. Eu teria me casado com ela se... — o olhar dele pousou em Alice — ... se ela tivesse considerado isso como uma opção.

Alice recostou-se na cadeira, atônita. *Será* que o interpretara mal? Naquele exato momento, estava furiosa demais para se preocupar com isso.

— Tenho certeza de que ela teve suas razões.

— Posso pensar em duas sem fazer esforço: você e a Laura.

Alice levantou-se num sobressalto.

— Não vou ficar aqui deixando você me ofender! Não fui *eu* que comecei com essa história. Você... — Ela começou a tossir, literalmente engasgada por causa da afronta.

Alarmado, Wes pôs-se subitamente de pé. Mas Alice fez sinal para que ele se sentasse, dando um jeito de inspirar fundo antes de se recostar novamente na cadeira. Ela tomou um gole de água e, quando ergueu o olhar, Ian estava a caminho da cozinha, com o prato na mão.

— Obrigado pelo jantar — disse ele. — Tenho certeza de que você não vai ficar aborrecida se eu não ficar para a sobremesa.

— Ian, espere. — Wes levantou-se da mesa e foi até onde ele estava, colocando a mão de forma conciliatória em seu ombro. — Não podemos conversar sobre isso? Como seres humanos civilizados?

O planejado era que Ian passasse a noite ali. Era uma longa distância até sua casa e a estrada costeira podia ser traiçoeira à noite — principalmente depois do vinho que ele havia tomado no jantar. Mas Ian parecia preferir se arriscar na estrada do que ficar mais um minuto sequer sob aquele teto.

— Se quer saber, acho que todos nós fomos civilizados até *demais*. — Ele olhou para Alice, encolhida em sua cadeira, mais infeliz do que furiosa. — Você tem algum problema com relação a mim, Alice? Pois deveria ter conversado comigo há muito tempo.

Wes deixou as mãos caírem pesadas ao lado do corpo.

— Você tem razão, filho. Mas não culpe a Alice. *Eu* deveria ter dito alguma coisa. — Ele balançou negativamente a cabeça. — Acho que fiquei pensando que isso tudo fosse acabar.

— Da forma que acabou quando eu era criança? — Alguma coisa reluziu nos olhos de Ian. Com a mesma velocidade, ele desviou o olhar. — Desculpe. Isso foi cruel da minha parte.

De uma hora para outra, Wes pareceu ter cada um dos seus cinquenta e quatro anos.

— Não, tudo bem — disse ele. — Você tem razão. Eu deixei as coisas chegarem longe demais com a sua mãe.

— Não foi só com a mamãe. A última vez que olhei no dicionário, "pais" era plural. — O olhar de Ian foi direto para Alice. — Você acha que pai é o cara que vai para casa às cinco da tarde e corta a grama aos domingos? Então você não sabe de nada.

A angústia em seu rosto era mais eloquente do que quaisquer palavras. Jamais ocorrera a Alice que ele pudesse *mesmo* querer aquele bebê. Ela se lembrou das revelações de Sam sobre o seu próprio pai, o homem que servira de modelo para qualquer outro homem na vida de Alice — e todos eles quase sempre perdiam. Até conhecer Wes. Mas até mesmo *ele* tinha suas limitações. Haja vista o ressentimento que seu filho ainda carregava após todos esses anos. Talvez seu pai também não tivesse sido tão perfeito quanto ela imaginava.

— Sente-se, Ian. — Um tom de cansaço fez-se audível na voz dela. — É uma longa viagem e você está aborrecido.

Ele negou.

— Vou ajudar com a louça e depois vou embora.

— *Eu* vou lavar a louça. — Wes já estava arregaçando as mangas.

— Vamos todos fazer um pouco — disse Alice, pondo-se de pé.

Na cozinha, enquanto Wes limpava a mesa, Alice virou-se para Ian.

— Desculpe se fui um pouco bruta.

Ele encolheu os ombros.

— Você é casada com o meu pai, não comigo. Não precisa se preocupar com os meus sentimentos.

— Não é simples assim. Somos uma família agora.

— Somos? Bem, espero de coração que isso seja uma melhora com relação à minha família anterior. — Ele pôs o prato em cima da bancada. — Olhe aqui, não quero ser grosseiro, mas já não estamos muito grandinhos para bancar a Família Dó Ré Mi?

Os cantos da boca de Alice se elevaram num pequeno sorriso.

— Só vi esse seriado nas reprises. — De repente ela estava percebendo o papel que desempenhara em toda a história. Se a mãe e o Ian realmente queriam ficar juntos, ela havia feito um grande desserviço para eles. Alice estendeu a mão. — Trégua?

Ele a aceitou, sério, para não dizer tenso, e disse:

— Eu lavo, você seca. — Aproximando-se da pia, ele jogou um pano de prato para ela.

Alice sentiu-se tocada por aquela simplicidade. Nenhuma fala decisiva, nenhum holofote no centro do palco, apenas aquilo: duas pessoas lavando a louça após o jantar. Uma família... entre aspas. Talvez eles conseguissem fazer com que aquilo desse certo; talvez não. Mas o mínimo que podiam fazer era tentar.

Depois que a lava-louças estava cheia e as panelas e caçarolas lavadas e secas, Wes e Ian sentaram-se à mesa da cozinha, enquanto Alice fazia café. Ela havia comprado uma torta na Ingersoll, mas ninguém parecia muito interessado na sobremesa. Ela a congelaria para uma próxima ocasião.

Próxima ocasião. Uma imagem formou-se em sua mente: os quatro reunidos em volta daquela mesa — Ian e Sam, ela e Wes tomando café, descalços e beliscando pedaços de bolo. Com a mesma velocidade que surgira, aquela imagem se fora. A mãe e Ian estariam juntos apenas em ocasiões especiais. *Eu não fiz o possível para que isso acontecesse?*

Ela serviu o café.

— A propósito, Ian, também preparei um café da manhã simples — disse com naturalidade. — Ovos, bacon e todo o resto.

Ian levantou-se, seu café intocado. Não estava sorridente, mas também não parecia aborrecido.

— Se a oferta ainda estiver de pé, vou dormir aqui e sair amanhã de manhã cedo. Vocês têm razão em dizer que é uma longa viagem.

Wes ficou visivelmente aliviado.

— Você pode pegar um pijama meu emprestado, se quiser — gritou, quando Ian estava sob o vão da porta.

Ian virou-se, achando um pouco de graça.

— Pai, não uso pijama desde os doze anos.

— Espere só até você chegar à minha idade. — Wes lançou-lhe um olhar irônico. — O seu filho vai te dizer a mesma coisa.

Eles ouviram a porta do quarto de hóspedes se fechar com um clique no final do corredor. Wes pôs a xícara no pires, olhando afetuosa e demoradamente para Alice. Ele lhe tomou a mão e a levou até a boca, beijando-lhe os nós dos dedos antes de estendê-los, um por um, e dar-lhe um beijo na palma.

— Eu já te disse por esses dias como te amo?

Ela sorriu.

— Nunca me canso de ouvir.

— Então você vai ouvir muito isso.

— O que seria muito bom.

Em seguida largou-lhe a mão e se pôs de pé, um pouco tonto.

— Você ajuda um velho a ir para a cama? — Ela percebeu que ele havia exagerado um pouco na bebida.

Percebeu também como seria nos anos seguintes. Haveria noites em que não seria por causa de excesso de vinho, noites em que Wes se movimentaria mais devagar e dependeria mais dela. Mas, por alguma razão, esse pensamento não a aborreceu. *Na saúde e na doença...*

Ela se levantou e ofereceu o braço para ele.

— Será um prazer.

Alice foi acordada antes do amanhecer pelo toque do telefone. Levantou-se sobressaltada no escuro, o coração acelerado, o quarto se inclinando. *Aconteceu alguma coisa.* Por que outra razão alguém ligaria a essa hora?

Ela atendeu.

— Alô?

— Sou eu. Desculpe te acordar.

Sua irmã. Que não estaria pedindo desculpa no caso de emergência. Alice relaxou um pouco, olhando para o relógio digital na mesinha de cabeceira.

— São três da manhã. O que houve?

— Estou na delegacia de polícia. — Alice ouviu vozes ao fundo, o barulho abafado de telefones. — É a Finch. Conto tudo depois. Não é por isso que estou ligando. — Sua irmã respirou fundo. — É por causa da mamãe. Estou preocupada com ela.

— Por quê? O que aconteceu?

— A Finch viu uma coisa ontem à noite. Ou melhor dizendo, ela viu uma *pessoa*. Lá no convento. É uma longa história... não posso contá-la agora. Digamos que talvez seja a pessoa que a polícia está procurando.

Agora Wes já estava acordado também, colocando-se ao lado dela e acendendo a luminária da mesa de cabeceira.

— Quem é? — perguntou ele, meio confuso.

Alice pôs a mão sobre o bocal do telefone.

— Minha irmã.

— O que aconteceu?

— É o que estou tentando descobrir. — Alice deixou a mão cair ao lado do corpo. — Laura, o que tudo isso tem a ver com a mamãe?

— Talvez nada. Pode ser que eu só esteja ficando paranoica. Mas tenho telefonado insistentemente e a linha está sempre ocupada.

— Pode ser que o telefone dela esteja com defeito.

— Já pensei nisso. — Houve uma pausa durante a qual Alice ouviu uma porta bater. — Mas eu me sentiria muito melhor se alguém fosse lá para checar.

— E quanto à polícia?

— Isso parece meio extremo demais, não parece?

Alice empurrou as cobertas.

— Estou indo para lá. — Não havia motivos concretos para alarme, mas, mesmo assim, ela se sentiu ansiosa. Estava indo para o armário pegar alguma coisa para vestir quando de repente bateu a porta com força. Se a mãe *estivesse* em apuros não haveria tempo a perder.

Wes já havia se levantado e estava tirando a camisa do pijama e colocando o suéter de gola alta que usara na noite anterior.

— Eu dirijo.

Estavam no meio do corredor quando uma voz sonolenta os chamou.

— O que está acontecendo?

Alice virou-se e viu Ian sob o vão da porta que dava para o quarto de hóspedes, usando apenas uma cueca larguinha e amassada de algodão.

— Nada — disse a ele. — Só... o telefone da minha mãe está com defeito e a Laura acha que seria uma boa ideia irmos lá dar uma olhada. Talvez seja um exagero, mas...

Ian não a deixou terminar.

— Encontro vocês lá fora.

O ar do lado de fora estava frio. Wes estava tirando o Mercedes da garagem quando Ian apareceu de calças jeans e uma blusa de moletom que Alice não pôde deixar de perceber que estava do lado do avesso.

Então já estavam dentro do carro, descendo a estrada íngreme do cânion a uma velocidade que normalmente teria feito Alice se proteger contra um possível impacto.

Em vez disso, ela pediu:

— Não dá para você ir um pouco mais rápido?

— A não ser que você queira matar a todos nós — Wes respondeu calmamente.

Ian se inclinou no banco.

— Estamos muito longe?

Alice se virou e viu seu olhar ansioso.

— Mais alguns quilômetros. — Como ele não tinha ido à casa nova de sua mãe, não fazia a menor ideia de como ela era isolada. — Você consegue imaginar o que ela vai pensar quando todos nós chegarmos lá esbaforidos?

— Alice, tem alguma coisa que você está me escondendo? — Os olhos de Ian examinaram seu rosto.

Ela escolheu cuidadosamente as palavras, não querendo assustá-lo.

— Veja, isso certamente não tem nada a ver com a história, mas a Laura estava na delegacia de polícia quando ligou. Parece que a Finch está sendo interrogada por causa de alguém que ela viu e que eles acham que pode ser o assassino de Carson Springs.

— O que isso tem a ver com a Sam?

— Tenho certeza de que nada. — A afirmação saiu com pouca segurança.

Ela não precisou acrescentar que uma mulher completamente sozinha no meio do nada estaria à mercê do assassino. Ela pôde ver pelo maxilar tenso de Ian que ele havia entendido a mensagem.

— Jesus Cristo — exclamou ele.

A estrada ficou plana e logo eles estavam virando as curvas para Falcon, por onde Wes avançou impetuosamente. A faixa central passava a toda velocidade parecendo envolver o pescoço de Alice. Se alguma coisa acontecesse com sua mãe...

Eu jamais me perdoaria.

* * *

Sam permaneceu completamente imóvel, as batidas de seu coração parecendo vir de algum lugar fora dela, a várias léguas de profundidade do chão onde estava abaixada. Podia ouvir o latido alucinado do cachorro — ele parecia vir da cozinha —, um infindável *ruf-ruf-ruf*.

Está decidido, pensou. *Primeira coisa amanhã: você volta para o seu dono*.

De repente, deu-se conta de que poderia não *haver* amanhã e que o cachorro era a última coisa na qual ela deveria estar pensando no momento. Pôs-se a agir como se num transe, dedos congelados se fechando sobre o seu coração. *Por favor, que não seja quem eu acho que é*. Um ladrão ela poderia suportar. Qualquer coisa, desde que o bebê não fosse prejudicado.

O latido cessou de súbito. Foi quando ela ouviu: o leve triturar do vidro quebrado. Os dedos invisíveis se apertaram. Ela olhou por cima da cama para a janela, não mais do que a quatro metros de distância. Se pudesse chegar lá e pular para fora...

Não havia concluído o pensamento quando já estava saindo de baixo da cama e atravessando o quarto. Puxou a janela-guilhotina para cima, mas ela não se moveu. Puxou com mais força. Nada.

Por favor, meu Deus... oh, por favor...

O pânico se instalou em sua garganta. Então ela se lembrou do trinco — *trancado!* — e pôs a mão debaixo das persianas, apalpando-as desesperadamente, trincos de metal batendo como pratos.

O latido começou novamente. Agora ela não podia ouvir nada além do *ruf-ruf-ruf* alucinante do cachorro. Olhou por cima do ombro. A faca estava com a ponta para fora da cama. Devia tê-la deixado cair em algum momento, embora não se lembrasse de isso ter acontecido. Sam ficou olhando para ela sem de fato vê-la, uma paralisia onírica se instalou em seu corpo. Vários segundos se passaram, segundos que para ela não foram mais do que um piscar de olhos.

As passadas suaves do outro lado da porta a puseram novamente em ação. Ela puxou com força a janela de cima e ela se abriu, deixando entrar uma onda de ar frio com um leve perfume de grama cortada. Um vermelho desbotado se estendia no horizonte, como sangue que ainda não havia sido limpo.

Sam já havia passado uma perna pela janela quando uma mão fria se fechou em seu braço.

Ian foi o primeiro a ver a vidraça quebrada. Ao ouvir o cachorro latindo, o instinto o fez sair correndo para os fundos da casa, enquanto seu pai e Alice tentavam abrir a porta da frente. Então ele olhou horrorizado para o que restara da porta corrediça. Mais vidros, como grãos de açúcar, estavam incrustados num tijolo solto ali perto.

Um temor intenso percorreu seu corpo.

Passando para dentro, Ian gritou a plenos pulmões:

— Sam! — Ele chegou a escorregar nos estilhaços de vidro, o ombro batendo e soltando um pedaço de vidro ainda preso na moldura da porta. O pedaço caiu, estilhaçando-se a seus pés e quase atingindo um de seus dedos. Ele mal percebeu. — *Sam!* — gritou mais uma vez, correndo para a cozinha e então para o quarto seguinte. Do lado de fora, ele ouviu o roçar dos arbustos e a batida das solas de sapato contra o concreto, conforme Alice e seu pai corriam em torno da casa, sem dúvida intimados por seus gritos.

Alguma coisa alta e cabeluda passou correndo, surgindo do nada. Ian ficou petrificado sob o vão da porta assim que um cachorro amarelo enorme, quase enlouquecido, avançou sobre ele, latindo freneticamente.

— Calma, rapaz... — Ele empurrou o cachorro, que parecia mais assustado do que ameaçador. Onde é que Sam havia se metido?

Como se em resposta, ele ouviu um grito abafado no final do corredor.

A mão em torno de seu braço estava fria. Gelada como carne morta. A imagem de Martin deitado no caixão passou-lhe pela mente. Mas aqueles dedos estavam vivos. Com um puxão, eles a fizeram perder o equilíbrio e cair no chão com um grito assustado. Por puro reflexo, ela levantou os joelhos para proteger a barriga.

Encolhida de lado, tudo o que pôde ver foi um par de sapatilhas azuis e pernas finas que se estendiam até desaparecerem no bojo de uma saia escura. Então um rosto tornou-se visível. Horroroso, ossudo, com cabelos louros e brilhantes como os de uma boneca e olhos azul-claros que pareciam encarar sem ver. Sam já havia visto aquele rosto, mas não sabia onde.

A mulher começou a recitar numa voz sem modulação:

— "Pois cova profunda é a prostituta, poço estreito a alheia... Ela, como salteador, se põe a espreitar e multiplica entre os homens os infiéis."

Uma faca cintilava em sua mão. Menor do que aquela que Sam havia deixado cair — mais parecia um canivete. *Meu bom Deus*. Ela estava se afastando da faca quando um pé pisou forte em seu roupão. De repente ela soube onde havia visto aquele rosto: no convento, com madre Ignatius.

— A senhora pecou. — Os olhos sinistros e pálidos desceram até a barriga de Sam. Não como se olhando para ela, mas através dela. — E agora o julgamento Dele recai sobre ti.

— Você... você nem me conhece — disse Sam, ofegante.

— A senhora se deitou com um homem que não é seu marido e agora carrega uma criança.

A raiva surgiu, eclipsando momentaneamente o seu medo.

— Quem é a senhora para me julgar?

Por incrível que pareça, a mulher balançou a cabeça como se estivesse pesarosa.

— É a punição do Senhor, não a minha. Sou um mero instrumento Dele. — Ela falava tão baixo como se estivesse na igreja, fazendo o sinal da cruz. — Não tenha medo. Serei rápida e piedosa como fui com os outros.

Outros? Ah, meu Deus!

A freira baixou a faca, formando um arco reluzente. Sam rolou para o lado soltando um grito, sentindo a faca lhe rasgar o robe a centímetros do peito, antes de cair no chão com um baque abafado. O quarto desvaneceu e então voltou ao foco.

Ela tentou pegar a faca, mas a mulher foi mais rápida, investindo para pegá-la com um grunhido, liberando um hálito que, por mais absurdo que pareça, recendia a manteiga de amendoim. Em seu novo e assombrosamente aumentado estado de alerta, Sam estava com uma percepção acentuada de tudo — o cheiro do chão encerado, o fio de linha solto na colcha de retalhos, os acúmulos de poeira debaixo da cama.

Vou morrer, pensou. E, estranhamente, aceitou a ideia.

Então se lembrou do bebê. Não podia deixar nada acontecer a ele. Estava ficando de quatro quando ouviu uma voz grossa chamar do lado de fora do quarto:

— *Sam!*

Sua agressora ficou petrificada, a faca suspensa no ar. Nesse exato momento, o olhar de Sam se fixou no fio da luminária que passava por cima do tapete. Ela o pegou e deu uma puxada brusca. A luminária caiu no chão e uma de suas lâmpadas explodiu como uma bomba em miniatura. A mulher saltou para trás com um grito, um projétil minúsculo de vidro incrustado em seu braço. Ela deu um tapa, julgando se tratar de uma abelha, o sangue escorreu e formou uma mancha que parecia... — a mente sobrecarregada de Sam deu outro salto ligeiro para o absurdo — ... o símbolo da Nike.

Então sua mente voltou a funcionar e ela já estava de pé, pronta para correr até a porta. E teria conseguido se seu pé não tivesse ficado preso na faixa do roupão caída sobre o tapete. Ela tropeçou tombando para a frente, segurando-se na cabeceira da cama para não cair. A mulher se aproveitou e investiu contra ela, atacando-a pela cintura. Sam lutou contra braços mais fortes do que os dela, fazendo o possível para não ser arrastada para o chão. Dessa vez, se caísse, morreria. Apenas o bebê lhe dava uma força que ela não julgava ter.

— *Sam!* — Mais alto dessa vez.

Ela gritou, mas apenas um guincho alto saiu de sua boca.

No final do corredor, o latido de Max era como a batida de um *staccato* para a pancada surda dos passos apressados.

A cena parecia tirada de um filme de terror. Ian, momentaneamente cego pela luz da luminária caída, viu apenas as silhuetas na parede se contraindo e se expandindo como um bizarro teatro de sombras. Duas figuras atracadas, balançando no que parecia o abraço de dois amantes. Então viu que uma das figuras era Sam. Ele mal a reconheceu.

Ela conseguiu se libertar. Com o robe caindo sobre um braço, abaixou-se para pegar alguma coisa do chão — uma faca, viu Ian. Ela a segurou em frente à mulher, os braços esticados, gritando alto:

— O bebê não! Não vou deixar ninguém machucar o bebê!

Sua agressora avançou — uma mulher com peruca loura caída para o lado e o batom borrado de uma forma que a fazia parecer sorrir com mordacidade. Ao passar na frente da luminária, sua sombra comprida projetou-se da parede ao teto: um inseto enorme prestes a devorar sua presa.

Nisso, Ian já estava voando pelo quarto, atirando-se em cima dela. Eles lutaram corpo a corpo e ele ficou surpreso com sua força física: era quase sobrenatural. Seu punho cortou o ar com o soco lateral que seu pai lhe ensinara tempos atrás. Seguiu-se um estalo, como um lápis se quebrando ao meio, e a cabeça loura caiu para trás, os olhos revirados deixando a parte branca aparente. Ele teve a impressão de ter visto mechas de cabelo vermelho-claro por baixo da peruca à medida que ela foi caindo no chão.

Então Sam já estava em seus braços, trêmula, os dentes batendo como se em estado febril.

— E-ela... ela... ia ma-machucar o b-bebê.

— O bebê está bem. Você está bem. — Ian acalmou-a, acariciando-lhe a nuca. — Tudo vai ficar bem. Estou aqui agora. — Ele apertou os braços em volta do corpo dela, quase tomado por uma onda de tontura diante da ideia de como chegara perto de perdê-la.

No tumulto que se seguiu — seu pai e Alice irromperam pela sala, seguidos pouco tempo depois pela polícia —, um único pensamento lhe surgiu com clareza como a luz no topo de um farol: *nunca mais*. Nunca mais estaria em qualquer outro lugar quando devesse estar com Sam. Lá era o lugar dele, naquela casa... ou em qualquer outra. Marido e mulher, ou amantes morando juntos. Isso não importava. Desde que ficassem um com o outro.

Los Angeles Times

FREIRA ACUSADA DE DOIS HOMICÍDIOS

Numa surpreendente virada do destino, a prisão de uma freira residente em Carson Springs, CA, durante o que a polícia está chamando de homicídio doloso, pode estar relacionada às mortes por esfaqueamento de um homem sem-teto e de uma popular professora de uma escola de ensino médio na cidade, no último verão. Irmã Beatrice Kernshaw, 35, foi levada sob custódia, acusada de invadir a casa de Samantha Kiley, 48, comerciante local, e atacá-la violentamente. "Terei pesadelos pelo resto da vida", disse Kiley, "mas, graças a Deus, ninguém saiu ferido." A vítima, grávida de quatro meses, deu entrada no hospital, onde ficou em estado de observação, sendo liberada logo no dia seguinte.

Autoridades locais descobriram evidências ligando Kernshaw às mortes ainda sem solução de Kyle Heaton, 52 anos, e Phoebe Linton, 31 anos, e fontes policiais declararam estar confiantes de que a freira será acusada pelas duas mortes e pela tentativa de homicídio da sra. Kiley. A suspeita encontra-se sob cuidados médicos no Edith Brockwood Psychiatric Hospital, em Ventura, enquanto aguarda julgamento. Especialistas declararam-na vítima de esclerose esquizofrênica com um histórico de doença mental. Segundo um membro da família, o pai de Kernshaw suicidou-se com um tiro em 1969, logo após o divórcio da esposa e mãe da acusada. Quando adolescente, Kernshaw passou vários anos em um lar católico para jovens com perturbações mentais.

Nascida Bernadette Kernshaw, em Portland, no Oregon, ela fez seus votos como freira em 1974. Antes de sua prisão, residia no Convento de Nossa Senhora de Wayside, local conhecido pelo seu mel vendido sob a marca Bendita Abelha. A madre superiora privou-se de qualquer comentário, dizendo apenas: "Devemos todos rezar pela irmã Beatrice."

Capítulo Dezenove

Assim que setembro deu lugar a outubro, a vida em Carson Springs foi voltando lentamente ao normal. A cobertura televisiva e jornalística da prisão impressionante foi diminuindo até virar notícia corriqueira, e o esperado alívio começou a se estabelecer. As portas permaneceram trancadas à noite (o hábito, agora, já estava muito arraigado), mas os corredores voltaram mais uma vez a aparecer no parque e nas estradas remotas após o pôr do sol. Os ocasionais pedintes noturnos de carona também podiam ser vistos, polegares para cima, piscando os olhos diante dos faróis que se aproximavam. A conversa que girara em torno da prisão bizarra de irmã Beatrice passou para outros assuntos: para o tempo, que se tornara surpreendentemente frio e claro, e para o festival de música apenas a duas semanas de acontecer.

Quando Ian Carpenter foi morar com Sam Kiley, isso causou apenas uma pequena comoção. As pessoas já haviam se acostumado a vê-los de mãos dadas pela cidade ou conversando placidamente no Casa da Árvore: Sam com sua barriga arredondada, acompanhada do belo filho de Wes Carpenter, que, com piercing na orelha e rabo de cavalo, olhava para ela da forma que toda mulher, jovem ou não, sonharia em ser olhada. Até mesmo Marguerite Moore precisou admitir, embora de má vontade, que quanto mais se via deles, menos se notava sua diferença de idade.

O mesmo podia ser dito de Alice. Em quase quatro meses de casamento, ela nunca estivera mais feliz. A única desavença entre ela e Wes girara em torno de se deviam ou não instalar uma banheira aquecida no lugar do carvalho que ficava em frente à janela do quarto deles. Wes era a favor da ideia, Alice não.

As coisas andavam igualmente bem com sua carreira. Como a nova produtora executiva do programa da CBS, *Shannon O'Brien Show*, ela já estava se tornando famosa e recebendo um salário de seis dígitos.

Laura também não ficou para trás. Na semana que se seguiu à prisão da irmã Beatrice, ela pegou um avião para Nova York junto com Finch e acompanhou-a por uma série de interrogatórios com relação a outro caso, em nada relacionado com o anterior. Longas conversas com assistentes sociais se seguiram. Quando todos os pedaços da história se encaixaram, Laura ficou horrorizada ao descobrir que, desde os dois anos, quando fora abandonada pela mãe, Bethany Wells estivera em nada menos do que catorze lares, sendo o último deles o de uma mulher chamada Shirlee Stoeckle. Foi o namorado de Shirlee, Lyle Kruger, um traficante de drogas com um histórico criminal com quem ela morava, que, involuntariamente, libertou a menina.

O assunto de sua morte prematura, resultado de um acordo fracassado entre traficantes, foi resolvido com uma facilidade surpreendente. A polícia já havia executado a prisão — dois fugitivos principiantes presos meses atrás por conta de outra acusação. Na época, ninguém associara a figura de Bethany à morte de Lyle. Não fosse pela notificação devidamente registrada de seu desaparecimento, ela poderia muito bem ter sumido sem deixar rastros.

E agora lá estavam elas, três semanas depois, de volta a Nova York, dessa vez numa questão legal de caráter completamente diferente. Haviam chegado na noite anterior e às nove e trinta da manhã seguinte estavam as duas dentro de um táxi a caminho do Palácio da Justiça, na Centre Street. Todas as medidas preliminares já haviam sido tomadas. A advogada de Laura em Carson Springs, uma mulher com um nome pouco comum de Rhonda Talltree — parte irlandês, parte navajo, parte vira-lata, como ela gostava de brincar —, trabalhara em conjunto com um advogado em Nova York. Gary Bloom, um senhor gentil que passara a maior parte do primeiro encontro deles remexendo em seu aparelho auditivo, acabou se tornando uma fonte maravilhosa de ajuda. Ele as acompanhara pelas agruras dos serviços sociais e num tempo excepcionalmente curto dera um jeito de lhes arrumar uma audiência — para a qual seguiam agora.

Laura tocou a mão de Finch.

— Nervosa?

Ela conseguiu esboçar um sorriso.

— Um pouquinho.

— Não fique. A Rhonda disse que vai dar tudo certo.

— Como é que ela sabe? — Finch, sentada com os ombros caídos e olhando pela janela para os prédios cinza que ficavam vagarosamente para trás, fez Laura se lembrar de um guerreiro cansado vestindo a armadura para mais uma batalha.

— Para começar, ela tem falado com o Gary quase todos os dias.

— É, bem... vamos ver.

— Veja, o pior que pode acontecer é a gente ter de esperar mais um pouco do que já esperou até agora.

A menina lhe lançou um olhar cansado que parecia resumir tudo: esperar era o que mais sabia fazer. Passara a vida inteira esperando por um lar que não fosse apenas temporário. Por que dessa vez seria diferente?

Ao mesmo tempo, analisando-a pelo canto dos olhos, Laura imaginou se Finch estava ciente da mudança profunda que sofrera naqueles últimos meses. Ela estava com uma saia azul-marinho lisa e uma blusa de algodão num tom mais claro de azul. Nas orelhas, usava as pequeninas argolas prateadas que sua nova amiga, Andie, lhe dera para dar sorte. Ela estava mais do que simplesmente bonita; parecia uma jovem na iminência de coisas maiores e melhores.

— Eu gostaria... — Finch mordeu o lábio. — Deixa pra lá.

— O quê?

— Eu gostaria que a gente não precisasse passar por isso.

Laura sentiu um nó na garganta e pensou: *Você não tem ideia das vezes em que eu também desejei a mesma coisa... Que eu pudesse ter estado ao seu lado desde o início.*

Ela sorriu e apertou a mão da menina.

— A partir de hoje vai ser moleza. A Rhonda sempre diz que...

— Eu sei, eu sei... que Roma não foi construída em um dia. — A expressão favorita da advogada.

Em seguida o táxi estava parando em frente ao Palácio da Justiça, uma estrutura grandiosa e imponente com sua fileira de colunas jônicas que pareciam ecoar o tema musical de épocas antigas. Laura já havia visto fotos, é claro, mas elas não fizeram justiça ou transmitiram o quanto eram intimidadoras. Finch sentiu-se como um peixinho prestes a ser devorado por uma baleia.

Do lado de dentro, no vasto salão de mármore, elas esperaram numa fila imensa antes de passar por um detector de metais. Adiante, ficava uma rotunda com metros e metros de mármore polido na qual seus passos ecoavam a caminho do elevador. Dessa vez foi Finch quem lhe tomou a mão, segurando-a como se estivesse com medo.

— Estarão presentes somente o juiz e o advogado do serviço social — lembrou-a Laura. — E o sr. Bloom, é claro. Ele disse que isso podia ser bem rápido. Entrar e sair.

Finch lhe lançou um olhar de gentil reprovação.

— Você já disse isso.

— Desculpe. — Laura sorriu. — Acho que também estou um pouco nervosa.

— Fica mais fácil assim. — A menina olhou para ela como uma irmã mais velha, uma com muito mais experiência nesses assuntos.

Elas saíram do elevador. A sala do tribunal ficava no meio de um corredor longo e circular, e, tão logo Laura passou pela porta giratória, parou de repente. Conversando com sua advogada, estavam duas pessoas familiares que ela jamais, nem em um milhão de anos, esperava ver tão longe de casa: Hector e Maude.

Eles a avistaram e abriram um sorriso, indo na direção dela e de Finch como se tivessem simplesmente virado a esquina e não viajado quase cinco mil quilômetros: Hector, parecendo desconfortável de terno e gravata, e Maude, para variar, vestindo algo excessivamente recatado — um terninho ligeiramente surrado da época do Ragtime. Laura começou a rir baixinho, balançando a cabeça, incrédula.

Finch, tão espantada quanto Laura, sussurrou:

— O que vocês dois estão *fazendo* aqui?

— Viemos lhe dar nosso apoio. — Maude aproximou-se para abraçar a menina.

Finch abraçou-a e se afastou.

— Como...?

— Eu tinha um pouquinho de dinheiro guardado.

Hector passou o braço pela cintura de Laura.

— E eu achei que já tinha passado da hora de ver por mim mesmo o que há de tão especial com relação a Nova York.

— Você podia ter dito alguma coisa — bronqueou Laura.

— Eu queria que fosse surpresa.

Como se cada manhã que ela levantava e via a cabeça dele no travesseiro ao lado da sua já não fosse suficiente.

Em seguida eles estavam se dirigindo para a frente da sala do tribunal. Maude à frente com o braço na cintura de Finch. A juíza apareceu poucos minutos depois, uma mulher mais velha, o rosto austero que pareceu olhar para eles sem qualquer curiosidade, como se tivesse visto e ouvido tudo o que acontecia. Laura relanceou para a sra. Hargrave, do serviço social — atarracada, de meia-idade, com cabelos castanhos e crespos — e sentiu um pouco da tensão ceder. Se a expressão de tédio da advogada significasse alguma coisa, aquilo ia ser moleza.

Após as formalidades de praxe, Gary Bloom levantou-se para se dirigir à juíza.

— Excelência, minha cliente, sra. Kiley, entrou com um pedido formal de adoção. Como a srta. Wells vive há quatro meses em caráter informal sob seus cuidados, gostaríamos que ela obtivesse a permissão de permanecer com a sra. Kiley, na Califórnia, até o final do processo.

A advogada do serviço social pôs-se de pé, e Laura ficou chocada quando ela abriu a boca.

— Excelência, apreciamos a iniciativa da sra. Kiley nessa questão, mas não podemos simplesmente entregar crianças como se fossem filhotinhos de cachorro para qualquer um que apareça. A srta. Wells se encontra sob tutela do estado, e a despeito de a sra. Kiley e ela aceitarem isso ou não, a srta. Wells tem direito a certas proteções da lei. Minha recomendação é que a menina permaneça em Nova York nesse ínterim. — A advogada fez uma pausa para consultar suas anotações. — Já providenciamos... ah... um lar apropriado para esse período.

Laura ficou furiosa. A mulher falava como se aquilo fosse uma questão de dias, quando poderia levar *meses* e, por causa da distância, até mais tempo. Ela sentiu Finch tremer ao seu lado e desejou poder colocar seus medos de lado. Mas como? Ela se sentiu extremamente incapaz.

Gary parou de remexer no aparelho auditivo a tempo de falar por elas:

— Excelência, isso totalizaria *quinze* lares em quase o mesmo número de anos. Será que essa pobre menina já não passou pelo suficiente na vida? Não estamos pedindo para pular etapas... Apenas que ela tenha o direito de permanecer sob a custódia da sra. Kiley. Alguém que já deu provas de ser mais do que uma guardiã apropriada.

A sra. Hargrave acrescentou com frieza:

— Excelência, não poderemos *saber* se é esse o caso até fazermos uma avaliação...

A juíza a interrompeu:

— Obrigada, sra. Hargrave, seu protesto foi registrado. — Seu tom de voz foi firme, mas, quando olhou para Finch, sua expressão se suavizou. — Tenho certeza de que a senhorita tem uma opinião sobre tudo isso, srta. Wells. A senhorita poderia dividi-la conosco?

A menina se levantou desajeitada, olhando nervosa para os lados, seu olhar castanho-escuro vagando de Laura para Maude e então para Hector, antes de se fixar na juíza. Tímida, ela disse:

— Eu, ah, se estiver tudo bem para a senhora, eu gostaria de ficar com a Lau... quer dizer, com a sra. Kiley.

A juíza sorriu.

— Certo, foi o que eu imaginei. Mas talvez a senhorita possa nos dizer por que com suas próprias palavras.

Bandeiras vermelhas chamejaram no rosto de Finch, e Laura foi tomada por um medo repentino de que ela ficasse estagnada ou se fechasse numa concha. Mas, quando a menina falou, suas palavras foram claras.

— Ela é legal. Quer dizer, não só legal. *Todas* são legais no início. A Laura é mesmo assim. A Maude... e o Hector também. — Finch sorriu para eles. — Eles fazem com que eu me sinta parte da família. Com que eu me sinta *importante*. Isso deve valer alguma coisa, não é?

O coração de Laura acelerou. Ela sentiu a mão de Hector na sua, apertando-a com força, mas o rosto dele parecia um borrão indistinto. Então ela piscou e o mundo voltou ao foco. Ela percebeu que não haveria uma batalha pela frente quando deu uma olhada ao redor e viu a sra. Hargrave recostar-se no encosto de sua cadeira, como se estivesse impaciente para que aquilo chegasse logo ao fim. Laura se sentiu tanto aliviada quanto estranhamente triste. Finch — ou Bethany Wells, como era conhecida — era apenas um caso a mais entre tantos outros já existentes pelos quais sequer valia a pena lutar.

— Vou aceitar a sua moção, sr. Bloom — disse a juíza. — E tenho certeza de que a corte da Califórnia levará as suas preocupações em consideração, sra. Hargrave, assim como analisará os fatos por todos os canais apropriados. Nesse ínterim, acredito que seja melhor esta menina permanecer com a sra. Kiley. Estou cansada de ver os adolescentes se perderem no sistema. Um sistema — ela franziu a testa para a advogada de cabelos crespos — que se mostra extremamente deficiente para eles. Vez por outra, quando me deparo com pessoas como a sra. Kiley, lembro-me da razão pela qual estamos todos neste planeta. E posso lhe garantir que, hoje à noite, dormirei tranquila sabendo disso. — Ela bateu o martelo e declarou: — Caso encerrado.

Laura olhou para Hector, que sorria como se desde o início soubesse como tudo iria acabar. Maude dava palmadinhas nos olhos com um lenço de papel amassado. Finch mal parecia surpresa. Meses de preocupação e sofrimento haviam acabado, não com uma pancada, mas com lágrimas.

Minutos mais tarde, eles estavam descendo os degraus do Palácio da Justiça quando Finch disse numa voz suave tomada de encantamento:

— Acho que isso quer dizer que vou ficar.

— Se você não se importar de dormir com uma velha caduca — Maude disse baixinho, enfiando a mão na bolsa para pegar outro lenço de papel. Se alguém os estivesse seguindo, pensou Laura, tudo o que teriam que fazer era seguir o rastro de lenços de papel que Maude deixava para trás.

A boca de Finch se elevou num sorriso tímido.

— É melhor do que um banco de rodoviária, mesmo se você roncar *pra valer*.

Laura semicerrou os olhos para observar os prédios altos que os cercavam, as pessoas andando depressa nas calçadas. Estava um lindo dia, claro e frio, um dia que, de repente, ficou cheio de possibilidades.

— Alguém está a fim de fazer um tour pela cidade? — perguntou. — Estou sentindo uma necessidade repentina de visitar a Estátua da Liberdade.

Maude se iluminou.

— Eu sempre quis ir até o topo do Empire State.

— Eu topo qualquer coisa que envolva comida. Parece que não como há uma semana. — Hector ofereceu o braço a Laura e ela recostou a cabeça em seu ombro, um ombro feito para servir de encosto. — E você, Finch? Qual a sua vontade?

A menina olhou hesitante para um e outro.

— Se não tiver problema para vocês, quer dizer, se vocês não se importarem demais... bem, eu gostaria de ir para casa. — Uma lágrima escorreu-lhe pela face. Era a primeira vez que Laura a via chorar.

Eles teriam de trocar as passagens; haviam planejado voltar no dia seguinte. Mas Laura não hesitou:

— Claro, por que não? Podemos ver a senhora liberdade uma outra vez. Afinal de contas, ela não vai a lugar nenhum.

— O Empire State também pode esperar — cantarolou Maude. — Na verdade, a vista daqui já basta.

Quando Laura olhou para Hector, ele estava chamando um táxi.

Capítulo Vinte

Todos concordaram que aquele fora o melhor festival em anos. Realizado no campus do Instituto de Teosofia, no alto do Pico do Peregrino, o festival contou com três dias perfeitos, ensolarados e com a temperatura na casa dos vinte graus. No anfiteatro descoberto que dava vista para o vale e para o longínquo Pico de Toyon, onde, nos primeiros anos do instituto, peças gregas eram encenadas, os melhores músicos do mundo entretinham centenas de pessoas espalhadas em toalhas de piquenique e em cadeiras de praia.

Aubrey Roellinger, com uma cabeleira prematuramente grisalha à moda Toscanini, regia a orquestra composta por músicos do mundo inteiro. Yo-Yo Ma, a solista de destaque, tocou Bach e Prokofiev. O Gay Men's Chorus interpretou o Réquiem de Fauré, digno de aplausos de pé. E um bocado de novatos talentosos apresentaram um programa que ia do barroco até uma sinfonia composta pelo próprio Roellinger.

Um musicista em particular, Yi-Jai Kim, violinista coreano de dezessete anos — uma substituição de última hora —, levou o público ao êxtase com seu desempenho virtuoso do concerto de violino de Mendelssohn em Mi Menor.

Tendas haviam sido erguidas ao longo da entrada sombreada, onde artesãos locais tentavam vender suas mercadorias, muitas delas com um tema musical: kalimbas feitas à mão, uma infinidade de mensageiros dos ventos, caixinhas de música que tilintavam melodias populares. Havia camisetas e canecas com desenhos impressos a gosto do freguês e CDs dos músicos de destaque. Havia também malabaristas, mímicos e uma jovem fazendo tatuagens de hena. O grande prêmio da rifa que arrecadara milhares de dólares para o festival do ano seguinte era uma aparelhagem de som ultramoderna.

O médico de plantão foi chamado apenas duas vezes. Uma delas por causa de um garotinho que quebrara o dedão do pé — resultado de ter tropeçado na cabeça de um aspersor numa das áreas isoladas. A outra por causa de um senhor idoso que parecia estar sofrendo um ataque do coração, que acabou se transformando em nada mais sério do que uma azia. Ninguém teve insolação, como nos anos anteriores, e apenas uma mulher grávida entrou em trabalho de parto — embora tenha se recusado a ir embora até que fosse tocada a última nota da sinfonia de Mozart em Dó Menor.

Os piores infortúnios que acometeram os músicos foram algumas cordas arrebentadas, um ego ferido aqui e acolá, e uma breve comoção causada pelo sumiço temporário de um Stradivarius. Ele foi encontrado debaixo de uma mesa, fruto de uma distração e não de roubo.

Marguerite Moore, correndo de um lado para outro como o capitão de um cruzeiro a bordo do *Queen Elizabeth II*, era responsável pela bilheteria. Todos os dias ela usava terninhos praticamente idênticos em tons de *sorbet* que, após horas correndo apressada em busca de ingressos perdidos, de pacotes de programas extraviados e de nomes que sumiram misteriosamente de sua lista, ficavam reduzidos à aparência de uma casquinha encharcada. Sam, por outro lado, deu um jeito de ficar tão fresca quanto o chá gelado e a limonada que era servida na barraquinha que ela tomava conta — apesar de estar no quinto mês de gestação. Vez por outra ela dava uma olhada ao redor e via Marguerite olhando contrariada em sua direção. Por alguma razão, isso não a incomodou nem um pouco.

Os tempos eram outros. Seus piores medos não haviam se concretizado e ela tivera sua parcela de surpresas agradáveis, como sua antiga colega de classe, Becky Spurlock, com quem se encontrara outro dia na lavanderia. Becky lhe confessara que ela lhe dera coragem para se divorciar do marido, algo que queria fazer havia anos.

— Sei que não é a mesma coisa que ter um bebê — dissera com um rubor chegando até a raiz dos cabelos tingidos de hena. — Mas o Mac... bem, digamos apenas que eu não quero acordar um belo dia como uma velha e perceber que perdi a minha chance de ser feliz.

Teve também o encontro com Delilah Sims. Na semana anterior, ela se aproximara de Sam e Ian no Casa da Árvore dizendo que ouvira falar do trabalho de Ian e estava interessada em ver alguns de seus quadros.

— Vou fazer uma exposição — ele lhe dissera. — A inauguração será daqui a uma semana a contar de quinta-feira. Por que a senhora não aparece por lá?

— Eu adoraria — respondera ela, parecendo sincera.

Ian entregou-lhe um folheto.

— Galeria Iguana Azul.

Delilah ficou decepcionada.

— Oh, é em Santa Barbara.

Sam não via nada de mais. Santa Barbara ficava a apenas vinte minutos dali. Para uma mulher tão sofisticada quanto Delilah — educada nas melhores escolas particulares, com um fundo de investimentos que todos diziam ficar na casa dos milhões —, aquilo parecia mais do que estranho.

— Por que você não vai de carro conosco? — ofereceu Sam. Havia algo com relação a Delilah e seus cabelos negros e brilhantes que sempre a fazia parecer meio cansada e que fazia Sam se lembrar da Bela Adormecida. Talvez tudo o que ela precisasse fosse de um pouco de coragem para acordar para as possibilidades da vida.

— Preciso ver se posso. Posso confirmar depois?

O olhar de Delilah desviou-se para onde estava David Ryback. Com frequência Sam os encontrava imersos numa conversa baixa e concentrada sobre um livro que um ou outro acabara de ler e se perguntava se David *também* estaria apaixonado por ela.

— Se a senhora decidir vir, ligue para nós — dissera Ian, anotando o número do telefone deles nas costas do folheto. — Passamos na sua casa e pegamos a senhora.

Então Sam, tomada de encantamento por algo tão simples — ainda assim tão profundo — como um número de telefone partilhado, tirou o assunto de cabeça e ficou surpresa quando Delilah telefonou no dia do vernissage, desculpando-se por não tê-los avisado antes e perguntando se a proposta ainda estaria de pé. Ela acabou comprando dois quadros de Ian.

Isso acontecera há uma semana e agora o festival também já havia ficado para trás. Sam estava ansiosa para passar um final de semana tranquilo com Ian quando Laura telefonou convidando-os para jantar no domingo. Ela parecia mais feliz do que há anos, mas Sam também percebeu um leve indício de preocupação. Seria a primeira vez em que todos estariam juntos como família, incluindo Ian, desde o casamento de Alice.

Parecia que décadas haviam se passado desde então. No entanto, em outros aspectos, era como se o tempo tivesse parado. Suas filhas tinham voltado ao hábito de telefonar ou de dar uma passada em sua casa. Laura, engraçada e afetuosa como sempre, enquanto o carinho de Alice parecia um pouco forçado. A filha mais nova de Sam, para quem havia lugar para tudo, e tudo estava nos devidos lugares, quase não sabia o que fazer com aquela mãe nova e imprevisível que nos últimos dias não era mais tão rápida em pôr os outros em primeiro lugar. Ainda assim, pensou, as mães deviam proteger os filhos, se jogarem na frente de um carro em alta velocidade se preciso fosse... *quando eles são pequenos*. Mas suas filhas eram adultas agora. Com ou sem ela, iriam sobreviver.

Eles estavam estacionando na propriedade de Laura quando Sam se virou para Ian.

— Não é essa a parte em que os créditos começam a aparecer na tela? — perguntou ela, sentindo um aperto no estômago que, definitivamente, não era causado pelo bebê.

— Os filmes acabam, as famílias não. — Ele estendeu o braço e apertou sua mão. — Nervosa?

— Sei que é bobagem. Só que essa é a primeira vez que estaremos todos juntos desde o casamento da Alice. Uma família grande e feliz — disse ela com um toque apropriado de ironia. — Você acha que pode dar certo?

— Depende.

— Do quê?

— Das suas expectativas. — Ele virou e deu seu sorriso indolente para ela, o sorriso que sempre a atravessava como água fria pelo solo seco. — Ver o mundo através de lentes cor-de-rosa pode ser perigoso.

— Você quer dizer que eu não devia me esforçar tanto para que isso corresponda à imagem que tenho em mente?

— Alguma coisa por aí. — Ele estacionou atrás do Carrera vermelho esportivo de Alice.

— E se a realidade não for tão boa?

— Não atire no urso até que possa vê-lo.

— Eu mudei — disse ela. — As *regras* mudaram.

Ele encolheu os ombros.

— Então faça regras novas.

No dia a dia, Ian a estava ajudando a ver como isso era possível. Não que eles tivessem tudo resolvido. Eles sabiam onde algumas peças se encaixavam; outras eram trabalhos em desenvolvimento. Em primeiro lugar, Sam passou a perceber que ela não queria ou precisava, necessariamente, de um marido nos padrões normais uma vez que ela mesma também não mais se encaixava nesses padrões. Quando o filho deles fosse um pouco mais crescido, eles estariam livres para viajar. Enquanto isso, Ian passava os dias no estúdio que havia alugado por perto, enquanto Sam ficava em casa, feliz da vida, cuidando do jardim. Se, vez por outra, ele trabalhasse direto noite adentro e perdesse a hora do jantar, ela não se importava. Gostava de ficar sozinha e, além do mais, sabia que ele acabaria indo para casa.

Ela soltou o cinto de segurança e desceu do carro. Juntos, foram para a varanda. Os cachorros saíram em disparada para saudá-los, os rabos abanando. Rocky parou para urinar, determinado, em uma hortênsia. Laura surgiu na varanda, seguida por Hector. Ela vestia uma camisa amarela fresquinha e calças jeans que exibiam sua nova forma, enquanto Hector parecia o mesmo de sempre: sólido como um poste, tão bem estabelecido quanto o próprio sítio.

Ele apertou a mão de Sam.

— Sam, que bom te ver. Você está ótima. — Os olhos dele não desceram automaticamente para sua barriga, como fazia a maioria das pessoas, e ela ficou quase tão agradecida por isso quanto ficou pela forma como ele cumprimentou Ian. — E aí, tudo bem? Bela reportagem no jornal. Bela foto também. — Ele piscou para Sam, que ficou ligeiramente ruborizada ao se lembrar. Quando o fotógrafo que fizera a cobertura do vernissage pedira uma foto dos dois juntos, ela pensou que fosse apenas para uma nota sem maior importância.

— Oi, mãe. Oi, Ian. — Laura beijou os dois no rosto. — Vocês chegaram cedo. A Alice e eu não conseguimos concordar quanto à receita do pão de milho. Ela está dizendo que é uma colher de chá de fermento, e eu acho que são duas.

— Usem três — disse Sam.

O pão de milho com pimenta-jalapeño de Lupe fora um segredo muito bem guardado durante anos, até que ela finalmente confessou que jamais se dera ao trabalho de escrever sua receita. Somente após cuidadosa observação e alguma experiência própria é que Sam foi capaz de dominá-lo.

Ela acompanhou Laura e Hector para dentro de casa, onde o cheiro de rosbife foi em sua direção. Um buquê de margaridas estava arrumado num jarro marrom lascado em cima da mesinha de centro que fora feita de uma veneziana velha de madeira. Um par de botas masculinas estava estacionado ao lado das botas de Laura, próximo à lareira. Dois pares de olhos amarelos, e a ponta de um rabo agitado, espiavam por baixo do sofá.

Na cozinha, Alice media a farinha enquanto Wes vasculhava o freezer à procura de uma forma de gelo. Maude estava ocupada com o trabalho delicado de desenformar uma musse, tendo Finch a espiar por cima de seu cotovelo. A mesa estava posta: pratos com desenhos chineses em azul, muitos com a borda lascada; talheres que representavam várias fases da vida de Laura; copos, nem dois iguais. A toalha bordada, Sam percebeu satisfeita, fora uma que ela encontrara por acaso enquanto embalava suas coisas — um presente de casamento há muito esquecido, dado por tia Florine e tio Pernell. Ela a dera de presente para Laura, que não ligava a mínima para respingos e olhava para as manchas da mesma forma que olhava para as fotos de um álbum: como lembranças agradáveis de várias ocasiões.

Sam foi beijar Alice, percebendo um aroma de perfume caro.

— Vestido novo? Essa cor fica bem em você.

— Comprei no Cabo. — Ela pareceu feliz por Sam ter notado.

— Fez uma boa viagem? — perguntou Sam.

— Maravilhosa. — Alice trocou um olhar significativo com Wes. — Até demos uma olhada em alguns condomínios.

— Vocês dois já vão se aposentar? — brincou Laura.

— Vamos, com certeza... daqui a cem anos. — Outra troca de olhar com Wes. — Enquanto isso, seria bom dar uma fugida de vez em quando. Eu sempre quis uma casa na praia. E quando não estivermos lá, você e o Hector poderão aproveitar. — Houve uma breve pausa antes de ela acrescentar: — A mamãe e o Ian também.

Sam sentiu vontade de dar uma sacudida no que sobrava de constrangimento, da mesma forma que sacudia os sapatos das filhas para tirar as pedrinhas que entravam. De repente, ela se viu com saudades do jeito que as coisas eram antes, da facilidade com que elas costumavam conversar. Também não fora perfeito antes, mas elas podiam rir e brincar sem tropeçar nas palavras não ditas. Podiam se sentar à mesa onde todos automaticamente sabiam o seu lugar, e a única coisa capaz de tirar o equilíbrio da família era o pé frouxo de uma cadeira.

— O que posso pegar para vocês dois beberem? — Hector parecia à vontade no papel de anfitrião. — Ian, tem uma cerveja na geladeira com o seu nome.

Ian abriu um sorriso.

— Você leu os meus pensamentos, compadre.

— Para mim, só água. E deixe que eu pego. — Ela sabia se localizar na cozinha de Laura tão bem quanto na sua. Enquanto enchia seu copo, observou Maude dar uma última sacudida na forma de cobre e a musse em forma de anel, toda salpicada de pedaços de frutas, passar inteira e tremulante para o prato.

Sam tinha acabado de se sentar à mesa quando um dos gatos pulou para o seu colo e ficou ronronando. Ela sorriu, lembrando-se da mãe lhe dizendo que os gatos sempre pareciam sentir quando uma mulher estava grávida. Ela imaginou se isso seria verdade.

Maude deu um passo para trás para admirar a musse.

— Bem, não ficou lindo? Quase lindo demais para comer.

— Tenho certeza de que vamos dar um jeito. — Laura deu uma olhada no forno antes de retirar uma caçarola borbulhante. — É todo seu — disse a Alice, cuja massa de pão de milho estava pronta para entrar. — Só tome cuidado para não se queimar.

— Você diz isso há anos. Quando vai comprar um forno novo? — resmungou Alice, bem-humorada.

Laura encolheu os ombros.

— Quando eu parar para fazer isso.

Logo estavam todos em volta da mesa; Laura havia colocado a parte sobressalente do tampo, o que significou mais espaço tanto à mesa quanto debaixo dela para os cachorros e gatos circularem. O vinho foi servido, pratos e tigelas passaram de mão em mão. Não demorou muito, todos estavam com o prato cheio.

O rosbife estava delicioso. O pão de milho com pimenta-jalapeño tão bom quanto o de Lupe. Até mesmo a musse de Maude recebeu sua parcela de elogios, embora, no íntimo, Sam achasse que algumas coisas se prestavam mais apenas para serem vistas. Quando a segunda garrafa de vinho foi aberta, o clima já estava mais descontraído e a conversa voltou para as mudanças recentes na Delarosa.

— Sabe aquela frase do filme: "Construa e eles virão"? Bem, o mesmo se aplica aos sites da Internet. Os pedidos não param de chegar. — Laura sacudiu a cabeça, encantada.

— A gente mal está dando conta — disse Finch.

— E eu devo tudo isso a Alice. — Laura ergueu a taça para a irmã. — Se não fosse por você, não sei quando eu ia parar para fazer isso.

— Você faria... daqui a cem anos — implicou Alice.

— Acho que fui eu que fiz papel de boba. — Sam sentiu-se ligeiramente constrangida. — Eu não devia ter demorado tanto a tomar certas decisões nesses anos todos.

— Não é culpa sua, mãe. — Laura foi rápida em defendê-la. — Você é de outra geração, só isso.

Houve uma pausa desconfortável na qual o tilintar dos talheres pareceu mais alto do que o normal. Foi Sam que quebrou o silêncio.

— Nesse caso — disse com naturalidade —, acho que eu deveria me matricular num curso de informática. Seria melhor do que jogar bingo no centro para a terceira idade.

Todos riram, acabando com o que restava de tensão.

Então os olhares de Laura e Hector se encontraram por cima da mesa e ela limpou a garganta.

— A propósito, pessoal, tenho uma notícia para dar. O Hector e eu vamos nos casar.

Um coro de vivas soou alto. Quando os gritos cessaram, Sam enxugou os olhos com o guardanapo e disse:

— Meu Deus, essa é a melhor notícia que ouço há anos.

— Quando será o casamento? — Alice quis saber.

— Estamos pensando em dezembro. Janeiro no máximo.

— Um casamento no Natal. Que maravilha! — Maude bateu palmas sem emitir som. — Posso me encarregar da decoração?

Mesmo sabendo como Maude exagerava às vezes, Sam não ficou nem um pouco surpresa ao ouvir a filha generosa responder:

— Claro, vamos todos participar. Vai ser uma festa.

— A Laura me chamou para ser dama de honra. — Finch lançou um olhar indeciso para Alice. — Você não se importa, né?

— Nem um pouco. — Alice sorriu para a irmã.

A cadeira de Wes estalou quando ele se levantou.

— Proponho um brinde. — Ele ergueu a taça. — Para Laura e Hector. Que vocês sejam tão felizes quanto a Alice e eu.

As taças tilintaram. Mais vinho foi servido. De uma hora para outra, todos estavam falando ao mesmo tempo. Sam experimentou uma sensação maravilhosa de paz. Foi como nos velhos tempos, apenas melhor. Precisamente *porque* eles não estavam empacados num só lugar. *Uma família não é estática*, pensou. *É uma correnteza em fluxo constante que, assim como a vida, pode te levar a lugares surpreendentes.*

Maude, ligeiramente tonta por causa do vinho, ergueu sua taça.

— Proponho um brinde para o bebê também.

Sam olhou para Laura pelo canto dos olhos, mas ela não pareceu nem um pouco incomodada. Simplesmente sorriu, o sorriso de uma mulher feliz com a própria vida do jeito que estava.

— Ao bebê — disse ela.

— Espero apenas que ele saia parecido com a Sam — disse Ian.

Wes riu sabiamente, o riso de um pai que havia sobrevivido aos anos de adolescência do filho.

— E quanto a você, Alice? — perguntou Laura, esperançosa. — Alguma chance de mudar de ideia e ter um bebê também?

— Duvido. — Alice não pareceu irritada como antes, apenas pensativa.

— Dê tempo ao tempo — disse Laura.

— Ah, acredite em mim, eu darei. Muito, muito tempo.

— Duvido que eu queira pensar em netos por enquanto — disse Sam, descontraída. Sua preocupação anterior havia desaparecido. — Além do mais, já tenho uma neta.

Ela olhou para Finch, que sorriu hesitante em retribuição. A menina vestia o que Sam supôs ser a última moda entre as adolescentes: calças jeans bem justas e um suéter felpudo rosa-choque que deixava aparecer o piercing em seu umbigo. Laura segredou que todos os dias depois da escola Finch ficava horas no telefone, batendo papo com sua melhor amiga, Andie Fitzgerald. Mas, com tudo o que lhe havia acontecido, Sam não tivera muita chance de conhecê-la. Estava ansiosa para que isso acontecesse agora.

Então retiraram os pratos e serviram o cafezinho. Uma travessa de biscoitos recém-saídos do forno chegou à mesa. Na cozinha ligeiramente aquecida, com pratos sujos empilhados dentro da pia e cachorros se coçando aos seus pés, Sam sentiu a alegria do amor compartilhado preencher cada canto gasto da casa. Amor suficiente para os anos que viriam pela frente, para remendar sofrimentos e orgulhos feridos, até para servir de ponte para as diferenças que viessem a surgir.

Uma família. Para o que der e vier.

Fim

Impresso no Brasil pelo
Sistema Cameron da Divisão Gráfica da
DISTRIBUIDORA RECORD DE SERVIÇOS DE IMPRENSA S.A.
Rua Argentina 171 – Rio de Janeiro, RJ – 20921-380 – Tel.: 2585-2000